W0470539

SILKE PORATH / SÖREN PRESCHER

Klosterkeller

SAUBERE SACHE Himmelherrschaftsackzement! Das ist nicht Pater Pius' Tag. Zuerst zerreißt er sich bei einem Sturz die neue Jeans, dann stolpert er im Keller des geerbten Gebäudes, in das sein Orden mit einer Zweigstelle einziehen will, über ein Skelett. Und das ist nicht so alt, wie es auf den ersten Blick aussieht. Pius betet – und kann sich wieder einmal nicht aus den polizeilichen Ermittlungen raushalten. Seine Neugier ist einfach zu groß.

Von Spaichingen zieht es den Pater in seinem dritten Fall nach Balingen. Doch statt gemütlich das neue Kloster neben dem Zollernschloss einzurichten, taucht der Mönch tief ein in einen Strudel aus Liebe und Leid. Prompt ist er mitten drin in den polizeilichen Ermittlungen seiner ehemaligen Kommunionsschülerin Verena Hälble. Die Kommissarin sowie ihr Kollege und Freund Thorben Fischer staunen nicht schlecht, was sich im Keller eines Klosters so findet. Und natürlich sendet auch wieder »Radio Donauwelle«. Denn: Die Krimis rund um Pater Pius sind die einzigen mit einem eigenen Radiosender!

Silke Porath und Sören Prescher haben bereits einige Kriminelle Freizeitführer gemeinsam geschrieben, ins Kloster gehen sie als »Schwester Silke« und »Bruder Sören« zum ersten Mal.

Bisherige Veröffentlichungen im Gmeiner-Verlag:
- Silke Porath -
Der Bär auf meinem Bauch (2015, E-Book-Only)
Gottes Weber (2015, E-Book-Only)
Arbanor – die Legende des Drachenkönigs I & II (2015, E-Book-Only)
Ein Lama zum Verlieben (2015)
Hermingunde ermittelt in Balingen (2014)
Mops und Mama (2014)
Mops und Möhren (2013)
Klosterbräu (S. Porath u.a., 2012)
Nicht ohne meinen Mops (S. Porath, 2011)
Klostergeist (S. Porath u.a., 2011)

- Sören Prescher -
Verhängnisvolle Freundschaft (2015, E-Book-Only)

Wer mordet schon in der Oberlausitz?
(S. Prescher/S. Porath, 2015)
Wer mordet schon zwischen Alb und Donau?
(S. Prescher/S. Porath, 2014)

SILKE PORATH /
SÖREN PRESCHER

Klosterkeller

Kriminalroman

GMEINER SPANNUNG

Dieses Buch wurde vermittelt durch die Literarische Agentur Ashera, 87733 Markt Rettenbach, sowie durch die Literarische Agentur Thomas Schlück GmbH, 30827 Garbsen.

Besuchen Sie uns im Internet:
www.gmeiner-verlag.de

© 2016 – Gmeiner-Verlag GmbH
Im Ehnried 5, 88605 Meßkirch
Telefon 07575/2095-0
info@gmeiner-verlag.de
Alle Rechte vorbehalten
1. Auflage 2016

Lektorat: Claudia Senghaas, Kirchardt
Herstellung: Mirjam Hecht
Umschlaggestaltung: U.O.R.G. Lutz Eberle, Stuttgart
unter Verwendung eines Fotos von: © fottoo – Fotolia.com
Druck: GGP Media GmbH, Pößneck
Printed in Germany
ISBN 978-3-8392-1829-7

Personen und Handlung sind frei erfunden.
Ähnlichkeiten mit lebenden oder toten Personen
sind rein zufällig und nicht beabsichtigt.

ERSCHDE SCHDAPFL (ERSTE STUFE)

Hallo, Freunde, schön, dass ihr wieder eingeschaltet habt. Ich bin Steven und ihr hört Radio Donauwelle, euren Sender für den Kreis Tuttlingen. Oder sollte ich besser sagen, für das ganze Gebiet zwischen Alb und Donau? Wir haben unser Sendegebiet erweitert, sodass ihr uns nun auch von Meßkirch bis Hechingen und von Donaueschingen über Balingen bis rauf nach Empfingen hören könnt. Apropos Balingen: In der Stadt wird ja so einiges geboten. Meine Kollegin Mina wird später live aus der Zollernschloss-Stadt berichten. Außerdem gibt es Karten für das Simon & Garfunkel Tribute-Konzert in der Stadthalle zu gewinnen. Ihr müsst uns nur verraten, welches Lied des Folkrock-Duos ihr am besten findet. Also ran ans Telefon und im Studio anrufen. Derweil machen wir weiter mit der britischen Band James und ihrem Song Ring the bells *in der alternativen NRG-Live–Fassung. Es gibt nichts Besseres, um einen Tag, ein neues Buch oder einen neuen Lebensabschnitt zu beginnen …*

Himmelherrschaftsackzement! Pater Pius fluchte. Innerlich. Nach außen hin war nur ein »Autsch« zu hören, als er mit dem rechten Knie voran auf den ausgetretenen Steinstufen zu Fall kam. Einen Moment lang befürchtete der Ordensmann, seine Kniescheibe wäre geborsten. Jedenfalls klang das Knirschen nach einem orthopädischen Notfall. Dann aber pustete er erleichtert die Luft aus seinen um 04:30 Uhr morgens frisch rasierten Wangen. Was da geknirscht hatte, war die schwere Holztür direkt vor seiner Nase.

»Hend Sie sich weh gmacht?« Allein die besorgte Frage des Mannes im blauen Arbeitsoverall, der aus der Tür trat, pustete schon einen Gutteil der Schmerzen weg. Er hieß Horst Seifried, wie sich Pius von seinem letzten Besuch hier noch erinnerte.

»Ein bisschen«, gab er zu. Und sandte im selben Moment ein stilles Gebet zu seinem Herrn. So ein saftiger Fluch mochte zwar im ersten Moment guttun, war aber für einen Ordensmann nicht angebracht. Wobei – was war an diesem Tag schon angebracht, fragte sich der Prior des Brüderlichen Ordens, während er sich aufrappelte und das Loch in seiner schwarzen Jeans betrachtete. Unter dem Stoff war die Haut gerötet und abgeschürft, blutete aber nicht. Einen blauen Fleck würde es jedoch geben. Und ein Kopfschütteln von Bruder Ortwin, der in diesem Monat den Wäschedienst im Spaichinger Kloster übernommen hatte. Pius beschloss, sein Taschengeld nicht wie geplant in die neue CD von Joe Bonamassa zu investieren, sondern in einen Flicken für die ziemlich neue Hose.

Der Hausmeister musterte Pius von oben bis unten. Er überragte den Pater um einen guten Kopf, war um die Leibesmitte ebenso füllig wie der Ordensmann, hatte im Gegensatz zu Pius aber schlaksige Arme und Beine. Und er trug einen vollen, graublonden Bart, über dem eine spitze, glänzende Nase thronte.

»Soll mai Frau sich des agugga?« So hünenhaft der Mann war – seine wasserblauen Augen sahen wirklich besorgt aus.

Pius fragte sich, was der Mittvierziger in ihm sah. Einen Senior, der tapsig genug war, sich der Länge nach auf eine simple Stufe zu werfen? Erst am Morgen, ehe er nach der

Rasur zur Kapelle des Spaichinger Konvents zum Morgengebet geeilt war, hatte der Pater sein eigenes Spiegelbild etwas verdutzt betrachtet. Waren die grauen Schläfen schon immer so … sichtbar gewesen? Und die weißen Haare, die sich in seine eigentlich beinahe schwarzen Augenbrauen schlichen, ließen ihn ein bisschen wie den Weihnachtsmann aussehen. »Geht schon, geht schon.« Pater Pius bewegte das Knie. Es knirschte, aber es funktionierte. Der Mensch im Blaumann trat jetzt ganz aus der schweren Holztür und ließ sie krachend hinter sich ins Schloss fallen. Pius erhaschte einen kurzen Blick in den Eingangsbereich. Hinter einer zweiten Tür lag am Ende eines Vorraums eine Wendeltreppe mit dem typischen Metallgeländer der 1960er-Jahre. Er fragte sich, ob das Haus an der Eyach, dem Balinger Stadtflüsschen, jemals renoviert worden war, seit vor einigen Jahren das Amt für Familie ausgezogen war. Aus dem Augenwinkel sah er, wie Bruder Johannes sich und seinen prallen Bauch aus dem VW Golf (Rolling Stones-Edition mit schon etlichen Kilometern auf der Uhr, dem Kloster gespendet von einem sehr katholischen Autohaus) schälte. Die Handvoll Parkbuchten auf dem Platz vor dem ehemaligen Landratsamt der Kreisstadt waren selbst für einen Kleinwagen schmal bemessen, passten aber zum Ambiente des Platzes: Kopfsteinpflaster, das Zollernschloss und die Jugendherberge im schönsten Fachwerkstil waren die Aushängeschilder der Stadt.

»Ist dir was passiert?« Johannes knallte die Fahrertür mit Schmackes zu und schlängelte sich an einem orangefarbenen Fiat-Hausfrauenjeep vorbei zu Pius durch.

»Nein.« Das klang unwirscher, als es sollte. War allerdings auch das Erste, was der Pater zu seinem Mitbruder sagte, seit die beiden vor einer guten Dreiviertelstunde in Spaichingen aufgebrochen waren. Eigentlich war es nicht

Pius' Art, so maulfaul zu sein, aber auf die Fahrt in die Kreisstadt verspürte er absolut keine Lust. Erstens. Zweitens stapelten sich auf seinem Schreibtisch in seinem Büro oben auf dem Spaichinger Dreifaltigkeitsberg die nicht beantworteten Briefe aus aller Welt. Und drittens kam ihm dieses Erbe hier gar nicht gelegen. Die Treppe, auf die er geknallt war, gehörte nämlich wie das gesamte Gebäude zur Erbmasse der Philomena zu Heurigen-Ulrichstein, ihres Zeichens Letzte aus dem Geschlecht der alten Balinger Adelsfamilie. Pius erinnerte sich nur verschwommen an die Dame, die einige Male auf den Berg gepilgert war, um sich die im Nebengebäude des Klosters befindliche Krippenausstellung anzusehen. Philomena war in seiner Erinnerung fad, grau und ziemlich dick gewesen. Anscheinend aber hatten die Sammelstücke von Jesus, Maria und Josef aus aller Welt die Witwe dermaßen entzückt, dass sie dem Brüderlichen Orden das ehemals von der Stadt genutzte und nun leer stehende Gebäude vermacht hatte.

Soweit Pius wusste, war das Erbe im Mutterhaus in Barcelona mit Begeisterung aufgenommen worden. Nicht, weil man das Haus, wie er es gemacht hätte, gewinnbringend verscherbeln und den Erlös für gute Zwecke hätte einsetzen können. Nein, die spanischen Brüder liebäugelten mit einer Nutzung durch den Orden. Ein neues Konvent, warum nicht? Zwar galt Balingen als evangelische Enklave, doch selbst hier lebten schließlich Christen. Und auch die konnten von einem »Haus der Stille«, einem Ort des Gebets und der inneren Einkehr nur profitieren.

Der Mann im blauen Overall fixierte Bruder Johannes. Auf dessen Brust prangte ein großes silbernes Kreuz – ebenso wie bei Pius. Dieses Attribut war aber schon das Einzige, was sie als Ordensleute auswies. Ansonsten trugen sie schwarze Jeans und identische schwarze Wollpullover unter den schwarzen Jacketts. Den Habit legten sie nur zum Gottesdienst an.

Pius seufzte. Eigentlich hätte er vor der Besichtigung des leer stehenden Amtsgebäudes gerne noch einen kleinen Spaziergang gemacht. Es war Jahre her, dass er das letzte Mal in Balingen gewesen war, aber er erinnerte sich noch an den schmalen Weg durch das so genannte Klein Venedig – ein hübscher, kurzer Spaziergang entlang des ehemaligen Kanals im alten Gerberviertel der Stadt. In den 1980er-Jahren war es jedes Mal aufs Neue eine Überraschung gewesen, in welcher Farbe die Eyach durch ihr Bett floss. Dank der Gerbereien schimmerte der kleine Fluss mal blau, mal orange.

»Hallo erst mal, Herr Seifried.« Pius schlug in die schwielige Hand des Hausmeisters ein. Vor ein paar Tagen hatten die beiden miteinander telefoniert, um den heutigen Termin zu bestätigen. Seifrieds Händedruck war warm und fest, fast ein bisschen schmerzhaft. Kein Wunder, der Mann hatte Hände fast so groß wie Klodeckel!

»Und das ist Bruder Johannes«, fuhr Pius fort. »Der war beim ersten Treffen noch nicht mit dabei.«

Seifried wollte nach der Hand des Bruders greifen, aber der trat unwillkürlich einen Schritt zurück – Pius' schmerzverzerrtes Gesicht hatte ihn gewarnt. Anders als sein Prior trug Johannes den Siegelring des Brüderlichen Ordens nämlich an der rechten Hand. Und ein zwischen die Finger gequetschter Goldring tat mächtig weh.

»Grüß Gott!« Freundlich blieb Johannes dennoch. Was Pius nicht verwunderte. Er wusste die Gründe für dessen beste Laune nur zu gut: Die Fahrt nach Balingen und die anstehende Übernachtung im ersten Hotel am Ort bedeuteten nicht nur eine kurze Auszeit von den Pflichten in der Klosterküche. Nein, der rundliche Bruder freute sich auf den Abend: Von seinem Taschengeld hatte er mehr oder minder heimlich zwei Karten für die Balinger Stadthalle besorgt. Empore, erste Reihe. Tribute to Simon & Garfunkel mit dem Leipziger Sinfonieorchester. Nicht ganz billig, aber das war ihm, wie er Bruder Ortwin im Flüsterton erzählt hatte, als sie fälschlicherweise annahmen, Pius wäre völlig in sein Robert Krauss-Buch vertieft, das nachträgliche Geburtstagsgeschenk für seinen Glaubensbruder und Freund wert. Offiziell ahnte er selbstverständlich noch nichts von der Überraschung und griff nach der schwarzledernen Aktentasche, die Johannes ihm reichte. Darin fand er die notariellen Papiere, eine Kopie des Erbscheins und Grundrisse des Gebäudes, welche das Mutterhaus geschickt hatte. Nebst einem langen, sehr langen Fragenkatalog zu Gebäudezustand, Elektrik, Dämmung und, und, und, den die Patres heute und morgen abarbeiten sollten.

»Horschd, komsch du mol? Aber zackig!« Eine etwas schrille Frauenstimme drang aus dem Inneren des Gebäudes zu ihnen.

»Mai Frau.« Horst Seifried zuckte entschuldigend und, wie Pius fand, ein wenig resigniert, mit den Schultern.

»I komm scho, Gerlinde«, brüllte er dann in den leeren Flur. »Also, meine Herren, los geht's.« Die Patres folgten dem Hausmeister ins Innere. Es dauerte einen Augenblick, ehe sich Pius' Augen an das Dämmerlicht gewöhnt hatten. Er schnupperte. Es roch nach Kernseife und Papier. Unterlegt von einer Mischung aus altem Schweiß und einer Prise Staub. Behördenparfum eben. Rechts und links vom Eingangsbereich zweigten Gänge ab. Mit ein wenig Fantasie konnte sich Pius schon vorstellen, dass die Türen, die bislang immer nur zu Büros geführt hatten, künftig zu Mönchszellen gehören könnten. Allerdings müssten die

Wände dringend gestrichen werden, in einem fröhlichen hellen Gelb. Pius malte sich aus, wie bunte Bilder und weiche Läufer den Flur aufheitern könnten, an dessen Ende jetzt eine kugelrunde Frau in den Vierzigern auftauchte, die sich mit einem Wagen voller Putzutensilien abmühte.

Der Wagen, auf dem sich Feudel, Besen, Eimer und Flaschen türmten, hatte mächtig Schieflage. Ein Rad hatte sich gelöst und war den Gang hinuntergerollt.

»Jetzt hilf halt, verdammt!«, brüllte Gerlinde Seifried, die sich mit ihrem ganzen beachtlichen Gewicht gegen den Wagen stemmte. Aus dem Eimer schwappte Wasser auf die Fliesen.

»Die Mönche sind da«, rief ihr Mann, als er auf sie zueilte. Gerlinde drehte den Kopf in ihre Richtung und machte wie bei ihrem ersten Besuch ein ziemlich erstauntes Gesicht. Vermutlich weil sie bei Mönchen jedes Mal zuerst an alte Männer in braunen Kutten dachte. Außerdem löste sich just in dem Moment das zweite Rad, wodurch der Wagen nicht mehr zu halten war.

»Oh, oh«, machte Johannes, als die Schrubber und Müllsäcke mit Getöse auf den Boden krachten. Schmutzig braunes Putzwasser schwappte über die Fliesen. Gerlinde machte einen für ihren Körperumfang beachtlichen Satz nach hinten, prallte gegen ihren Mann und riss ihn mit zu Boden. Das Ehepaar kam keuchend zum Liegen. Immerhin, dachte Pius, hatten Seifrieds die dreckige Pfütze verfehlt und blieben trocken.

»Ja, leck mich doch am Fiedla!« Gerlinde rollte sich von ihrem Gatten. »Ich hab dir doch gesagt, dass die Räder nachgezogen werden müssen.« Sie bedachte Horst mit einem giftigen Blick, der nichts Gutes verhieß.

Pius eilte auf die Pechvögel zu und streckte Gerlinde die Hand hin. Die schlug ein. Nicht ganz so fest, wie ihr

Gatte, aber fest genug, um Pius scharf einatmen zu lassen. Eine Duftkakophonie aus Essigreiniger, künstlichem Zitronenduft und muffiger Bracke kitzelte seine Nase. »Grüß Gott«, rief er betont fröhlich und lehnte sich nach hinten. Nur so gelang es ihm, das Pfundsweib in die Senkrechte zu bugsieren. Als Gerlinde vor ihm stand, staunte er nicht schlecht. Ihr Gesicht war glatt wie ein Babypopo und ihre Augen leuchteten in einem Blau, wie er es noch nie gesehen hatte. Hübsch, dachte der Mann in ihm.

»Jessas, des isch mir aber peinlich«, stammelte die Hausmeisterin. »Herr Hochwürden, entschuldigen Sie.«

»Nicht Hochwürden«, lächelte Pius. »Pater reicht voll und ganz.«

Gerlinde strich ihre blaugemusterte Bluse über dem mehr als üppigen Busen glatt. »Pater. Ja.« Sie nickte und wandte sich dann an ihren Mann, der sich kopfschüttelnd über den defekten Putzwagen beugte. »Jetzt kannsch schrauba.«

»Das glaub ich auch«, knurrte der Hausmeister. »Ich sag's ja, Frauen und Autos …«

»Was hat denn das mit einem Auto zu tun?« Gerlinde stemmte die Hände in die breiten Hüften.

»Es hat Räder«, blaffte Horst.

»Na, na.« Johannes hatte das Trio erreicht und betrachtete die Bescherung. »Das lässt sich ganz bestimmt in Ordnung bringen. Kommen Sie, wir gehen Ihnen zur Hand.«

»Danke, aber das ist nicht nötig. Helfen Sie lieber meinem Mann, endlich diesen verflu… äh … kaputten Wagen zu reparieren.«

»Die Werkstatt ist im Keller«, gab Horst bekannt.

»Wunderbar«, sagte Pius. »Ob wir oben oder unten mit der Begehung anfangen, ist sowieso egal.«

Die Patres folgten dem Hausmeister durch das Gebäude.

Gerlinde machte sich derweil daran, die Pfütze aufzuwischen, was nicht ohne ein paar saftige Flüche vonstattenging, wie Pius grinsend bemerkte.

Über eine Wendeltreppe gelangten sie ins Untergeschoss. Auch hier waren überall braune Türen. Eine Neonröhre flackerte. Pius las im Vorbeigehen die Schilder: Registratur, Archiv, WC Herren. Am Ende des Ganges erreichten sie eine Stahltür, deren graue Lackierung an vielen Stellen abgeplatzt war. Seifried drückte die Klinke. Die Tür war nicht abgeschlossen.

»Kommt ja keiner mehr rein, da kann ich mir die vielen Schlüssel sparen«, sagte Horst, als hätte er die Gedanken der Patres erraten.

»Auch wieder wahr.« Johannes folgte seinem Prior und dem Hausmeister durch die Tür. Sie landeten im Heizraum. Ein mächtiger Kessel dominierte das Zimmer, zusammen mit dem Gestank nach Heizöl.

Energieversorgung erneuern, notierte Pius im Kopf. Solarpaneele vielleicht, wenn die nicht gegen den Denkmalschutz verstoßen. Oder Gas, falls möglich.

An der Decke des mit schummrigen Funzeln erleuchteten Raumes schlängelten sich zahlreiche Rohre. Neben dem Kessel stand eine Werkbank. Horst Seifried wühlte sich durch die Schraubenschlüssel und Hämmer. »Wo isch denn des blöde Dings?«

Pius und Johannes nutzten die Zeit, um sich umzusehen. Johannes grinste, als er die verblichenen Poster an den Wänden sah. Leichtbekleidete Frauen mit den typischen Dauerwellen der 1980er-Jahre zierten die grauen Wände. Pius umrundete derweil den Kessel. Eine handtellergroße Spinne huschte vor ihm über den blanken Boden und verschwand in einer Ritze.

»Wo geht's da hin?«, rief Pius, als er am hintersten Ende

des Heizkellers eine schmale Tür aus dunklem Holz entdeckte. Er drückte die Klinke. Offen.

»Keine Ahnung, ist nicht mehr mein Ressort«, rief Seifried zurück und zog eine Schublade auf. Anscheinend fand er nicht, was er zur Reparatur benötigte.

Pius zuckte mit den Achseln und streckte den Kopf durch die Türöffnung. Es roch muffig und erdig. »Haben Sie eine Taschenlampe?«, wollte er von Seifried wissen, doch Johannes war schneller gewesen. Er hatte eine Maglite vom Haken neben der Werkbank genommen und leuchtete Pius ins Gesicht.

»Lass das!« Pius kniff die Augen zusammen.

»Verzeihung.« Johannes richtete den Lichtstrahl ins Dunkel. Vor ihnen lag ein schmaler Gang aus unbehauenen Steinen. Unzählige Spinnweben hingen fadgrau von der Decke.

»Du zuerst?«, fragte Pius, obwohl er die Antwort bereits kannte. Johannes war kein Mann für Abenteuer. Der Bruder schüttelte sogleich auch vehement den Kopf. Pius nahm ihm die Taschenlampe ab.

»Sei um Himmels Willen vorsichtig«, flüsterte Johannes.

»Weil?« Pius war schon ein paar Schritte in den Gang getreten. »Gespenster?« Er lachte in sich hinein.

»Das ist nicht witzig«, sagte Johannes, folgte seinem Prior aber. Nach ein paar Metern bog der Gang, der kaum höher als 1,80 Meter sein konnte und so schmal war, dass sie die Steinwände beinahe mit den Schultern streiften, nach links ab. Pius nahm an, dass sie unterirdisch dem Verlauf der Balinger Stadtmauer folgten. Seiner Meinung nach befanden sie sich nun ziemlich genau unter dem Zollernschloss, dem Wahrzeichen der Kreisstadt. Pius wusste nicht, ob es ihm nur so vorkam oder ob der Gang tatsächlich noch enger und niedriger wurde. Als er kurz davor war, angesichts des hinter ihm schwer schnaufenden Johannes umzukehren, öffnete sich vor ihnen ein etwa drei mal drei Meter großer Raum. Die Erde auf dem Boden war festgetreten, die Luft muffig.

»Spannend.« Pius malte sich aus, wie in uralten Zeiten hier Rittersleute ihre Gefangenen (oder, ganz profan, ihre Schinken und Würste) gelagert haben mochten. Dann streifte das Licht der Maglite etwas, das er lieber nicht gesehen hätte. Pius blieb vor Schreck fast das Herz stehen. Hinter ihm stieß Johannes einen spitzen Schrei aus.

ZWOIDE SCHDAPFL (ZWEITE STUFE)

Das war Jesse Malin mit Don't let them take you down *von seinem 2007er Album* Glitter in the gutter, *auf dem es übrigens auch ein Duett mit dem legendären Bruce Springsteen gibt. Hört mal rein in die Platte, ihr werdet es nicht bereuen.*

Noch immer gibt es bei uns Karten für das Simon & Garfunkel Tribute-Konzert in Balingen zu gewinnen. Also ran an die Telefone und nennt uns euer Lieblingslied des legendären Duos.

Nach den Nachrichten geht es weiter mit den Rolling Stones und ihrem You can't always get what you want.

Ich bin Steven, euer Morgenmann von Radio Donauwelle, und wünsche euch viel Spaß bei allem, was ihr heute tut.

Dank eines kleinen Film-Marathons gestern Abend in Thorbens Wohnung (beide Teile des großen Tribute von Panem-Finales am Stück) erwies sich die Müdigkeit als besonders hartnäckig. Verena Hälble nippte bereits an ihrer zweiten Tasse Kaffee und hatte noch immer das Gefühl, wenn sie nur für einen Moment die Augen schloss, würde sie sofort nach Lummerland abdriften. Ihr gegenüber am Tisch saß ihr Freund, Partner und Lover Thorben Fischer und wirkte ebenfalls alles andere als taufrisch. Trotzdem bereute sie den gemeinsamen Fernsehabend nicht. Dafür waren die beiden Filme zu spannend und zu gut gewesen.

Zum Glück brannte den Kommissaren derzeit kein neuer Fall unter den Nägeln, sodass sie wenigstens den

Morgen langsam angehen und in ihrem Lieblingscafé frühstücken konnten. Das erste Brötchen hatte Verena inzwischen verdrückt, aber auch das hatte nur unwesentlich zur Verbesserung ihrer Kondition beigetragen.

Vielleicht sollte ich mir einen von diesen Fruchtsmoothies gönnen, überlegte sie. Die Bedienung mit den kurzen schwarzen Haaren schwor darauf und mit ihrem sportlichen Körperbau sah sie tatsächlich so aus, als wüsste sie, wovon sie redete. Außerdem flitzte die Frau die ganze Zeit über umher, als wäre Kundenbedienung ihr erfüllter Lebenstraum. Darf es noch ein Tässchen Espresso sein? Kein Problem. Sie hätten gern gebratenen Speck? Kommt sofort. Den kleinen Obstteller? Ich gebe unverzüglich in der Küche Bescheid.

Im Hintergrund dudelte Musik. Immerhin von Radio Donauwelle, Verenas Lieblingssender. Definitiv ein weiterer Pluspunkt für das Café. Sie brauchte einige Momente, bis sie erkannte, welches Rolling Stones-Lied gerade gespielt wurde. Die Klänge erinnerten sie an ihren ehemaligen Kollegen Jochen Schädle. Der alte Rocker hatte Mick Jagger und Co. vergöttert. Bei jeder sich bietenden Gelegenheit hatte er die Musik der Rollsteine laufen lassen. Was Jochen wohl mittlerweile machte? Das Letzte, was sie über ihn gehört hatte, war, dass er wegen seines Rückenleidens in den Vorruhestand abgeschoben worden war. Was für die Kripo einen großen Verlust bedeutete.

Aber Verena besaß eigentlich keinen Grund zu klagen. Obwohl Thorben manchmal etwas chauvinistisch und chaotisch daherkam, eine tüchtige Spürnase besaß er trotzdem.

»Ich glaube, ich habe mir gestern was gezerrt«, sagte er wie auf Stichwort. Parallel dazu rieb er sich mit schmerzgeplagter Miene den Rücken. Was Verena gleich nochmals an

Jochen erinnerte. Der hatte auch ständig über seine Bandscheibe geklagt. Männer waren eben doch alle gleich.

»Tja, mein Lieber, ich hatte dich gestern Abend gewarnt. Aber nein, du musstest ja unbedingt den Flachbildschirm durchs halbe Wohnzimmer schleppen.«

»Ja, das musste ich. Hat es dich nicht gestört, dass ständig die Sonnenstrahlen oder das Licht der Straßenlaterne auf den Bildschirm gefallen sind? So was geht gar nicht. Wofür hab ich denn so ein sackteures Gerät gekauft, wenn ich seine Vorzüge nicht komplett auskosten kann?«

Verena seufzte. »Männer und Technik.«

»… gehören einfach zusammen. Das versteht ihr Frauen einfach nicht.« Thorben grinste frech und setzte sich aufrecht hin. Für einige Sekunden gelang es ihm sogar, seinen schmerzenden Rücken zu ignorieren. Er schien zu einer weiteren Bemerkung ansetzen zu wollen, wurde aber durch das Klingeln von Verenas Handy davon abgehalten. Ihr hingegen kam die Unterbrechung gerade recht.

»Hallo, Verena, hier ist Pius«, ertönte es gleich darauf aus dem Smartphone. »Ich habe hier was gefunden, das du dir ansehen solltest. Bring deinen Partner am besten auch gleich mit.«

Binnen eines Atemzugs war sie hellwach. Ihr Herz klopfte schneller. »Oh nein, ich hoffe doch, nicht schon wieder eine Leiche, Pater? Langsam wird das echt unheimlich mit Ihnen.«

»Glaube mir, ich habe mich ebenfalls nicht darum gerissen. Aber diesmal scheint der Tote schon vor vielen Jahren das Zeitliche gesegnet zu haben. Das Skelett sieht uralt aus.«

Das machte sie gleich noch neugieriger. »Wir machen uns sofort auf den Weg. Wohin eigentlich?«

»Balingen«, kam es aus dem Hörer.

Aber da bin ich nicht zuständig, wollte Verena sagen.

Erinnerte sich dann aber an zwei Dinge. Erstens war es ihr freier Tag und somit konnte sie gut und gerne einen Ausflug in die Kreisstadt machen. Immerhin lockten dort zahlreiche Schuhgeschäfte und ihre ausgelatschten Treter wurden langsam löchrig wie ein Schweizer Käse. Und zweitens war sie sehr wohl zuständig, Polizeireform sei Dank: Die leitende Balinger Kommissarin Hermigunde zu Tollern-Achteck hatte in der Vorwoche eine Mail geschickt und sich für vier Wochen abgemeldet. Reha. Herzrhythmusstörungen.

Verena ließ sich die Adresse geben und legte auf. Thorben verdrehte die Augen. Ihm schwante wohl schon Übles.

»Wie wär's mit einem Ausflug?« Verena plinkerte mit den Augen. Thorben seufzte und zuckte mit den Schultern. Gegen seine Chefin war Widerspruch sowieso zwecklos.

Sie jagten im Golf die Landstraßen von Spaichingen über Aldingen, Frittlingen und Wellendingen hinauf nach Balingen. Spätestens ab Schömberg rutschte Thorben unruhig auf dem Sitz hin und her, aber Verena war nicht sicher, ob dies mit Pius' Anruf oder der Bandscheibe zu tun hatte. Seinem Gesichtsausdruck nach zu urteilen, konnte er es jedenfalls kaum erwarten, dass sie ihr Ziel erreichten.

Was Verena nicht anders sah. Der Prior hatte gesagt, dass er im Keller des ehemaligen Landratsamts ein angekettetes Skelett gefunden hatte. Vielleicht stammte es ja von einem Lehnsmann, der bei einem der im 15. Jahrhundert im Zollernschloss residierenden Obervögte in Ungnade gefallen war. Oder jemandem, der sich in die falsche Frau verliebt hatte und ihretwegen im tiefsten Verließ eingekerkert wurde. Sofort hatte sie das Bild eines in rostigen Ketten festgehaltenen jungen Mannes mit zerfetzter Kleidung und blutigen Kratzern auf der Brust vor Augen. Ein bisschen erinnerte es sie an die gestern Abend gesehenen Hollywood-Filme. Ganz so würde es vermutlich nicht abgelaufen sein. Trotzdem, wer wusste schon, was der arme Schlucker in dem alten Keller hatte erleiden müssen?

Die Frage war nur, ob Verena für einen derartigen Fall überhaupt zuständig war. Aber nachdem nun auch schon Balingen in ihre Verantwortlichkeit fiel, warum nicht auch eventuell mehrere Hundert Jahre zurückliegende Todesfälle? Auf Mord stand ja bekanntlich keine Verjährung. Allerdings könnte es etwas schwierig werden, für die damaligen Taten einige Augenzeugen zu finden. Geschweige denn einen Täter. Andererseits – vermutlich konnte sie die alten Knochen alsbald an die Archäologen weiterreichen, mit Pius ein Spöttinger trinken und anschließend Schuhschnäppchen jagen.

Bald darauf erreichten sie die Große Kreisstadt und steuerten zielsicher den gepflasterten Innenhof des ehemaligen Landratsamtes an. Gleich auf den ersten Blick erkannte sie Pius' in die Jahre gekommenen Kloster-Volkswagen und parkte ihren Golf direkt daneben. Den Pater selbst suchte sie beim Aussteigen allerdings vergebens.

Während sich Thorben draußen ächzend und stöhnend streckte, schaute sich Verena im Innenhof um. Sie erkannte die Jugendherberge im schönsten Fachwerkstil, dazu noch einige andere Gebäude und Mauern, die ihren Ursprung nicht in diesem Jahrhundert hatten. Mit etwas Fantasie konnte man sich hier sofort ein mittelalterliches Treiben vorstellen. Pferdewagen, die vorfuhren, um Getreidesäcke abzuladen. Dazu einige Mägde, die die Gänse fütterten. Und Handwerker, die ihrer schweren Arbeit nachgingen. Darunter vielleicht auch jener arme Schlucker, der sich unglücklich verliebt hatte und deshalb unten im Keller …

Stopp!

Verena verscheuchte den Gedanken und stapfte auf die offen stehende Holztür zu. Thorben folgte ihr in gemächlichen Schritten und rieb sich abermals den Rücken. Das kann ja heiter werden, überlegte Verena, vermied aber jeden Kommentar über ihren armen, leidgeplagten Partner. Diskussionen über dessen Gesundheitszustand konnte man eh nicht gewinnen.

Als sie noch etwa zehn Meter vom Eingang entfernt war, verließ ein gemütlich aussehender Mittfünfziger das Haus.

Pius.

Er trug eine dunkle Jeans, deren Stoff auf Kniehöhe einen länglichen Riss aufwies, so wie es zu Verenas Jugendzeit in den 90er-Jahren einmal in gewesen war, und einen dunklen Pullover. Bei jedem anderen hätte der Look wie der verzweifelte Versuch, auf cool zu machen, gewirkt. Bei dem Ordensmann hingegen sah es tollpatschig und irgendwie nach Arbeit aus.

Hinter ihm trat der deutlich dickere Klosterkoch Johannes heraus, gefolgt von einer ebenfalls recht rundlichen Frau in blaugemustertem Oberteil. Nicht ganz passend zu dem molligen Trio lief hinter ihr ein schlaksiger Blondschopf im Blaumann mit Vollbart und Habichtnase. Verena ging auf sie zu und begrüßte zuerst den Prior und seinen Ordensbruder.

»Das sind Horst Seifried und seine Frau Gerlinde«, stellte Pius ihr gleich darauf die beiden anderen Personen vor. »Sie sollen das Gebäude auf Vordermann bringen.«

»Angenehm. Ich bin Kommissarin Verena Hälble und das ist mein Kollege Thorben Fischer. Haben Sie den Leichnam … also die Knochen gefunden?«

Der Mann schüttelte zögernd den Kopf.

»Das waren die beiden Glaubensbrüder«, erklärte Gerlinde Seifried und nickte überflüssigerweise in Richtung der Patres. »Ich dachte zuerst, sie machen Scherze. Aber der eine sieht so aus, als wäre ihm der Leibhaftige persönlich begegnet.«

Johannes schnappte nach Luft. »Ich möchte Sie mal erleben, wenn Ihnen so was passiert! Normalerweise arbeite ich in der Küche und schleiche nicht durch irgendwelche alten Gemäuer. Ich weiß schon, warum ich lieber im Kloster bleibe. Wenn ich Nervenkitzel haben möchte, spiele ich Kniffel mit Bruder Sunil!«

»Wären Sie da mal lieber geblieben! Dann hätten wir jetzt nicht diese Krimigeschichte hier. Ich sehe es schon kommen: Schon bald wimmelt es von Ordnungshütern, die ein und aus gehen und den Straßendreck an den Schuhen reintragen. Und wer darf nachher wieder alles sauber machen? Nur mal kurz durchwischen, hieß es. Pah! Das war's dann wohl damit! Und das alte Parkett ist sowieso hundsmiserabel zum Putzen!«

»Ganz ruhig, Frau Seifried. Wir, äh … können die Kollegen ja bitten, sich die Schuhe abzutreten, bevor sie ins Haus gehen. Vorher müssten wir den Fundort aber erst mal genauer in Augenschein nehmen.«

Das war Johannes' Zeichen, um einen Schritt zurückzuweichen – was die Hausmeisterin sofort zu einem süffisanten Grinsen veranlasste. Derweil nickte Pius mit ernster Miene. »Dann kommt mal mit.«

Er führte die Beamten über eine breite Wendeltreppe ins Untergeschoss, durch den Heizkeller und von dort in den schmalen und nicht besonders hohen Gang mit den Steinmauern. Pius knipste seine Taschenlampe an und zögerte nicht, weiterhin voranzugehen.

Verena zückte ihre Diensttaschenlampe. Die Spinnweben in allen Ecken ließen sie argwöhnisch die Wände absuchen. Aber zumindest fürs Erste entdeckte sie keinen achtbeinigen Kellerbewohner. Auf der Hut blieb sie dennoch. Nicht wegen sich. Ihr machten weder achtbeinige noch fußlose Viecher etwas aus. Thorben allerdings reagierte auf jegliches Krabbelgetier mit mehr als sechs Beinen mit heftiger Schnappatmung.

»Ich komm mir vor wie in *Der Name der Rose*«, sagte Thorben hinter ihr und rief gleich darauf deutlich lauter: »Wie sind Sie überhaupt hierhergelangt, Pater? Zu einer normalen Besichtigungstour zählt so was aber nicht.«

»Der Hausmeister ging in den Keller, um Werkzeuge zu holen. Wir wollten ihm helfen, sind aber irgendwie vom Weg abgekommen.«

»Vielleicht hatten Sie ja eine Eingebung von Gott«, überlegte Verena. Es war ihr unbegreiflich, wie jemand diesen Ort freiwillig betreten konnte. Der Gang schien mit jedem Schritt enger zu werden. Würde sie nicht in leicht gebückter Haltung laufen, würden ihre Haare bestimmt am Mauerwerk der Decke entlangschleifen. Was das eine oder andere in der Dunkelheit lauernde Tierchen auf dumme Ideen bringen könnte. Lieber nahm sie es mit einer ganzen, bis an die Zähne bewaffneten Diebesbande auf, als hier unten als potenzielles Opfer für Spinnen und Käfer herhalten zu müssen und einen ziemlich unmännlichen Kreischanfall von Thorben zu riskieren.

Für dessen Rücken dürfte die leicht gebückte Haltung ebenfalls kein Zuckerschlecken sein. Es glich einem Wunder, dass er sich bisher noch nicht lautstark darüber beschwert hatte.

Endlich erreichten sie eine muffige kleine Kammer, deren Boden mit nasskalter Erde bedeckt war. Obwohl es vermutlich irrelevant war, achtete Verena sofort darauf, ihn nur am Rand zu betreten, um keinesfalls irgendwelche Tatortspuren zu zerstören. Pius bemerkte ihre Vorgehensweise und schloss sich ihr an, ohne Fragen zu stellen.

Das Licht seiner Taschenlampe strahlte auf die gegenüberliegende Steinwand und das, was davor auf dem Boden lag: ein menschliches Skelett wie aus einem Horrorfilm. Besonders der Totenschädel und die leeren Augenhöhlen strahlten eine subtile Brutalität aus. Der Anblick war bizarr und selbst für sie ungewohnt. Nach einigen Sekunden wurde ihr bewusst, was sie ebenfalls störte: Jemand schien versucht zu haben, alles richtig anzuordnen, hatte dabei aber Oberarm- und Oberschenkelknochen verwechselt. Ein weiterer Blick genügte und Verena wusste, welches Geschlecht der Leichnam gehabt hatte. Gut, wenn man in Pathologie immer aufgepasst und sich die wesentlichen Skelettmerkmale eingeprägt hatte. Das Becken des Gerippes war eindeutig ein sehr weibliches.

So viel zu der Idee von dem in Ungnade gefallenen Lehnsmann. Ganz war ihre Theorie aber noch nicht vom Tisch.

Wenigstens nicht sofort.

Noch etwas störte Verena, doch sie kam abermals nicht gleich darauf, was es war. Einige Sekunden lang suchte sie mit der Taschenlampe jeden Millimeter der Gebeine ab. Schließlich dämmerte es ihr: Alte Knochen müssten braun und porös sein. Eventuell hätte es sogar Spinnweben dazwischen oder daran gegeben.

Nichts dergleichen war hier der Fall. Das Skelett wirkte so sauber und neu, als würde es frisch aus dem Biounterricht einer Balinger Schule stammen. Aber vielleicht täuschte sie sich auch. So bewandert war sie im Zerfall von Leichen nun auch nicht. Wer wusste schon, wie es sich mit der Verwesung in einem alten Gemäuer wie diesem verhielt?

Verena richtete den Strahl der Lampe auf den Schädel. Die toten Höhlen glotzten sie weiterhin an. Dort, wo eigentlich die Nase hingehörte, verlief zwischen den Löchern ein kleiner Riss. Verena beugte sich herunter. Die Zähne waren ein bisschen schief, aber blendend weiß. Bis auf einen. Fast ganz hinten, Oberkiefer. Der glänzte in schönstem Gold. So etwas hatten die Bader im Mittelalter nicht gehabt.

Anderthalb Stunden später hatte sich die Prophezeiung der Putzfrau vollständig erfüllt. Knapp ein Dutzend Beamte hatten den Vorplatz abgesperrt und gingen im ehemaligen Landratsamt ein und aus. Neugierig beäugt von den Inhabern und Kunden der beiden gegenüberliegenden Geschäfte. Das eine vertrieb Duft-, das andere eher Feuerwasser. Kaum jemand von den Beamten klopfte sich vor dem Eintreten die Schuhsohlen ab.

Verena ließ die Kollegen ihre Arbeit erledigen und war froh, als sie den muffigen Kellerraum verlassen konnte. Im Innenhof ließ sie sich von den beiden Patres noch einmal jedes Detail des Leichenfundes berichten. Was allerdings zu keiner neuen Erkenntnis führte.

Nicht viel anders verlief das Gespräch mit dem Hausmeisterehepaar. Keiner von ihnen hatte zuvor etwas Verdächtiges gehört oder gesehen. Auf den ersten Blick erkennbare Einbruchsspuren gab es ebenfalls keine.

»Wer außer Ihnen hat noch Zugang zu dem Gebäude?«, wagte Verena einen letzten verzweifelten Versuch.

»Das weiß ich nicht genau«, sagte Horst Seifried mit bedrückter Miene. »Um diese Dinge kümmert sich die Gebäudeverwaltung. Wir hatten nur den Auftrag, hier sauber zu machen.«

Sie ließ sich die Adresse und Telefonnummer der Verwaltung geben, machte sich aber keine großen Hoffnungen, dort fündig zu werden. Da bislang nicht mal feststand, wie lang das Skelett unten im Keller auf seine Wiederentdeckung gewartet hatte, war es ohnehin wie die Suche nach der berühmten Nadel im Heuhaufen.

Verena bedankte sich und ließ ihre Gesprächspartner gehen. Einzig Thorben blieb zurück und nagte grüblerisch an seiner Unterlippe. »Was meinst du?«, fragte er.

»Ich weiß nicht mal genau, wo wir mit den Ermittlungen anfangen sollen. Sofern überhaupt.« Ein kühler Wind wehte ihr um die Nase, kam ihr nach dem Ausflug ins stickige Untergeschoss aber gerade recht.

»Ohne die vorläufigen Berichte der Spurensicherung und Forensiker kommen wir nicht weiter. Dort im Verließ, das könnte praktisch jeder beziehungsweise jede sein.«

Verena nickte. Das Gleiche war ihr gerade auch durch den Kopf gegangen.

Sie überlegte, sich in einem der Cafés um die Ecke einen Kaffee zu holen, als sie einen rundlichen Endvierziger im rot karierten Hemd und mit abgetragener, schwarzer Lederjacke aus dem Gebäude kommen sah. Der neue Gerichtsmediziner. Wittke, oder wie der hieß. Mit wenigen Schritten war sie bei ihm.

»Können Sie schon was sagen? Wie lautet Ihr erster Eindruck?«, fragte sie hoffnungsvoll.

Der Mann wartete ab, bis Thorben bei ihnen war und wirkte dann auf einmal sehr nachdenklich. »Bei der ersten Sichtung der Knochen habe ich keine oberflächlichen Verletzungen entdeckt. Allerdings gibt es da mehrere gebrochene Halswirbel. Vermutlich ist sie daran gestorben. Aber nageln Sie mich nicht darauf fest. Das müssen wir alles noch genauer untersuchen. Rechtgeben muss ich Ihnen aber in dem Punkt, dass das Skelett ziemlich frisch ist. Die Knochen sind am Mark – also, mal für Laien ausgedrückt – noch nicht ganz trocken. Sozusagen.«

»Haben Sie eine Ahnung, wie die Tote Haut, Fleisch und alles andere verloren haben könnte?«, fragte Thorben.

Wittke zuckte mit den Schultern. »Wahrscheinlich ein Bleichmittel«, sagte er so, als würde das alles erklären. Als ihm das Gegenteil dämmerte, holte er weiter aus: »Es gibt verschiedene Methoden, Fleisch und Knochen voneinander zu trennen. Am langwierigsten ist die Kaltwassermazeration. Da legt man jemanden so lang in kaltes Wasser, bis er sich aufgelöst hat. So was machen Sie aber nicht mal eben im Hinterhof, denn da würden Ihnen die Nachbarn aufs Dach steigen. Stinkt wie die Hölle. Die Arbeit durch Maden und Insekten schließe ich deshalb ebenfalls aus.«

Thorben stöhnte leise. Er ahnte vermutlich, dass er beim Mittagessen nur etwas Vegetarisches herunterbekommen würde. Wenn überhaupt.

Wittke sprach ungerührt weiter. »Man könnte das organische Material aber auch mit einem recht starken Waschmittel auflösen. Oder man nutzt Chemikalien wie Ammoniak, Kali- und Natronlauge. Tierpräparatoren zum Beispiel entfernen nur grob sämtliche Fleischpartikel und legen den Kadaver danach in 30-prozentiges Wasserstoffperoxid ein. Das frisst buchstäblich die letzten Reste auch aus der kleinsten Vertiefung.«

Angewidert verzog nun auch Verena das Gesicht und wollte sich die Prozedur nicht einmal vorstellen. Neben ihr lächelte Wittke amüsiert und machte sich einen Spaß daraus, noch weiter ins Detail zu gehen: »Statt dem Einlegen können Sie die Lauge auch breiflächig aufpinseln und die Leiche danach in die Sonne legen. Wenn alles trocken ist, können Sie es problemlos abbürsten. Diese Methode hat den Vorteil, dass der Staub auch die winzigsten Löcher verschließt. Eine gute Idee ist zudem das Auskochen. Hilft besonders, wenn Sie die Zähne besonders weiß haben wollen.«

»Sie sind Junggeselle, oder?«, platzte es förmlich aus Verena heraus. Jemand, der sich so genüsslich über derartige Sachen ausließ, besaß bestimmt nicht den Hauch einer feinfühligen Ader.

»Stimmt, aber was hat das hiermit zu tun?«, fragte Wittke.

Verena lag eine spitze Bemerkung auf der Zunge, aber Thorben stellte sich bewusst zwischen die beiden und zückte seinen Notizblock. »Sie scheinen sich damit bemerkenswert gut auszukennen, Herr Kollege. Können Sie uns vielleicht auch gleich einen Tipp geben, woher sich jemand die Chemikalien besorgt haben könnte?«

Der Gerichtsmediziner winkte ab. »Das Zeug kriegen Sie in verschiedenen Konzentrationen in jeder Apotheke. Außerdem in jedem Friseurladen oder einem Baumarkt, der Malereizubehör oder Chlorkalk führt. Es kommt auch praktisch jeder Jäger mit Erfahrung im Präparieren infrage. Ebenso Kürschner. Bestimmt auch der eine oder andere Handwerker. Aber ich möchte mich da nicht zu weit aus dem Fenster lehnen. Ist ja schließlich Ihre Aufgabe, den Täter ausfindig zu machen. Ich schick Ihnen meinen Bericht, sobald meine Kollegen und ich die chemischen Details herausgefunden haben.«

Ihre Antwort wartete er gar nicht erst ab, sondern entfernte sich, noch immer schmunzelnd. Sein Ziel war einer der zahlreichen Streifenwagen, die den gesamten Parkplatz einnahmen.

»Vielen Dank«, schickte Thorben leise hinterher.

Verena schüttelte den Kopf. »Also, manche Leute …« Ihr fehlten die Worte.

DRIDDE SCHDAPFL (DRITTE STUFE)

Das waren Simon & Garfunkel mit ihrem The sound of silence.

Hier spricht euer Mittagsmann Tom und ihr hört Radio Donauwelle, den besten Sender für die Alb-Region. Freunde, langsam wird es spannend: Den ganzen Vormittag über hat mein Kollege Steven kräftig Karten für das Tribute-Konzert heute Abend in Balingen verlost. Exakt zwei Tickets sind noch übrig und um die zu bekommen, hat sich Dirk Rüsselsbacher bei uns gemeldet. Dirk, verrate unseren Zuhörern und mir doch bitte, warum ausgerechnet du die letzten zwei Karten bekommen solltest.

»Das ist ganz einfach, Tom. Meine Frau und ich sind riesige Fans des Duos. Sogar die ganzen Solo-Sachen haben wir uns gekauft. Außerdem ist heute unser Hochzeitstag. Das wäre die perfekte Überraschung zu diesem Anlass.«

Gegen solche Argumente komme ich natürlich nicht an. Herzlichen Glückwunsch, für deine Frau und dich werden zwei Karten an der Abendkasse hinterlegt. Und bei uns geht es jetzt weiter mit Tom Petty & the Heartbreakers und ihrem Mega-Hit American girl *– der übrigens sogar in* Das Schweigen der Lämmer *verwendet wurde.*

Obwohl er seit dem hastig reingeschlungenen Frühstück nichts mehr gegessen hatte, verspürte Pius weder Appetit noch Hunger. Auch Bruder Johannes sah nicht so aus, als bräuchte er in naher Zukunft etwas zu Essen.

Trotzdem waren sie in einem Lokal nahe der Stadtkirche eingekehrt. Der Kellner hatte ihnen ein Glas Spöttinger Bräu vorgeschlagen, aber selbst das weckte zu viele negative Assoziationen. Schließlich war es erst wenige Monate her, dass Pius den toten Herrn Spöttinger erwürgt in der Klosterkirche gefunden hatte. Bier hatte seitdem eher selten auf der Getränkekarte der Patres gestanden. Auch diesmal hatten sie sich für zweimal Apfelschorle entschieden, daran bisher aber bloß zaghaft genippt.

»Am liebsten würde ich ins Kloster zurückkehren«, verriet Pius und rieb sich mit beiden Händen übers Gesicht. »Doch wer weiß, ob Verena nicht später noch weitere Fragen hat oder unsere Aussagen zu Protokoll nehmen möchte. Sie hat ja so eine Art Besucherbüro hier bei der Kripo.«

»Wir wissen doch gar nichts. Und gesehen haben wir auch nichts. Na ja, fast nichts. Außerdem können wir noch nicht zurück nach Spaichingen. Wir haben doch extra Zimmer in Balingen reserviert. Und ich dachte, wir würden hier heute Abend um die Häuser ziehen.«

»Um die Häuser ziehen?« Allein die Ausdrucksweise brachte Pius zum Schmunzeln. Mit Johannes brachte er viel in Verbindung, aber bisher kein »um die Häuser ziehen«. »Ach, weißt du, der Fund im Keller ist mir ziemlich auf die Leber geschlagen.«

»Denkst du, mir geht es anders? Ich hab noch immer den Geruch vom Keller in der Nase. Aber glaube mir, bis heute Abend ist das längst vergessen.«

Pius spürte, wie sein Schmunzeln breiter wurde. Sollte er seinem Glaubensbruder verraten, dass er von dem geplanten Konzertbesuch wusste? Und dass er vorhatte, eines der Konzertplakate an der Kasse zu schnorren, als Erinnerungsstück? Aber das würde Johannes vermutlich die

Überraschung verderben. Das wollte er nicht riskieren. »Also gut, schauen wir mal, was der Abend bringt. Was tun wir bis dahin? Gehen wir noch mal zurück zum alten Landratsamt?«

»Nein, bitte nicht.«

»Aber eigentlich müssten wir die Besichtigung fortsetzen. Deswegen sind wir hier.« Pius bemühte sich, wie der strenge Prior zu klingen, der er war. Also Prior. Streng auf keinen Fall.

»Das geht sowieso nicht, wenn da alles voller Polizei ist.« Johannes' Grinsen war so schief, dass Pius sofort wusste, was ihm durch den Kopf ging: Sein Freund hatte noch nie große Lust verspürt, die alte Behörde zu inspizieren. Schon gar nicht mehr, seit er mitbekommen hatte, dass es im Gebäude noch nicht mal eine uralte Küche gab, zu der er hätte etwas Professionelles sagen können. Sollte sich das Mutterhaus eines Tages entschließen, aus dem alten Landratsamt tatsächlich eine Zweigstelle des Spaichinger Klosters zu machen, wäre er zweifellos gerne bereit, eine neue Küche auszustatten. Bis dahin allerdings …

»Lass uns beten.« Pius faltete die Hände und Johannes tat es ihm nach. So fiel ihnen nicht gleich auf, dass in diesem Moment ein Pulk aus Anzugträgern das Restaurant betrat und sich wie in einer geheimen, jahrelang einstudierten Choreographie an den Tischen verteilte. Aufmerksam wurden sie erst, als das Schuhgetrappel zu laut wurde – und auch dann entlockte es Pius nicht mehr als einen lahmen Seitenblick.

Gleichzeitig atmete er tief ein, als könne er so den Geist seines Herrn einsaugen. Er suchte nach Worten, die das Geschehen greifbar machen könnten. Mit denen er Bruder Johannes trösten könnte. Doch es fiel ihm nichts ein. Und so sprach er leise, aber sehr eindringlich, die uralte

Formel des Vaterunsers. Johannes stimmte ein, froh, sich am Gebet festhalten zu können. Die beiden endeten mit einem kräftigen »Amen«.

»Tagesgericht?« Pius zuckte zusammen. Der Kellner war unbemerkt an ihren Tisch getreten. »Gschmelzte Maultaschen mit Kartoffelsalat und zum Nachtisch Pannacotta. Vorneweg gibt's Tomatensuppe.«

Johannes schluckte trocken. Und Pius war froh, dass sein Glaubensbruder den Appetit wiedergefunden hatte. Im Stillen dankte er seinem Herrn dafür. Laut sagte er: »Nehmen wir, zweimal bitte.«

Derweil nahmen die Tischgespräche um sie Fahrt auf. Sie schnappten Gesprächsfetzen auf. Es ging um Frauen und das vergangene Wochenende. Um Versicherungen, Provisionen, den manchmal doofen und manchmal nichtsnutzigen Chef und um den Tanz in den Mai am kommenden Wochenende. Mal mit, mal ohne jene Damen vom Wochenende.

»Ich müsste im Mutterhaus Bescheid sagen«, überlegte Pius laut. Sofort kramte Johannes das Handy des Ordens aus der Aktentasche hervor.

Allerdings umsonst.

Pius weigerte sich standhaft, das erst wenige Wochen alte Smartphone zu benutzen, das der Konvent dank Bruder Ortwin beim Preisausschreiben des Albboten gewonnen hatte. Kein Kreuzworträtsel, das dem leidenschaftlichen Ratefuchs unter die langgliedrigen Finger kam, blieb ungelöst. Und wenn es doch mal irgendwo klemmte, waag- oder senkrecht, fragte er so lange bei Google und Konsorten nach, bis in jedem Kästchen der korrekte Buchstabe stand. Meistens investierte Ortwin sein Taschengeld in Rätselhefte, Postkarten und Porto. Die Patres waren so schon zu einem Staubsauger, einem Teeservice und einem

Kofferradio, einer Videosammlung über die Lofoten sowie massenweise Kugelschreibern, Baseballkappen und anderem Kokolores gekommen. Der ganz große Gewinn war aber ausgeblieben – bis Ortwin die Ratenuss in der Tageszeitung knackte und mit dem Lösungswort »Salamibroetchen« das von einer überregionalen Metzgerei ausgelobte Handy im Wert von mehreren Hundert Euro abstaubte. Inklusive prallvollem Surf- und Telefonguthaben.

Trotz seiner Skepsis hatte Pius das Gerät sogar ausprobiert. Zumindest zehn Minuten lang. Aber schon das Wischen über den Bildschirm war ihm suspekt gewesen. Dann hatte sein Ohr während des Gesprächs eigenhändig die merkwürdigsten Funktionen gewählt. Den Rest hatte ihm der schrille Klingelton gegeben, der ihm von der ersten Sekunde an auf den Wecker gegangen war.

»Pack das Ding weg«, kam es deshalb auch wie aus der Pistole geschossen.

»Soll ich anrufen?«, schlug Johannes vor.

»Ach. Ach ja. Ach nein.« Der Prior schüttelte den Kopf. Die Oberen im Mutterhaus konnten genauso gut später erfahren, was sie neben alten Steinen noch geerbt hatten. Die alten Knochen müssten warten, auf beiden Seiten. Irgendwo würde Pius schon ein ganz normales Telefon auftreiben. Außerdem stellte der Kellner just in diesem Moment die dampfenden Tomatensuppen vor den beiden ab. Der würzig-süße Duft waberte über den Tisch und erinnerte sie daran, dass sie Hunger hatten. Johannes' Magen gab ein knurrendes Geräusch von sich wie ein Hund, vor dessen Schnauze jemand mit einem Knochen wedelte.

Während sie schweigend aßen, dachte Pius an die Brüder im Spaichinger Konvent, die jetzt sicher bei den von Johannes vorgekochten Kässpätzle im Refektorium saßen.

Heute müsste Bruder Sunil dran sein mit der täglichen Lektüre. Nachdem die Mönche sich immer abwechselnd vorlesend durch den letzten Robert Krauss-Roman gegruselt hatten, stand jetzt *Doctor Sleep* an. Zugegeben, keine sehr christliche Lektüre, aber immer wieder erbauend. Also, in dem Sinn, dass die Geschichten von Stephen King so abgefahren waren, dass einem das wahre Leben beinahe schon gemütlich vorkam. Niemand beherrschte, meinte Pius, die Charakterstudien der Menschen so genial wie King.

Damit aber er und Johannes den Anfang nicht verpassten, würde Sunil heute wohl auf etwas anderes zurückgreifen. Vermutlich eine der Kurzgeschichten aus der Anthologie, die der VHS-Schreibkurs Tuttlingen zugunsten des Tierheims beim Weihnachtsmarkt verkauft hatte und die der asiatische Missionar sich hatte aufschwatzen lassen.

Pius schmunzelte amüsiert, wurde aber schnell wieder ernst, als er sah, wie ein schlaksiger Kerl im Armani-Anzug die Gaststube betrat, sich kurz umschaute und dann brüllte: »Rüsselsbacher, alter Schwede!«

Wer Rüsselsbacher war, war nicht schwer zu erraten: Inmitten einer Gruppe Anzugträger erhob sich ein Mittdreißiger. Ebenfalls in Armani. Eiförmiger Kopf mit kahlrasiertem Haar und üppigem Rüssel, pardon: großer Nase. Er winkte mit der linken Hand und ließ dabei einen goldenen Chronometer aufblitzen. Die Uhr musste ein kleines Vermögen gekostet haben, dachte Pius und rechnete heimlich aus, wie viele Waisenkinder in Bangladesch dafür geimpft werden könnten. Viele.

»Du warst ja im Radio!« Der Schlaksige zwängte sich zwischen die anderen Männer. »Kannst du dir die Karten fürs Konzert nicht leisten?«

Der Neuzugang ließ ein Lachen hören, das Pius an einen

alten Traktor erinnerte, der nicht anspringen wollte. Dafür sprang Rüsselsbacher auf die Vorlage seines Kollegen an.

»Blödsinn!« Er versuchte zwar, ein einigermaßen freundliches Gesicht zu machen, aber so ganz gelang es ihm nicht.

»Zu wenig Umsatz diesen Monat, was? Na, und da ist deine Olga gar nicht froh, hahaha. Kein neuer Pelz, hoho.« Wieder knatterte der Traktor.

Kann ja nicht jeder dem Chef in den Arsch kriechen wie du, sagte keiner. Stand Dirk Rüsselsbacher aber förmlich auf die Stirn geschrieben.

»Wer nichts wird, wird Wirt«, flüsterte Johannes. »Und ist auch dies ihm nicht bedungen, macht er in Versicherungen.«

Pius spürte, wie er errötete. Lästern gehörte sich nicht. Machte aber manchmal Spaß. Auch einem Mönch. Deshalb schüttelte er auch nur halbherzig den Kopf und widmete sich dann lieber mit Gaumen und Magen den Maultaschen.

Nach einem reichhaltigen Dessert traten sie in den mittäglichen Sonnenschein hinaus. Pius rülpste leise. Johannes strich sich über den Bauch. Sein Blick blieb an der Hose seines Priors hängen. »So kann das nicht bleiben.«

»Warum?« Pius hatte den Riss beinahe vergessen. Sein Knie pochte nur noch ganz leise und der sanfte Luftzug, der durch die vom Hersteller nicht vorgesehene Öffnung pustete, tat der kleinen Schürfwunde gut.

»Weil wir heute Ab… ab… aber so geht das doch nicht. Ich meine, das sieht nicht gut aus. Wer weiß, wem wir heute noch begegnen.«

Pius zuckte mit den Schultern. Ihm waren Äußerlichkeiten herzlich egal. Allerdings fand auch er selbst, dass ein Konzertbesuch in zerrissener Jeans nicht ganz angebracht war. »Dann müssen wir das nähen.« Pius sah sich um. Irgendwo in der Kreisstadt gab es bestimmt ein Geschäft, das Aufnäher verkaufte. Nadel und Faden hatte er im kleinen Koffer. Noch aus dem Hotel Esplanade in Berlin, wohin er im vergangenen Herbst mit Verena gereist war, als verdeckter Ermittler sozusagen, um sich auf die Spur des Mörders des Besitzers von Spöttinger Bräu zu machen. An das Hotel mit dem himmelweichen Bett dachte er gerne zurück. An die Leiche in der Klosterkirche weniger gern. Aber das bunte Treiben auf dem Marktplatz von Balingen lenkte ihn fürs erste ab. Mitten auf dem Platz stand ein Brunnen, in dem leicht grünliches Wasser plätscherte. Die Brunnenfigur – Ritter Ulrich – starrte stoisch Richtung Rathaus, die Stadtkirche mit ihrem mächtigen Turm im Rücken. Auf dem Platz standen Tische und Bänke eines Cafés, die in der Mittagspause allesamt gut besetzt waren. Wo in den 1980ern noch Autos fuhren, wie Pius sich schemenhaft erinnerte, war jetzt eine schöne Fußgängerzone, die mit kleinen Wasserläufen aufgelockert war. Eine bombige Idee der Stadtplaner, wie besonders die Kinder fanden, die trotz des noch jungen Frühlings reihenweise die kleinen Schuhe abstreiften und sich bis zum Knie oder höher in den künstlichen Bächen nass machten. Den Müttern schien es egal zu sein. Sie saßen, aufgereiht wie erschöpfte Hühner, auf den Bänken entlang der Wasserstraße, tranken Kaffee aus Pappbechern, rauchten oder starrten auf ihre Mobiltelefone. Oder alles auf einmal.

»Rechts oder links?«, fragte Johannes. Pius hatte genau so viel und wenig Ahnung wie sein Mitbruder. Er schielte die Straße hinunter. Entdeckte eine Reinigung, eine Metzgerei. Parfümerie, einen Dekoladen, Apotheke und Optiker. Tabakgeschäft. Damenboutiquen.

In der anderen Richtung sah es nicht besser aus: Optiker. Telefonladen. Boutiquen. Ein alternativer Schmuckladen. Ein edler Juwelier. Friseur. Sportgeschäft.

»Links«, beschied er dennoch, immerhin war das die Richtung, in der sich das Zollernschloss befand. Außerdem war es die Straßenseite, die in der Sonne lag. Und tatsächlich entdeckten sie einen kleinen Laden, der aus einer anderen Zeit gefallen zu sein schien. Wolle. Hüte. Strümpfe. Und: Aufnäher! Allerdings nur solche für Kinder. Klar, gestandene Männer zerrissen sich selten die Beinkleider. Mönche schon gar nicht. Pius hatte die Wahl zwischen Biene Maja, merkwürdig überzeichneten knallroten Autos und grünen Monstern. Er entschied sich für das dunkelste Motiv, das er finden konnte, bezahlte und reichte vor dem Geschäft die kleine Papiertüte mit seinem Einkauf an Johannes weiter.

Der Bruder holte Pius' Errungenschaft heraus und grinste. »Batman?«

Der Nachmittag war bereits im vollen Gange, als Verena und Thorben die Polizeidirektion in der Hirschbergstraße erreichten.

Ein Gebäude passenderweise direkt gegenüber einer Seniorenresidenz. Denn so, wie sich ihr Partner aus dem Auto schälte und den geschundenen Rücken hielt, könnte sie ihm direkt darin ein Zimmer reservieren. Vielleicht ein schönes mit Blick auf die Eyach. Das würde ihm bestimmt gefallen.

Thorben schaute sie einen Moment lang zweifelnd an, als wüsste er genau, was sie dachte, sagte aber nichts, bis sie ihr Interimsbüro im Westteil des Gebäudes bezogen hatten.

Die Balinger Kollegen befanden sich größtenteils noch am Tatort, was den Smalltalk auf ein Minimum reduzierte. Aber das kam Verena gerade recht.

Sie war noch immer etwas verstimmt von dem bizarren Gespräch mit dem Gerichtsmediziner. Wie man am besten das Fleisch von den Knochen entfernte und diese dann auskochte. Wie konnte man als normaler Mensch über so was Bescheid wissen? Wobei, sonderlich normal hatte Wittke eh nicht gewirkt.

Was Verena ebenfalls wurmte: Dank Pius' gruseligem Fund war ihr freier Tag komplett den Bach runtergegangen. Hätte sie das vorher gewusst, hätte sie sich gestern Abend mit Thorben keinen Filmmarathon gegönnt. Und wer wusste schon, wann sich demnächst wieder die Gelegenheit ergab, dass sie beide zur gleichen Zeit frei und nichts vor hatten?

Aber gut, dem Pater konnte sie keinen Vorwurf machen. Sie war ja froh, dass er sie und nicht irgendwen anders verständigt hatte. Wie oft geschah es schon, dass jemand in einem alten Keller ein Skelett fand? Das könnte ein höchst interessanter Fall werden. Oder ein ziemlich verzwickter.

Seufzend ließ sie sich an ihrer Seite des Doppelschreibtischs nieder und startete ihren Computer. Während die lahme Kiste schnaufend und dröhnend hochzufahren begann, wählte sie die Telefonnummer der Gebäudeverwaltung, die Horst Seifried ihr vorhin gegeben hatte. Die Nachricht des Skelettfundes hatte sich dort natürlich längst herumgesprochen.

Entsprechend flattrig wirkte die Frau am Ende der Leitung auch. »Entschuldigen Sie, der Chef ist gerade außer Haus«, sagte sie mit piepsig dünner Stimme.

Sofort hatte Verena das Bild von einer schmächtigen jungen Frau von Anfang 20 vor Augen. »Möglicherweise können auch Sie mir weiterhelfen, Frau Herbert. Wie viele Häuser betreuen Ihre Firma und Sie?«

»Das … äh … wir … es sind knapp 20 Gebäude. 18, um genau zu sein.«

»Wie und wo bewahren Sie die Schlüssel dafür auf?«

»Da gibt es extra einen Schlüsselschrank. Aber der ist eigentlich immer abgeschlossen.«

Eigentlich. Allein das Wort ließ Verena die Ohren spitzen. »Wo genau befindet sich denn dieser Schrank?«

»In … äh … meinem Büro. Das heißt: im Vorzimmer des Chefs. Ich sitze hier allerdings nicht allein. Meine Kollegin, Frau Rudolf, arbeitet hier ebenfalls.«

»Das heißt, Sie beide sind die einzigen, die darauf Zugriff haben?«

»Na ja. Es kommt schon vor, dass langjährige Mitarbeiter sich die Schlüssel für neue Objekte direkt rausnehmen, wenn sie sehen, dass wir gerade beschäftigt sind. Der Chef entnimmt sich gelegentlich auch welche, wenn ein Termin ansteht.«

»Also kommt praktisch jeder aus Ihrem Haus infrage?«

»Nun ja … ja.« Sie seufzte tief und bedrückt.

»Kein Problem, Frau Herbert. Wir brauchen eine Auflistung sämtlicher Personen, die Zugang zu den Schlüsseln haben. Das heißt alle Hausmeister, alle Verwaltungsangestellten, der Chef, selbst die Putzfrau, sofern Sie so etwas haben. Also eine Liste. Nicht die Putzfrau. Ach. Sie verstehen schon! Am besten bitte gleich mit Anschrift und einer Telefonnummer, unter der diejenigen zu erreichen sind. Die Daten schicken Sie mir bitte an meine E-Mail-Adresse.«

Verena nannte sie ihr und betonte bei der Verabschiedung noch einmal, wie wichtig ihre Mithilfe war.

»Auch das klingt wie die Nadel im Heuhaufen«, sagte Thorben von der anderen Schreibtischseite her. Sein Computer war offenbar schon vollständig hochgefahren und er klickte einige Male hektisch mit der Maus herum. Lang hielt sein Eifer allerdings nicht an und er lehnte sich mit hinter dem Kopf verschränkten Händen im Stuhl zurück. »Viele offene Vermisstenfälle gibt es derzeit nicht in der Region, und lediglich fünf davon betreffen Frauen.«

»Das ist doch schon mal was.«

Thorben runzelte die Stirn. »Der aktuellste liegt fast drei Monate zurück und betrifft eine Frau Ende 50. Irgendwie sagt mir meine Spürnase, dass unser Skelett noch nicht so viele Jährchen auf dem Buckel hat.« Bei diesen Worten schien sich sein eigener Buckel zu Wort zu melden. Zumindest rieb sich Thorben geistesabwesend seine Hüfte. Der Bürostuhl, auf dem er saß, war ein Standardmodell, standardmäßig durchgesessen. Ganz gewiss nicht gut für seine Bandscheiben.

»Trotzdem sollten wir das überprüfen. Wer weiß, vielleicht ergibt sich ja doch was.« Sie wollte noch etwas hinzufügen, aber das Klingeln des Handys hielt sie davon ab. Ihr erster Gedanke galt Pius, aber als sie das Gespräch annahm, ertönte eine Stimme, die vollkommen anders als die des Paters klang. Noch dazu war sie weiblich.

Annett Scheible von der Spurensicherung. Mit der hatte sie einige Male zusammen Squash gespielt und auch sonst verstanden sie sich recht gut. »Hallo, Verena, ich bin noch immer am Tatort und wollte dir einen kurzen Zwischenbericht geben. Ich weiß ja, wie sehr du immer darauf brennst.«

»Ganz genau. Habt ihr schon was gefunden, das uns weiterhilft?«

»Ich befürchte nicht. An der Haustür gibt es zwar etliche Fingerabdrücke, viele davon sind aber verwittert oder verwischt. Einbruchspuren haben wir keine gefunden. Der Vorplatz ist komplett mit Kopfsteinpflaster überzogen, sodass es mit Schuhabdrücken ebenfalls mau aussieht. Nicht mal einen Öltropfen oder ein Bonbonpapier haben wir auf den Steinen entdeckt.«

»Wie steht's um den Innenbereich und den Keller?«

»Nicht viel besser. Am Geländer gibt es zwar ein paar Abdrücke, aber viele Hoffnungen mache ich mir da ehrlich gesagt nicht. Ebenso bei den Kellergängen. Ist ohnehin schwierig, da unten gescheit zu arbeiten. Wo wir allerdings was gefunden haben, ist auf dem Erdboden im Raum, in dem das Skelett an der Wand hing. Dort gibt es den Abdruck eines Turnschuhs. Um welche Marke und Schuhgröße es sich handelt, prüfen wir noch.«

»Dann gibt es doch ein bisschen Licht am Ende des Tunnels.«

Annett lachte auf. »Ja, vielleicht. Hoffen wir mal, dass es nicht die Scheinwerfer eines D-Zugs sind. Ich melde mich, sobald ich mehr weiß.«

Nach dem Telefonat brachte Verena ihren Partner auf den neusten Stand. Dieser nickte, rieb sich die Bandscheibe und schaute auf die Uhr. »Wenigstens eine kleine Spur. Das Skelett dürfte inzwischen mit dem Taxi in der Gerichtsmedizin angekommen sein. Außer natürlich, der Fahrer ist besonders geschäftstüchtig und hat auf dem Weg dorthin noch ein paar weitere Gäste eingepackt.« Sie überhörte den Scherz. »Trotzdem schlage ich vor, dass wir Wittke noch nicht mit Anrufen nerven. Wer weiß, was für neue Schauergeschichten er sonst wieder vom Stapel lässt.« Nebenbei loggte sie sich in ihr E-Mail-Programm ein und überprüfte den Posteingang. »Außerdem wollen wir den armen Mann ja nicht stressen. Wir können allerdings schon mal eine Übersicht aller Kürschner und sonstigen Präparatoren der Region erstellen und überprüfen, wer vielleicht bereits mit dem Gesetz in Konflikt geraten ist. Am besten übernimmst du das.«

»Ja klar, die Sisyphusarbeit überlässt du mal wieder mir. Und was gedenkst du in der Zwischenzeit Schönes zu tun?«

Verena warf noch einen kurzen Blick auf die E-Mail am Bildschirm und schloss das Programm wieder. »Ich hab noch was zu erledigen.«

Mit einem Lächeln fuhr sie ihren Computer herunter und verließ das Büro.

VIERDE SCHDAPFL (VIERTE STUFE)

Hallo, Freunde, allmählich neigt sich der Tag dem Ende zu. Die meisten von euch dürften sich auf dem Heimweg befinden oder bereits zu Hause angekommen sein. Wie mir Mike aus der Nachrichtenredaktion vorhin versichert hat, gibt es momentan weder Staus noch neue Blitzer in der Region. Falls ihr doch irgendwo welche seht, sagt Bescheid und wir geben es sofort weiter.

Allen Besuchern des von Radio Donauwelle präsentierten Simon & Garfunkel Tribute-Konzerts in der Balinger Stadthalle wünschen wir viel Spaß. Ganz besonders Dirk Rüsselsbacher, dem Gewinner unserer heutigen Kartenverlosung. Ruf doch morgen mal bei uns im Studio an, Dirk, und erzähl uns, wie der Abend gelaufen ist.

Hier ist Radio Donauwelle, euer treuer Gefährte in allen Lebenslagen. Am Mikrofon hört ihr eure Nachteule Regina. Als Einstimmung auf einen hoffentlich unvergesslichen Abend folgen jetzt The Walkabouts mit ihrem besinnlichen Song My diviner.

Mit frisch geflickter Hose und einem vor Aufregung im doppelten Takt schlagenden Herzen schlenderte Pius auf die Stadthalle zu. Schon von Weitem machte das Gebäude mit seiner ungewöhnlichen, an der Seite spitz zulaufenden Form und den unzähligen Glasfenstern einiges her. Für einen Moment kam es ihm wie ein obskures Raumschiff aus einem der Science-Fiction-Romane vor, die Bruder Sunil gern mal las. Dass das Gebäude im Glanz der langsam einsetzenden Dämmerung in jeder Menge Lichtern strahlte, unterstrich den Eindruck noch. Insbesondere der lange rote Streifen unterhalb des Daches. Fehlte nur noch, dass gleich Captain Kirk oder Mister Spock um die Ecke kamen.

Stattdessen huschte Johannes neben ihm aufgeregt von einer Seite zur anderen. Er wirkte wie ein Kind kurz vor der Bescherung am Heiligen Abend. Was ein gewaltiger Kontrast zu dem herumdrucksenden Ordensbruder war, der vor gut einer Stunde nicht recht gewusst hatte, wie er Pius von dem nachträglichen Geburtstagsgeschenk erzählen sollte. Schließlich hatte Johannes ihm einfach wortlos die beiden Eintrittskarten hingehalten und Pius musste sämtliche in ihm weilenden Schauspielkünste anwenden, um möglichst überrascht zu wirken. Gefreut hatte er sich natürlich trotzdem. Tat es immer noch. Auch in seinem Inneren verspürte er eine große Aufregung, die mit jeder verstreichenden Minute weiter anzusteigen schien. Ein Wunder, dass er nicht ebenfalls völlig aufgelöst umherflitzte.

Sie reihten sich in die breite Menschenschlange vor dem Eingangsbereich. Mehrere Dutzend Leute standen vor ihnen. Die meisten von ihnen im bereits etwas gesetzteren Alter. Dazwischen allerdings auch immer wieder jüngere Leute. Sogar einige Kinder, denen ihre Eltern wahrscheinlich erst mal hatten erklären müssen, wer oder was Simon & Garfunkel überhaupt waren. Was man ihnen nicht mal zum Vorwurf machen konnte. Auch Pius selbst war noch ein Kind gewesen, als das Duo mit Hits wie *The Boxer* oder *Mrs. Robinson* das Radio dominiert hatte. Sogleich hörte er die Lieder wieder im Ohr und fühlte sich deswegen gleichzeitig jung und schrecklich alt. Erstaunlich, wozu Musik alles fähig war.

Viele Menschen in der Schlange murmelten davon, wie sehr sie sich auf das Konzert freuten. Einige erzählten ihren Partnern vom zurückliegenden Tag. Und irgendwo weiter vorn fragte eine ungeduldige Männerstimme: »Warum dauert das denn so lange?«

Pius sah auf die Uhr. Gerade mal halb acht. Bis zum Konzertbeginn der Tribute-Band Graceland und der Philharmonie Leipzig blieben noch 30 Minuten. Was durchaus genügen sollte, um ins Foyer zu gelangen und die Jacken an der Garderobe abzugeben. Zumal sich die Schlange stetig weiter dem Eingang näherte.

Trotzdem schien das dem Ungeduldigen nicht zu genügen. »Mann, könnt ihr euch nicht ein bisschen beeilen? Ich wäre gern drinnen, bevor das letzte Lied vorüber ist«, rief er in die Menge. Eine rothaarige Frau im eleganten Mantel redete daraufhin beruhigend auf ihn ein.

Davon neugierig gemacht, lugte Pius zwischen den anderen Konzertgängern hindurch, bis er den Störenfried ausgemacht hatte.

Einen Augenblick lang war er irritiert. Den ovalen Glatzkopf kannte er. War das nicht der gleiche Kerl, den sie heute Mittag in dem Lokal an der Stadtkirche getroffen hatten? Rübenzopf, Rübezahl, Rüsselknopf … genau, Rüsselsbacher hatte er geheißen.

Er wies Johannes darauf hin und auch dieser nickte erkennend. »Das ist doch der Bursche, der sich heute Mittag mit seinem Kollegen fast in die Haare gekriegt hat. Das mit den Haaren ist bei ihm natürlich nur bildlich gesprochen.«

»Manchmal ist die Welt ein Dorf.« Schmunzelnd beobachtete Pius weiter den Hitzkopf vor ihm. Seine Begleiterin hatte es inzwischen geschafft, ihn zu besänftigen. Dass es gerade recht zügig zum Eingangsbereich ging, tat sein Übriges.

Wenig später betraten sie das Foyer und zeigten stolz ihre Eintrittskarten vor. Nebenbei schaute sich Pius in der breiten Vorhalle nach Plakaten vom Konzert um. Er erspähte zwei an der hinteren Wand, umgeben von anderen Werbepostern. Es ging um Auftritte des Balinger Volkstheaters, einige Komiker und einige Musical-Aufführungen. Etwas abseits hing sogar ein Plakat, das an den Auftritt der texanischen Rockband ZZ Top auf dem Marktplatz erinnerte. Bei dem Konzert waren Johannes und er nicht gewesen, hatten aber viel Gutes darüber gehört.

Die Masse verteilte sich zunehmend. Einige Leute strömten bereits in Richtung des Großen Saals, andere reihten sich in die Schlangen vor den Toiletten und der Garderobe ein.

Pius entschied sich, dem Beispiel von Letzteren zu folgen. Seit kurzem war es, wie er im Albboten gelesen hatte, aus Brandschutzgründen verboten, Jacken und Mäntel mit in den Saal zu nehmen. Dafür war die Garderobe kostenlos. Ein bisschen zum Schaden der allesamt reifen Damen, die seitdem wesentlich weniger bis gar kein Trinkgeld mehr kassierten. Johannes folgte ihm, ohne zu zögern. Noch immer hüpfte er aufgeregt wie ein Flummi umher.

Leider aber waren sie nicht die einzigen, die einen Teil ihrer Straßenkleidung abgeben wollten. Die Schlange vor der Garderobe war die längste. Sicher würden etliche Minuten verstreichen, bis sie an der Reihe waren.

Jetzt fehlt nur noch Rüsselsbacher, der deswegen Stunk macht, überlegte Pius und entdeckte den Mann wenig später. Natürlich. Er stand nur wenige Reihen vor ihm in der Schlange.

Noch hielt er sich mit Kommentaren zurück, aber Pius sah, wie es in dem Mann, der auch jetzt einen teuren Armani-Anzug trug und seinen und den Mantel seiner Frau über dem Arm hängen hatte, innerlich brodelte. Nur Sekunden darauf folgte die längst überfällige Pöbelei: »Trinken die da vorne noch einen Kaffee, oder wieso dauert das so lang?«

»Reg dich bitte nicht so auf, Schatz«, redete seine rothaarige Begleiterin mit deutlich osteuropäischem Akzent auf ihn ein. Jetzt, da sie nicht weit von Pius entfernt stand, sah er, dass die Frau bestimmt acht bis zehn Jahre jünger als der Anzugträger war. Ihr stark geschminktes Gesicht erinnerte ihn an das einer Puppe. Einer Matroschka vielleicht. Momentan wirkte es ebenfalls ziemlich angespannt. Was bei jemandem wie Rüsselsbacher an ihrer Seite aber wenig verwunderlich war.

Pius dachte daran, sich einzumischen, doch bevor er sich dafür oder dagegen entscheiden konnte, drehte sich der Gast vor Rüsselsbacher halb zu ihm um. »Nun bleiben Sie doch mal ruhig. Sie sehen doch, dass es vorwärts geht. Von Ihrem ständigen Gemecker wird es nicht schneller.«

Dem Angesprochenen stieg buchstäblich die Zornesröte ins Gesicht. Selbst die Ohren glühten. »Habe ich etwa mit Ihnen gesprochen? Kümmern Sie sich gefälligst um Ihren Kram!«

Der Vordermann drehte sich nun komplett zu seinem Hintermann um und Pius sah, was für ein Hüne der Streitschlichter war. Bestimmt zwei Meter. Im Quadrat. Auch er wirkte äußerst unamüsiert. »Wenn Sie hier herumnölen wie ein bockiges Kindergartenkind *ist* das mein Kram.«

Was Rüsselsbacher wenig beeindruckte. »Sie. Nennen. Mich. Ein. Kindergartenkind?« Wütend schnappte er nach Luft.

Der andere blieb gelassen. »Ganz genau. Und nun reißen Sie sich gefälligst am Riemen. Wir wollen hier schließlich alle einen schönen Abend verbringen.«

»Hör auf den Mann«, riet Rüsselsbachers rothaarige Begleiterin.

Überraschenderweise funktionierte das. Der Störenfried murmelte zwar noch etwas Unverständliches, schien sich danach aber tatsächlich zusammenzureißen.

Pius atmete auf. Für einen Moment hatte er ernsthaft befürchtet, es würde gleich zu einer Schlägerei kommen.

Einige Minuten verstrichen. Die Menschentraube bewegte sich weiter in Richtung Garderobe und Rüsselsbacher trat nervös von einem Fuß auf den anderen. Mehr allerdings nicht.

Schließlich war der Hüne vor ihm an der Reihe und gab seine Jacke und die seiner Begleiterin ab. Rüsselsbacher und Frau rückten ungeduldig nach. Offenbar ein bisschen zu nah. Als der Hüne sich umdrehte, lief er geradewegs in die rothaarige Frau. Diese kreischte auf und taumelte unbeholfen beiseite.

»Das haben Sie doch mit Absicht gemacht«, brüllte Rüsselsbacher, ließ dem Vordermann aber gar keine Chance zur Rechtfertigung. Mit geballter Faust stürzte er sich auf ihn und riss ihn schwungvoll mit sich auf den kalten Steinboden.

»Aufhören!«, rief eine Frauenstimme, bei der Pius nicht sicher war, welcher der zwei Begleiterinnen sie gehörte. Sie blieb sowieso unbeachtet.

Binnen weniger Sekunden entwickelte sich die Kabbelei zu einer ausgewachsenen Schlägerei.

So konnte das nicht weitergehen. Pius ließ den verdutzt dreinblickenden Johannes hinter sich zurück und eilte auf die Streithähne zu. »Hören Sie doch auf damit. Das bringt doch nichts.« Doch auch auf seine Worte reagierte niemand.

Der Hüne versuchte das Knie anzuwinkeln, verfing sich aber in Rüsselsbachers Mantel. Was sein Gegner sofort für einen Kinnhaken ausnutzte.

Zwei andere Gäste hielten den Moment für gekommen, schnappten sich die Arme des Hitzkopfes und zogen ihn von dem Hünen weg. Was selbstverständlich nicht ohne Gegenwehr blieb. Außerdem nutzte Rüsselsbacher die Chance, seinem am Boden liegenden Rivalen einen Tritt in die Weichteile zu verpassen.

Mitleidend verzog Pius das Gesicht und trat beiseite, damit die zwei Gäste den Randalierer einem auf sie zueilenden Sicherheitsmann in dunkler Uniform übergeben konnten.

Derweil kam auch der Hüne auf die Beine und schleuderte Rüsselsbachers Mantel nur wenige Zentimeter vor Pius' Füße. Irgendetwas schepperte dabei, blieb aber ebenfalls ohne Beachtung.

Johannes trat neben seinen Ordensbruder und schüttelte den Kopf. »Meine Güte, hier geht's ja zu wie im Wilden Westen.«

Pius beugte sich zu Boden, um den Mantel aufzuheben und der rothaarigen Frau zu übergeben. Diese hatte zusammengekniffene Augenlider und dazu eine zitternde Unterlippe.

»Es tut mir leid, Hasi«, säuselte Rüsselsbacher, als er das Gleiche wie Pius sah. Noch immer schnaufte er wütend, wirkte aber trotz schweißnasser Stirn im Angesicht seiner Frau schon deutlich handzahmer. Außerdem hatte Pius das Gefühl, als würde der Raufbold irgendwie schrumpfen. Was ihn aber auch nicht davor bewahrte, dass ihn der Sicherheitsmann in Richtung Ausgang abführte. »Ich wollte doch nur, dass es ein perfekter Abend wird. Nichts sollte schiefgehen. Das war doch alles keine Absicht.«

Auch diese Worte schienen seine Frau nicht zu erreichen. Mit einem Papiertaschentuch tupfte sie sich theatralisch die Augen ab und verschwand in Richtung Toilette.

Unschlüssig schaute Pius ihr hinterher und wollte sich gerade abwenden, als ihm auf dem Boden ein kleines Gerät auffiel, dessen Form ihn an eine Visitenkartenbox erinnerte. Die fünf blassgrauen Knöpfe und der längliche Bildschirm wiesen allerdings eher auf einen bizarren Taschenrechner hin. Worum auch immer es sich handelte, offenbar war es Rüsselsbacher aus der Manteltasche gefallen.

Kaum hatte Pius es aufgehoben, lief er zum Ausgang. Es konnte allerhöchstens ein paar Sekunden gedauert haben. Doch dort angekommen, fehlte sowohl von dem Raufbold als auch dem Wachmann jede Spur.

»Seltsam.« Pius betrachtete das Gerät in seinen Händen genauer. Irgendwas von MP3, High Definition und High Capacity stand da in winziger Schrift geschrieben. Für ihn alles böhmische Dörfer. Obwohl es offensichtlich Englisch war.

»Was hast du da?«, fragte Johannes hinter ihm.

»Keine Ahnung. Vielleicht ein Handy?« Pius zeigte ihm das merkwürdige Ding und der Glaubensbruder musterte es von allen Seiten.

»Nee, ich glaube, das ist ein MP3-Player.«

»Was immer das auch sein soll.«

»So eine Art Walkman. Nur ohne Kassetten.«

Das zumindest sagte Pius etwas. Trotzdem war er einen Moment lang verblüfft, wie klein das Gerät war. Nicht einmal ganz die Größe einer Zigarettenschachtel. Aber beim heutigen Stand der Technik passte darauf wahrscheinlich deutlich mehr als früher auf 100 Musikkassetten, ganz egal, ob 60er oder 90er.

»Was machen wir damit?«, fragte Johannes.

»Gute Frage.« Erneut schaute sich Pius nach dem Sicherheitspersonal um. Mit dem gleichen Erfolg wie eben. Zweifelnd ließ er den Musikplayer deshalb in seine Hosentasche gleiten. »Ich glaube, jetzt kehren wir erst mal zur Garderobe zurück. Die Vorstellung beginnt gleich.«

»Gute Idee.«

Pius begann zu schmunzeln. »Das verstehst du also unter ›um die Häuser ziehen‹. Ich bin beeindruckt.«

Gut gelaunt reihten sie sich wieder hinten in die Schlange ein, die jetzt deutlich kürzer als noch vor einigen Minuten war. Die beiden gaben ihre Jacken ab, bekamen im Gegenzug von der grauhaarigen Garderobiere ein viereckiges Metallplättchen mit eingefräster »42« und stiegen die Treppe hinauf. Vor der kleinen Bar zerstreuten sich die Leute, kippten hastig ein letztes Bier hinunter und schwappten in den bestuhlten Saal.

Natürlich hätte Verena Thorben mitnehmen können. Wollte es aber nicht. Nicht, dass sie nicht jede Minute mit ihm genoss (oder eben fast jede, von jenen abgesehen, in denen er schnarchte oder anderweitige Geräusche mit gleichzeitiger Duftentwicklung machte). Aber sie hatte so das Gefühl, besser alleine zu gehen. In Richtung Stadthalle nämlich, die zu Fuß keine vier Minuten vom Revier entfernt war. An der Fußgängerampel wechselte sie auf die Seite der Seniorenresidenz. In den meisten Zimmern flackerte blaues Fernsehlicht. Unwillkürlich ging sie schneller, als wolle sie vor dem Gedanken fliehen, eines fernen Tages selbst hinter einem solchen Fenster zu sitzen. Bis sie die nächste Ampel erreicht hatte, war Verena ziemlich außer Atem. Bergauf zu laufen war sie nicht gewohnt, denn wer in Spaichingen auf den dortigen Hausberg mit seinem Kloster wollte, der fuhr entweder mit dem Auto oder war so trainiert, dass er das Rennrad nahm. Wobei es hier ja nur ganz, ganz leicht bergan ging – was Verena angesichts ihrer mangelnden Kondition ein wenig peinlich war.

In dem der Stadthalle benachbarten Schwimmbad herrschte noch Hochbetrieb. Verena blieb auf dem Weg stehen und sah den Nebelschwaden über dem Außenbecken zu. Selbst im April johlten und quietschten dort einige Wagemutige im Wasser.

Weiter ging's zur Stadthalle. Durch die Glasfront sah sie, dass das Servicepersonal bereits die Plätze hinter der kleinen Bar im ersten Stock eingenommen hatte. Es konnte also nicht mehr lange dauern, bis Pause war. Verena beschleunigte ihre Schritte, nickte den schwatzenden Garderobenfrauen zu und hastete nach oben. An der Bar erstand sie zwei Flaschen Spöttinger Bräu, einen Sekt-Orange und drei Butterbrezeln zu einem Preis, für den sie anderswo gefühlt eine ganze Familie satt bekommen hätte. Dann stellte sie sich an den Stehtisch, der dem Ausgang zum Saal am nächsten lag. Von innen war ein Musikstück zu hören, das sie kannte, aber nicht einordnen konnte. Dann Applaus, die Türen gingen auf und das Publikum drängte ins Foyer und an die Bar. Dort bildete sich innerhalb von Sekunden eine Schlange, die bis zur Treppe reichte, wobei jene am hinteren Ende sorgenvoll auf die Uhr schielten und hochrechneten, dass sie in den 15 Minuten Pause kaum bis vorne vordringen könnten.

Verena lächelte, als sie die Patres inmitten der Leute entdeckte. Sie dachte an Pius' geflüsterte Prophezeiung vorhin, dass sie höchst wahrscheinlich am Abend hier zu finden sein würden. Aus irgendeinem Grund hatte Johannes nichts davon wissen dürfen. Inzwischen schien das Geheimnis gelüftet zu sein und Johannes' Wangen waren tief rot. Neben ihm strahlte Pius wie ein Weihnachtsbaum. Beim Blick auf die Schlange vor dem Bierstand allerdings wurden beide Ordensmänner in ihrer wohl dem Konzert geschuldeten Euphorie sichtbar gebremst. Pius kniff die

Augen zusammen, studierte die ausgehängte Getränkekarte und schüttelte den Kopf. Für keusche Mönche waren diese Preise nicht drin.

»Habt ihr Durst?«, rief Verena über die Köpfe der anderen Gäste hinweg. Pius und Johannes sahen sich fragend um. Und grinsten dann beide wie die Primelpötte, als sie die Kommissarin – respektive die zwei Bierflaschen, welche diese in die Höhe hielt – entdeckten.

»Prost!« Verena reichte den beiden die Flaschen. Die Mönche setzten synchron an und nahmen tiefe Schlucke.

»Danke«, sagte Pius schließlich und schmatzte. »Wie kommen wir zu der Ehre?«

»Vergelt's Gott«, meinte auch Johannes und griff dankbar nach der dick mit Butter bestrichenen Brezel, die vor ihm auf dem Stehtisch lag.

»Gern geschehen.« Verena nippte am Sekt. »Ich habe gehört, dass jemand an diesem Tisch neulich Geburtstag hatte. Und da ich nicht backen kann, muss es eben eine Brezel tun.«

Pius lachte und legte der Kommissarin den Arm um die Schulter. Er drückte sie kurz an sich und widmete seine Aufmerksamkeit dann der Brezel. In seinem Kopf hallten vermutlich die Songs von Simon & Garfunkel nach, die er in den eben gespielten Versionen der Symphoniker so noch nie gehört hatte.

»Wie ist das Konzert?«, erkundigte sich Verena.

»Pfammtaschdisch.« Ein paar Brezelkrümel flogen über den Tisch, als Pius mit vollem Mund antwortete. Johannes wippte mit den Füßen und nickte. Offensichtlich war der Bruder noch ganz erfüllt vom Rhythmus. Verena räusperte sich. Einmal. Noch einmal. Ihre Brezel lag unangetastet auf der roten Serviette vor ihr.

Pius kicherte kurz, schaute dann aber mit ernster Miene

zu seiner Lieblingskommissarin. »Was hast du auf dem Herzen?«

Verena lachte. »Sieht man mir das an?«

»Schon«, sagte Pius. »Und ich kenne dich …«

»Ach, Pater!« Sie nahm noch einen Schluck Sekt. Eigentlich mochte sie die Blubberbrause nicht so gerne, aber auf Bier hatte sie heute keine Lust. Vielleicht lag's am beginnenden Frühling? »Also, was ich fragen wollte … ich meine, wie lange sind Sie denn in Balingen?«

»Eigentlich bis morgen. Oder eben, bis wir alles im Gebäude gesichtet haben und den Bericht fürs Mutterhaus abgeben können.«

»Das kann aber noch dauern«, sagte Verena mit schlecht gespieltem Bedauern. »Immerhin ist die SpuSi noch lange nicht fertig und da Sie beide ja Hauptzeugen sind, quasi …«

»Also, ich hab erst nächste Woche wieder einen Termin«, mischte Johannes sich ein. »Und vorgekocht ist. Müssen die Brüder nur auftauen. Also wenn ihr wieder auf gemeinsame Mörderjagd gehen wollt … vielleicht können wir ja aus dem dynamischen Duo ein Trio machen … wenn ich irgendwie helfen kann …«

Pius hob überrascht die Brauen. »Woher auf einmal der Mut? Heute Morgen musste ich im Keller noch vorgehen.«

»Das war was anderes.«

»Ach so.« Pius nickte, so als würde dies alles erklären. Und an Verena gewandt fragte er: »Wobei kann ich – oder können wir – denn behilflich sein?«

Obwohl sie diese Antwort erwartet und erhofft hatte, spürte Verena, wie ihr innerlich sofort ein bisschen leichter ums Herz war. »Ich weiß ja nicht, wie sich alles entwickelt, aber es wäre schön, wenn Sie sich zur Verfügung halten würden«, versuchte Verena eine möglichst unverbindliche Beschreibung. Dass sie so ein Bauchgefühl hatte, welches klipp und klar sagte, dass der Knochenfund nicht nur ein harmloses Skelett in einem einfachen Fall war, erwähnte sie nicht. Dann leerte sie das Glas in einem Zug. Und musste ein breites Grinsen unterdrücken, als ihr Blick auf Pius' Knie fiel. Johannes hatte mit dem im Hotel befindlichen winzigen Nähset den Aufnäher angebracht. Jetzt zierte ein Superheld das priesterliche Bein.

Der Gong verkündete das Ende der Pause. Einige Leute murrten, weil sie tatsächlich noch nicht bis zum Ausschank vorgedrungen waren. Andere, weil sie das teuer bezahlte Getränk nun hinunterstürzen mussten.

»Viel Spaß weiterhin!«, wünschte sie den Ordensmännern. Die bedankten sich und ließen sich von den anderen Zuschauern zurück in den Saal spülen. Verena wickelte die übrig gebliebene Brezel in die Serviette und machte sich auf den Rückweg ins Präsidium. Laugengebäck half zwar nicht gegen Bandscheiben, gegen Hunger aber allemal. Und den würde Thorben haben, denn auf die beiden wartete mit Sicherheit noch eine lange Nacht. Wie – vielleicht – auch auf das ungleiche Paar, das Verena auf dem unteren Stadthallenparkplatz zetern hörte. Das heißt: Hören konnte sie nur die Frau, der dazugehörende Glatzkopf stand mit gesenktem Haupt neben einem moosgrünen Cabriolet und nickte jedes Mal, wenn das stinkwütende Püppchen »Durak« oder »Neudachnik« herausbellte.

Seufzend knibbelte Verena das grobe Salz von der Brezel. Dann biss sie hinein. Bis sie im Revier angekommen war, hatte sich das Laugengebäck zur Gänze in ihrem Magen eingerichtet. Thorben würde sich dann eben auf einen Döner einrichten müssen.

FÜMFDE SCHDAPFL (FÜNFTE STUFE)

Liebe Hörer, inzwischen ist es weit nach Mitternacht. Hier ist noch immer Regina, eure treue Begleiterin durch die Nacht. Und ihr lauscht Radio Donauwelle, der ersten Adresse für gute Musik im Donauland.

Ein ereignisreicher Tag liegt hinter uns. Wenn ihr wollt, erzählt mir davon. Ruft an im Studio und lasst mich daran teilhaben, was euch bewegt hat, was euch zum Lachen gebracht oder zu Tränen gerührt hat. Regina ist für euch da.

Als nächstes hören wir Musik von Ryan Adams. Nicht zu verwechseln mit dem fast genauso geschriebenen Schnulzenbarden mit B am Anfang. Ryan ist der deutlich jüngere und produktivere von beiden. Kaum ein Jahr vergeht, in dem es kein neues Album von ihm gibt. Manchmal mit leichten Country-Einflüssen, mal rockig, mal poppig und fast immer voller Herzschmerz. So auch in seinem Lied Anybody wanna take me home. *Da schwingt die Einsamkeit förmlich bei jeder Note mit. Ich widme das Lied allen einsamen Wölfen da draußen. Und all jenen, die aus irgendwelchen Gründen keinen Schlaf finden.*

»Pscht!«

Chchchchrrrr.

»PSCHT!«

Chchchrrrrchrrrrchchchrrrr.

»Johannes!«

»Hmpf?«

»Du schnarchst.«

»Ach … chrchrchrrrrr …«

Pius gab es auf. Seit über einer Stunde wälzte er sich im Doppelbett des Hotelzimmers hin und her. Stupste seinen Nebenlieger immer wieder gegen die Schulter. Hielt Bruder Johannes die Nase zu und sich selbst das Daunenkissen auf die Ohren. Ohne Erfolg: Johannes atmete so intensiv und laut, dass seinem Bettnachbarn der Schlaf längst vergangen war. Dabei war Pius müde wie ein Hund, angenehm bettschwer mit einem nach dem grandiosen Konzert an der Hotelbar gesüffelten Spöttinger in der Blutbahn und den Welthits der Weltstars in den Ohren. Deren Rhythmus allerdings immer mehr von Johannes' Schnarchkonzert übertönt wurde.

Sparen schön und gut, motzte er innerlich, aber eigentlich hätte das Mutterhaus zwei Einzelzimmer springen lassen können. So bequem und weich die Hotelmatratze auch sein mochte – im Augenblick wünschte sich Pater Pius in seine und Johannes in dessen Klosterzelle. Mit den dicken Wänden und stabilen Türen zwischen sich und dem Lautschläfer.

Pius schlug die Decke zurück und tappte im Halbdunkel zum Fenster, wo er den schweren blauen Vorhang zur Seite schob. Auf der anderen Fensterseite waberte orangefarbenes Laternenlicht durch die Neue Straße, die so neu sicher nicht war. Die meisten Häuser jedenfalls sahen verwohnt aus. Was den Trupp Nachtschwärmer, der um die Ecke bog, überhaupt nicht zu stören schien. Wahrscheinlich waren die vier Männer auf dem Weg in eine der benachbarten Kneipen. Er sah den Herren, die trotz später Stunde mit weit ausholenden Schritten unterwegs waren, nach, bis diese um die Ecke bogen. Dann lehnte er die Stirn gegen das kühle Fensterglas, holte tief Luft und bat seinen Herrn um ein Gespräch. Was ihm hier, in diesem Hotelzimmer, nicht ganz so leicht fiel wie in seiner heimischen Klosterzelle. Dort nämlich hing ein hölzerner Christus in der Ecke und der Pater konnte sich auf die rot gepolsterte Gebetsbank knien. Aber Pius wäre nicht Pius, wenn er nicht auch hier einen Draht zu seinem Meister gefunden hätte.

»Herr, verzeih mir meinen Fluch heute früh«, begann er sein stummes Gebet. Natürlich war Schweigen die Antwort – und gleichzeitig ein warmes Gefühl, das den Ordensmann durchflutete. Er meinte, eine tröstende Hand auf seiner Schulter zu spüren und wurde ruhig.

Im Takt seines eigenen Herzschlags bat er den Herrn. Um Rat. Um Hilfe. Um Trost. Denn den brauchte er: Der Tag war dermaßen angefüllt gewesen mit Ereignissen, dass Pius den Schock beim Fund des Skeletts beileibe noch lange nicht verdaut hatte. Seine Gedanken machten sich selbstständig. Gelenkt von einer höheren Macht. Und von seiner eigenen Fantasie. Und so wurde aus den Knochen ein Mensch. Und aus dem Menschen ein Geschöpf Gottes. Welches, das spürte der Pater, nicht freiwillig aus diesem Leben geschieden war. Und er spürte auch, dass irgendwo da draußen hinter der Fensterscheibe jener Mensch unterwegs war, der dafür die Verantwortung trug. Verantwortlich gemacht werden musste.

»Darf ich?«, fragte Pius flüsternd. Sein Atem beschlug die Scheibe. Und als sich die Feuchtigkeit wieder auflöste, sah der Pater glasklar: Als Finder waren er und Johannes quasi verantwortlich.

»Danke, Herr«, murmelte Pius. »Und danke für den wunderschönen Abend.« Hastig schob er ein »Amen« hinterher, denn als sein Blick auf die geflickte Jeans über dem Stuhl fiel, meldete sich glockenhell sein Gewissen. Und zwar das von der schlechten Art: In der Hosentasche lag etwas, das er ebenfalls gefunden hatte. Und für das er somit auch verantwortlich war. Denn eigentlich machte es ja keinen Unterschied, ob es sich um menschliche Überreste oder ein ihm nicht verständliches technisches Dings handelte.

Als Pius ins Bett zurückkrabbelte, drehte sich Johannes schwungvoll auf die Seite. Pupste mit Schwung, seufzte und … schlief beinahe geräuschlos weiter. Dankbar dämmerte Pater Pius in den Schlaf.

Thorben spürte die Müdigkeit ganz tief in den Knochen. Für den Moment erschien sie ihm sogar intensiver als das unangenehme Stechen, das seine Bandscheibe bei jeder unbedachten Bewegung durchfuhr.

Schon vor Stunden war er hundemüde gewesen und wäre Verena nicht in dem Moment zum Revier zurückgekehrt, wäre er vermutlich noch am Schreibtisch eingenickt. So aber musste er möglichst fit und beschäftigt tun. Nicht, dass die werte Kollegin ihn noch für einen Schlappschwanz hielt. Bloß weil sie gestern Nacht lange aufgeblieben, heute Morgen relativ früh aufgestanden und den ganzen Tag auf Achse verbracht hatten, war das doch noch lange kein Grund, jetzt auf Schwächling zu machen.

Ihm gegenüber auf der anderen Seite des Doppelschreibtisches machte Verena jedenfalls noch immer einen relativ fitten Eindruck. Seit geschlagenen zehn Minuten starrte sie beschäftigt auf den Monitor, unterbrochen lediglich dadurch, dass ihre Finger gelegentlich über die Tastatur flitzten. Nach wie vor fragte er sich ja, wohin sie vorhin für eine gute Stunde verschwunden war. Auf seine Nachfrage hin hatte sie bloß ein »Ich musste kurz was erledigen« erwidert.

Was so ziemlich alles Mögliche bedeuten könnte. Vom Treffen mit einem geheimen Informanten bis zum kurzen Quickie mit einem Liebhaber. War es das? Im ersten Moment fand er den Gedanken absurd. So was würde Verena sicher niemals tun. Aber bei genauerer Betrachtung war er sich auf einmal gar nicht mehr so sicher. In den vergangenen Monaten war es in ihrer Beziehung nicht wirklich vorangegangen. Zwar sahen sie sich regelmäßig und alles lief tutti und prima.

Trotzdem.

Da er die Kündigung seiner Junggesellenbude im vergangenen Herbst rückgängig gemacht hatte, besaß nach wie vor jeder seine eigene Wohnung. Wenn er genug vom jeweils anderen hatte, konnte er sich mühelos in sein separates Reich zurückziehen. Vielleicht war sein Aufschieben des Zusammenlebens doch ein Fehler gewesen.

»Wie weit bist du mit deiner Liste?«, riss ihn Verena aus den Grübeleien. Sie nippte kurz an ihrem Kaffeebecher und schaute ihn erwartungsvoll an.

Eine Sekunde lang war er völlig perplex und mit den Gedanken noch beim vorherigen Thema. Ich sollte mich bei ihr mehr ins Zeug legen, schloss er die Überlegung ab und griff nach dem, was er vorhin auf dem alten Tintenstrahldrucker ausgedruckt hatte. »In Balingen und dem näheren Umkreis gibt es eine Handvoll Kürschner und Präparatoren. Viele davon sind schon seit zig Jahren im Geschäft und genießen einen ziemlich tadellosen Ruf. Unwahrscheinlich, dass einer von denen unser gesuchter Täter ist.«

»Vielleicht nicht die Profis. Aber irgendwelche Laien mit düsteren Neigungen wären durchaus möglich.«

»Selbstverständlich. Genau das habe ich auch gedacht. Aber da gibt es keine. Nur einen hat Google ausgespuckt, in Trossingen. Einen gewissen Andreas Schrothmiller mit Vorstrafen aufgrund von Gewaltdelikten.« Er reichte ihr den zweiseitigen Ausdruck, auf dem jeweils die erste Zeile eines neuen Abschnitts in kaum lesbarem Blassgrau erstrahlte. Die Kollegen vom Balinger Revier sollten unbedingt mal die Tintenpatrone auswechseln. Was aber bei der berühmten Sparsamkeit der Schwaben vermutlich erst passieren würde, wenn der letzte Tropfen aus der Farbkartusche herausgedruckt worden war.

Amüsiert schüttelte Thorben den Kopf. Mit der Kehrwoche hatte er sich längst arrangiert. Dass »Mann« sich jeden Samstag in die Schlange der Autowaschstraße einreihte, auch das leuchtete ihm einigermaßen ein. Schwieriger wurde es schon beim Bäcker, wo man altes Brot kaufen konnte, um daraus Semmelbrösel zu machen. Das war für den Norddeutschen ähnlich ungenießbar wie die so genannte Wochenschau, die meist donnerstags auf den schwäbischen Teller kam und so ziemlich alles beinhaltete, was an den anderen Tagen nicht aufgegessen worden war. Die Krönung der Sparsamkeit aber hatte er selbst erlebt. Beim vorletzten Hexenschuss nämlich. Der hatte ihn auf der A81 nach einem plötzlichen Bremsmanöver wegen eines testfahrenden Japaners im Daimler ereilt und Thorben konnte eben noch die nächste Ausfahrt Höhe Tübingen erreichen. Vom Randstreifen aus ging es direkt mit dem Sanka in die Uniklinik. Nach der Begutachtung des leidenden Kommissars durch eine Horde Medizinstudenten dann zum Röntgen in ein anderes Gebäude. Und zwar per Taxi. Was für die Krankenkasse viel, viel günstiger kam als ein Krankenwagen. Thorben hatte es erst für einen Witz der jungen Ärzte gehalten, als plötzlich ein Grieche in Jeans und Lederjacke für seinen Transport zuständig war. Aber als er schließlich im ziemlich gut gefederten Daimler saß und eine durchsichtige Plastiktüte mit Blutproben auf dem Schoß hatte (»Musse ich fahre inne Labor, du halte fest kurz!«), dämmerte ihm, dass er mitnichten dank der Schmerzmittel in seinen Venen träumte. Vom Röntgen ging es dann mit einem anderen Taxi (dieses Mal Urinproben, die der Fahrer auf dem Armaturenbrett lagerte) weiter durch das weit verzweigte Netz der Unikliniken.

Inzwischen hatte Verena den Computerausdruck überflogen. Sie markierte einige Punkte und ließ das Blatt sinken. »Ich habe mir derweil mal die Gebäudeverwaltung vorgenommen. Auf den ersten Blick wirkt auch dort alles harmlos. Allerdings ist der Chef – mit dem wundervoll klingenden Namen Barnabas Geroldstein – zweimal nur haarscharf an der Insolvenz vorbeigeschlittert. Vielleicht hat er dabei irgendwelche Gläubiger zu sehr verprellt und gegen sich aufgebracht.«

In diesem Moment öffnete sich die Bürotür und ein etwa 300 Jahre alter Mann mit schneeweißem Haar, einem mit Falten übersäten Gesicht und dunkler Hornbrille trat ein.

»Heimadsogga! Hier ist ja noch jemand!« Irritiert schaute er sie an. »Ich hätt gedacht, ihr wärt schon vor Stunden gegangen.«

»Offensichtlich nicht.« Verena wirkte wenig amüsiert. »Wer sind Sie überhaupt?«

»Oh, Entschuldigung. Heinze mein Name. Ich bin der Kollege vom Nachtdienst. Normalerweise ist um diese Zeit kaum mehr jemand hier.«

»Die Arbeit lässt uns keine andere Wahl«, sagte Thorben. Er mochte den alten Mann. Irgendwie erinnerte er ihn an einen Nachbarn von damals, als er noch in Hamburg gelebt hatte. Der alte Mann hatte ihm als Kind gern mal einen Fünfer zugesteckt, wenn er ihm beim Hochtragen der Einkäufe geholfen hatte. Außerdem hatte er immer die verrücktesten Geschichten parat gehabt. Nicht alle davon waren jugendfrei gewesen.

»Geht bestimmt um die Tote im ehemaligen Landratsamt. Hab davon gehört. Ist ’ne komische Sache.«

»Inwiefern?«, fragte Verena.

»Na ja, dass dort schon wieder jemand umgekommen ist.«

Streng genommen vermuten wir eher, dass das Skelett dort hingebracht wurde, lag es Thorben auf der Zunge, aber er unterbrach den Weißhaarigen nicht.

»Seit das Familienamt vor drei oder vier Jahren umgezogen ist, steht das Gebäude ja leer. Gelegentlich finden darin zwar Tagungen und Seminare statt, aber auch das ist nur vereinzelt der Fall. Jedenfalls nach einem dieser Meetings, wie sie ja so schön auf Neudeutsch heißen, hat sich eine Frau unbemerkt aufs Klo geschlichen und ihre Pulsadern aufgeschlitzt. Gefunden wurde die Frau erst ein paar Tage später, nachdem sie als vermisst gemeldet wurde und unsere Kollegen die Tage vor ihrem Verschwinden rekonstruiert hatten. Es heißt, die Frau plagten etliche private Probleme. Von ihrem Mann verlassen worden oder so was. Taten da nicht auch irgendwelche Alkohol- oder Drogenprobleme ihr Übriges? Keine Ahnung, war damals nicht mein Fall. Auf jeden Fall scheint es dieses Gemäuer ordentlich in sich zu haben. Vielleicht gibt es ja einen Fluch, der die Leute in den Tod treibt. So ähnlich wie in dem Hotel-Buch von diesem Horrorautor Rolf Gabriel. Habt ihr euch schon die Geschichte des Hauses angeschaut?«

Thorben brauchte einen Moment, um zu registrieren, dass der letzte Satz tatsächlich eine an sie adressierte Frage war.

»Nicht so direkt. Ist ein guter Hinweis.« Ratsuchend blickte er zu Verena und sah erleichtert, dass diese nickte.

»Schauen wir uns definitiv noch an. Soweit ich weiß, wurde das Gebäude ja Mitte des 18. Jahrhunderts errichtet und beherbergte schon immer irgendwelche Ämter und Verwaltungen. War darin nicht sogar mal eine Musikschule untergebracht? Der Sitzungssaal würde sich für Orchesterproben förmlich anbieten. Wissen Sie zufällig noch, wann genau das mit dem Todesfall beziehungsweise Selbstmord war?«

Der alte Mann hob die Brauen und schien einen Moment lang angestrengt nachzugrübeln. »Nee, das weiß ich nimmer. So gut ist mein Gedächtnis auch nicht mehr. Aber fragt doch morgen früh mal die Kollegen. Die wissen das bestimmt.« Er wollte sich gerade abwenden, hielt dann allerdings in bester Columbo-Manier im letzten Moment inne. Eine Sache wäre da noch, vermutete Thorben als nächsten Satz, doch der Weißhaarige schaute sie nur einen Augenblick lang durchdringend an. »Macht nicht mehr zu lang heute. So dringend kann der Fall gar nicht sein, dass ihr euch die ganze Nacht um die Ohren schlagt.«

Dem wollte Thorben nicht widersprechen. Auch Verena nickte zustimmend und wünschte Kollege Heinze eine gute Nacht.

Dieser tippte sich mit erhobenem Zeige- und Mittelfinger kurz gegen die Schläfe und schloss die Bürotür wieder.

»Wo er recht hat …« Demonstrativ legte Thorben den Kugelschreiber beiseite.

Auch Verena wirkte auf einmal nicht mehr halb so fit wie vor einigen Minuten. »Viel werden wir heute Nacht eh nicht mehr rausfinden. Das mit der Geschichte des Gebäudes ist wirklich ein guter Hinweis. Eventuell erhalten wir ja auf diese Weise eine weitere Spur.«

»Du meinst, es gibt tatsächlich einen Fluch?«

Müde lächelnd schüttelte sie den Kopf. »Wir sind hier nicht bei *Akte X*. Aber wer weiß, was dort in den vergangenen Monaten und Jahren alles los war.« Mit diesen Worten fuhr sie ihren Computer herunter und erhob sich.

Thorben folgte ihrem Beispiel gern und versuchte nicht einmal, sein Gähnen zu verbergen.

SECHSDE SCHDAPFL (SECHSTE STUFE)

Guten Morgen, liebe Leute. Das eben waren die Crash Test Dummies. Ihr hört Radio Donauwelle und ich bin euer amtlicher Frühaufsteher Steven. Ich hoffe, ihr habt gut geschlafen, genießt den ersten Kaffee, knabbert an eurem Brötchen oder steht hoffentlich nicht im Stau.

Auch heute steht in der Alb-Donau-Region wieder viel auf der Tagesordnung. Zum Beispiel im Hohner-Areal in Trossingen, wo am Mittag eine Kundgebung gegen das geplante Großgefängnis stattfindet. Und das setzt sich am Abend in der Kulturfabrik Kesselhaus nahtlos fort: Das Zimmertheater Rottweil zeigt ein Stück, das von Berliner Häftlingen geschrieben wurde. Schaut doch mal vorbei, wenn ihr Zeit habt und nicht gerade irgendwo eingesperrt seid. Haha.

Bei uns geht es weiter mit der leider vor einigen Jahren in den Ruhestand gegangenen Band R.E.M. Wir hören jetzt ihr Lied Every day is yours to win. *Meiner Meinung nach ein perfekter Song für den Start in den Tag. Habt viel Spaß bei allem, was ihr heute tut.*

Müde schleppte sich Pius ins Badezimmer. Er wusste nicht, wie viele Stunden er in der Nacht geschlafen hatte, aber dank Johannes' beharrlichem Schnarchkonzert konnten es höchstens ein paar gewesen sein. Entsprechend schlapp fühlte er sich auch. Seine Augen brannten und sein Kopf kam ihm wie eine zu oft geschlagene Trommel vor.

Er hoffte, dass ihn eine ausgiebige Dusche munter machen würde, aber auch danach fühlte er sich nur unmerklich besser. Johannes' Bemerkung darüber, wie hervorragend er heute Nacht geruht hatte, ignorierte Pius absichtlich. Sein Glaubensbruder überraschte ihn allerdings mit besonders blendender Laune. Was zweifellos mit seiner Vorfreude auf das Frühstück im Speisesaal des Hotels zusammenhing. Auf dem Weg dorthin tänzelte er und ermahnte Pius immer wieder dazu, sich zu beeilen. »Sonst sind die besten Sachen schon weg.«

»Du scheinst da was zu verwechseln. Wir gehen nicht zum Schlussverkauf, sondern nur zum Frühstück.«

»Was die wichtigste Mahlzeit des Tages ist. Außerdem bin ich gespannt, was hier alles geboten wird. Vielleicht bekomme ich ja einige Inspirationen für das Essen bei uns im Konvent.«

Das war in der Tat ein gutes Argument. Dennoch lief Pius danach nur unmerklich schneller. Selbst eine Horde aus den Käfigen entkommener Löwen, die seit Tagen nichts gegessen hatten und eine Vorliebe für Mönchsfleisch besaßen, hätte ihn nicht zu mehr Eile antreiben können.

Im Speisesaal begnügte er sich deshalb auch mit einem starken Kaffee, einem Gouda-Roggenbrötchen und einer Schüssel Müsli. Ihm gegenüber verputzte Johannes ausgelassen vier gekochte Eier, Würstchen, Hackbällchen und interessant aussehende Mozzarella-Tomaten-Kreationen und wippte die ganze Zeit über vergnügt mit dem Kopf hin und her.

»Gehen wir heute noch mal ins alte Landratsamt?«, fragte er mit vollem Mund. Ein Brocken Eigelb flog Pius entgegen, schien Johannes aber überhaupt nicht aufzufallen.

»Müssten wir eigentlich. Der Bericht für das Mutterhaus soll ja baldmöglichst fertig werden.«

»Wer weiß, ob die Polizei das Gelände überhaupt schon freigegeben hat.«

»Den Keller bestimmt noch nicht. Den oberen Bereich aber vermutlich schon. Dort dürfte es ja nichts geben, was für den Fall relevant ist. Aber zur Sicherheit rufe ich Verena nachher deswegen an.«

»Gute Idee. Dann kannst du sie auch gleich fragen, was wir mit dem Gerät aus der Stadthalle anstellen sollen.«

Pius legte die Stirn in Falten. »Verena ist doch von der Mordkommission. Ich glaube nicht, dass dieser neumodische Walkman jemanden auf dem Gewissen hat. Der gehört eher ins Fundbüro. Oder zu seinem rechtmäßigen Eigentümer zurück, wenn wir es schaffen sollten, den irgendwie ausfindig zu machen.«

»Das klingt so, als hättest du schon einen Plan dafür.«

»Plan ist eindeutig ein zu starkes Wort. Aber ich hatte in der Nacht einiges an Gelegenheit, darüber nachzugrübeln. Wir sollten uns den kleinen Kasten noch mal genauer anschauen und vielleicht zu einem Fachmann bringen. Vielleicht gibt es darin oder daran ja irgendwas, das auf seinen Besitzer hinweist.«

»Du meinst, eine ›digital identity‹?« Er sprach es als »dütschiddl eidänntütü« aus. Was Pius aber so oder so nichts sagte. Als Johannes seinen irritierten Blick sah, zuckte er mit den Schultern. »Das habe ich neulich im Fernsehen aufgeschnappt. Ist so was wie ein Fingerabdruck, nur eben im Computerzeitalter.«

Wenn Johannes glaubte, dass ihm diese Erklärung weiterhalf, täuschte er sich gewaltig. Dennoch nickte er zustimmend, um das Thema fürs Erste vom Tisch zu haben.

Doch kaum befanden sie sich wieder auf ihrem Zimmer, brannte auch ihm die Neugierde unter den Nägeln. Zuerst betrachtete er das kleine Gerät noch einmal von allen Seiten und suchte nach versteckten Hebeln und Verschlüssen. Als er nichts dergleichen fand, betätigte er der Reihe nach die fünf blassgrauen Knöpfe. Aber genau wie in der vergangenen Nacht tat sich auch diesmal rein gar nichts.

»Du musst die Tasten länger gedrückt halten«, erklärte Johannes. Als sein Glaubensbruder nicht gleich begriff, zeigte er ihm, was er meinte.

Nach wenigen Sekunden erwachte der längliche Bildschirm zum Leben. Zuerst leuchtete er nur blau, dann erschien die Meldung *Hello* darauf.

Hoffentlich will die Maschine nicht, dass ich darauf was erwidere, dachte Pius. Aber das Gerät schien keine Antwort zu erwarten, sondern zeigte stattdessen eine Art Hauptmenü an. Die Begriffe *Play*, *Stop* und *Shuffle* sagten sogar ihm etwas. Andere hingegen wenig.

Johannes betätigte die erste Taste und es geschah … überhaupt nichts.

Nein, stopp, eine Art Laufschrift erschien auf dem Bildschirm. Zu hören war allerdings nichts. So viel zum Thema Walkman.

»Ohne Kopfhörer läuft wahrscheinlich gar nichts«, vermutete Johannes.

Pius beugte sich vor, um die digitale Schrift lesen zu können. *Charlie Lownoise & Mental Theo*, lief es in gemächlicher Geschwindigkeit von rechts nach links. Vielleicht der Name der Künstler. Oder des Liedes. Oder beides. Pius sagte es jedenfalls nichts.

Auch Johannes' Gesicht zeigte kein Zeichen von Wiedererkennen. Ohne zu zögern, betätigte er eine der anderen Tasten. Die bisherige Schrift verschwand und machte Platz für *Scooter*. Was ein Fahrgeschäft auf dem Jahrmarkt mit Musik zu tun hatte, leuchtete Pius allerdings nicht ein.

»Auf diese Weise kommen wir nicht weiter«, sagte er

deshalb und griff erneut nach dem Gerät. Doch so schnell wollte sich Johannes nicht davon trennen und hielt daran fest. Er drückte abermals die Taste. Die Laufschrift *Blümchen* erschien, interessierte Pius aber nicht die Bohne.

»Gib ihn mir bitte.«

»Nein, warte, ich will noch was ausprobieren.«

»Unsinn, du drückst nur planlos darauf herum.«

Er schaffte es, den Mini-Musikcomputer ein Stück in seine Richtung zu ziehen. Aber Johannes ließ nicht locker und zerrte ebenfalls fester. Wie beim Tauziehen bewegte sich das Gerät einige Male hin und her. Der Druck auf beide Enden wurde größer. Pius' Finger rutschiger.

»Hör doch auf damit!«, sagte er.

»Nein, das ist auch mein Fall!« Mit verbissener Miene schob Johannes die Arme nach oben. Etwas, womit Pius nicht gerechnet hatte. Einen Moment lang war er irritiert und reagierte zu spät. Was zur Folge hatte, dass die Box abrupt aufwärts hüpfte und Johannes aus den offenbar ebenfalls verschwitzten Händen glitt. Verzweifelt versuchte er, sie wieder zu fassen zu bekommen, erreichte damit aber nur, dass das Gerät auf dem Teppichboden landete.

Die Abdeckung löste sich und eine grüne Computerplatine mit silbernen Punkten und verlöteten Anschlüssen kam zum Vorschein. Aber was noch schlimmer war: Der Bildschirm war jetzt wieder dunkel wie zu Beginn.

»Du hast es kaputt gemacht!«, entfuhr es Pius in deutlich schärferem Ton als beabsichtigt.

»Nein, habe ich nicht!« Johannes hob das Abspielgerät vorsichtig auf und betätigte die gleichen Tasten wie zuvor. Es änderte nichts daran. Der Bildschirm blieb tot.

Wut war ein äußerst unchristliches Laster. Und dennoch war es genau dieses reine, intensive Gefühl, das Pius in jeder

Faser seines Körpers spürte. Vielleicht hing es mit der nur notdürftig unterdrückten Müdigkeit zusammen. Eventuell auch mit Johannes' sturem Verhalten vorhin. Oder der Tatsache, dass dieser noch immer darauf beharrte, nicht Schuld an der Misere zu sein. So auf jeden Fall hatte Pius seinen Freund und Gefährten noch nicht erlebt.

Schweigend stapfte er die Friedrichstraße hinauf. Johannes lief hinter ihm und schaute überall hin, nur nicht zu seinem Begleiter. Das änderte sich auch nicht, bis sie den Computerladen erreichten. Die Worte »IT« und »PC-Technik« über der Eingangstür ließen keinen Zweifel daran, dass sie ihr Ziel erreicht hatten. Pius war unschlüssig, ob man ihnen hier tatsächlich weiterhelfen konnte, war aber bestrebt, es herauszufinden. Plötzlich spürte er Johannes' Hand an seiner Schulter.

»Was willst du denen sagen, wie wir an das Gerät gekommen sind?«

»Die Wahrheit natürlich.«

»Ich weiß nicht, ob das in dem Fall so ratsam ist. Nicht, dass es die Mitarbeiter da drinnen dann zurückhalten. Man weiß ja nie.«

Pius bezweifelte zwar, dass derlei Dinge die Computerleute wirklich interessierten, ganz von der Hand zu weisen war der Einwand aber trotzdem nicht. Die Vorstellung, den vermutlich kaputten Kasten los zu sein, behagte ihm gar nicht. Nein, sein Ehrgefühl verlangte danach, dass sie die Sache dem Eigentümer persönlich übergaben und ihn um Entschuldigung baten. Aber war deswegen eine kleine Notlüge zulässig? Immerhin verstießen sie damit eindeutig gegen eines der zehn Gebote: Du sollst kein falsches Zeugnis ablegen.

Einige Herzschläge lang wog er die Fakten gegeneinander ab und entschied sich für ein kleines Beugen der

Wahrheit. Später würde er Gott dafür lang und reuevoll um Vergebung bitten.

Das Geschäft entpuppte sich als überraschend ordentlich. Beim Thema Computer hatte Pius immer chaotische und schlecht gelüftete Zimmer mit wenig Licht vor Augen, in denen Staub und elektronische Bauteile um den spärlichen Platz rangen. Hier allerdings gab es einen sonnengefluteten Verkaufsraum mit mehreren weißen Verkaufsregalen voller ordentlich einsortierter Elektronikware. Manch anderer Laden konnte sich davon eine deutliche Scheibe abschneiden.

Ein junger Bursche, vielleicht Anfang 20, mit langen Haaren und Dreitagebart, trat lächelnd auf sie zu. Unter seinem blaukarierten Hemd blitzte ein dunkles T-Shirt mit der Aufschrift RUSH auf. Vermutlich irgendein Computerbegriff.

»Guten Tag, mein Name ist Jens Tide, wie kann ich Ihnen behilflich sein? Haben Sie Interesse an einem neuen Tablet? Gibt es Schwierigkeiten bei einer Netzwerk-Konfiguration? Oder sind Sie auf der Suche nach einer preiswerten und effektiven EDV-Lösung? Dann sind Sie bei uns an der richtigen Adresse.«

»Mir, äh … ist mein Walkm… äh, ich mein … MP5-Spieler heruntergefallen. Er war ein Geschenk meiner Nichte. Jetzt habe ich Angst, dass er hinüber ist.«

Er reichte ihm die Einzelteile des Geräts und vergewisserte sich, nichts in seiner Hosentasche vergessen zu haben. Was Gott sei Dank nicht der Fall war.

Der junge Mann betrachtete die Stücke einige Sekunden lang mit höchst skeptischer Miene. Dann nickte er wissend und begann die einzelnen Teile zusammenzusetzen. Seine Finger huschten nur so umher. Kein Zweifel, dieser Mann verstand sein Handwerk. »Ich glaube, das ist alles halb so schlimm«, erklärte er nebenbei. »Eine der Steckverbindungen ist locker und die Außenhülle hat ein paar Kratzer abgekriegt. Doch die Controller und die Ports sehen alle unbeschädigt aus. Warten Sie, hier am USB-Anschluss hat sich etwas verschoben. Dürfte aber ebenfalls kein Problem sein. Wenn Sie wollen, führe ich gleich mal einen kurzen Systemcheck durch.«

»Ja, das ist in einem solchen Fall ratsam«, sagte Johannes mit wissender Miene. Pius wusste es besser, sagte aber nichts.

Gleich darauf war die flache Box wieder zusammengesetzt und Tide verschwand damit hinter der Ladentheke. Hier kramte er ein dünnes schwarzes Kabel hervor und verband den flachen Kasten dadurch mit dem breiten Computerterminal zu seiner Rechten.

»Dauert nur ein paar Minuten.« Seine Finger flitzten über die Tastatur und auf dem Bildschirm öffneten sich mehrere Felder. Pius trat näher heran, verstand aber trotzdem nicht, was er da auf dem Monitor sah oder sehen sollte.

»Alle Achtung, das ist ja sogar das neuste Modell. Das mit der extragroßen Festplatte.« Eine Sekunde lang wirkte Tide sichtlich beeindruckt. »Hier hinten gibt es sogar einen HDMI-Anschluss.«

Johannes nickte, so als wäre das für ihn längst ein alter Hut. Was ihm aber gleich darauf zum Verhängnis wurde.

»Ist das die Version mit der integrierten WiFi-Verbindung oder läuft das noch über Bluetooth?«, fragte der Verkäufer.

Als danach auf einmal Stille im Raum einkehrte, schaute er ihn fragend an. Einige Sekunden verstrichen, dann winkte der Verkäufer ab. »Ist ja auch egal. Ich sehe, die Festplatte ist trotz ihrer Größe relativ voll. Meine Güte, das sind ja haufenweise Dateien.«

»Ja, mein Freund ist ein begeisterter Musikfan«, versuchte Johannes wieder zu trumpfen. »Er braucht schon seine Auswahl von 30 bis 40 unterschiedlichen Liedern. Man weiß ja morgens nie, nach welcher Musik einem gerade zumute ist.«

»Nur 30 bis 40 Lieder? Hier gibt es ...« Er hielt inne und beugte sich so weit nach vorne, dass seine Nase fast den Monitor berührte. »Und das da ist Ihre Lieblingsmusik?«

Fassungslos schwenkte sein Blick zwischen den Patres und dem Bildschirm hin und her. Irgendwie schaffte Tide es dabei, seinen Brustkorb so aufzurichten, dass der Schriftzug RUSH auf seinem T-Shirt noch deutlicher sichtbar wurde.

»Ich gebe zu, das haut mich jetzt um. Meine Güte. Aber gut, jedem das Seine. Besitzen Sie das Gerät schon länger? Auf der Festplatte gibt es auch jede Menge JPGs und DOCs. Und da ist eine Extra-Verzeichnung mit bestimmt 100 Excel-Dateien.«

»Meine Nichte hat das Gerät vorher kurzzeitig benutzt. Gut möglich, dass das Sachen von ihr sind. Jitterbugs und Durks. Das klingt ganz nach ihr. Ebenso das mit den Abzess-Dateien.«

Der langhaarige Verkäufer schaute ihn an, als glaubte er, der Pater wollte ihn auf den Arm nehmen. Aber was sollte er falsch gemacht haben? Pius war sich keiner Schuld bewusst.

»Ist hier irgendwo vielleicht eine versteckte Kamera installiert?« Die Laune des Verkäufers schien mit jedem Atemzug schlechter zu werden. »Oder ist das ein Scherz meiner Kollegen? Dabei wissen die doch genau, dass ich diese Art von Humor nicht lustig finde.«

»Was denn für ein Scherz? Was haben Sie denn auf einmal?«, fragte Pius. Auch Johannes wirkte völlig ratlos.

»Na, Sie beide. Diese übertriebene Unwissenheit. Das kann doch nicht echt sein. Ebenso das mit dieser Techno-Grütze. Happy Hardcore? Ernsthaft? Ich halte mich ja für einen toleranten Menschen, aber solch ein Schund? Warum kommen Sie nicht gleich mit Schlagern oder Marschmusik?«

»Wirklich, wir sind nur wegen des Geräts hier. Was sind denn das für Daten auf der Festplatte?«

»Das wissen Sie nicht?« Eine Sekunde lang schaute ihm Tide durchdringend in die Augen. Wonach auch immer er suchte, er fand es nicht und schüttelte schließlich den Kopf. »Es sind irgendwelche Risikoberechnungen. Hier ist von Schadensregulierungen und Rückzahlungen die Rede. Ein ganzer Unterordner heißt *Investments* … Sagen Sie, ist Ihre *Nichte*«, er betonte das Wort auf eine Weise, die Pius gar nicht gefiel, »in der Finanz- oder Versicherungsbranche tätig? Anders ergibt das alles keinen Sinn.«

»Ja genau, das ist sie. Das haben Sie gut erkannt.« Pius hoffte, den Mann mit Schmeicheleien zu besänftigen, schien aber auf Granit zu beißen.

»Sie sollte allerdings aufpassen, wie sie mit den Daten umgeht. Hier gibt es jede Menge Namen und Zahlen. Ich kenne mich mit so was zwar nicht besonders aus, aber auf mich wirkt das sehr nach vertraulichen Informationen. Wenn das in die falschen Hände gerät …« Mit finsterer Miene schüttelte er den Kopf.

Von einem Atemzug auf den nächsten kam sich Pius ziemlich schuldig vor. Es war nicht richtig, dass sie diese Festplatte besaßen. Aber es war ja erst die Bemühung, mehr über den eigentlichen Besitzer herauszufinden, gewesen, die sie hierhergebracht hatte. Was für ein Dilemma. »Da gebe ich Ihnen vollkommen recht. Ich werde mit meiner Nichte ein ernstes Wort reden. Sehen Sie in den Dateien zufälligerweise einen Hinweis darauf, wo der Verfasser wohnt? Oder wie das Unternehmen heißt?«

Bestürzt riss Tide die Augen auf. »Sie wollen mich doch auf den Arm nehmen? Sie wissen nicht, wo Ihre Nichte lebt, geschweige denn, für welche Firma sie arbeitet?«

Pius hatte das Gefühl, im Erdboden zu versinken. Hilfesuchend blickte er zu Johannes, aber der schaute genauso ratlos drein. »Na ja, wissen Sie, in meinem Alter ... da lässt einen das Gedächtnis schon manchmal im Stich.« Er spürte, wie seine Wangen glühten. Noch nie hatte er sich dermaßen peinlich berührt gefühlt. Wie ein kompletter Schwachkopf kam er sich vor.

Aber wenigstens stimmte es den Verkäufer milde. Mit dem Mauszeiger klickte er einige Male über den Bildschirm und nickte dann. »Als Unternehmen wird hier die Sonterris AG genannt. Sagt Ihnen das was?«

»Ja natürlich! Die Sonterris AG.« Johannes schlug sich mit der flachen Hand gegen die Stirn. »Genau so heißt die Firma. Das wir nicht gleich darauf gekommen sind.«

Die übertriebene Geste stimmte Tide sofort aufs Neue skeptisch. Gleich geht der Spaß von vorne los, befürchtete Pius. Doch so schnell schien den langhaarigen Mann nichts mehr zu überraschen. Er verkniff sich auch jede Bemerkung darüber, sondern klickte nur einige weitere Male mit dem Mauszeiger herum. Mehrere Anwendungsfenster schlossen sich, bis am Ende nur noch ein beigefarbenes Programm offenblieb. »Die Systemdiagnose ist inzwischen abgeschlossen. Sämtliche Hard- und Software arbeitet perfekt. Der kleine Absturz hat also keine größeren Schäden hinterlassen. Das macht 20 Euro und 50 Cent. Brauchen Sie einen Ausdruck mit den Testresultaten?«

Pius schüttelte den Kopf. »Danke, das wird nicht nötig sein. Vielen Dank für Ihre Mühen.« Kaum hatte er die kleine Festplattenbox zurückerhalten, verließ er das Geschäft. Noch immer hatte er das Gefühl, dass sich ihm sämtliches Blut in seinem Kopf angesammelt hatte.

»Lief doch gar nicht so schlecht«, bescheinigte Johannes, nachdem sie die Ladentür geschlossen hatten. Verdutzt starrte Pius ihn an. Ihm fehlten die Worte.

Dass ihr Handy hartnäckig bimmelte, registrierte Verena erst nach dem fünften oder sechsten Klingeln. In der Befürchtung, dass gleich die Mailbox das Gespräch annehmen würde, hechtete sie nach vorne, stieß ihren Kaffeebecher auf dem Küchentisch um und stolperte über ihre am Boden stehende Handtasche. Dennoch gelang es ihr irgendwie, die richtige Taste zu drücken und ein atemloses »Hallo?« rauszubringen.

Aus ihrem Badezimmer vernahm sie das stete Rauschen der Dusche. Thorben ließ sich heute Morgen mal wieder besonders viel Zeit. Eine Neuigkeit war selbst das nicht mehr.

»Ja, hallo, hier spricht Wittke von der Rechtsmedizin. Aus Tübingen«, plärrte es derweil aus dem Hörer.

Wittke. Sofort kam Verena sein gestriger Vortrag über Bleichmittel und Knochenkochen in den Sinn. Angewidert verzog sie das Gesicht. Wofür Wittke eigentlich nichts konnte. Er hätte nur anders heißen müssen und nicht ausgerechnet wie die sehr grobe Leberwurst im roten Plastikdarm, die Verenas Oma ihrer Enkelin so gerne aufs dick mit Butter bestrichene Sauerteigbrot geklatscht hatte. Bei »Wittke« dachte sie automatisch an Knorpel und Hautfetzen in gräulicher Fleischpampe. Sie würgte innerlich, holte tief Luft und fokussierte ihre Gedanken auf die Wand ihr gegenüber. Die Leberwurst verblasste. »Haben Sie was rausgefunden?«

»Wie man's nimmt. Mit meinen Untersuchungen bin ich soweit durch. Es ist so, wie ich vermutet habe. Die gebrochenen Halswirbel dürften mit großer Wahrscheinlichkeit die Todesursache sein.«

»Können Sie was über die Identität der Toten sagen? Ich weiß, dass das in dem Fall schwierig ist, aber jeder Hinweis, der die Sache eingrenzt, hilft uns weiter.«

»Die Tote war etwa 1,70 groß. Vom Alter würde ich auf Anfang 20 tippen. Beckenverformungen, wie sie im Zuge von Schwangerschaften der Fall sind, gibt es keine. Ich habe eine längst verheilte Unterarmfraktur bemerkt, vermutlich ein Andenken an die Kindheitstage. Davon abgesehen war sie körperlich in einer dem Alter entsprechenden, normalen Verfassung. Mehr Neuigkeiten kann ich Ihnen leider nicht liefern.«

Verena, die alles fleißig auf der Rückseite eines Möbelprospekts mitgeschrieben hatte, nickte dankbar. »Das ist trotzdem schon mal ein Anfang und grenzt die Suche um einiges ein. Wie steht es um die Chemikalien, die für das Ablösen des Fleisches verwendet wurden?«

»Die Ergebnisse vom Labor stehen noch aus – und lassen bestimmt auch noch ein Weilchen auf sich warten. Sie wissen ja, das ist nicht wie im Fernsehen, wo eine Stunde nach dem Leichenfund sämtliche Analysen abgeschlossen sind. Ich gebe Ihnen Bescheid, sobald ich was von den Kollegen gehört habe.«

Pünktlich mit dem Gesprächsende verstummte auch die Dusche. Trotzdem verging noch eine weitere Viertelstunde, bevor Thorben das Badezimmer mit einer ihm folgenden Wolke aus Wasserdampf, Deospray und Rasierwasser verließ. Die intensive Geruchsmischung ließ Verena vorsichtshalber einen Schritt zurückweichen. Was Thorben sofort mit skeptischer Miene quittierte.

Während er sich einen Kaffee einschenkte, brachte sie ihn auf den neusten Stand.

»Viel ist das nicht«, sagte er anschließend. »Würde mich wundern, wenn wir auf diesem Wege in unserem Fall weiterkommen.«

»Die Befürchtung hab ich auch. Aber vielleicht ergibt sich ja was bei deinem Verdächtigen in Trossingen.«

Seine Augen verengten sich zu Schlitzen. »Das klingt irgendwie so, als würde ich allein dorthin fahren.«

»Gut erkannt. Einer sollte sich in Balingen ja auch noch mal die Vermisstenkartei vornehmen und mit den neuen Infos aus der Gerichtsmedizin abgleichen. Eventuell müssen wir da mit unserer Suche einfach noch weiter in die Vergangenheit zurückgehen. Außerdem möchte ich noch ein bisschen über die Verwaltungsfirma und deren Chef recherchieren. Nicht zu vergessen den früheren Todesfall im ehemaligen Landratsamt, auf den uns die Nachtschicht hingewiesen hat. Das ist eine Menge trockne Büroarbeit. Die magst du ja eh nicht so. Am besten fahren wir deshalb auch gleich mit zwei Autos. Macht ja keinen Sinn, wenn du mich erst von Spaichingen nach Balingen bringst und dann noch mal die halbe Strecke zurückfährst.« Sie bemerkte seinen missmutigen Gesichtsausdruck und runzelte die Stirn. »Was ist? Gefällt dir die Arbeitsaufteilung nicht?«

»Nein. Es ist nur … dieser Fall. Balingen. Unsere getrennten Ermittlungen. Das ist irgendwie … ach, ich weiß nicht. Wahrscheinlich bin ich einfach noch nicht richtig munter.«

»Wie geht es deinem Rücken?«

»Sticht.« Er wandte sich wieder seiner Kaffeetasse zu und Verena verschwand im Wohnzimmer, um ihre Sachen zusammenzupacken. Als sie wenig später auf dem Gehsteig vor Verenas Wohnung standen, verabschiedete sich Thorben mit einem besonders innigen Kuss von ihr. Langsam und mit hängendem Kopf trottete er anschließend zu seinem Auto. Sie schaute ihm unschlüssig hinterher. Irgendwas stimmte nicht mit ihrem Partner. Allerdings hatte sie nicht den Hauch einer Ahnung, welche Laus ihm über die Leber gelaufen sein könnte. Grübelnd ging sie zu ihrem Auto.

SIEBDE SCHDAPFL
(SIEBTE STUFE)

Hey ho! Der Vormittag hat einen neuen Namen. Meinen! Ich bin Julian, der Neue am Mikro und begleite euch auf eurer Donauwelle durch den Vormittag. Nach den Nachrichten gibt's ein Interview mit unser aller Landesvater Winfried K. Der hat unserer Kollegin Mina verraten, was er so über das Großgefängnis denkt, das manche gern im Donauwellenland bauen würden. Vorher aber kommt einer zu Wort, der jede Menge Erfahrung mit Knast und Gittern hatte. Johnny Cash! Ich hab euch Walk the line *ausgesucht. Und zwar live aus dem Folsom Prison.*

»Dumm, dumm, dumm!« Johannes konnte nicht anders, er musste im Takt der Musik durch den langen Korridor des alten Landratsamtes tänzeln. Aus einem der Büros ganz hinten schepperte ein Radio. Pius grinste, als sein Mitbruder die Gummisohlen im Rhythmus von Johnny Cash über das ausgetretene Linoleum quietschen ließ. Seine Laune hob das allerdings nicht wirklich, hatte Verena ihnen doch am Telefon ausdrücklich erlaubt, in den oberen Etagen mit der Besichtigung, Vermessung und Bestandsaufnahme zu beginnen. So früh am Morgen waren die Beamten der SpuSi noch nicht eingetroffen und Pius hätte nur zu gerne einen Blick in den abgesperrten Keller gewagt. Wäre vielleicht ein bisschen weiter vorgedrungen als am Vortag. Und hätte so seiner kriminalistischen Ader Genüge getan. So aber schlappte er wenig motiviert vor Johannes her, bis sie das vorletzte Büro am Ende des Ganges erreicht hatten. Die Türen sahen alle gleich aus, nur war diese einen Spalt weit geöffnet.

Pius nickte Johannes zu, der seinen üppigen Bauch hin und her wackeln ließ. Johnny Cash hatte fertig gesungen und machte einer schrillen Kinderstimme Platz, die für Müsli warb.

Pius schob die Tür ein wenig weiter auf – und starrte direkt auf einen prallen Po. Einen ziemlich großen Po in einer mit Glitzersteinen verzierten Jeans.

»Guten Morgen«, stammelte der Pater. Der Hintern zuckte zusammen und mit ihm seine komplette Besitzerin.

»Heidanei, hand Sie mich erschreggt!«, kreischte Gerlinde Seifried und geriet auf der dreistufigen Trittleiter ins Schlingern. Sie schaffte es eben noch, sich auf Pius' Schulter abzustützen, was diesem einen unfreiwilligen Blick direkt in ihre wogende Auslage verschaffte. Pius schloss reflexartig die Augen. Was die Putzfrau nicht bemerkte, denn die hatte alle Hände voll zu tun, um nicht samt Putzeimer von der Leiter zu fallen. Wenig elegant gelang es ihr schließlich, wieder festen Boden unter die Sandalen zu bekommen. Sie ließ den gelben Lappen, mit welchem sie die Deckenlampe abgewischt hatte, in den Eimer plumpsen. Ein paar graue Tropfen stieben auf das Linoleum und verschmolzen farblich sofort mit dessen braunen und grauen Sprenkeln.

»Das tut uns leid«, stammelte Pius. »Wir sind auf der Suche nach einem Büro, das wir benutzen können.« Er zeigte auf die schwarze Aktentasche, die sich Johannes unter den Arm geklemmt hatte.

»Dann bleiben Sie doch gleich hier, ist wenigstens frisch geputzt«, schnaufte Gerlinde Seifried und klappte mit einem vermutlich jahrelang geübten Handgriff die Trittleiter zusammen. Sie schnappte sich den Eimer mit der anderen Hand, schlängelte sich an den Ordensmännern vorbei und zottelte Richtung Treppenhaus von dannen.

»Na dann«, sagte Pius ziemlich lahm. Drei lange Pieptöne verkündeten, dass der klobige Radioempfänger auf dem Regal neben dem Fenster gleich die Nachrichten in den Raum plärren würde. Pius legte den Hebel um. Sofort war es still im Zimmer.

»Na dann«, sagte auch Johannes, ein bisschen weniger lahm, und legte die Aktentasche auf den vorderen von zwei identischen Schreibtischen. Dann ließ er sich auf den abgewetzten Bürostuhl plumpsen. Pius tat es ihm auf der gegenüberliegenden Seite nach. Die Patres saßen sich jetzt Auge in Auge gegenüber. Das heißt: Pius hing ein bisschen schief, weil eines der Räder seines Stuhls ein wenig abgeknickt war. Während Johannes die Utensilien aus der Tasche räumte und nach und nach Blöcke, Bleistifte, einen Taschenrechner und einen Meterstab vor sich legte, sah Pius sich um. Ach Gott. Es gelang ihm nicht, sich diesen Raum als eine Klosterzelle vorzustellen. Sicher, die Schlafräume der Patres im Spaichinger Konvent waren auch nicht luxuriös. Im Gegenteil, in seiner eigenen Zelle standen nicht mehr als ein schmales Bett (seit einem halben Jahr ausgestattet mit einer rückenfreundlichen Matratze), ein Kleiderschrank, ein Bücherregal und ein schlichter Schreibtisch – der einzige Schmuck war der hölzerne Heiland in der Ecke über der Gebetsbank. Aber – hier sah alles staubig aus. Innerlich staubig. Furztrocken. Da könnte eine Gerlinde Seifried wochenlang wienern, die braunen Schreibtische mit den Rollläden vor den Fächern strahlten einen Charme aus, der an Altpapier erinnerte. Die bis auf das Radio leeren Regale trugen auch nicht gerade zum Wohlfühlambiente bei.

Pius zog die Schublade vor sich auf. Er stieß auf muffigen Geruch, Staubflocken und eine ehemals wohl silberne Büroklammer. Johannes hatte auf seiner Seite mehr Glück und fand ganze drei Büroklammern, ein gelbliches Blatt Löschpapier und einen hart gewordenen Radiergummi der Marke Stabilo. Der Bruder drehte das orangeblaue Gummiteil zwischen den Fingern und starrte es an, als könne der Radierer ihm ein Geheimnis verraten. Pius fixierte den welligen Kalender an der Wand hinter Johannes. Er musste die Augen zusammenkneifen, bis er unter der ausgebleichten Berglandschaft die Aufschrift »Oktober 1982« entziffern konnte. Vor seinem inneren Auge tauchten längst pensionierte Beamte auf, die einst das Büro belegt hatten. Braune Pullunder. Stapelweise Aktenmappen. Vertrocknete Primeln auf der Fensterbank. Pius schüttelte sich. Und fuhr dann vor Schreck zusammen, als ein kreischendes »Coucou« die Stille zerriss. Ein schriller Hahnenschrei kam aus der Richtung des Radios. »Coucouuuuuu!«

»Ich dachte, ich hab das ausgemacht«, murmelte Pius, während Johannes aufstand und dem Krähen folgte.

»Das kommt nicht aus dem Weltempfänger«, sagte der Bruder leise. »Da hinten liegt ein Handy. Und nicht irgendeines, sondern ein nagelneues Smartphone mit gebogenem Display. Die kenne ich bislang nur aus dem Fernsehen.« Fast schon andächtig nahm der dicke Pater das übergroße Telefon in die Hand. »Es wiegt fast nichts.«

»Coucou!«

»Dafür kräht es wie ein Hahn«, sagte Pius, der die Faszination seines Glaubensbruders nicht mal ansatzweise nachvollziehen konnte.

»Eingehender Anruf von Olga.« Johannes las vor, was auf dem Display erschien. In dem Augenblick erschien Gerlinde Seifried.

»Ach, do isch mai Händi!«, rief sie und streckte die Hand aus. Johannes hätte das technische Wunderwerk sicherlich gerne noch ein bisschen länger betrachtet, händigte es aber brav seiner Besitzerin aus.

Diese schaute abfällig aufs Display und rümpfte die Nase. »Auf diese elende Natter kann ich jetzt auch verzichten. Ich weiß schon, was die will.« Sie drückte eine der Handytasten und das Gekrähe verstummte augenblicklich. Wütend stapfte sie danach in die Tiefen der alten Behörde davon.

»Also dann«, sagte Pius lahm und erhob sich. Johannes reichte seinem Prior das Klemmbrett, auf dem die Checkliste für die Bestandsaufnahme in vielfacher Kopie steckte. Raummaße, Fenstergrößen, Inventar. Die Brüder im Mutterhaus hatten ganze Arbeit geleistet und kein Detail ausgelassen. Was Pius und Johannes nun ganz schön viel Arbeit bescherte. Aber es half ja nichts. Was musste, das musste.

»Halt die Klappe!« Thorben knallte mit der Faust gegen den Regler. Sofort verstummte Johnny Cash. Der Kommissar gab direkt hinter dem Blitzer am Spaichinger Ortsende Vollgas und raste mit Tempo 140 über die Strecke durch den Wald. Scheißbäume, dachte er. Scheißverkehrsschilder. Scheißsonne. Scheißschatten. Scheißberuf und Scheißbeziehung. Im Moment jedenfalls. Er hatte keine Ahnung, was mit Verena los war. Und dass sie am Vorabend einfach so verschwunden war – das wurmte ihn mit jedem Moment mehr. Es stank förmlich gen Himmel. Thorben bremste kurz ab, als vor ihm auf der bolzengeraden Strecke hinter einer Kuppe ein Traktor auftauchte. Dann gab er Vollgas und schoss auf der Gegenfahrbahn vorbei. Er ignorierte sämtliche Geschwindigkeitsbegrenzungen. Das Ortsschild von Schura auch. Mit 70 Sachen bretterte er durch das Dorf, überholte innerorts einen Daimler und kurz vor Trossingen schnitt er einem tiefergelegten Ford die Spur. Das tat gut. Brachte aber rein gar nichts. Denn wenige Meter später musste er rechts ranfahren, um das Navi einzuschalten. Aus dem linken Augenwinkel sah er, dass der Ford abbremste, als er auf seiner Höhe ankam. Der Fahrer schüttelte den Kopf, dass die langen Haare nur so flogen. Dann hob der Mann den komplett tätowierten rechten Arm und zeigte dem Kommissar den Stinkefinger.

»Arschloch!«, brüllte Thorben die Seitenscheibe an. Dann widmete er sich wieder dem Navi und gab die Adresse von Andreas Schrothmiller ein. Dummerweise funktionierte das Navi nur, wenn das Radio eingeschaltet war. Und so musste Thorben wohl oder übel zuhören, wie Andreas Bourani weichgespült über die Donauwelle schwappte und von anderen Wegen sang. Eigentlich hatte Thorben nichts gegen den Sänger. Außer vielleicht, dass Verena immer so verzückt schaute, wenn der Knabe im Fernsehen auftrat. Trotzdem wäre ihm jetzt was von KISS oder Deep Purple lieber gewesen.

Thorben versuchte, sich nur auf die weibliche Blechstimme zu konzentrieren. Die widersprach ihm wenigstens nicht und war immer gleich neutral gelaunt, egal wie oft er falsch abbog und sich ihren Anweisungen widersetzte. Da kam dann kein Schmollen, sondern ein sanftes »Wenn möglich, bitte wenden«. Während er den Wagen erst quer durch das erstaunlich frequentierte Trossingen und dann in ein Wohngebiet lenkte, rekapitulierte er im Geiste noch einmal, was er gestern noch ganz spät über Schrothmiller recherchiert hatte. Eigentlich war er ja nur auf der Suche nach einem weiteren Experten in Sachen Ablaugen von Leichen gewesen und hatte bei Google nach Kürschnern und Gerbern in der Region gesucht. Davon gab es nur einen einzigen, der mit Telefonnummer verzeichnet war. Alle anderen schienen nur privat zu arbeiten oder längst selbst für alle Ewigkeit vom Fleisch gefallen zu sein. Erstaunlich eigentlich, war doch Balingen noch in den 1980ern eine Hochburg der Gerberei, wie Wittke ihm erklärt hatte.

Tja, Schrothmiller tauchte nicht nur bei Google auf, sondern auch im polizeiinternen Register. Und das nicht zu knapp. Die Vita las sich wie das Drehbuch zu einem Jugenddrama auf RTL. Vaterlos mit zwei Schwestern bei der Mutter in Trossingen aufgewachsen. Hauptschule mit viel Ach und noch mehr Krach eben so geschafft. Immer mal wieder Ladendiebstähle. Danach erster Aufenthalt im Jugendvollzug nach Einbruch in den Freibadkiosk in Spaichingen. Abgebrochene Kochlehre. Wieder JVA, Einbruch ins Schützenhaus. Abgebrochene Metzgerlehre. JVA. Schließlich Ausbildung zum Kürschner und Tierpräparator. Dazwischen immer wieder Bewährungsstrafen. Seit acht Jahren allerdings wies Schrothmillers Akte keinen Eintrag mehr auf. Entweder der Mann war geschickter geworden bei seinen Einbrüchen oder das Alter von knapp über 30 hatte ihn weiser gemacht. Thorben tippte auf ersteres und dann auf das Navi, das ihm mitteilte: »Sie haben Ihr Ziel erreicht.«

Und das sah ganz und gar nicht so aus, wie Thorben sich die Zieladresse vorgestellt hatte. Er fand sich mitten in einem Neubaugebiet wieder und das Schrothmillersche Haus strahlte mit schneeweißem Putz in die Vormittagssonne. Skeptisch stieg er aus, reckte sich, registrierte mit einem Knurren das Knacken seiner Lendenwirbel und staunte. Doppelgarage. Akkurat gestutzter Rasen. Eine niedrige Hecke, deren junge Büsche erst noch ihre Wurzeln in den Boden schrauben mussten, um in die Höhe zu wachsen. Vor der Haustür ein Dreirad. Die Mülltonnen versteckt hinter einem knallrot gestrichenen Lattenzaun. Und neben der Klingel ein selbst gemaltes Schild: »Hier leben, lieben und lachen Irina, Andreas und Kirill Schrothmiller.« Thorben nahm an, dass Kirill der Besitzer des Dreirades war. Er drückte auf die Klingel. Ein satter Dreiklang ertönte. Schritte. Ein dunkler Schatten hinter dem Milchglas. Und dann trafen sich der Fordfahrer und Thorben wieder. Beide zuckten unmerklich zurück, als sie ihr Gegenüber erkannten. Schrothmiller vermutlich dank jahrelanger Knastkarriere aus purem Misstrauen, Thorben vor Schreck.

Einen Moment starrten die Männer sich schweigend an, wobei der Kommissar den Kopf in den Nacken legen musste. Schrothmiller überragte ihn um gute 20 Zentimeter und füllte mit seinem muskulösen Körper den Türrahmen beinahe zur Gänze aus. Fischer war erstaunt, wie viele bunte Tattoos auf den dicken Armen des Mannes Platz gefunden hatten.

»Was?«, blaffte Schrothmiller schließlich. Thorben zückte automatisch seinen Dienstausweis und hielt ihn in die Höhe.

»Kripo? Wegen Stinkefinger? Lachhaft!«, bellte Schrothmiller und verschränkte die Arme vor der breiten Brust. »Sie haben mich doch saudumm innerorts überholt!«

»Ja. Nein. Deswegen bin ich nicht hier.« Herrje. Solche Muskelpakete brachten Thorben immer aus der Bahn. »Es geht um Knochen. Ein Skelett. Also wie das Fleisch da runtergekommen ist.«

»Was?«

Thorben konnte Schrothmiller dessen fragenden Gesichtsausdruck nicht verdenken. An seiner Stelle hätte er auch nicht kapiert, was er wollte. Also setzte er neu an und nannte seinem Gegenüber die Fakten. Jedenfalls jene, die diesen etwas angingen.

Schrothmiller entspannte sich zusehends. Als der Kommissar geendet hatte, trat er einen Schritt zurück in den Flur und machte eine übertrieben einladende Geste. »Dann mal rein mit Ihnen. Aber viel Zeit hab ich nicht. Muss nachher zur Demo.«

»Demo?« Hatte Thorben was verpasst?

»Großgefängnis. Muss ja wohl hier echt nicht sein. Ich hab keinen Bock drauf, dass in der Nachbarschaft Kriminelle eingebuchtet werden und dann von der buckligen Verwandtschaft auch noch besucht werden. Da schwemmt doch der ganze Bodensatz nach Trossingen, wenn hier der Megaknast gebaut wird«, polterte Schrothmiller los.

Du musst es ja wissen, dachte Thorben. Laut sagte er: »Geht sicher ganz schnell.« Und hoffte das auch, denn als er dem breitschultrigen Kerl durch das Haus folgte, schlug ihm die geballte Spießigkeit mit einer derartigen Wucht entgegen, dass sich in ihm reflexartig ein Fluchtinstinkt einstellte. Einzig das Staunen hielt ihn im Raum, zu dem der langhaarige Tattoo-Fan so gar nicht passen wollte. Helle Ledercouch. An der Wand Familienbilder. Frau mit Baby. Frau ohne Baby. Baby ohne Frau. In der Ecke ein Haufen bunter Plastikspielsteine. Draußen im Garten ein Schaukelgestell.

»Am besten gehen wir in die Werkstatt«, teilte Schrothmiller mit und ging an ihm vorbei die Kellertreppe hinab. Thorben folgte ihm, nachdem er einen kurzen Blick in die weiße Hochglanzküche geworfen hatte. Unten angekommen öffnete der Hausbesitzer eine Stahltür. Zwei Neonröhren flackerten auf und tauchten den gut 20 Quadratmeter großen, fensterlosen Raum in helles Kunstlicht. Wieder flackerte bei Thorben der Fluchtinstinkt auf. Diesmal aber angesichts all der toten Tiere, die ihn aus Glasaugen anstarrten. In den Regalen saßen, standen und lagen tote Füchse.

Tote Marder kletterten auf festgeschraubten Ästen herum. Ein toter Bussard hatte die steifen Flügel ausgebreitet. Über all dem lag ein muffiger Geruch nach totem Fleisch und viel Chemie. Das schlimmste aber war die getigerte Katze, die mitten im Raum auf einem Stahltisch lag, wie Thorben ihn aus der Pathologie kannte.

»Wird morgen abgeholt«, sagte Schrothmiller mit einem Kopfnicken Richtung ausgestopftem Stubentiger. »Die Besitzer haben bei mir schon zwei Katzen präparieren lassen.«

Thorben schluckte. Tierfriedhof – seinetwegen. Aber Bello und Miez als Staubfänger für die ewige Erinnerung mitten im Wohnzimmer? Igitt. Schrothmiller angelte mit dem Fuß nach einem Hocker auf Rollen, der unter dem Seziertisch geparkt war, und ließ sich darauf plumpsen.

»Was kann ich für Sie tun?«

»Also, ich wollte wissen … die Chemie, die man so braucht … kann man das … wo kann man das kaufen?«

»Ja also, das kommt ja nun drauf an, was Sie machen wollen.«

»Ich will gar nichts machen!«

»Schon klar. Also noch mal. Da hat also jemand einen um die Ecke gebracht und will den verschwinden lassen. Schafft der auch. Bis auf die Knochen halt.«

Thorben nickte und fühlte sich beobachtet von zwei Dutzend Glasaugen.

»Und jetzt wollen Sie wissen, wie ich das gemacht hätte. Oder sogar, ob ich das gemacht habe?«

»Ja. Nein.«

»Was jetzt, Herr Kommissar?« Schrothmiller grinste und legte den Kopf schief, sodass Thorben auf ein efeuumranktes Kreuz starrte, das den muskulösen Hals des Hünen zierte.

»Okay. Weil Sie es sind.« Schrothmiller stand auf und ging zu einem Stahlschrank. Öffnete ihn und zeigte auf ein Arsenal an Kanistern und Plastikflaschen. »Formaldehyd, Glutaraldehyd, Polyphosphate, Paraffinsulfochlorid«, ratterte der Präparator runter.

Thorben fühlte sich an den Chemieunterricht erinnert. Und daran, dass er schon damals nichts kapiert hatte. Wie jetzt eigentlich auch, aber das wollte er Schrothmiller natürlich nicht sagen. Deswegen nickte er heftig. »Und wo kann man das beziehen?«, hakte er nach.

»Apotheke, Internet. Ist ja alles nichts Verbotenes.«

»Aber für einen ganzen Mensch braucht man schon mehr als ein, zwei Kanister?«

»Worauf Sie einen lassen können.« Schrothmiller grinste. »Und eine Wanne.«

»Wanne?«

»Na Zinkwanne. Am besten. Die Leiche muss ja komplett reinpassen. Andererseits …«, Schrothmiller kratzte sich am Kinn, »… riecht das nicht so super gut. Ich würde eher was mit Deckel nehmen. Ein großes Fass.«

»Fass. Ah.« Thorben fühlte, wie er innerlich zu schwanken begann. Ehe sich der Taumel auf seine Muskeln ausbreiten konnte, holte er tief Luft. »Und wie lange dauert so was?«

»Bis die Knochen blank sind? Schwer zu sagen. Kommt auf die Chemie an. Also vier, fünf Wochen mit Sicherheit.«

»Sie haben nicht zufällig eine Idee …«, setzte Thorben an.

Schrothmiller fiel ihm ins Wort: »… wer Ihre Knochen gegerbt hat? Hör mal, Meister, selbst wenn, würde ich das sagen?«

»Natürlich nicht«, musste Thorben zustimmen.

Schrothmiller strich beinahe liebevoll über den ausgestopften Stubentiger. »Tja, war das alles? Ich muss nämlich.«

»Zur Demo, ich weiß.« Thorben seufzte. Außer Spesen nichts gewesen, motzte er innerlich. Bedankte sich aber dennoch artig bei Schrothmiller und ging zurück zu seinem Wagen. Fuhr um die nächste Ecke und wartete darauf, dass der Ford aus der Doppelgarage kam.

»Soll ich hochkant parken?«, schnauzte Verena die Windschutzscheibe an. Schon zum dritten Mal umrundete sie den Block. Dank der Kollegen waren sämtliche Parkplätze direkt am Zollernschloss belegt. Und in den Seitenstraßen sah es auch nicht besser aus. Scheinbar war ganz Balingen an diesem Vormittag in der Stadt unterwegs. Beim vierten Anlauf schließlich sah Verena, wie an einem Geländewagen die Bremslichter aufleuchteten. Sie bremste und wartete, bis das riesige Gefährt umständlich aus der Parklücke kroch. Dann endlich konnte sie ihren eigenen Wagen abstellen.

»Geht doch!« Zufrieden grinsend stieg Verena aus. Sie musste zwar ein Stück zu Fuß gehen, aber das machte fast nichts. Erstens schien die Sonne und zweitens sah sie drei Läden weiter vorne einen auf dem Gehweg geparkten Kleiderständer, an dessen Seite ein großes Pappschild mit »Alles 10,- €« lockte. Sie brauchte dringend ein paar neue Shirts, beschloss sie spontan und freute sich, als sie tatsächlich in der Kategorie »weiß und schlicht« eines in ihrer Größe fand. Sie zog es vom Bügel und hielt es sich vor den Leib. In der Spiegelung der Schaufensterscheibe erkannte sie, dass es wohl passte. Sie würde es nehmen und vielleicht gleich anziehen, denn das Langarmshirt, das sie heute blind aus dem Schrank gefischt hatte, war zwar gut für den Skelettkeller, aber nicht für die Frühlingssonne.

»Geht gar nicht, gell?«, riss sie eine etwas zu hohe

Stimme aus der Kaufentscheidung. Verena fuhr herum und spiegelte sich nun in der übergroßen Sonnenbrille einer Blondine. Deren geschminkter Mund hatte sich zu einem breiten Lächeln verzogen. Die Wolke aus süßlichem Parfum erreichte Verena im selben Moment wie das Erkennen.

»Esther?« Natürlich, das konnte nur Esther sein. Wie lange war das her?

»Hach, wie lange ist das her?« Esther zeigte ihre perlweißen Zähne und beugte sich zu Verena herunter. Wegen der High Heels war sie ein gutes Stück größer als die alte Schulkameradin. Küsschen rechts, Küsschen links, Verena konnte gerade noch die Luft anhalten. Esther nahm ihr das Shirt aus der Hand und warf es achtlos über die Kleiderstange. Dann hakte sie Verena unter und wollte sie mit sich ziehen. Jetzt kam die Kommissarin wieder zu sich. Sie war zwar mit dieser Esther mal in einer Klasse gewesen, ehe deren Eltern mit ihr von Spaichingen weggezogen waren. Aber schon damals waren sie alles andere als Freundinnen gewesen. Kurz gesagt: Esther hatte mit Barbies gespielt, Verena mit Lego.

»Du, ich zeig dir einen ganz tollen Laden, nur ausgewählte Einzelstücke, und die haben gerade Sale!«, schwärmte Esther und bemerkte gar nicht, dass Verena stehen geblieben war. Sie ging noch ein paar Meter weiter und drehte sich dann um. Verena waren ausgewählte Einzelstücke so was von wurscht. Erst recht, wenn sie aussahen wie das, was Esther am Leib trug: viel zu eng, viel zu viel Glitzer und mit Sicherheit viel, viel zu teuer. »Da kaufen alle ein«, setzte die Blondine nach und blieb stehen. Verdutzt drehte sie sich nach Verena um.

»Kann schon sein, aber ich muss jetzt arbeiten«, sagte sie und versuchte, so was wie Bedauern in ihre Stimme zu legen.

»Ach, dann hast du auch keine Zeit auf einen Secco im Kult?«

Sicher nicht, dachte Verena. Schüttelte aber nur stumm den Kopf.

»Du bist bei der Polizei, gell?«, wollte Esther wissen und ließ das Dutzend Reifen an ihrem rechten Arm klingeln. Oder wollte es auch nicht wissen, denn nach einem Blick auf eine Uhr, die sich preislich schätzungsweise mit einem Kleinwagen messen ließ, ratterte Esther weiter.

»Ich arbeite ja bloß noch ein paar Stunden pro Woche. Mein Mann will das so. Ich müsste auch gar nicht, als Zahnarzt hat er ja … aber was soll's. Du, ich hab da eine Idee.« Esther machte sich an ihrer überdimensionierten Ledertasche zu schaffen und fummelte schließlich eine kleine Karte hervor. »Komm doch heute Abend zu uns. Nur nette Frauen, und Natalia zeigt die neue Kollektion.«

»Tupperabend?«, platzte Verena raus. Das hatte ihr gerade noch gefehlt. Esther kicherte.

»Du bist so lustig! Nein, ein spanisches Designlabel. Wahnsinnsklamotten und …«

»… alles ausgewählte Einzelstücke«, ergänzte Verena. Esther nickte begeistert, Küsschen rechts, Küsschen links und stöckelte davon. Verena atmete erst mal tief ein und aus, um wieder nichtparfümierte Luft in die Lungen zu bekommen. Dann eilte sie zurück zum Kleiderständer, schnappte sich das Shirt und betrat den kleinen Laden.

Das Shirt behielt sie gleich an, ihr eigenes schlang sie sich wie einen Gürtel um die Hüften. So marschierte sie ins alte Landratsamt und wäre dort um ein Haar über einen im Eingang abgestellten Putzeimer gestolpert. Der gehörte ganz offensichtlich Gerlinde Seifried, die mit einem Smartphone in der Hand an der Wand lehnte und wild auf dem Display rumtippte. Verena fragte sich, ob sie der Putzfrau

Esthers Einladungskärtchen in die Hand drücken sollte, ließ es aber bleiben und passierte die Frau mit einem Kopfnicken. Dann stieg sie die Treppe hinab in den Keller.

Der Geruch von Steinen und Moder drang ihr in die Nase. Nicht unbedingt besonders angenehm, aber immer noch besser als der irgendwelcher Leichen, denen die Haut und das Fleisch vom Körper gelöst wurden. Was Thorben wohl gerade machte? War es wirklich richtig gewesen, ihn allein fahren zu lassen? Was, wenn sich sein Verdächtiger als der gesuchte Mörder entpuppte und sich gezwungen sah, den neugierigen Schnüffler zu beseitigen? Nervös griff sie nach ihrem Telefon, aber hier unten lag der Empfang natürlich bei null. Kurz überlegte sie, ins Erdgeschoss zurückzukehren, ließ es aber doch bleiben. Thorben ging es zweifellos gut. Sie durfte sich da nicht selbst einen Floh ins Ohr setzen. Trotzdem nahm sie sich vor, später das Handy immer griffbereit zu halten. Und falls er sich in ein, zwei Stunden noch nicht gemeldet hatte, war es für sie als Kollegin und Vorgesetzte durchaus legitim, sich mal nach dem Stand der Dinge zu erkundigen. Jetzt war es dafür allerdings noch zu früh.

Sie ließ die rot-weißen Polizei-Absperrbänder hinter sich und folgte dem Kellergang bis zu der Kammer, in der Pius das Skelett gefunden hatte. Wovon jetzt natürlich bloß noch die weiß skizzierten Umrisse am Boden und der Wand zu sehen waren. Aber deswegen war sie nicht hier.

Sie war zum Tatort zurückgekehrt, um das Gemäuer noch einmal ungestört auf sich wirken zu lassen. Mit Thorben, den Patres oder der Spurensicherung im Nacken war so etwas nicht möglich gewesen.

Verena schaute sich um. Die vielen uralten Wände. Das brüchige Mauerwerk. Die Spinnweben. Dazu der kaltklamme Boden. Warum hatte sich der Täter ausgerechnet für diesen Ort entschieden? War es nur, weil sich der Raum so schön abgelegen befand, oder besaß der Keller eine symbolische Bedeutung? Im letzteren Fall, was könnte das sein? War es ein frustrierter Ex-Angestellter des ehemaligen Landratsamtes, der sich auf diese Weise rächen wollte? Allerdings hätte er sich in dem Fall genauso gut im oder am neuen Amtssitz austoben können. Hing es mit der noch früheren Geschichte des Gebäudes zusammen? Ohne weitere Anhaltspunkte war die Suche danach aber ebenfalls bloß ein blindes Herumstochern.

Nachdenklich strich Verena über die rauen Steinwände. Spürte die Kälte und lauschte, ob ihr die Mauern nicht was zu erzählen versuchten. Doch entweder sie hörte nicht genau zu oder die Steine blieben stumm.

Welche Möglichkeiten bestanden sonst noch? Oftmals ergab sich ein Motiv auch erst aus der Gelegenheit. Hatte die Tür zum Landratsamt in den vergangenen Tagen und Wochen mal offen gestanden? Was unwahrscheinlich war, da sich vor Pius' Besuch hier geraume Zeit niemand für den alten Bau interessiert hatte. Von gelegentlichen Seminaren mal abgesehen.

Pius. Hatte es mit ihm oder dem Konvent zu tun? Vielleicht war es ja gar kein Zufall, dass ausgerechnet Johannes und er das Skelett gefunden hatten. Entweder weil jemand den Mönchen schaden wollte. Oder – was ebenfalls ziemlich plausibel wäre – weil erst kurz vor der Ankunft der Patres wieder Leben in das verlassene Haus gekommen war. Ohne die Erbschaft des Konvents wären der Hausmeister und seine Putz-Frau vermutlich gar nicht hier aufgetaucht. Was das Zeitfenster für den Hertransport der Leiche ziemlich eingrenzen würde.

Verenas Herzschlag erhöhte sich. Und schien noch schneller zu schlagen mit jedem Schritt, den sie die Stufen zurück zum Erdgeschoss hinauflief. Warme Sonnenstrahlen trafen und blendeten sie. Schützend hielt sie die eine Hand vor das Gesicht, während sie mit der anderen nach dem Smartphone in ihrer Tasche wühlte.

Von irgendwoher näherten sich Schritte, aber das bemerkte sie erst, als sie beinahe mit jemandem zusammenstieß.

»Verena!«, hörte sie eine Stimme keuchen. Erst eine Sekunde darauf dämmerte ihr, dass es sich um ihren Lieblingspater handelte. Sie sah, wie Pius erschrocken beiseitesprang und damit um ein Haar sich und Johannes zu Fall gebracht hätte. Irgendwie schaffte er es, sich und seinen Glaubensbruder am Treppengeländer festzuhalten. Beide wirkten dabei äußerst erschrocken und verkrampft.

»Das ist ja mal 'ne umwerfende Begrüßung«, schnaufte Pius.

»Himmelherrgott!«, rief Johannes. Einen Moment lang wirkte er erzürnt, beruhigte sich aber schnell wieder.

»Das muss Gedankenübertragung sein. Gerade habe ich an euch gedacht.« Verena setzte ihr schönstes Lächeln auf und vertrieb so das letzte bisschen Unmut aus den Gesichtern der Mönche.

»Es kann kein besonders angenehmer Gedanke gewesen sein, wenn du dich im gleichen Atemzug auf uns stürzt.«

Sie spürte, wie sie rot wurde. »Nein, das war bloß ein Versehen, weil ich in dem Moment auf mein Handy geachtet habe. Ich wollte euch gerade anrufen. Es gibt da nämlich ein paar Fragen, die nur ihr mir beantworten könnt.«

»Nun bin ich aber mal gespannt«, sagte Johannes, während er sich seine Kleidung glatt strich.

»Seit wann steht fest, dass ihr dieses Gebäude vererbt bekommt? Wer hat euch darüber informiert? Und wem habt ihr vor eurer Fahrt hierher alles erzählt?«

Johannes blähte die Backen auf, aber auch Pius wirkte einige Sekunden lang ziemlich ratlos. »Soweit ich mich erinnere, gab es ein Schreiben vom Anwalt der zu Heurigen-Ulrichstein. Allerdings ging das nicht direkt an uns, sondern an das Mutterhaus in Barcelona. So genau weiß ich das nicht. Um derartigen Schriftverkehr kümmert sich normalerweise Bruder Ortwin. Aber wenn du magst, hake ich gerne bei ihm nach. Im Augenblick müsste er allerdings im Gymnasium Religion unterrichten. Wenn es dir also am Nachmittag reicht …«

»Selbstverständlich.«

»Gut. Wie lang der Schriftverkehr zwischen der Kanzlei und dem Mutterhaus dauerte, weiß ich natürlich nicht, aber wir haben vor zwei oder drei Wochen von der Erbschaft erfahren. Zunächst war jedoch noch unklar, ab wann wir uns das Haus genauer anschauen können. Ich glaube, es war vor zwei Wochen, als Ortwin den Termin mit der Gebäudeverwaltung klargemacht hat. Die sind ja auch immer recht beschäftigt und können nicht von jetzt auf gleich. Wem wir in dieser Zeit davon erzählt haben, ist eine gute Frage. Wir haben es zwar nicht an die sprichwörtliche große Glocke gehängt, aber als Geheimnis haben wir es ebenso wenig betrachtet. Im Gespräch mit Freunden und Bekannten ist es sicherlich das eine oder andere Mal zur Sprache gekommen. Ist das ein Problem?«

»Nein, natürlich nicht. Ich verfolge da bloß eine Theorie. Möglicherweise ist das auch alles gar nicht wichtig.«

»Können wir dir noch bei etwas anderem helfen?«

»Fürs Erste genügen mir Bruder Ortwins Infos. Wie geht die Gebäudeinspizierung voran?«

»Sehr gut. Eigentlich haben wir schon fast alles unter die Lupe genommen. Den Rest nehmen wir uns nachher vor. Mal schauen, was es danach noch zu klären gibt.«

Als sie sich eine Viertelstunde später im Innenhof voneinander verabschiedeten, konnte es Verena gar nicht erwarten, zur Polizeidirektion zurückzukehren. Es gab einige Punkte, die sie nachprüfen und mit den restlichen Fakten in Einklang bringen musste.

Die Unterhaltung mit Verena setzte Pius mehr zu, als er es sich zunächst eingestehen wollte. Auch Minuten danach gelang es ihm nicht, ihre Fragen aus dem Gedächtnis zu streichen. Obwohl die Polizistin das Gegenteil ausdrücklich betont hatte, wurde Pius das Gefühl nicht los, dass er und seine Glaubensbrüder etwas falsch gemacht hatten. Wäre alles anders gekommen, wenn sie das mit der Erbschaft komplett für sich behalten hätten?

Nachdenklich strich er sich über das Kinn. Dass Johannes neben ihm die Fenster des Sitzungssaals überprüfte, bekam er zwar mit, achtete aber nicht weiter darauf.

Er sah keinen Grund, weshalb sie um den neuen Besitz ein Geheimnis hätten machen sollen. Bis eben hatte er auch nicht gedacht, dass dafür überhaupt eine Notwendigkeit bestand. Jetzt hingegen war er sich bei gar nichts mehr sicher.

Verena konnte doch nicht ernsthaft annehmen, sie hätten es irgendwie unabsichtlich verursacht, dass das Skelett hier abgelegt wurde. Doch welcher Grund sollte sonst hinter ihren Fragen stecken?

Einige Sekunden fühlte er sich aufgebracht und unter Druck gesetzt. Hätten sie etwas anders machen sollen? Was konnten sie jetzt anders machen? Er grübelte einige Minuten lang darüber, erreichte damit allerdings nur, dass er sich danach noch ratloser fühlte.

Gern würde er Verena weiterhelfen, aber für den Moment fehlten ihm dafür einfach die Anhaltspunkte.

Dieser Fall war völlig anders als die vorherigen. Diesmal wusste er weder wer ermordet wurde noch wann dies geschehen war. Vom Wie ganz zu schweigen. Vielleicht würde das Telefonat mit Bruder Ortwin nachher ein bisschen Licht ins Dunkel bringen, obwohl ihm selbst spontan nicht einleuchtete, inwiefern das gehen sollte. Fest stand allerdings, dass sie aktuell nicht wirklich viel unternehmen konnten.

Zumindest nicht in diesem Fall. Was hingegen ihre andere Baustelle – der gestern gefundene MP3-Player – betraf, war noch nicht aller Tage Abend. Hastig schaute er auf seine Armbanduhr. Kurz vor zwölf.

Essenszeit.

Das passte perfekt. Johannes brauchte er zur Unterbrechung ihrer Arbeit nicht überreden. Der Bruder hatte in der vergangenen Stunde mehr als einmal überdeutlich erwähnt, dass er ein gewisses Vakuum in der Magengegend spürte, das unbedingt gefüllt werden wollte.

Keine zwei Minuten später befanden sie sich auf dem Weg zu dem kleinen Restaurant nahe der Stadtkirche. Die Aprilsonne stand hoch am Himmel und wärmte sie bei jedem ihrer Schritte. Pius erwog kurz, einen der Plätze im Biergarten zu wählen, entschied sich dann aber doch für den gleichen Tisch, an dem sie gestern im Lokal gesessen hatten.

Andere Gäste gab es ebenfalls, sogar etliche in Anzug und Krawatte. Doch keiner sah aus wie Herr Rüsselsbacher, den sie gestern zum ersten Mal hier getroffen hatten.

Vielleicht kommt er ja noch, hoffte Pius und entschied sich, genau wie Johannes, auch heute für Apfelschorle, Tomatensuppe und geschmelzte Maultaschen.

Während sich Johannes schon hungrig die Lippen leckte, behielt Pius sehnsüchtig die Eingangstür im Auge. Eine

Handvoll Schulkinder war gerade eingetreten, interessierte sich aber bloß für die Eiskarte am Tresen.

Das Essen kam und duftete lecker, vermochte ihn aber dennoch nicht zu begeistern. Halbherzig löffelte er die Suppe in sich hinein und auch bei den Maultaschen besserte sich seine Laune nicht. Es wurmte ihn, dass es offenbar auch in ihrem zweiten Fall nicht vorwärts ging. Als hätte sich der Herr gegen sie gewendet. War dies seine Art, ihnen mitzuteilen, dass sie sich um den eigentlichen Grund ihres Besuchs in Balingen kümmern sollten? Oder machte es ihnen Gott nur nicht zu leicht, weil er drauf vertraute, dass sie sich so noch mehr ins Zeug legten? Letzteres erschien Pius am plausibelsten.

Nachdem sie die Maultaschen verputzt und die Rechnungen bezahlt hatten, hatte sich Rüsselsbacher noch immer nicht blicken lassen. Auch kein anderer seiner Kollegen. Jedenfalls erkannte Pius niemanden wieder.

Vorsichtshalber überprüfte er den Biergarten, aber dort hatte sich ebenfalls niemand niedergelassen, der dem gestrigen Zorngiebel ähnlich sah. Entschlossen schritt er deshalb auf den Tresen zu. Der Wirt stand direkt dahinter, war allerdings in ein Telefonat vertieft.

Natürlich.

Es durfte ja auch nicht so einfach werden.

Pius ließ sich auf einem der Barhocker nieder und bekam vom Wirt ein Zeichen, dass das Gespräch nicht mehr lang dauern würde. Offenbar ging es um eine Weinbestellung. Auf dem Tresen vor ihm lag die Visitenkarte eines gewissen Lothar Kaltenbach aus Emmendingen bei Freiburg, der anscheinend eine ziemliche Koryphäe auf seinem Gebiet war. Der Wirt und er nannten einige ziemlich hochwertige Weinsorten, bei denen selbst der nun hinzugekommene Johanns anerkennend nickte. Und so, wie er dabei mit dem Ohr immer weiter über den Tresen rückte, hätte er sich bestimmt auch gern mit in das Telefonat eingemischt.

Doch wenig später hatte der Wirt das Gespräch tatsächlich beendet und die Chance dazu war vertan. »Was kann ich denn für Sie tun?«

»Wir suchen jemanden.« Pius beschrieb den in der Stadthalle getroffenen Mann, ließ die unschönen Details des gestrigen Abends dabei aber geflissentlich unter den Tisch fallen.

Schon nach der Hälfte der Beschreibung nickte der Mann zustimmend, wartete mit seiner Antwort aber bis zum Schluss. »Ich glaube, ich weiß, wen Sie meinen. Aber ich habe keine Ahnung, wie der Kerl heißt oder wo Sie ihn finden könnten. Er kommt gelegentlich mit seinen Kollegen hierher und ist irgendwie 'ne komische Type. Zu seinen höhergestellten Mitarbeitern ist er immer nett, zu den niedrigeren hingegen ...« Er schüttelte leicht den Kopf. »Stellenweise erinnert er mich an Louis de Funès. Das war auch so einer, der in seinen Filmen schnell von einem Extrem ins andere wechseln konnte. Nach oben ducken, nach unten treten. Genauso ist der andere Bursche auch drauf.«

Unweigerlich drängten sich Pius Bilder des französischen Komikers auf und er begann zu schmunzeln. Nein! Doch! Oh! Mit dessen Grimassen konnte Rüsselsbacher vermutlich nicht mithalten, mit allem anderen allerdings schon.

»Sagt Ihnen die Sonterris AG etwas?«, fragte Johannes.

Erneutes Kopfschütteln. »Sollte es denn?«

»Es ist gut möglich, dass unser Mann für diese Firma arbeitet. Vermutlich handelt es sich dabei um ein Unternehmen aus Balingen oder Umgebung.«

»Augenblick, das haben wir gleich.« Er beugte sich unter die Theke und zog ein ziemlich mitgenommen aussehendes Exemplar der Gelben Seiten hervor. Der Buchdeckel war eingerissen und etliche Seiten umgeknickt. Dennoch war es die neuste Ausgabe.

Vielleicht nimmt er es, um unliebsame Gäste hinauszubefördern, überlegte Pius und ertappte sich abermals beim Lächeln. Als cholerischer de Funès-Imitator machte der Wirt bestimmt ebenfalls eine gute Figur.

Sie schlugen das Buch beim Buchstaben »S« auf und brauchten nur wenige Sekunden, um den entsprechenden Eintrag zu finden. »Tatsächlich, da haben wir's.« Er tippte mit dem Finger auf eine grauschraffierte Werbe-Anzeige. »Anscheinend beschäftigt sich die Firma mit Versicherungen und Finanzoptimierungen. Kein Wunder, dass mir das nichts sagt. Solche Typen habe ich gefressen. Laut dem Text haben sie Niederlassungen in Donaueschingen, Fridingen, Rottweil und – da steht es – in Balingen. Brauchen Sie die Adresse?«

»Das wäre nett«, sagte Johannes.

Erneut beugte sich der Wirt unter den Tresen, diesmal um einen Kugelschreiber und einen zerknitterten Notizblock mit Spöttinger Bräu-Logo hervorzuholen. »Die sitzen in der Bahnhofstraße. Genau gegenüber vom Bahnhof. Wenn Sie beim Kino sind, sind Sie zu weit gelaufen. Das ist ein Haus, in dem ein Elektromarkt ist. Ganz oben sind Büros. Und, haha, eine Schönheitsklinik. Ja, das ist wahrscheinlich ziemlich passend.«

Pius dankte ihm für die Hilfe und verließ das Lokal. Bis zum Bahnhof brauchten sie zu Fuß eine reichliche Viertelstunde, was nach dem ausgiebigen Mahl vorhin aber eher ein Vor- als ein Nachteil war.

Wie der Wirt es prophezeit hatte, war es nahezu unmöglich, die Adresse auf dem Notizzettel zu verfehlen. Der vordere Eingang gehörte zum Elektroniktempel, also umrundeten die Patres das Gebäude. An den Parkplatz schloss sich ein Parkhaus an, das zu einem Discounter im Erdgeschoss gehörte. Neben dem Supermarkteingang war eine weitere Tür, die in ein mit edlem Marmor ausgestattetes Treppenhaus führte.

»Sag mal … also … könnte ich vielleicht? Also, ich bräuchte …«

Johannes deutete mit dem Kopf auf den Supermarkt. Pius grinste. Er ahnte, was sein Mitbruder so dringend brauchte: Süßkram. Johannes lutschte und kaute gerne am Abend Bonbons, Gummibärchen oder ein bisschen Schokolade.

»Ich komm schon allein klar«, sagte Pius. Johannes grinste breit und verschwand im Discounter.

Mit dem MP3-Player in der Hand betrat Pius das Gebäude, drückte den Fahrstuhlknopf und fuhr auf gut Glück in die zweite Etage. Er fand sich gleich darauf in einem hell erleuchteten Empfangsbereich voller steril aussehender Designermöbel und ausufernder, aber sauber gestutzter Topfpflanzen wieder. Alles hier wirkte wie der missglückte Versuch, gleichzeitig eine heimelige wie Erfolg ausstrahlende Atmosphäre zu schaffen.

»Guten Tag, wie können wir Ihnen denn helfen?«, fragte eine schlanke Endzwanzigerin mit hochtoupierten Haaren und weißer Armani-Brille. Beim Näherkommen schlug Pius ein säuerliches Parfüm entgegen, das ihn an den WC-Stein im Konvent erinnerte.

»Ich würde gern Herrn Rüsselsbacher sprechen.«

Einen Atemzug lang wirkte sie irritiert, lächelte danach aber genauso künstlich wie zuvor. »Haben Sie heute einen Termin bei ihm?«

»Nein, es geht um eine private Angelegenheit.«

»Oh, das tut mir leid. Herr Rüsselsbacher ist heute

Nachmittag aushäusig. Möchten Sie ihm eine Nachricht hinterlassen?«

Pius ließ sich das Wort »aushäusig« auf der Zunge zergehen und winkte ab. »So wichtig ist es nicht. Ich versuche mein Glück einfach zu einem anderen Zeitpunkt noch einmal.«

Deprimiert schob er das Musikgerät in die Tasche zurück und verließ das Gebäude. Diesmal wollte es ihnen der Herr wirklich nicht leicht machen.

Pius hoffte bloß, dass wenigstens das Telefonat mit Bruder Ortwin nachher besser ausging. Inzwischen könnte er durchaus eine Erfolgsmeldung gebrauchen. Oder ein Gummibärchen.

ACHDE SCHDAPFL (ACHTE STUFE)

Das war Green eyes *von Coldplay, ein Hörerwunsch von Tanja, die damit ihren Mann grüßen möchte. Ich bin euer Mittagsmann Tom und ihr hört Radio Donauwelle, den coolsten Sender zwischen Alb und Donau. Auch heute ist wieder ordentlich was los in der Region. Falls ihr vorhin Minas Interview mit unserem Landesvater Winfried K. verpasst haben solltet, gibt es nachher noch ein kleines Best-of davon. Fürs Erste ist Mina aber immer noch vor Ort, in Trossingen, und berichtet live von der Demo gegen den geplanten Bau eines Großgefängnisses. Über 100 Leute haben sich bereits am Hohner-Areal eingefunden und es werden stetig mehr. Wir spielen deshalb jetzt Die Ärzte und ihr Lied* Deine Schuld *mit der passenden Songzeile: »Geh mal wieder auf die Straße, geh mal wieder demonstrieren. Denn wer nicht mehr versucht zu kämpfen, kann nur verlieren!«*

Thorben war alles andere als ein Ortskundiger, aber vom Hohner-Areal hatte selbst er schon gehört. Mehr noch: Während er Schrothmiller heimlich folgte, dämmerte ihm, dass Verena und er vor einiger Zeit schon einmal hier gewesen waren und einen Kabarett-Auftritt im Kesselhaus besucht hatten. Wenn er sich richtig erinnerte hatte sie ihm bei der Gelegenheit von einem alten Fall ihres Kollegen Jochen Schädle erzählt, der sich kurz vor der Jahrtausendwende hier zugetragen hatte. Irgendwas mit einem bei Baggerarbeiten gefundenen Skelett.

Es war schon ein schräger Zufall, dass ausgerechnet die Ermittlungen in einem anderen Skelettfall Thorben wieder an diesen Ort führten. Das hieß, sofern der muskulöse Hüne, der sich gerade 30 Meter vor ihm unter die Demonstranten mischte, tatsächlich darin verwickelt war.

Seinen tiefergelegten Ford hatte er jedenfalls nach nicht mal fünf Fahrtminuten eine Querstraße von hier entfernt abgestellt. Natürlich im Halteverbot, aber darum durften sich die Trossinger Politessen kümmern. Viel wichtiger war, ob es dem Hobby-Tierausstopfer tatsächlich nur darum ging, im Hohner-Areal gegen den Bau eines Großgefängnisses zu protestieren.

Wobei Thorben unschlüssig war, ob Schrothmiller durch seine eigenen Knasterfahrungen hier der ideale oder der unglaubwürdigste Demonstrant überhaupt war. Auf jeden Fall schien er etliche Leute zu kennen. Allerdings allesamt Leute, die Thorbens Opa als »lichtscheues Gesindel« bezeichnet hätte. Zumindest sahen sie so aus und auch Thorbens innere Polizeisirene begann beim Anblick von drei ebenfalls muskelbepackten Typen mit kantigen Gesichtern zu schrillen. Bei zwei davon blitzten an Hals und Händen die Andeutungen von Tätowierungen auf. Tätowierungen, wie man sie im Knast gern und oft bekam. Was natürlich bloß ein gewaltiger Zufall sein könnte.

Eine Frau von vielleicht Mitte 20 mit dunklen glatten Haaren, grünen Augen und süßer Stubsnase kam lächelnd auf ihn zu. Nicht schlecht, fand Thorben.

In der Hand trug sie einen länglichen Gegenstand mit gelbem Schaumgummi am oberen Ende, den er zunächst nicht genau erkannte. Erst als sie direkt vor ihm stand, dämmerte ihm, worum es sich handelte. Aber da plapperte die Frau auch schon los. »Hallo, ich bin Mina, von Radio Donauwelle, wir berichten live von der Kundgebung gegen den geplanten Gefängnisbau und fangen gerade einige Demonstrantenstimmen ein. Wie ist denn deine Meinung zu der ganzen Aktion?«

Er kam sich ziemlich überrumpelt vor. »Ich ... äh ... verstehe natürlich ... dass die Leute hier keinen riesigen Gefängniskomplex haben wollen. Erst fangen wir ... also die, äh ... Polizei die Ganoven ein und dann ... äh ... sollen sie hier direkt vor unserer Nase untergebracht werden. Außerdem ist doch so ein Großgefängnis genau der falsche Weg. Dort kommen die Kleinkriminellen mit den Schwerverbrechern in Kontakt und wenn sie dann entlassen werden, sind sie noch gefährlicher als zuvor.«

Er bereute die letzten Worte, kaum dass er sie ausgesprochen hatte. Aber einmal in Fahrt geraten, hatte er sich selbst nicht mehr stoppen können. Das Lächeln der Reporterin wurde breiter. Offenbar hatte sie gerade Blut geleckt.

»Was soll denn deiner Meinung nach stattdessen mit ihnen passieren?«

Steinbruch. Straßenbau. Feldarbeiten. Es gab da eine Menge Dinge, die Thorben in den Sinn kamen, aber er war klug genug, seine Meinung für sich zu behalten. Es brachte niemandem was, wenn er sich hier um Kopf und Kragen redete. Wenn Verenas und sein Chef mitbekam, was er da ins Mikro bellte, war ohnehin Polen offen. »Ich weiß nicht, vielleicht brauchen wir mehr kleine Gefängnisse. Oder bessere Sozialsysteme. Aber ich bin kein Fachmann für so was. Wie ist denn deine Meinung dazu?«

Er freute sich, den Ball auf diese Art zurückgespielt zu haben und schaute sich nach Schrothmiller um. Der stand noch immer 30 Meter entfernt in das Gespräch mit seinen »Kollegen« vertieft.

»Ich finde, in deinen Aussagen gab es schon ein paar gute Ansätze«, sagte sie und manövrierte sich so geschickt um ihre eigene Meinung. »Andere Demonstranten schlugen vor, man sollte die Gefängnisinsassen entscheiden lassen, was sie selbst für das Beste halten. Wäre das ebenfalls ein guter Ansatz?«

Warum sollte man sie entscheiden lassen, lag es ihm auf der Zunge. Stattdessen sagte Thorben: »Die Knastis ... äh ... ich meine Insassen dürften natürlich ebenso ihre Meinung kundtun. Schließlich sind wir ein freies Land. Aber geht es nicht vorwiegend um die Leute draußen, denen auf einmal ungefragt ein riesiger Zementbau vor die Haustür gestellt werden soll? Als Häftling bekommst du von der Welt da draußen bestimmt nicht viel mit.«

Obwohl seine Mutter ihm immer gepredigt hatte, dass es unhöflich war, seinen Gesprächspartner nicht anzuschauen, schielte er mit einem Auge immer wieder zu Schrothmiller. Als Thorben sah, wie der Ex-Knasti auf einmal in der Menge verschwand, zuckte er erschrocken zusammen.

»Sorry, ich muss los«, sagte er und eilte davon. »Wir sind das Volk«, schickte er noch hinterher, war sich aber nicht sicher, ob die Worte bei der verdutzt dreinblickenden Reporterin überhaupt ankamen. Was vielleicht auch besser so war.

Er kämpfte sich vorbei aus einem Dreiergespann molliger Rentnerinnen, die in ziemlich ähnlichfarbener Kleidung und mit ihren Pudeln unter dem Arm wie eine Neuauflage der Jacob Sisters wirkten, stieß unabsichtlich einen hageren Teenager beiseite und entdeckte seinen Verdächtigen schließlich wieder. Er und seine Freunde bewegten sich auf die Tribüne zu, wo ein schnauzbärtiger Mann mit polternder Stimme gerade eine Ansprache hielt.

Einen Herzschlag lang beschlich Thorben die verrückte Idee, Schrothmiller und Konsorten könnten einen Anschlag auf den Redner planen, aber das war natürlich kompletter Unsinn. Sie blieben wenige Meter vor der Tribüne stehen und wirkten überaus interessiert an dem, was der Mann da von längst überfälligen Reformen fauchte. Mehrmals nickte Schrothmiller, als würde er ihm direkt aus der Seele sprechen.

Plötzlich ertönte von irgendwoher die Titelmelodie von Speedy Gonzales. Unter all dem anderen Lärm ging es beinahe unter. Doch Schrothmiller wurde hektisch und tastete seine Jackentaschen ab. Endlich fand er das Gesuchte, ließ sich aber eine weitere Sekunde Zeit, um das Display zu studieren und brüllte schließlich ein »Hallo, Irina« in den Hörer.

War das nicht der Name seiner Frau? Thorben glaubte sich zu entsinnen, den Namen vorhin auf dem Türschild an Schrothmillers Haus gelesen zu haben.

»Mach ich. Na klar doch«, brüllte der Ex-Knasti ohne Rücksicht auf den Redner auf der Bühne, der auf einmal irritiert wirkte. Einige nicht ganz so laute russische Worte an Irina folgten, die Thorben aber nicht verstand. Vermutlich waren es sowieso bloß Kosenamen, die nicht für jedermanns Ohren bestimmt waren. Danach war das Gespräch beendet und nicht nur der Bühnenredner schien darüber sehr dankbar. Auch Schrothmillers Freunde und alle um sie herum wirkten äußerst erleichtert.

Einige Zeit verstrich, in der Schrothmiller und Konsorten nichts anderes taten, als der Kundgebung zu lauschen, gelegentlich zu applaudieren oder kampfeslustig die Faust in die Höhe zu strecken.

Thorben fühlte sich immer mehr fehl am Platze. Hatte ihn seine Spürnase tatsächlich komplett getäuscht und sein Verdächtiger war überhaupt kein Verdächtiger? Dass sich der Ex-Knasti mit Ausweiden und ausgestopften Tieren auskannte, musste absolut nichts zu bedeuten haben.

Er überlegte ernsthaft, die Überwachung abzubrechen und nach Balingen zurückzukehren. Möglicherweise war heute auch einfach nicht der richtige Tag für diese Art von Ermittlungen. Sollte sich Schrothmiller doch die Beine in den Bauch stehen und lautstark Parolen grölen.

Doch als könnte er seine Gedanken lesen, tippte der Mann auf einmal einem seiner tätowierten Freunde auf die Schulter und beugte sich zu ihm vor, um etwas in dessen Ohr zu sagen. Obwohl die Worte alles andere als geflüstert wurden, verstand Thorben keine einzige Silbe. Diesmal war der Bühnenredner eindeutig der Lautere von beiden.

Aber als Schrothmiller und seine Kumpels auf einmal aufbrachen, verstand Thorben sehr wohl, dass es am besten war, ihnen zu folgen.

Sie verließen das Hohner-Areal und erreichten ein Wohngebiet mit jeder Menge Einfamilienhäuser und Gartensiedlungen. Das Quartett ließ eine dubios aussehende Sportlerkneipe unbeachtet hinter sich und betrat schließlich das Grundstück einer blassgelben Doppelhaushälfte. Ihr Ziel war allerdings nicht das Haus selbst, sondern der dahinter befindliche Garten. Insbesondere der dortige Holzschuppen schien es ihnen angetan zu haben. Einer nach dem anderen schoben sich die vier Muskelberge durch die kaum groß genug erscheinende Eingangstür. Thorben wartete hinter der Hausecke ab, bis alle darin verschwunden waren und wagte sich dann ebenfalls in den Hinterhof. Seine innere Polizeisirene schrillte mit jedem Schritt lauter.

Ungeduldig klopfte Verena mit der Computermaus auf der Tischplatte herum. Warum dauerte das denn alles so lange? Schon während des PC-Startvorgangs war genug Zeit vergangen, dass sie sich im Nebenzimmer einen Kaffee holen und einen kurzen Plausch mit einer Kollegin halten konnte.

Inzwischen war die Kaffeetasse halb leer, der Inhalt kalt und die lahme Krücke hatte es noch immer nicht geschafft, ihr all die weiblichen Vermisstenfälle der letzten fünf Jahre anzuzeigen, die in der elektronischen Kartei nach den von Wittke heute Morgen erhaltenen Informationen infrage kamen. Papierrecherche und elektronische Daten klafften mal wieder so weit auseinander wie der Albgraben, welcher die Gegend regelmäßig in die Charts der Erdbebenzentrale brachte.

Nebenbei suchte sie auf ihrem privaten Smartphone einige Internetseiten nach alten Meldungen über den Chef der Gebäudeverwaltungsfirma ab. Was deutlich flotter als mit der Diensthardware klappte. Am Ergebnis hatte es bisher jedoch nichts geändert. Der Mann schien zwar kein besonders gutes Händchen in Geschäftsdingen zu besitzen, hatte dieses Defizit bisher aber offenbar nicht mit krummen Machenschaften auszugleichen versucht. Polizeiauffällig war der Mann bisher jedenfalls nicht geworden. Das hatte sie vorhin schon kurz am Computer ihrer Kollegin überprüft. Trotzdem, nicht auffällig geworden bedeutete nicht, dass tatsächlich alles koscher war.

In dem Augenblick gab der Arbeits-PC einen Piepton von sich. Verena zuckte zusammen. Jetzt hat sich das olle Ding aufgehängt, befürchtete sie. Vor ihrem geistigen Auge sah sie schon, wie sich die Kiste gleich von allein neu starten würde.

Aber nein, das Programm hatte es bloß endlich geschafft, sämtliche Treffer der Vermisstenkartei anzuzeigen, die nach Verenas Filtereinstellung noch übrigblieben. Viele waren es nicht.

Doch bevor sie sich näher damit befassen konnte, entdeckte sie rechts unten in der Symbolleiste die Benachrichtigung darüber, dass sie neue E-Mails erhalten hatte. Deswegen war der altersschwache Computer also kaum mit dem Laden hinterhergekommen.

Neugierig öffnete sie ihr E-Mail-Programm und staunte nicht schlecht. Frau Herbert von der Gebäudeverwaltung hatte ihr gerade die gewünschte Mitarbeiterliste zugeschickt.

Super, befand Verena und öffnete die beigefügte Datei. Bis allerdings alles auf dem Bildschirm erschien, blieb ihr noch genügend Zeit, um sich zwei Bissen Butterbrezel einzuverleiben. Dann flackerte ein siebenseitiges Dokument auf. Verena scrollte nach unten. Dann wieder nach oben. Es dauerte einen Moment, bis sie kapierte, wie die Tabelle aufgebaut war. Wie vermutlich jede Sekretärin dieser Welt hatte auch Frau Herbert ein ganz eigenes System entwickelt, das zwar ihr selbst die Arbeit erleichtern mochte, sie bei anderen unentbehrlich machte … aber leider für Außenstehende ein Buch mit Siegeln war. In diesem Fall keine sieben, sondern fast 30, gemessen an den Minuten die es dauerte, bis Verena die Logik hinter der Aufstellung vollständig begriffen hatte. Von wegen alphabetisch sortiert oder nach Datum. Auch nicht nach Alter oder Funktion. Nein: Die Personen auf der Liste waren nach Sternzeichen geordnet! Verena knabberte sich von W wie Wassermann über F wie Fische bis Z wie Zwillinge durch. Und fand tatsächlich ein paar Personen, mit denen sie sich näher beschäftigen wollte. Wenig später lag ein handgeschriebener Zettel vor der Kommissarin auf dem Tisch:

Wassermann: Bora Öken, Handwerker Instandhaltung
Widder: Horst Seifried, Gebäudereinigung
Jungfrau: Gerlinde Seifried, Gebäudereinigung; Birgit Graumüller, Verwaltung
Stier: Barnabas Geroldstein, Geschäftsführer

Krebs: Günther Ludwig, Handwerker Instandhaltung
Löwe: Costas Zervoropolus, Verwaltung; Alexander Fatzke, Aushilfe
Steinbock: Esther Schablonksi, Büro und Verwaltung

Verena grinste. Esther, die schnieke Zahnarztgattin, hatte also mal Bürokauffrau gelernt. Arbeitete allerdings nur noch in Teilzeit bei der Gebäudeverwaltung. Mehr hatte sie als Zahnarztgattin ja auch nicht nötig, schob Verena einen etwas bösen Gedanken hinterher. Dann starrte sie auf die beiden Löwen. Zervoropolus und Fatzke. Der erste war laut Frau Herberts Aufstellung im höheren Verwaltungsbereich tätig und schien vorwiegend mit Banken und Behörden zu tun zu haben. Der zweite Löwe, Fatzke, hatte nur ein kurzes Intermezzo in der Firma gehabt und war nach ganzen sechs Wochen vor kurzem gekündigt worden. Danach war, so stand es in der Liste, ein »Aufenthalt im Café Gitterle« dazwischengekommen. Nett eigentlich, dachte Verena, dass Frau Herbert die Haft des Mitarbeiters so lustig umschrieb. Weniger nett war, was der lahme Polizeicomputer auf Anfrage ausspuckte. Körperverletzung. Schwere sogar. Das klang doch nach einer heißen Spur. Nun ja, fast. Leider hatte der Mann seinen Platz im Café noch immer nicht verlassen und schied deshalb aus.

»Löwe … Moooment mal.« Verena rief Google auf. Dann gab sie in die Suchmaske »Sternzeichen – Löwe« ein. Und grinste. Berühmte Vertreter waren Madonna und Mick Jager. Und laut Internet ausgestattet mit folgenden Eigenschaften: So ein Löwe ziehe das Rampenlicht magisch an, habe ein unerschütterliches Selbstvertrauen und stehe gerne im Mittelpunkt. Außerdem liebe ein Löwe den Luxus und baue sich ein beeindruckendes Image auf. Unter Umständen, so Google weiter, gehe der Löwe sehr verschwenderisch mit Geld um. Sei aber auch ein Beschützer und in Beziehungen schwer zu zähmen. Verena grinste. Und schaute dann, nur zum Spaß, was die Sterne denn über Thorben zu berichten wussten. Dabei verging ihr allerdings das Grinsen. Schützen nämlich fehle es an Beharrlichkeit und sie brächten nur selten eine Sache zu Ende. Verliebten sich ständig aufs Neue und blieben lange Zeit Junggeselle.

»Pah!« Verena schloss das Internetprogramm. Den Computer allerdings fuhr sie nicht herunter, sie hatte keine Lust, nochmals Stunden auf dessen Neustart zu warten. Junggeselle. »Pah!«, rief sie noch einmal und stand auf. Setzte sich wieder hin. Starrte ihr Handy an. Keine Nachricht von Thorben. Stand wieder auf. Setzte sich wieder hin und beschloss, ihm eine SMS zu schicken. Stand erneut auf, schickte keine SMS und war erleichtert, als Kollege Heinze seinen grauen Schopf durch die Tür steckte.

»Mached Se au amol Middag! S'isch so schees Wedder!« Er empfahl Verena, sich auf eine der Bänke entlang der Eyach zu setzen. Sie wollte ihn noch fragen, was er um diese Zeit noch oder schon wieder auf dem Revier zu suchen hatte. Immerhin war die Nachtschicht lange vorüber und bis zum Beginn der nächsten waren noch etliche Stunden Zeit. Aber bevor sie die Gelegenheit dazu bekam, war der alte Mann bereits wieder verschwunden.

Sie befolgte seinen Rat und ging in die Innenstadt. Dort steuerte Verena die nächste Buchhandlung an und suchte sich zur Esoterikecke durch. Ein Ratgeber über Sternzeichen war sogar im Preis reduziert.

NOINDE SCHDAPFL (NEUNTE STUFE)

Hey Leute! Ihr hört Radio Donauwelle. Im Studio ist euer Mittagsmann Tom. Und der hat mächtig Hunger. Wenn ihr also in der Nähe seid … ich nehme gerne einen Döner mit allem und extra scharf!

Scharf gebremst hat vorhin ein Lkw auf der B27 Richtung Tübingen. Auf Höhe Brielhof sind beide Fahrspuren gesperrt, die Unfallstelle wird geräumt. Für alle Staustehe und Mittagesser gilt jetzt: Dreht die Lautsprecher auf. Gleich gibt's was von The Tokens. Die hatten nur einen Hit. Und den hat sich Dieter aus Weilstetten gewünscht. The lion sleeps tonight! *Der wacht auch wieder auf und deshalb gleich im Anschluss ohne Werbung Sir Elton John mit* The circle of life. *Ist aus dem Film* Der König der Löwen. *Und wurde gewünscht von Roland aus Zillhausen. Gut gebrüllt, Löwe!*

Das SEK müsste her. Oder wenigstens ein Streifenwagen mit zwei Kollegen, dachte Thorben, als er sich an den Schuppen angepirscht hatte. Aber er wusste, dass es wenig Sinn machte, Verstärkung anzufordern. Denn erstens hatten die Kollegen mit der Demo zu tun und zweitens war hier nur ganz vielleicht Gefahr im Verzug. Und wenn nicht, würde es für ihn gefährlich werden – denn eine Dienstanweisung, sich in diesem Garten auf die Lauer zu legen, hatte es natürlich nie gegeben.

»Scheißverdammterkackmist«, fluchte er leise, als seine

linke Hand einen fetten Brennnesselbusch streifte. Am liebsten hätte Thorben kehrtgemacht, denn was an Wildkräutern noch vor ihm lag, wenn er um den Schuppen herumschleichen wollte, sah auch nicht weniger brenz- oder stachelig aus. Also biss er alle Zähne und Kronen zusammen und stakste möglichst geräuschlos durch das Unkraut. Tatsächlich fand er auf der Rückseite des Holzverschlags, der vielleicht irgendwann einmal ein schmuckes Gartenhäuschen gewesen sein mochte, das erhoffte Fenster. Welches, wieder Glück gehabt, halb geöffnet war. Hineinsehen war aber unmöglich, wollte Thorben nicht bis zum Hals in Disteln stehen. Also spitzte er die kriminalistischen Ohren. Erst war außer Rascheln und ein wenig Poltern nichts aus dem Häuschen zu hören. Thorben wollte schon kehrtmachen, als eine tiefe Stimme rief: »Gleich hast du sie!«

»Die Sau. Ich könnte kotzen, wenn ich so was sehe.«

»Mach sie fertig, haha!«

»Na los schon, oder kannst du kein Blut sehen?«

»Pah, kann ich wohl. Die mach ich platt!«

Thorben stellten sich alle Nackenhaare auf. Und die an den Armen gleich mit. Doch SEK? Er wollte nach seinem Handy fummeln, streifte dabei seine Dienstwaffe und zog sie aus dem Holster. Entsicherte die Waffe und drückte sich mit dem Rücken gegen das abblätternde Holz.

»Boah. Uuuuuuh. Uff.« Aus dem Gartenhaus drang gequältes Stöhnen.

»Fester! Gib's ihr!«

»Jetzt schlag zu!«

»Mann ey, die zappelt wie Sau …«

»Dann verbrenn sie nachher halt!«

Thorbens innere Polizeisirene drehte durch. Wie ferngesteuert machte er einen Satz in die Disteln, ignorierte dank

Adrenalin den Schmerz und brüllte: »Aufhören! Polizei!« Dabei hielt er die Waffe ins Innere der Laube.

»Was? Das ist nicht wahr!« Diese Stimme gehörte Schrothmiller. »Versteckte Kamera oder was?«

»Von wegen! Sie sind verhaftet!«, polterte Thorben und lugte durch das Fenster. Seine Nase befand sich direkt an der Achselhöhle eines Muskelberges. Säuerlicher Geruch, nur notdürftig mit Deo überdeckt, kitzelte ihn in derselbigen.

»Was bist du denn für ein Kasper?« Der Muskelberg beugte sich zu Thorben runter. Zum Schweiß gesellte sich jetzt Mundgeruch. Thorben wäre aber auch ohne diese olfaktorische Mischung flau im Magen geworden.

»Lass, Konny, den kenn ich«, mischte Schrothmiller sich ein.

Konny grinste und zeigte dabei die bräunlich verfärbte dentale Ursache für seinen Mundgeruch. Dann trat er einen Schritt beiseite und gab Thorben den Blick frei ins Innere der Laube. In der Mitte des Raums stand ein windschiefer alter Tisch. Dahinter hatten sich zwei weitere Tätowierte aufgebaut. Einer hielt eine Pinzette in der Hand, in der eine bis zum Bersten gefüllte Zecke steckte. Der andere hatte ein schneeweißes Kaninchen auf dem Arm. Thorben blinzelte. Aber es half nichts, das skurrile Bild blieb dasselbe: harte Rocker, weißes Kaninchen. Zecke. Kein Folteropfer, kein Toter. Er schluckte trocken.

»Wollen Sie reinkommen?«, fragte Schrothmiller sehr, sehr süßlich. Thorben nickte und versuchte, ohne Berührung irgendwelcher Dornen und Disteln die Hütte zu umrunden. Ein paar Kletten hafteten sich an seine Wade. Auf der anderen Seite angekommen, warteten Schrothmiller und Konny schon auf der alten Bank vor der Tür. Beide streckten die massigen Beine von sich, hatten die baumstammdicken Arme vor den Bäuchen verschränkt und sahen so aus, als ob sie nur noch auf Popcorn warten würden, um einen witzigen Film anzusehen. Witzig fand Thorben das Ganze allerdings überhaupt nicht.

»Was machen Sie hier?«, bellte er die beiden an und merkte selbst, dass er eher wie ein Chihuahua klang als wie ein Schäferhund.

»Sitzen«, brummte Konny.

»Herr Fischer, Herr Fischer.« Schrothmiller schüttelte den Kopf und konnte sich das Grinsen nicht verkneifen. »Da drin wohnen Konnys Karnickel. Und sollte es neuerdings strafbar sein, einem Zuchtrammler eine Zecke aus dem Ohr zu pulen, dann sorry. In dem Fall sagen wir nichts mehr und verlangen einen Anwalt.«

Thorben ballte innerlich die Fäuste. Äußerlich blieb er, polizeilicher Schulung sei Dank, einigermaßen ruhig.

»Sie müssen zugeben, dass es ein bisschen verdächtig ist, wenn Sie…«, setzte er an.

»Muahahahahaaaaaa!« Konny konnte nicht mehr und platzte los. Der ganze Kerl wurde von einem Lachkoller geschüttelt. Nun gesellten sich auch die beiden anderen nach draußen, der eine hielt noch immer den Rammler auf dem Arm. Der andere die Pinzette, in der nun aber nur noch ein winziger, verkohlter Zeckenrest pappte.

»Ich … Sie …« Scheiße. Thorben hatte keine Ahnung, wie er aus der Nummer wieder rauskommen sollte, und sah und hörte schon die Kollegen, die sich diese Story bei der Weihnachtsfeier unter Zuhilfenahme von reichlich Glühwein in immer bunteren Farben erzählten.

»Wollen Sie mal streicheln? Beruhigt ungemein«, schlug Konny vor und bekam Schluckauf vom Lachen.

»Ach, Fischer, jetzt machen Sie nicht so ein Gesicht. Ist schon klar, dass Sie uns verhaften wollten. Macht nichts,

Schwamm drüber, sind wir gewohnt«, säuselte Schrothmiller. Und dann säuselte es in Thorbens Hosentasche. Er war wohl noch nie im ganzen Leben so froh gewesen, dass sein Handy klingelte. Er fischte das Gerät heraus, warf den Vieren einen – wie er hoffte – bitterbösen und überlegenen Blick zu und stapfte davon. Im Gehen hob er ab.

»Fischer?«, bellte er das Telefon an, als ob dieses was dafür konnte.

»Gott zum Gruße, Thorben!«

»Pater Pius!« Sofort fühlte der Kommissar sich ertappt, wobei auch immer.

»Eigentlich wollte ich Verena sprechen, aber die ist wohl beschäftigt und geht nicht ran. Ich hoffe, ich störe Sie nicht?«

Im Gegenteil!, wollte Thorben rufen und fragte sich ganz kurz, womit Verena wohl so dringend beschäftigt sein mochte, dass sie nicht mal ans Telefon ging. Gab stattdessen aber nur ein unverständliches Brummen von sich und hastete um die Ecke des Reihenhauses. Endlich stand er bei seinem Wagen, riss die Tür auf und ließ sich in den Sitz fallen.

»Nein, gar nicht. Was gibt's?« Thorben fiel auf, dass er seit einer guten halben Stunde kein Ziehen mehr im Rücken verspürt hatte. Vielleicht wurde es doch noch ein guter Tag?

Aber denkste, denn was der Pater ihm jetzt, während Thorben die Rückfahrt antrat, berichtete, klang alles andere als gut. Nämlich:

»Hatschi!«

»Gesundheit.« Pius wischte sich mit dem Handrücken den staubigen Schweiß von der Stirn und hustete. Bruder Johannes schnäuzte sich geräuschvoll und stellte die Aktentasche auf den unbehauenen Holzdielen ab. Durch ein halbes Dutzend milchig schmutzige, winzige Dachfenster fiel Sonnenlicht auf den Dachboden des alten Landratsamtes. Staub tanzte in der pupstrockenen Luft.

»Hilft nichts«, murmelte Pater Pius und nickte Johannes zu. Der bückte sich und kramte Meterstab, Block und Taschenrechner aus der Tasche. Pius beobachtete unterdessen fasziniert eine dicke schwarze Spinne, die ob der Störung durch die Ordensmänner an einem Dachbalken entlanghuschte und zwischen den blanken Ziegeln verschwand. Hinter den vielen Regalen, in denen sich vergilbte und längst vergessene Akten stapelten, raschelte es. Pius vermutete eine Maus und war froh, dass Johannes weder Spinne noch Nager bemerkt hatte. Der Cellerar hatte nämlich mit jedem Tierchen, das auch nur entfernt in die Kategorie Schädling fiel oder mehr als sechs Beine hatte, ein heftiges Problem. Da konnten die Mitbrüder ihm noch so oft erklären, dass auch Insekten Gottes Geschöpfe waren, der Ekel war stärker. Und im Moment der pupstrockene Staub, der beiden Patres im Hals kratzte. Pius hätte nichts gegen ein kühles Spöttinger Bräu gehabt und sah Johannes an, dass auch dieser jetzt lieber im Biergarten sitzen würde, als den Dachboden des alten Landratsamtes zu inspizieren.

»Du vorne, ich hinten«, schlug Pius vor. Nicht, dass Johannes noch in die Nähe der Maus kam!

Eine Weile arbeiteten sie schweigend. Mal abgesehen von Johannes' dann und wann laut geäußerten Gedanken bezüglich der Bausubstanz. »Energetisch eine Katastrophe«, kommentierte er etwa die ungedämmten Ziegel.

Pius schielte mit einem halben Auge während der ganzen Zeit nach Johannes, sollte dem doch ein Achtbeiner begegnen. Mit den anderen anderthalb Augen vermaß er Stockmaß, Böden und notierte zerbrochene Ziegel und anderes auf dem Block. Das halbe auf Johannes gerichtete Auge sorgte dann wohl auch dafür, dass er den auf dem Boden liegenden Aktenstapel nicht bemerkte. Dass sich sein linker Schuh in einem alten Leitzordner verhakte. Und dass er dank des Stapels an Anträgen längst verstorbener Balinger zu Fall kam. Und das Ganze unsanft, mit dem Hintern voraus. Sein Plumps wirbelte Staub auf und so wusste Pater Pius zuerst nicht, ob er »Aua« rufen oder erst einmal husten sollte. Seine Lungen gaben nur ein Röcheln her.

»Alles gut bei dir?«, kam die erschreckte Stimme von Johannes hinter einem Regal hervor.

»Äääärgh … Ja.« Pius hustete nun doch. »Nichts passiert«, gab er dann bekannt, als er im Schnelldurchgang seinen körperlichen Status gecheckt hatte. Gott sei Dank noch mal gut gegangen! Er schickte ein stummes Dankgebet an seinen Herrn und brachte sich wieder in die Senkrechte. Wollte weiterarbeiten und stellte fest, dass der Bleistift unter eines der Regale gerollt war. Also bückte er sich, wobei erstens seine Knie und zweitens sein Steißbein laut meldeten, dass sie vorhanden waren. Der Bleistift war nicht zu sehen, dafür aber ein knallroter Behälter. Plastik. Ein Kanister – und so gar nicht passend zu all den grauen Akten.

»Was ist das denn?«, fragte der Pater laut und lugte unter dem Regal durch. Zog zwei, drei Ordner hervor. Aus einem rieselten die getrockneten Überreste einer Handvoll Fliegen auf die Dielen.

»Na so was!«, rief Pius und zog rasch sechs weitere Ordner hervor. Allesamt Bauanträge aus den Jahren 1968–1969. Unwichtig. Ihn interessierten die vielen roten Kanister, die nun auch noch hinter den Ordnern zum Vorschein kamen. Zwischen zweien hatte eine fleißige Spinne bereits ein Netz gesponnen. In dem sich aber statt Fliegen nur Staub verfangen hatte.

»Soll ich helfen?«, erkundigte Johannes sich.

»Nein!«, rief Pius angesichts des Netzes. Nicht, dass noch der Bauherr auftauchte!

»Na gut, dann mache ich hier weiter.« Johannes klappte den Meterstab geräuschvoll zusammen und begann, Paul Gerhardts *Lobet den Herrn* zu pfeifen.

Pius fragte sich, ob die Kanister einen Lobgesang wert waren. Vermutlich schon, denn bei näherem Hinsehen – er hatte mittlerweile einen, der offensichtlich leer war, durch das Regal gezogen – bemerkte er erstens den Gift anzeigenden Totenkopf und zweitens die Aufschrift »Ätzend!« auf der Vorderseite des Kanisters. Nun gut. In Putzmitteln ist ja so allerhand drin, dachte er. Und dann: Hier handelt es sich aber nicht um Putzmittel. Das ist … Gerbsäure. Stand zumindest ganz klein gedruckt drauf. Eine Chemikalie, wie sie nur in Fachbetrieben zu finden ist. Und die nur jemand benutzte, der entweder Felle gerben oder … Pius dachte nicht mehr leise.

»Skelett!«, rief er.

Johannes quiekte, als sei ihm der Leibhaftige begegnet. »Wo?« Der Cellerar klang wie ein Tenor, der Mozart in den höchsten Tönen interpretiert.

»Nicht hier.« Pius rappelte sich auf und trat mit dem Kanister in der Hand hinter den Regalen vor. »Immer noch in der Gerichtsmedizin, dem Herrn sei Dank.«

Johannes starrte auf den roten Plastikbehälter in der Hand seines Priors, als handele es sich dabei um die Bundeslade. Zumindest hätte er nicht weniger erstaunt schauen können.

»Da hinten ist eine ganze Menge davon«, gab Pius bekannt. Und regte damit Johannes' Neugier an.

Der übersah zum Glück sämtliche Spinnweben und stieß einen Pfiff aus: »Da ist auch ein Bottich, ganz, ganz weit hinten! Hast du gesehen: Dort steht ›Vorsicht ätzend‹

drauf.« Johannes schnappte nach Luft. »Wer weiß, vielleicht ist es sogar leicht entzündlich. Eine unbedarfte Bewegung und alles fliegt in die Luft.« Dicke Schweißperlen traten auf seine dicke Stirn.

»Ganz ruhig«, sagte Pius deshalb schnell. Auch er spürte eine stetig ansteigende Unruhe in sich. Allerdings nicht, weil er befürchtete, dass gleich etwas explodieren könnte. »Soweit ich weiß, riecht es zwar essigsauer und stechend, aber selbst wenn du da ein brennendes Feuerzeug reinwirfst, entzündet sich nichts. Wäre da irgendwas brennbar, würde das dranstehen.«

»Dein Wort in Gottes Ohr.«

»Mir macht da ein ganz anderer Punkt zu schaffen: Diese Säure benutzt man normalerweise zum Gerben. Akten werden nicht gegerbt. Leichen schon eher.«

Johannes riss die Augen auf. »Am besten rufen wir gleich Verena an.«

Eine hervorragende Idee, fand Pius. Trotz des unschönen Fundes war er heimlich froh, dem Dachboden, dem Staub und den Spinnen erst einmal den priesterlichen Rücken kehren zu können.

Mit einem Horoskop-Buch und zwei Thrillern in der Einkaufstüte kam Verena ins Kommissariat zurück. Heinze erwartete sie bereits im Büro und sah die Kommissarin unter seinen buschigen grauen Augenbrauen hervor vorwurfsvoll an.

»Warum ist denn Ihr Handy aus?«

»Ich … äh … ist es das?« Normalerweise war es das nie, doch als Verena jetzt nachsah, musste sie dem Kollegen zustimmen. Es war zwar nicht ab-, aber auf stumm geschaltet. Sie stellte zwei Anrufe in Abwesenheit vom Klosterapparat fest. Und einen von Thorben.

»Kollege Fischer kommt gleich«, gab Heinze bekannt und setzte eine sehr wichtige Miene auf. »Und die Patres auch. Da gibt's wohl einen neuen Fund im alten Landratsamt.«

»Ah ja.« Sie versuchte, möglichst unbeteiligt zu klingen, und verstaute die Papiertüte mit den Büchern unter dem Schreibtisch. »Gibt's bis dahin noch Kaffee?«

»Ja.« Heinze grinste. »Ich nehm auch einen.«

Wenn der jetzt erwartet, dass ich welchen mach, nur weil ich eine Frau bin …, kochte Verena innerlich.

»Jaja, ich hab schon welchen aufgesetzt«, beeilte sich der Wachtmeister zu sagen, als er die Zornesfalte der Kommissarin zwischen ihren Augenbrauen bemerkte.

»Milch. Kein Zucker.« Verena lächelte süffisant und wollte eben den altersschwachen Computer vom Sperrbildschirm befreien, als die Tür aufflog und nacheinander Thorben, Pius und Johannes ins Büro stürmten.

»Hallo und grüß Gott«, rief Verena, was aber keiner der drei hörte. Alle sprachen durcheinander, wobei Pius mit den Armen ruderte und ein bisschen so aussah, als wolle er den Verkehr regeln. Johannes bekreuzigte sich ein ums andere Mal. Thorben trat von einem Bein aufs andere und kratzte sich an den Armen, die mit Pusteln übersät waren. Wäre sie nicht selbst mitten in diesem Tohuwabohu gewesen – Verena hätte lachen müssen. So aber sah sie sich einem Kauderwelsch gegenüber und es blieb ihr nichts anderes übrig, als mit der flachen Hand auf den Tisch zu patschen.

»Schluss!«, rief sie.

»Vorsicht!«, brüllte Heinze. Zu spät. Zwar verstummten die Patres und der Kommissar und Pius blickte sogar ein wenig wie ein getroffener Hund. Der heiße Kaffee war trotzdem über den Rand der Tasse geschwappt und wurde jetzt von beigefarbenen Blättern aufgesaugt, nach denen Heinze eilig griff. Mit einem Papiertaschentuch versuchte er, die Koffeinbrühe wegzuwischen.

»Die alte Akte! Deswegen bin ich doch da«, murmelte er. Verena seufzte.

»Einer. Nach. Dem. Anderen«, sagte sie und schüttelte den Kopf. »Und Sie, Heinze, fangen an.«

Der Angesprochene ließ die vielen Falten in seinem Gesicht Rumba tanzen und rückte sich die Hornbrille zurecht. Pater Pius, Johannes und Thorben zuckten mit den Schultern und parkten sich auf die Besucherstühle. Heinze schlug das erste Blatt um und räusperte sich. Wie er so dastand, erinnerte er Verena ein bisschen an die Büttenredner bei der Fasnet und sie musste ein Grinsen unterdrücken. Allerdings hatte das, was Heinze von seinem Notizblatt ablas, gar nichts mit Jux und Dollerei in der fünften Jahreszeit zu tun, auch wenn der Leichnam kurz nach Aschermittwoch im »Sitzungssaal« des alten Landratsamtes gefunden worden war.

»Ziemlich genau vier Jahre ist das nun her. Die Tote hieß Lenka Saizew, wohnhaft Simon-Schweitzer-Straße 24a, 72336 Balingen. Bis zu ihrem Tod angestellt bei der Sonterris AG. Laut der Ermittlungsakte wurde die Frau tot in der mittleren der drei Kabinen aufgefunden. Auf der zugeklappten Toilettenbrille sitzend, tiefer Schnitt vom linken Handgelenk abwärts gehend, entlang der Pulsader. Daraus bedingte Blutlache um sie herum auf dem Boden. Die Pathologie ermittelte einen BAK von 2,2 Promille, außerdem geringe Rückstände von BTM. Laborbericht liegt der Akte bei. Gerichtsmediziner Cornelius Wittke bestätigte den Tod aufgrund des Blutverlusts, zugezogen durch eine offenbar selbst zugefügte Schnittwunde. Ermittlungen im Bekannten- und Freundeskreis ergaben, dass die Verstorbene unter psychischen Problemen litt. Freundin Ricarda Drängler deutete eine Affäre mit einem Arbeitskollegen und nicht unerheblichen beruflichen Druck an, wofür jedoch keine Bestätigungen gefunden wurden. Anhaltspunkte für eine Straftat konnten nicht festgestellt werden. Der Fall wurde unter der Nummer RWK5862921234 zu den Akten gelegt.« Als Heinze geendet hatte, sah er Verena an, als warte er auf ein Lob.

»Danke«, sagte Verena deshalb. »Ich denke, das bringt uns weiter.« Das Letztere meinte sie nicht wirklich so, aber sie hatte das Gefühl, den altgedienten Kollegen irgendwie für seinen Vortrag belohnen zu müssen. Und richtig: Hinter der Hornbrille blitzten die Augen vor Stolz.

»Und jetzt zu Ihnen, Pater Pius.« Verena nahm einen Schluck Kaffee, der mittlerweile angenehme Trinktemperatur erreicht hatte. Dann ließ sie sich von den Kanistern berichten. Das klang schon entschieden spannender als ein alter Selbstmord. Ihr Polizisten-Gen meldete, dass es sich hier um ein zentrales Puzzlestück handeln könnte.

»Vermutlich also haben die Kanister das Teufelszeug enthalten, mit dem das Fleisch von den Knochen gelöst wurde«, sinnierte sie. Johannes wurde ein bisschen blass um die Nase.

»Die SpuSi soll sich das anschauen. Gebt am besten auch gleich Wittke mit Bescheid«, sagte sie an Heinze gewandt. »Und bitte die Analyse bis gestern zu mir!«

»Gerne, Frau Hälble.« Wichtiges Nicken. Wichtiges Gucken. Wichtiger Abgang.

Thorben klappte den Mund auf. Doch ehe er mit seinem Bericht beginnen konnte – der, wie Verena vermutete, eine lange Schilderung dessen enthielte, was die Quaddeln an den Armen verursacht hatte – kam seine Chefin ihm zuvor.

»Ich befürchte, fürs Erste werden Sie Ihre Inspektion im Haus wieder unterbrechen müssen, Pater Pius.«

»Das dachte ich mir schon.«

Er wirkte geknickt und nachdenklich, fand Verena. »Sie sehen so aus, als hätten Sie noch was auf dem Herzen, Pater. Können wir Ihnen irgendwie behilflich sein? Es tut mir furchtbar leid, dass es so viele Komplikationen gibt.«

Das meinte sie auch so. Schließlich kannte sie den Pater lange genug – fast ein Leben lang, denn von Pius hatte sie die Erstkommunion empfangen – um zu wissen, dass hinter der Schale des Gottesmannes ein ziemlich zart besaitetes Wesen lag.

Pius stand auf. Setzte sich aber gleich wieder. Johannes sah seinen Prior fragend an. Der wiederum nestelte in seiner Hosentasche.

»Ich glaube … also … ich weiß nicht, ob …«, stammelte Pius und stand erneut auf. »Aber wenn wir schon einmal hier sind.«

Dieses Mal ging er zu Verenas Schreibtisch und legte einen MP3-Player vor sie hin.

»Rolling Stones oder Metallica?«, scherzte Verena.

»Eher Culture Beat und Mark 'Oh«, sagte Pius.

Diese Antwort überraschte sie komplett. »Sie hören 90ies-Techno?« Das klang jetzt wie »Sie stehen auf Pest und Cholera?« und Verena schämte sich sofort ein bisschen. Schließlich war es noch gar nicht so lang her, dass sie ebenfalls zu dieser Musik getanzt hatte. Aber das würde sie nie freiwillig zugeben. Niemals. Niemand würde das.

»Ich weiß nicht mal genau, was das ist!«, rutschte es Pius raus. »Das Ding da ist nicht meins. Das … also …«

»… hat er, haben wir … gefunden«, sprang Johannes seinem Prior bei und erzählte von ihrem Erlebnis in der Stadthalle und ihrer Suche nach Dirk Rüsselsbacher.

»Wir sind hier kein Fundamt«, knurrte Thorben anschließend und kassierte dafür einen nicht sehr freundlichen Blick von Verena.

»Das ist so, das zwischen Culture Beat und Scooter … also, da sind so Sachen drauf. So komische. Wir verstehen das ja auch nicht.«

»Scooter?« Skeptisch betrachtete Verena das Abspielgerät von allen Seiten. Schließlich entdeckte sie einen USB-Anschluss und schaffte es, mittels des Handyladekabels aus ihrer Handtasche eine Verbindung mit dem altersschwachen PC herzustellen. Was diesen zu einigem Schnaufen und Rattern veranlasste. Statt einer TILT-Anzeige erschien nach einigen Augenblicken ein weiteres Fenster, das den Inhalt des Datenträgers auflistete. Darunter MP3-Dateien mit Liedern von E-Rotic, Maxx und 2 Unlimited. Meine Güte, selbst die Namen der Interpreten hatte sie seit Jahren nicht mehr gelesen. Was kein Verlust war. Doch es war nicht der quietschbunte Dancefloor- und Techno-Trash aus dem vergangenen Jahrtausend, was die Patres irritiert hatte. Am unteren Fensterrand führte sie ein zusätzlicher Ordner zu bestimmt 100 verschiedenen Tabellenkalkulationen und Schriftdokumenten. Verfasst wurden sie allesamt von der Sonterris AG. Was ihr ein weiteres Stirnrunzeln bescherte.

»Sonterris AG? Moment mal!«

Mit einer hastigen Handbewegung griff sie nach der von Heinze dagelassenen Polizeiakte auf dem Tisch und brauchte nur eine Sekunde, um das Gesuchte zu finden.

»Das ist ja interessant. Der Selbstmord vor vier Jahren. Lenka Saizew hat ebenfalls für dieses Unternehmen gearbeitet.«

Thorben stand auf und trat hinter sie. »Das kann Zufall sein.«

Trotzdem beugte er sich sofort zum Monitor hinab, kaum dass sie die ersten Dokumente angeklickt hatte. Nebenbei kratzte er sich nervös seine Arme.

Auf dem Bildschirm erschien eine Kosten-Nutzen-Analyse, ebenfalls in einem recht eigenwilligen Ordnungssystem. Verena studierte die Zahlen und Spalten einen Moment lang, konnte sich aber keinen Reim darauf bilden. Für eine genauere Analyse fehlte ihr gegenwärtig allerdings die Geduld. Blindlings klickte sie drei weitere Dateien an. Auch darin schlugen ihr Zahlen, Zahlen und nochmals Zahlen entgegen. Das sah nach trockener Buchhaltung aus und war überhaupt nicht ihr Ding.

»Das würde ich mir gern später genauer anschauen, wenn Sie nichts dagegen haben.«

»Natürlich nicht.« Pius erhob sich ebenfalls. »Nimm dir ruhig all die Zeit, die du dafür brauchst. Wir können mit dem Ding ohnehin nicht viel anfangen.«

»Danke. Habt ihr Bruder Ortwin schon erreicht?«

Der Pater schüttelte den Kopf und schaute auf seine Armbanduhr. »Demnächst dürfte er wieder im Konvent eintreffen. Wir geben dir Bescheid, sobald wir mit ihm gesprochen haben.«

Dies schien auch Bruder Johannes' Stichwort zu sein. Die beiden Geistlichen verabschiedeten sich und verließen das Büro.

Kaum war die Tür wieder geschlossen, musterte Verena ihren Partner von oben bis unten. »Was hast du getan, um das da zu bekommen?« Sie wies auf die vielen Pusteln an seinen Armen. Selbst am Hals hatte er einige roten Flecken.

Er seufzte tief. »Also, das war so …«

Pius kam die rasche Verabschiedung gerade recht. Er brauchte ohnehin einige Augenblicke, um die neuen Fakten richtig einzuordnen. Als sie die Polizeidirektion verließen, setzte Johannes an, ihm eine Frage zu stellen, aber sein Freund bat mit einer kurzen Handbewegung darum, ihn noch kurz in Ruhe zu lassen.

Irgendwie schien sich alles um die Sonterris AG zu drehen. Ihr Zusammentreffen mit den Mitarbeitern im Lokal, der Zwischenfall in der Stadthalle, die merkwürdigen Dokumente, der mehrere Jahre zurückliegende, angebliche Selbstmord einer früheren Angestellten.

Es schien beinahe so, als wollte sie der Herr um jeden Preis darauf hinweisen, dass sie sich genauer mit dieser Firma beschäftigen sollten. Demzufolge war es vielleicht auch gar kein Pech, dass sie Rüsselsbacher bisher nirgends angetroffen hatten. Anscheinend war dies Gottes Weg, um ihnen mehr Zeit für etwaige Nachforschungen zu verschaffen. Dazu passte auch der Kanisterfund auf dem Dachboden. Ohne den wären sie vielleicht längst wieder an die Arbeit gegangen.

»Das hast du wirklich clever eingefädelt.« Mit einem gütigen Lächeln schaute Pius gen Himmel und spürte, wie ihn warme Sonnenstrahlen an Gottes Wohlwollen teilhaben ließen. Der Herr hatte schon immer gut für sie gesorgt und würde dies zweifelsohne auch in Zukunft tun.

Während sie gemächlich die Hirschbergstraße hinausgingen, zog Johannes das Mobiltelefon aus der Tasche und ließ es ungeduldig von einer Hand in die andere gleiten. Keine subtile, aber dennoch eine hilfreiche Erinnerung, dass sie auch noch einen anderen Punkt auf ihrer Tagesordnung hatten.

»Dann ruf schon an«, ermunterte Pius seinen Begleiter. »Ich will doch auch wissen, wie es den Brüdern geht.«

Das ließ sich Johannes nicht zweimal sagen. Mit einer Behändigkeit, die Pius ihm gar nicht zugetraut hatte, flitzten die Finger des dicken Cellerars über die digitale Tastatur. Die Verbindung kam zustande und seine Augen begannen zu leuchten.

»Grüß Gott, Bruder Sunil, wie geht es dir?«, fragte er gleich darauf. Einige »Ahas«, »Ohs« und »Ahs« folgten und die beiden scherzten ein wenig herum. So unbekümmert hatte er ihn heute noch gar nicht erlebt. Ganz klar, die Brüder in Spaichingen fehlten ihm. Aber das ging Pius nicht anders. Er freute sich ebenso darauf, sie bald wiederzusehen.

Schließlich verabschiedete Johannes sich mit »Gott sei mit dir« und legte auf. Danach wirkte er wieder ganz normal. »Ortwin war gerade nicht da. Er ist mit Bruder Josef losgegangen, um irgendwas abzuholen. Dürfte aber bald wiederkommen. Er ruft uns dann zurück. Was machen wir bis dahin?«

»Hast du Sunil schon gesagt, worum es geht?«

»Selbstverständlich. Was machen wir bis dahin?«

Pius begann zu lächeln. »Wir stellen weitere Recherchen an. Richtige Detektivarbeit.«

Sofort kehrte das Leuchten in Johannes' Augen zurück.

Als er in der Innenstadt die Aufschrift am Schaufenster las, entschied sich Pius kurzerhand für eine Planänderung. Um sich die Sonterris AG vorzunehmen, brauchten sie nicht unbedingt zur Bahnhofstraße zu gehen und sich dort mit den Anwohnern zu unterhalten. Das könnten sie gegebenenfalls später immer noch nachholen.

In der heutigen Zeit gab es deutlich einfachere Wege, um an Informationen zu gelangen. Obwohl er persönlich kein großer Freund davon war, so wusste Pius dennoch, dass eine Erfindung namens Internet existierte und diese einem das Leben in mancher Hinsicht ziemlich erleichtern konnte. Warum diese Möglichkeit nicht auch für ihre Zwecke nutzen?

Das zumindest überlegte er, als er die Aufschrift »Web-Café« an den Fensterscheiben des kleinen Ecklokals erblickte. Wobei der Schwerpunkt deutlich mehr auf Web als auf Café lag. Obwohl der Gehsteig breit genug dafür wäre, stand draußen kein einziger Tisch oder Stuhl. Bedienungen sah er ebenfalls keine.

»Was wollen wir denn hier?«, fragte Johannes, erhielt aber keine Antwort.

Pius war zu sehr mit der Frage beschäftigt, wie sie einen dieser Computer erstens zum Laufen und zweitens dazu bringen sollten, dass er ihnen die gewünschten Informationen ausspuckte. Eben war ihm nämlich noch die Idee für eine weitere heiße Spur gekommen und er brannte darauf, mehr darüber herauszufinden.

Sein Blick huschte über ein halbes Dutzend nebeneinander aufgereihter Flachbildschirme. Vor zweien saßen Jugendliche und betrachteten irgendwelche grellbunten Anwendungen voller hektisch flackernder Animationen. Die Teenager um Hilfe zu bitten, wäre vermutlich der leichteste Weg.

»Was führt Sie denn hierher?«, ertönte es in diesem Moment von der Theke her. Pius fuhr herum und war überrascht. Neben einem ungepflegt aussehenden Kahlkopf in weiter Kleidung stand ein alter Bekannter: Der junge Mann mit den langen Haaren, dem Dreitagebart und dem RUSH-T-Shirt, den sie heute Vormittag in dem Laden für PC-Technik getroffen hatten. »Haben Sie mich etwa verfolgt?«

Die Frage war absurd. Allerdings funkelte der Mann sie auf eine Art und Weise an, dass Pius unschlüssig war, ob er die Frage ernst oder als Scherz meinte. »Natürlich nicht, Herr Tide. Wir wollten etwas nachprüfen. Hier am Computer. Vielleicht können Sie uns ja dabei helfen.«

»Geht es noch immer um Ihre Nichte?«

Nichte? Welche Nichte? Ach so. »Ja ... genau. Um die Firma, für die sie arbeitet.«

Zweifelnd schaute Tide sie an, so als erwartete er eine Finte oder weitere Erklärungen. Schließlich sah er ein, dass nichts dergleichen folgen würde. »Ich bin eigentlich nur hier, um einen Freund zu besuchen.« Er nickte in Richtung des Kahlkopfs. Nach einer weiteren Pause sagte er: »Also gut. Aber bitte versprechen Sie mir, dass es diesmal nicht um Musik geht.«

»Versprochen.«

Erleichtert begleitete er sie zu einem Computer im hinteren Teil des Web-Cafés und ließ sich auf den Drehstuhl davor plumpsen. Die Patres postierten sich links und rechts von ihm, um nichts von dem zu verpassen, was eventuell gleich auf dem Monitor zu sehen sein würde.

»Also, wonach genau suchen wir?«

»Nach der Sonterris AG«, antwortete Pius.

»Ja schon, aber wenn ich das eingebe, kommen ungefähr eine Million Treffer. Ein bisschen eingrenzen sollten wir das schon.«

»Dann geben Sie bitte ›Sonterris‹ und ›Skandal‹ ein.«

Der Computerfachmann hob erstaunt die linke Augenbraue, tippte aber schweigend die Suchbegriffe ein. Nur Sekundenbruchteile darauf wurden mehrere Tausend Treffer aufgelistet. Pius' erste Reaktion war ein aufgeregtes Keuchen. Dann sah er, dass sich ein Großteil der angezeigten Artikel gar nicht mit dem von ihm gesuchten Unternehmen beschäftigte. Und selbst bei den Texten über Sonterris ging es nicht zwangsweise tatsächlich um einen Skandal. Vor Jahren hatte die Firma nämlich bereits mit dem Slogan »Skandalös gut« geworben. Auf diesem Wege kamen Sie nicht weiter. Er schlug die Stichworte »Kriminelle Machenschaften« und »Dunkle Geschäfte« vor. Auch diese gab ihr Helfer ohne zu murren ein. Die Ausbeute blieb trotzdem mager.

»Versuchen wir es mit ›Sonterris‹ und ›Selbstmord‹.«

Jetzt entfuhr Tide doch ein leises Stöhnen. »Geht es Ihrer Nichte gut?«

»Na klar. Keine Sorge, es geht nicht um sie«, sagte Johannes schnell. »Nur um eine weitläufige Bekannte.«

»Na dann …« Tide tippte den Begriff ein. Die Suche ergab null Treffer.

»Versuchen Sie es doch mit ›Blut‹, ›Aufgeschlitzt‹ oder ›Ermordet‹«, schlug Johannes vor. »Wir suchen Details darüber.«

Tides Kopf fuhr herum. Die Bestürzung stand ihm deutlich ins Gesicht geschrieben.

»Ich kann das gern eingeben, aber ich sag Ihnen gleich, das Ergebnis würde ziemlich eklig ausfallen.«

Johannes schüttelte den Kopf. »Sie missverstehen uns. Wir wollen Fakten über solche Untersuchungen. Können Sie sich nicht vielleicht in die Polizei-Datenbank einhacken?«

»Bitte was?«

»Na, im Fernsehen tun die Hacker so was doch immer.«

»Sie halten mich für einen Hacker?«

»Äh … nein, selbstverständlich nicht. Aber Sie kennen doch bestimmt ein paar Tricks, wie man das System umgehen kann.«

»Wofür um alles in der Welt halten Sie mich?«

Pius trat der Schweiß auf die Stirn. Er musste eingreifen, bevor Johannes sich um Kopf und Kragen redete. »Natürlich für einen gesetzestreuen Bürger. Mein Freund hat sich bloß unglücklich ausgedrückt. Gibt es irgendwelche Möglichkeiten, die Suche von dem normalen Internetgeplauder wegzubringen, zu echten Meldungen?«

»Sie meinen, so was wie Zeitungsarchive?«

»Ja genau.«

Tide ließ seine Finger ein weiteres Mal über die Tastatur flitzen. Dazu klickte er scheinbar willkürlich und in Windeseile mit der Maus herum. Das Ergebnis waren vier nebeneinander geöffnete Fenster, in denen er gleichzeitig mehrere Suchanfragen startete.

Pius wusste gar nicht, wohin er zuerst schauen sollte. Auch Johannes bewegte seinen Kopf scheinbar unkontrolliert hin und her, um bei den raschen Änderungen auf dem Bildschirm hinterherzukommen.

In Sachen Recherche verstand der Computerfachmann sein Handwerk ebenfalls ohne jeden Zweifel. Dennoch konnte auch er dem Internet nichts entlocken, was dort nicht irgendwann jemand veröffentlicht hatte.

Es gab zwar Meldungen über Sonterris beim Schwarzwälder Boten, dem Zollern-Alb-Kurier, dem Südkurier und in der Stuttgarter Zeitung, aber keine über irgendwelche Skandale oder kriminellen Machenschaften. In einem Wirtschaftsmagazin ließ sich ein Interviewpartner über angeblich schlechte Arbeitsbedingungen und großen Erfolgsdruck innerhalb der Firma aus. Dass die Mitarbeiter ständig im Wettstreit miteinander stünden und dass möglichst große Umsätze und Vertragsabschlüsse erzielt werden müssten. »Wem das nicht gelingt, fliegt«, wurde er zitiert. Es ließ Pius trotzdem relativ kalt. Selbst wenn die Anschuldigung stimmte, gehörte so etwas in solchen Branchen bestimmt zum normalen Geschäftsgebaren.

»Können wir noch nach etwas anderem suchen?«

»Wenn es sein muss. Sie haben nachher vorne die Verbindungskosten zu bezahlen.«

Pius nickte zustimmend, zögerte dann aber trotzdem. Vielleicht wäre es besser, die nächste Nachforschung lieber allein zu starten. Doch so schnell, wie Tide vorhin herumgeklickt hatte, hatte Pius ohnehin keine Ahnung, wie genau die Suche vonstattengegangen war. »Geben Sie bitte ›Gerbsäure‹ und ›Fleisch auflösen‹ ein.«

Ein weiteres Mal fuhr Tide herum und schnappte nach Luft. »Um Himmels Willen! Was haben Sie vor?«

»Nur … etwas … überprüfen.«

»Sie werden mir langsam echt unheimlich.«

Mit versteiftem Körper tippte er die Worte bei Google ein. Artikel über Tannine und pflanzliche Gerbstoffe erschienen. Dazu Berichte darüber, wie man Gerbsäure zur Behandlung von Leder und Möbelstücken verwendete. In stark konzentrierter Form konnte sie allerdings auch ätzend wirken.

Das genügte Pius. In seinem Kopf griffen die Zahnräder ineinander. Vermutlich hatten der oder vielleicht sogar die Mörder diese Säure oder eine Mixtur davon benutzt, um das Fleisch von den Knochen zu lösen. Des Skeletts hatten sie sich danach im Keller entledigt und die Kanister auf dem Dachboden versteckt. Aber waren die Täter tatsächlich so dreist?

»Geben Sie bitte ›Gerbsäure‹, ›Restmüll‹ und ›Beseitigung‹ ein.«

Tide schüttelte den Kopf. »Ich glaube, ich will lieber gar nicht wissen, was für einen *Restmüll* Sie meinen.«

Dennoch kam er der Bitte nach und sorgte so – zumindest bei Pius – für eine weitere Überraschung. Leere Säurekanister gehörten nämlich zum Sondermüll und konnten nicht einfach so über den Hausmüll entsorgt werden. Entweder konnte man sie nach einer offiziellen Registrierung beim Wertstoffhof entsorgen oder man ließ sie vom nur alle drei Monate nach Balingen kommenden Schadstoffmobil abholen. Beides war aufwendig, zeitlich nicht so leicht zu bewerkstelligen und barg immense Risiken, dass jemand dabei eins und eins zusammenzählte.

Nachdenklich fuhr sich Pius über das Kinn. Vielleicht waren die Täter im Landratsamt doch gar nicht so einfältig vorgegangen. Einfacher als die Kanister irgendwohin zu transportieren oder zu verstecken, war es, sie auf dem verstaubten und verwaisten Dachboden unterzubringen. Wer dachte schon daran, den genauer unter die Lupe zu nehmen, nur weil im etliche Stockwerke tiefer gelegenen Kellergewölbe ein Skelett gefunden wurde? Mehr als einen flüchtigen Blick hatten die Polizisten bei der Durchsuchung des Gebäudes sicher nicht auf den Dachboden geworfen. Davon abgesehen würde über kurz oder lang sowieso herauskommen, welche Chemikalie für den Ablöseprozess zum Einsatz gekommen ist, und die Ermittler würden gezielt nach derartigen Kanistern suchen. Warum sie dann nicht gleich relativ offen platzieren und so keine weitere verdächtige Spur riskieren? Es war allemal besser, als die Dinger daheim in der Garage zu verstecken oder irgendwo im Garten zu verbuddeln.

»Danke. Ob Sie es glauben oder nicht, Sie haben uns sehr geholfen. Wäre es möglich, uns diese Instruktionen auszudrucken?«

Zu spät fiel ihm auf, dass das Wort »Instruktionen« in dem Zusammenhang etwas ungünstig gewählt war.

Tide wirkte mit jedem Atemzug nervöser, nickte aber schließlich. »Klar drucke ich Ihnen die *Instruktionen* gern aus. Ich möchte an dieser Stelle noch einmal betonen, dass ich keine Ahnung davon habe, was Sie vorhaben und es auch gar nicht wissen möchte. Streng genommen bin ich nicht einmal mehr hier. Meine Pause ist sowieso längst vorüber.«

Er klickte noch schnell auf das Druck-Symbol, woraufhin irgendwo an der Kasse ein leises Surren einsetzte, und erhob sich.

Pius wollte Tide gerade nochmals für seine Hilfe danken, als das Handy in Johannes' Hose zu klingeln begann. Schnell griff dieser in seine Tasche und nahm das Gespräch an. »Hallo, Ortwin, danke für deinen Rückruf. Ja, wir haben da noch einige Fragen wegen der Erbschaft.«

Der Computerfachmann schluckte hart und sah zu, dass er das Web-Café verließ.

ZÄHNDE SCHDAPFL (ZEHNTE STUFE)

Langsam, aber sicher geht der Nachmittag zur Neige. Gerade gehört habt ihr die britische Band Suede und ihre 90er-Jahre-Hymne Europe is our playground. *Hier ist Radio Donauwelle und ich bin Svenja, die euch einen schönen Feierabend wünscht. Wenn ihr den Tag über Radio gehört habt oder euch in beziehungsweise um Trossingen aufgehalten habt, habt ihr sicherlich die Demonstration gegen den geplanten Großgefängnisbau mitbekommen. Meine Kollegin Mina war live vor Ort und hat einige ziemlich interessante Meinungen zu dem Thema eingefangen. Besonders diejenige eines gut aussehenden Mannes um die 30 mit leichtem norddeutschen Akzent hat uns neugierig gemacht. Leider brach er etwas übereilt auf, sodass wir nicht mal seinen Namen erfahren konnten. Falls du uns da draußen gerade zuhörst, melde dich bitte. Du klangst echt, als wüsstest du über das Thema gut Bescheid und könntest uns noch ein wenig mehr darüber erzählen. Vielleicht hast du ja Lust auf einen kleinen Besuch bei uns im Studio.*

Wir machen inzwischen weiter mit Ron Sexsmith und seinem verträumten Gold in them hills. *Wer genau hinhört, kann in dieser Version sogar Chris Martin in einer Strophe mitsingen hören.*

Inzwischen surrte und ratterte der Computer nicht bloß, gelegentlich mischte sich auch ein leises Schleifgeräusch darunter. Das klang nicht gut.

Vorsichtshalber rückte Verena einige Zentimeter beiseite. Am liebsten hätte sie die lahme Kiste komplett ausgeschaltet. Aber da dies nicht möglich war, achtete sie drauf, nur so wenige Anwendungen wie möglich zur gleichen Zeit offen zu haben. Außerdem zog sie es vor, nach jedem Arbeitsschritt zu speichern. Ganz nach dem Motto, was nicht gespeichert wird, kann auch nicht wichtig sein.

Und umsonst wollte sie sich die ganze Arbeit der letzten Stunden nicht gemacht haben. So spaßig war es nämlich nicht gewesen, auf diesem PC weiter den Background der Personen auf der Liste der Gebäudeverwaltung zu überprüfen: Polizeiakten, Schufa-Auskunft, Führerschein-Kartei. Es gab so viele kleine Hintergrunddetails, die einem Aufschlüsse über die entsprechenden Personen liefern konnten. Außerdem halfen sie dabei, die Spreu vom Weizen zu trennen und Leute wie den Handwerker Bora Öken und den Büromann Costas Zervoropolus von der Liste zu streichen.

Interessant wurde es allerdings beim Chef Barnabas Geroldstein, der laut Kreditauskunft auf die nächste Insolvenz zusteuerte. Zudem gab es noch Altlasten von einer anderen Verwaltungsfirma, die er ebenfalls in den Ruin getrieben hatte. Möglicherweise war ihm die Tote da bei irgendwas in die Quere gekommen. Auf jeden Fall dürfte es interessant werden, mit diesem offenbar besonders fähigen Geschäftsführer ein paar Worte zu wechseln.

Ebenso mit Günther Ludwig von der Instandhaltung, der anscheinend über ein kleines Spielsucht-Problem verfügte und in diesem Zusammenhang schon mehrfach polizeilich auffällig wurde.

Nicht zu vergessen das Hausmeisterehepaar Gerlinde und Horst Seifried, das sich finanziell etwas übernommen hatte und die hohen Kreditraten mit ihren Reinigungseinkünften nur schwer aufbringen dürfte. Als Putzleute besaß das Ehepaar sicher guten Zugang zu Chemikalien wie Gerbsäure. Verena musste sie morgen unbedingt befragen. Aber das stand sowieso an, weil sie abklären wollte, wie jemand die Sachen in dem von ihnen aktuell betreuten Haus verwahren konnte. Wie konnte ihnen zwischen all ihren Reinigungsdiensten nichts davon aufgefallen sein?

Verena bedauerte es fast, dass ihre frühere Klassenkameradin und gelegentliche Teilzeitkraft Esther Schablonksi bei sämtlichen Überprüfungen gut abschnitt. Nicht mal einen halb abbezahlten Hauskredit konnte die Zahnarztgattin als Schufa-Eintrag vorweisen. Trotzdem dürfte es nicht schaden, sie heute Abend noch ein wenig auszuquetschen.

Seufzend lehnte sich Verena auf ihrem Stuhl zurück. Die vielen Recherchen machten sie müde. Außerdem dröhnte ihr Kopf leicht. Auf der anderen Tischseite hörte sie Thorben kräftig auf seiner Tastatur herumtackern. Ob er bei seinen Überprüfungen der Sonterris-Unterlagen irgendwelche Fortschritte erzielt hatte? Ihr selbst war das Thema nach mehreren missglückten Anläufen einfach zu trocken gewesen. Sie wollte ihn gerade danach fragen, als ihr Telefon klingelte. Annett Scheible von der Spurensicherung war am Apparat.

»Hallo, Verena. Wir sind jetzt mit dem Dachboden fertig. Die Gerbsäure-Kanister sind abgeholt und befinden sich auf dem Weg ins Labor. Viele Fingerabdrücke haben wir darauf nicht entdeckt. Nur die von den zwei Mönchen, von denen wir auch im Kellergeschoss welche gefunden hatten. Von ihnen stammen vermutlich auch die Schuhabdrücke im ganzen Raum. Ich prüf das nachher mit unseren Tatortinformationen ab. Gegebenenfalls müssen wir deine zwei Patres noch mal aufs Revier bitten.«

»Das sollte kein Problem sein. Ich habe mit ihnen ohnehin noch einiges zu besprechen.«

»Zählst du sie zu den Verdächtigen? Ist schon seltsam, dass sie nun schon zum zweiten Mal angeblich zufällig was aufgespürt haben.«

»Pius? Johannes?« Verena lachte auf. »Nicht mal ansatzweise. Die beiden sind unschuldiger als der Papst in Rom. Gibt's schon Infos von Wittke wegen der Gerbsäure?«

»Er meinte, sie könnte bei dem Skelett angewendet worden sein. Aber normalerweise ist diese Flüssigkeit eher ungefährlich. Sorgt nur für Hauterkrankungen und Durchfall. Vielleicht hat da jemand was zusammengemischt. Aber für was Konkretes müssen wir die Laborergebnisse abwarten.«

Sie dankte Annett und legte auf. Verena hatte den Hörer kaum losgelassen, als ihr Handy klingelte. »Pius« stand im Display. Das musste Gedankenübertragung sein.

»Wir haben jetzt Bruder Ortwin erreicht«, berichtete er ihr. »Es war fast genauso, wie ich es in Erinnerung hatte: Das erste Anwalts-Schreiben ging direkt an das Mutterhaus in Spanien. Posteingang war am elften Februar. Das war noch ziemlich allgemein gehalten. Danach gingen einige Briefe hin und her, in denen die genaueren Details ausgetauscht wurden. Wir bekamen am 30. März Bescheid, gleich mit genauer Anschrift vom ehemaligen Landratsamt.«

Verena tippte emsig sämtliche Informationen mit. Zweimal stockte dabei der Cursor ihres Schreibprogramms und sie war drauf und dran, Pius zu fragen, ob er nicht einen guten Computerfachmann wüsste, der sich diese lahme Krücke mal anschauen könnte. Was natürlich Quatsch war. Schließlich war der Pater hier nicht viel ortskundiger als sie. Außerdem wollte sie ihn nicht unterbrechen.

»Tüchtig wie Ortwin ist, hat er noch am selben Tag Kontakt mit der im Schreiben aufgeführten Gebäudeverwaltung aufgenommen. Mit einer Frau Herbert, um genau zu sein. Die wiederum brauchte einige Zeit, um den Sachverhalt zu prüfen und einen Termin mit ihrem Kollegen zu vereinbaren. Die erste Besichtigung erfolgte am siebten April. Das war mit dem Chef persönlich, einem gewissen Herrn Geroldstein. Er führte Ortwin und mich herum und wir vereinbarten, wann wir im Gebäude unsere Vermessungen und dergleichen durchführen können. Dem Chef war das alles recht, ihm ging es bloß darum, dass sich das Reinigungspersonal die Räume vorher noch einmal vornimmt. Da die ebenfalls recht ausgelastet sind, dauerte das abermals eine reichliche Woche, bis sie loslegen wollten. Gestern Morgen, also am 22. April, sind Johannes und ich dann angereist, um mit der Arbeit zu beginnen.«

»Super, vielen Dank. Das gibt mir einen ungefähren Zeitrahmen. Hat Ortwin erwähnt, mit wem er alles über die Erbschaft gesprochen hat?«

»Leider nicht. Kann sein, dass ihm im einen oder anderen Gespräch was rausgerutscht ist, aber konkret konnte er mir niemanden nennen.«

»Trotzdem vielen Dank.« Verena legte auf, speicherte die neuen Informationen und betrachtete die Zeitschiene auf dem Monitor. Irgendwann innerhalb der vergangenen anderthalb Wochen waren die Türen des alten Landratsamts öfters unverschlossen gewesen. Die genauen Zeiten würde ihnen das Hausmeisterehepaar nennen können. Aber zumindest grenzte es schon mal die Zeit ein, in der das Skelett und die Kanister dort hintransportiert wurden.

Blieb noch die Frage nach dem Warum. Dass jemand dem Konvent eins auswischen wollte, glaubte Verena immer weniger. Viel wahrscheinlicher war es, dass jemand die Gunst der Stunde genutzt und seinen »Müll« einfach im offenstehenden Gebäude abgeladen hatte.

Ein Stöhnen von der anderen Tischseite riss sie aus

den Gedanken. Sie schaute auf und sah, wie Thorben sich mit beiden Händen über das Gesicht rieb. Danach war es genauso rot wie die zerschundenen Unterarme.

»Bist du aus den Firmenunterlagen schon schlau geworden?«

»Na ja, wie man's nimmt. Ich bin zwar alles andere als ein Buchhalter und kenne weiß Gott nicht alle Tricks und Kniffe, aber manche dieser Gewinn-Verlust-Analysen erscheinen mir schon etwas grenzwertig kalkuliert. Ebenso, was da alles unter Ausgaben und Kapitalanlagen verbucht wird. Und warum gibt es hier Übersichten über die Provisionsabrechnungen der einzelnen Mitarbeiter? Fragen über Fragen. Viel irritierender finde ich allerdings, was diese Dateien auf einem MP3-Player zu suchen haben. Vor allem auf einem mit derartiger Musik. Allein dafür müsste der Besitzer verhaftet werden.«

»Du meinst also, wir sollten uns die Firma und diesen Rüsselkopf mal genauer anschauen?«

»Er heißt Rüsselsbacher. Ich weiß noch nicht, wohin diese Spur führen könnte, aber irgendwas erscheint mir da nicht so ganz koscher. Mit unserem Fall dürfte das allerdings überhaupt nichts zu tun haben. Oder siehst du da eine Verbindung?«

»Bisher nur die zu dem Selbstmord. Vielleicht hatte ja jemand aus der Firma Lenka Saizew in den Tod getrieben. Und hat nun die nächste Leiche auf dem Gewissen.«

»Das ist dünn. Sehr, sehr dünn. Für eine Anklage reicht das nicht mal ansatzweise.«

»Noch nicht. Aber wenn wir uns bei Sonterris ein wenig umhören, ist das sicher nicht verkehrt. Vor allem bei diesem Schlüsselbacher. Wenn sich für uns nichts ergibt, können wir die Daten immer noch den Kollegen für Wirtschaftskriminalität übergeben, damit die mal genauer hinschauen.«

Thorben nickte. »Sehe ich genauso wie du. Wollen wir gleich aufbrechen? Wenn wir Glück haben, erwischen wir noch jemanden im Büro.«

Nachdenklich schaute Verena auf die Uhr. Bereits kurz nach sieben. »Übernimm du das bitte alleine. Ich will noch was in der Liste der Vermisstenfälle nachprüfen. Und später treffe ich mich mit Esther.«

»Wer ist denn Esther?«

»Ach, das habe ich dir ja noch gar nicht erzählt. Ich habe heute meine alte Klassenkameradin wiedergetroffen und sie hat mich spontan zu einer kleinen Shopping-Party heute Abend bei sich daheim eingeladen. Und du weißt ja, beim Thema Shopping kann ich einfach nicht Nein sagen.«

»Und das muss heute Abend sein?« Er schaute beinahe vorwurfsvoll auf seine geröteten Unterarme hinab. »Ich hatte gehofft, wir machen heute nicht allzu spät Feierabend und es uns dann bei mir daheim gemütlich. Vielleicht mit was Leckerem von dem chinesischen Lieferservice, den du so magst.«

»Tut mir leid, ich habe Esther schon zugesagt. Du kannst ja schon mal heimfahren und dir was zu Essen bestellen. Falls die Party öde ist, verdufte ich da schnell wieder.«

Wie wenig begeistert er von dem Vorschlag war, stand ihm deutlich ins Gesicht geschrieben. Einige Herzschläge lang plagte sie deswegen ein schlechtes Gewissen. Sie beide hatten sich heute kaum gesehen und Thorben schien in der letzten Zeit ohnehin etwas pflegebedürftiger zu sein. Die Aussicht auf gebratene Nudeln und eine scharfe Gemüsesuppe war ebenfalls verführerisch. Trotzdem, sie hatte sich mental bereits auf die Shopping-Party eingestellt. Abgesehen davon wollte sie Esther noch wegen ihres Teilzeitjobs bei der Verwaltungsfirma befragen. Ihr Ausflug dahin war quasi ebenfalls halb dienstlich. Mindestens.

Schließlich sah er ein, dass sie ihre Meinung nicht ändern würde und packte missmutig seine Sachen zusammen.

»Ich sehe zu, dass es nicht allzu spät wird«, versicherte sie ihm bei der Verabschiedung noch einmal. Einen Kuss später trottete er davon und Verena kehrte zu ihrem Schreibtisch zurück.

Im Auto drehte Thorben als erstes das Radio laut auf. Bei der Donauwelle lief Green Days Basket case, ein krachiger Punkrocksong mit ebenso viel Energie wie Wut im Gepäck.

Genau das brauchte er jetzt, um den angestauten Frust loszuwerden. Deshalb trat er das Gaspedal auch kräftig durch und jagte mit quietschenden Reifen in Richtung Innenstadt davon.

Esther.

So hieß doch niemand wirklich.

Eine Klassenkameradin, die sie rein zufällig heute getroffen hatte. Das klang nach einer Ausrede. Und nicht mal einer guten.

Thorben hatte keine Ahnung, was derzeit in Verenas Kopf vor sich ging. Eventuell war es sogar besser, wenn er das nicht so genau wusste. Die Antwort könnte ihn entsetzen. Verletzen. Ihm zusetzen.

Was war nur los mit ihnen beiden? Und wie ließ es sich beheben? Einige Sekunden lang verfluchte er den verzwickten Fall, der sie beide momentan plagte. Ohne den würde es ihnen sicher besser gehen. Oder sie würden die Zeit haben, sich auszusprechen. Ein Grund mehr, endlich Ordnung in dieses Chaos zu bekommen.

Mit grimmig-entschlossener Miene bog er in die Bahnhofstraße ab und erreichte gleich darauf die Niederlassung der Sonterris AG. Direkt über einem Supermarkt. Das ließ tief blicken. Welche Firma von Welt brachte ihr Büro denn dort unter? Aber zumindest waren mehrere Fenster angekippt, was ein gutes Zeichen dafür war, dass noch nicht alle Leute in den Feierabend verschwunden waren.

Er atmete noch einmal tief durch und fuhr dann mit dem Fahrstuhl in die zweite Etage. Der Eingangsbereich wirkte wie die Werbefläche in einem Designermöbelkatalog und machte Thorben fast neidisch. Manches davon hätte sicher auch in seinem Wohnzimmer gut ausgesehen.

»Guten Tag, ich würde gern mit Herrn Rüsselsbacher sprechen«, stellte er sich der Dame vom Empfang vor.

»Meine Güte, der ist aber heute beliebt. Hängt es mit den gewonnenen Konzerttickets vom Radio zusammen? Vorhin waren zwei andere Herren da und haben nach ihm gefragt. Zum zweiten Mal heute schon.«

»Was denn für zwei Herren?«

»Die waren schon ein bisschen älter und auch etwas rundlicher. Der eine davon sah irgendwie komisch aus.«

»Haben sie gesagt, weswegen sie ihn sprechen wollten?«

»Nur, dass es sich um was Privates handelt. Leider konnte ich denen nur das Gleiche wie Ihnen jetzt sagen: Herr Rüsselsbacher hat für heute bereits Feierabend gemacht. Möchten Sie ihm denn eine Nachricht hinterlassen?«

»Nein danke, so wichtig ist es nicht. Ich komme morgen noch mal wieder.«

Ihren verdutzten Blick ignorierend kehrte er zum Fahrstuhl zurück. Unten überredete ihn sein knurrender Magen zu einem kurzen Abstecher in den Supermarkt. Fünf Minisalamis und eine Tüte Kartoffelchips später kehrte er zum Wagen zurück und wägte ab, ob er noch zu Rüsselsbacher nach Hause fahren sollte. Die Adresse hatte er sich ja sicherheitshalber vorhin schon auf dem Revier rausgesucht. Trotzdem hielt sich seine Lust in Grenzen. Doch was wäre die Alternative? Heimfahren und sich einen Jason

Statham-Film in den Blu-Ray-Player einlegen? Auch das reizte ihn momentan nicht.

Dann also doch weiter mit den Nachforschungen. Wenn er schon keinen schönen Abend hatte, war es nur fair, wenn es auch anderen so erging. Sicher würde Rüsselsbacher nicht schlecht schauen, wenn plötzlich die Polizei bei ihm klingelte. Nach dem, was die Patres über ihn erzählt hatten, schien er ohnehin nicht der umgänglichste Zeitgenosse zu sein.

Die Vorstellung, ihm heute noch auf den Zahn zu fühlen, gefiel ihm mit jeder Sekunde besser. Thorben gab die Adresse ins Navi ein und folgte den Anweisungen aus dem Mini-Computer. Die ihn wieder direkt an der Polizeidirektion in der Hirschbergstraße vorbeiführten.

Unweigerlich wanderte sein Blick aus dem Fenster … und er sah Verena, die gerade gedankenversunken zu ihrem Wagen schlenderte.

Das war ja interessant.

Kurzentschlossen bremste er sein Auto ab und parkte am gegenüberliegenden Straßenrand. Von hier aus hatte er seine Liebste hervorragend im Auge. Glücklicherweise hatte sie sein Vorbeifahren und Einparken nicht bemerkt.

Was sich auch nicht änderte, als sie ihren Golf vom Parkplatz lenkte. Trotzdem ging Thorben im Wageninneren vorsichtshalber auf Tauchstation. Kaum lagen 50 Meter Abstand zwischen ihnen, scherte er aus der Parklücke aus und nahm die Verfolgung auf.

Hinter ihm ging allmählich die Sonne unter. Die perfekte Zeit für ein Date. Mit wem auch immer. Lava pumpte durch Thorbens Adern. Er biss die Zähne zusammen und drehte das Radio lauter. U2 wurden gerade mit ihrem Stück *Stuck in a moment you can't get out of* angekündigt. Bonos eindringliche Stimme begleitete ihn auf jedem Meter.

Sie überquerten die B27 und erreichten ein östliches Stadtgebiet, wo scheinbar jede Straße nach einem berühmten Komponisten benannt worden war. Noch dazu reihte sich hier ein Einfamilienhaus ans nächste. Selbstverständlich inklusive obligatorischer Gärten und verkehrsberuhigten Zonen. Wer hier lebte, nagte definitiv nicht am Hungertuch.

Was zur Hölle wollte Verena denn hier? Dass sie tatsächlich eine Shopping-Party in diese Ecke Balingens führte, kam ihm mit jeder Sekunde spanischer vor.

Er klammerte sich an den Gedanken, dass sie vielleicht doch zu ihrem Rüsselsbacher fuhr, um sich dort mit ihm zu treffen. Laut Navi führte der Weg anfangs nämlich in die gleiche Richtung.

Schließlich beharrte der Computer aber darauf, dass sie nun gen Norden fahren müssten, während sich Verena weiterhin nach Osten verabschiedete. So viel zu der Theorie.

Verena bog in eine Straße mit dem Namen Heimlichenwasen ein und von dort aus in eine Reihe kleinerer Abzweige. Sie zu verfolgen und nicht aufzufallen, wurde immer schwieriger.

Die Zahl der Autos nahm stetig ab und Thorben musste sich weiter zurückfallen lassen, um nicht bemerkt zu werden. Das wurmte ihn zusätzlich. Alles wurmte ihn. Verdammt noch mal.

Auf einmal bremste Verena ihren Golf ab. Nein, stopp, sie bog zu einer auf einem Hügel gelegenen Villa mit blauem Anstrich ab. Kurz hielt sie vor einem schmiedeeisernen Tor, tauschte einige Worte mit der Sprechanlage aus. Offenbar wurde sie erwartet. Das Tor bewegte sich beiseite und sie passierte die Einfahrt. Kaum war sie durchgefahren, rollte es zurück.

Mist.

Mit hämmerndem Puls parkte Thorben seinen Wagen am Straßenrand und stapfte zum Metallzaun. Der Name Schablonksi stand auf einem Schild aus gebürstetem Messing. Wohlgemerkt: Dr. Schablonksi. Das war die Villa eines Arztes.

Von wegen Shopping-Party mit einer Klassenkameradin. Weit und breit waren nicht mal andere Autos zu sehen. Eine merkwürdige Feier war das, zu der nur ein Gast eingeladen war. Vielleicht traf sich Verena ja wirklich mit einem alten Geist aus der Vergangenheit. Allerdings war dieser nicht mal ansatzweise weiblich. Offenbar ein erfolgreicher Dottore, der mit Geld nur so um sich warf. Ein Schönheitschirurg zum Beispiel. Ging dreimal in der Woche zum Golfspielen und ließ es sich auch sonst gut gehen. Ganz klar, dass Verena an so jemandem Gefallen finden könnte.

Ein vermögender Arzt war natürlich auch eine deutlich attraktivere Partie als ein chaotischer Kripo-Schnüffler mit kleiner Mietwohnung und äußerst unregelmäßigen Arbeitszeiten.

Am liebsten hätte er das Tor aufgeschossen und die blaue Villa gestürmt. Auf Anhieb fielen ihm ein Dutzend Actionfilme ein, in denen der Held so etwas tat und damit durchkam.

Leider war das hier kein Actionfilm.

Also redete sich Thorben gut zu, ruhig zu bleiben, und umrundete das Grundstück. Das riesengroß war. Ebenso wie die Villa. Allein der Balkon im zweiten Stock durfte halb so groß wie Thorbens komplette Wohnung sein. Mit das Beste am Anwesen war aber der Blick hinab in ein kleines Tal und von dort aus zur Burg Hohenzollern. Unbezahlbar.

Von allen möglichen Winkeln aus versuchte er einen Blick ins Gebäudeinnere zu erhaschen, sah aber rein gar nichts.

Verflucht.

Eventuell fand darin ein romantisches Candle-Light-Dinner mit Diener und allem Pipapo statt. Oder eine wilde Orgie, wie in diesem Stanley Kubrick-Film.

Seine Fantasie ging mit ihm durch.

Thorben atmete tief durch. Er überlegte kurz, Verena unter einem Vorwand auf dem Handy anzurufen, entschied sich aber dagegen. Wahrscheinlich war alles ganz harmlos und er interpretierte die Fakten völlig falsch. Wenn er sie jetzt – bei was auch immer – störte, würde er bestimmt mehr kaputtmachen als klären. Er vertraute Verena und darauf, dass sie ihn nicht hintergehen würde.

Zögernd kehrte er zu seinem Auto zurück und notierte sich für alle Fälle die Adresse der Villa und den Namen auf dem Schildchen. Ein kleiner Restzweifel blieb und hielt sich hartnäckig.

Deshalb schaltete er auch das Radio komplett aus und schwieg vor sich hin. Die einzigen Geräusche kamen von der beinahe befehlenden Navi-Stimme, die ihn zielsicher zum Haus von Dirk Rüsselsbacher lotste. Ein weiteres teuer aussehendes Haus. Im Engelestäle. Wie passend.

Fünf Minuten lang blieb er im Wagen vor dem Haus sitzen und versuchte, nicht an Verena zu denken. Die Dunkelheit um ihn herum nahm stetig zu.

Plötzlich sah er im Außenspiegel, wie sich zwei Schatten dem Grundstück näherten und traute seinen Augen kaum. Da waren zwei ihm ziemlich bekannte Spaichinger Mönche. Er sprang förmlich aus dem Wagen. »Was suchen Sie denn hier?«

»Thorben!« Einen Moment lang wirkte Pius beinahe bestürzt, fasste sich aber ziemlich schnell wieder. »Anscheinend haben wir alle das gleiche Ziel.«

»Offensichtlich. Aber woher wissen Sie überhaupt, wo Rüsselsbacher wohnt?«

»Das Örtliche. Ohne ›Ö‹ fehlt dir was«, flötete Johannes mit breitem Grinsen.

Das leuchtete ein. Klärte aber nicht die Situation. Konnte er es riskieren, die Patres zu seiner Befragung mitzunehmen, oder sollte er sie zurück zu ihrem Hotel schicken? In Letzterem wären die beiden Geistlichen bestimmt besser aufgehoben, dennoch bezweifelte er, dass sie seiner Bitte Folge leisten würden.

Er stöhnte leise. »Von mir aus können wir gern gemeinsam klingeln gehen. Aber bitte überlassen Sie das Reden mir. Das ist eine offizielle dienstliche Ermittlung.«

»Haben die Daten auf dem Musikabspielgerät was ergeben?«, fragte Pius.

»Da sind sich die Experten noch uneins. Einige offene Fragen haben die Dateien aber auf jeden Fall aufgeworfen.«

Die Antwort schien dem Pater zu gefallen.

Gemeinsam schritten sie an einer breiten weißen Steinmauer entlang auf das Grundstück. Grelles Laternenlicht begleitete sie bei jedem ihrer Schritte. Das Gartentürchen war nur angelehnt und der Weg dahinter mit hellen Steinplatten gepflastert. Die Türen der zum Haus gehörenden Garage standen offen. Dahinter war alles pikobello aufgeräumt. Ein moosgrünes Cabrio wartete darauf, benutzt zu werden. Bekam durch den davor parkenden schwarzen Audi A6 aber keine Chance.

Alles wirkte beinahe klischeehaft behaglich.

Doch es dauerte nicht lang, bis die Heile-Welt-Fassade Risse bekam. Aus dem Hausinneren drangen wütende Frauenschreie zu ihnen heraus. Ein Wort klang wie »Sraka«, das andere wie »Neudachnik«. Deutsch war das ebenso wenig wie es nach einer normalen Unterhaltung klang.

Obwohl die Patres mit Sicherheit nicht wussten, was für Beleidigungen damit gemeint waren, genügte allein die Intensität der Frauenstimme, sie verschreckt dreinschauen zu lassen.

Dann solltet ihr mal Verena erleben, wenn sie wütend ist, ging es Thorben durch den Kopf. Er hob die Hand, um an der Tür zu klopfen, hielt aber inne, als drinnen die Stimme eines Mannes ertönte: »Ach, jetzt komm du mir nicht wieder mit deinem Russisch, Olga. Und hör auf, mir für alles die Schuld zu geben. Ich sehe doch, was du alles hinter meinem Rücken treibst. Die Verabredung heute Abend, ich weiß genau, worum es da geht. Ich habe dich gesehen. Dich und diesen Typen in dem Straßencafé. Also erzähl mir nix.«

»Du hast doch keine Ahnung, du Armleuchter! Würdest du genug Geld nach Hause bringen, bräuchte ich mich mit niemandem zu treffen. Aber nein, du schaffst es ja bei eurem Ranking nicht mal in die Top fünf.«

»Ach, was weißt du denn schon! Und hör auf, mich so anzugehen. Ich werd dir schon noch zeigen, wer hier die Hosen anhat!«

»Dass ich nicht lache! Weißt du, wie man bei uns zu Leuten wie dir sagt: ›Lenivaya sobaka‹. Ein fauler Hund. Genau das bist du. Und ein ›Rvan‹. Ein Blindgänger!«

Plötzlich schepperte und klirrte es im Hausinneren lautstark. Dicht gefolgt von weiterem Zetern. Der Streit geriet eindeutig außer Kontrolle.

Das bedeutete Gefahr im Verzug!

Thorben hämmerte gegen die Tür und stellte fest, dass diese bloß angelehnt war. Mit wenigen Schritten stand er im Flur und eilte dem Geschrei entgegen.

Es schien aus dem Wohnzimmer zu kommen. Jede Menge Designermöbel lugten ihm entgegen. Als Thorben eintreten wollte, kam eine Kristallglasvase geflogen. Instinktiv ging er hinter einem Rolf Benz-Sessel in Deckung.

Weitere Glasgegenstände sausten durch die Luft. Nicht nur in seine Richtung, sondern überallhin. Offenbar war er auch gar nicht das Ziel der Attacke.

Vorsichtig schaute er auf und sah, wie eine schlanke Frau, vielleicht Mitte 20, mit langen braunen Haaren und Schmollmund nach einer Karaffe griff. Sie trug ein buntes Designer-Kleid, so als wollte sie heute Abend noch fortgehen. Ein kahler Typ mit Eierkopf und üppiger Nase ergriff sie am Handgelenk.

»Hör auf mit dieser Scheiße!«

Es kam zum Gerangel.

Das war Thorbens Chance. Er stürmte auf die beiden zu. »Polizei! Keine Bewegung!«, brüllte er so laut er konnte.

Erschrocken hielten beide inne. Allerdings bloß einen Moment lang. Dann befreite sich die Frau aus den Pranken des Mannes und stieß den Typen beiseite. Er versuchte, nach ihr zu schnappen, griff aber ins Leere.

»Herr Rüsselsbacher, lassen Sie die Frau in Ruhe!«

Keine Reaktion.

Der Eierkopf stürmte weiter der Frau hinterher.

Das machte auch Thorben wütend. »Bleiben Sie stehen! Ich bin von der Kripo und habe einige Fragen an Sie. Es geht um Ihre Arbeit!«

Die Worte brachten Rüsselsbacher erneut für eine Sekunde ins Stocken. Seine Frau hechtete an einer Kommode vorbei und wischte mit einer einzigen Bewegung eine darauf stehende Glasschüssel herunter. Das Geschoss ließ Rüsselsbacher abrupt nach links ausweichen.

Dahin, wo Thorben stand.

Diesem blieb fast das Herz stehen. Einen Sekundenbruchteil lang wollte er nach seiner Dienstwaffe greifen.

Einen Herzschlag später prallte Rüsselsbacher auf ihn. Ein Güterzug erwischte Thorbens Kinn. Dann gingen die Lichter aus.

Pius war so perplex, dass er sich am Türrahmen festkrallte. Die Geschehnisse und vor allem der Lärm um ihn herum bedrängten ihn. Das war ein zu krasser Gegensatz zu dem ruhigen Klosterleben, das er sonst gewohnt war.

Als Thorben einige Meter vor ihm bewusstlos zu Boden ging, war er im ersten Moment davon überzeugt, dass Rüsselsbacher ihn irgendwie umgebracht hatte.

Aber die Brust des Polizisten hob und senkte sich gleichmäßig.

Es beruhigte ihn nur marginal.

Neben ihm kreischte Johannes auf. Die langhaarige Frau stürzte an ihnen vorbei in einen Raum auf der gegenüberliegenden Flurseite. Pius sah, dass es sich um ein Badezimmer mit weißen Fliesen handelte, und hörte, wie sie abschloss, kaum dass die Tür hinter ihr zu war.

Wütend trat Brutalo dagegen und fuhr dann herum. Sein Blick glitt vom bewusstlosen Thorben auf die regungslos dastehenden Patres und wieder zurück.

Der Schlägertyp war mit der Situation sichtlich überfordert. So wie sie alle. Er tat das wahrscheinlich Einzige, was ihm einfiel: Er rannte durch die offenstehende Haustür nach draußen.

Pius starrte ihm hinterher und brauchte eine weitere Sekunde, um die Situation zu begreifen. Dann jagte er dem Flüchtigen hinterher, erreichte den Garten allerdings erst, als Rüsselsbacher längst in seinem schwarzen Audi saß. Obwohl er wusste, wie aussichtslos es war, rannte Pius auf ihn zu.

Ein Motor heulte auf und die Scheinwerfer gingen an.

Nahezu zeitgleich jagte der Wagen rückwärts die Einfahrt hinab.

Als Pius ihn erreichte, hatte er bereits das Tor hinter sich gelassen, wendete in einem Affentempo und flankierte dabei um ein Haar Thorbens Auto. Dann hielt der Audi kurz an und düste den Weg hinauf. Nur einen Moment später bog er schon in die nächste Straße ein und verschwand aus dem Sichtfeld.

»Meine Güte«, murmelte Pius fassungslos. Was war hier gerade geschehen? Thorben! Pius begann zu keuchen. Und sah zu, dass er ins Haus zurückkam.

Als er den Flur erreichte, riss die Frau unmittelbar vor ihm die Badezimmertür auf. Pius quiekte vor Schreck und sprang beiseite. Auch die Frau wirkte erschrocken, dachte aber trotzdem nicht daran, stehen zu bleiben.

Beide liefen sie ins Wohnzimmer. Dort war Thorben inzwischen zu sich gekommen und rieb sich das sicherlich pulsierende Kinn. Johannes war bei ihm und half ihm auf die Beine.

»Hat sich einer die Nummer des Lasters notiert?«, fragte er mit schwerer Zunge.

Niemand lachte.

»Geht es dir gut? Sollen wir dich ins Krankenhaus bringen?«, fragte Johannes. Er klang ehrlich besorgt. Auch Pius' Herz raste noch. Was konnte bei so einem Schlag gegen das Kinn nicht alles an Spätschäden entstehen. Haarriss in der Wirbelsäule. Schädelhirntrauma. Exitus.

»Unsinn. Ich bin gleich wieder fit.« Der Kommissar schaute sich benommen im verwüsteten Wohnzimmer um. Der Fußboden war übersät mit Scherben und Nippes. »Viel wichtiger ist die Frage, ob Sie Anzeige erstatten wollen, Frau Rüsselsbacher? Ihr Mann hat Sie tätlich angegriffen.«

»Nein, will ich nicht. Ich will, dass Sie mein Haus verlassen!«

»Äh … ja … wie bitte?«

»Ich weiß nicht, was Sie hier wollen. Ich habe Sie nicht gerufen. Alles ist in Ordnung. Bitte gehen Sie! Alle drei!«

»Aber das Wohnzimmer … der Streit … Ihr Mann …«

»… ist auf und davon. Der braucht jetzt erst mal seine Zeit, um wieder runterzukommen. Er ist manchmal etwas impulsiv.«

»Manchmal? Etwas? Impulsiv?«

Thorben schien sich wie im falschen Film vorzukommen. Was ihm Pius nicht verdenken konnte. Auch er verstand nicht, was hier gerade gespielt wurde. Da ihm nichts anderes einfiel, begleitete er Johannes und Thorben hinaus.

Draußen auf der Straße rieb sich der Polizist abermals sein Kinn. In den vergangenen zwei Minuten schien es fast auf die doppelte Größe angeschwollen zu sein. Genauso wie seine Unterlippe, die eine kleine Platzwunde hatte, aus der Blut sickerte. »Ich glaube das alles nicht.«

Wie auf ein Stichwort ließ Frau Rüsselsbacher hinter sich die Haustür ins Schloss knallen. Ohne sie eines Blickes zu würdigen, lief sie in ihren hochhackigen Pumps an ihnen vorbei und stieg in das grüne Cabrio. Als auch sie davondüste, schauten ihr alle drei fassungslos hinterher.

»Ist das gerade wirklich passiert?«, fragte Johannes und schüttelte den Kopf.

Thorben rieb sich sein Kinn.

Einige Augenblicke lang standen sie schweigend da und verdauten die Ereignisse. Über ihnen ging der Mond auf und strahlte hell auf sie hinab.

»Was machen wir jetzt?«, unterbrach Pius die Stille schließlich.

»Das ist eine gute Frage«, sagte Thorben.

ÄLFDE SCHDAPFL (ELFTE STUFE)

Hallo, Nachtschwärmer, ihr habt genau richtig eingeschaltet. Wenn es draußen finster wird, hört ihr eure Regina von Radio Donauwelle. Seid ihr auf dem Weg ins Kino oder zu einer Party? Lasst ihr euch ein leckeres Essen schmecken? Das habt ihr euch verdient. Bestimmt war euer Tag nämlich ähnlich chaotisch wie meiner. Bei mir ging es damit los, dass mein Wagen auf dem Weg zum Studio nicht ansprang. Dann wäre ich um ein Haar geblitzt worden. Und im Studio hätte ich dank Svenja, die plötzlich wie aus dem Nichts auftauchte, fast meinen Kaffeebecher fallen gelassen.

Oh Mann, ich sag's euch. Noch mehr solcher Erlebnisse brauch ich nicht. Deshalb folgt jetzt auch ein Meister der subtilen Töne: Gisbert zu Knyphausen. Leider noch immer ein Geheimtipp. Dabei lässt allein der nächste Liedtitel tief blicken: Ich bin Freund von Klischees und funkelnden Sternen. *In diesem Sinne …*

Von außen hatte die blaue Villa beinahe verlassen gewirkt, sodass Verena anfangs ernsthaft bezweifelt hatte, sich an der richtigen Adresse zu befinden. Was, wenn heute Abend gar keine Party stattfand und Esther sie nur eingeladen hatte, um ihr wie in der Schulzeit einen weiteren dummen Streich zu spielen?

Und tatsächlich war sie der erste Gast gewesen. So was mochte sie in der Regel überhaupt nicht.

»Keine Sorge, die anderen kommen auch gleich«, hatte Esther versichert. Was ebenfalls nach einer Finte klang. Verena überlegte schon, heimlich den Vibrationsalarm ihres Handys zu aktivieren, um so die Ausrede von einem Notfall dazwischenschieben zu können.

Doch sie hatte sich noch mal richtig auf das helle Ledersofa gesetzt und an ihrem Hugo genippt, als es an der Tür klingelte. Und dann kamen sie alle hintereinander. Vier Frauen um die 40, eine aufgetakelter als die vorherige. Im Geist – Berufskrankheit wahrscheinlich – machte Verena sich Notizen zu Susanne, Ulrike und Sabine. Alle drei Ende 30, mehr als teuer gepflegt und sehr teuer duftend. Und scheinbar alle beim selben Friseur, der für diese Saison gesträhnte, kinnlange Haare mit Pony als Trend ausgerufen hatte. Die Frauen unterschieden sich nur durch die Klamotten. Zu dem Trio gesellte sich allerdings auch eine Dame, die Verena mit einem ungläubigen »Ha, do gugg na, dia Kommissarin!« begrüßte. Gerlinde Seifried.

Verena mühte sich, nicht ebenfalls sehr erstaunt zu schauen. Denn angesichts der Hungerhaken in Designerfummeln fühlte selbst sie sich mit ihrer Kleidergröße 40 schon fast unförmig, wie mochte es da Gerlinde gehen? Oder gehörte diese zu jenen seltenen Frauen, denen es egal war, dass sie mehr auf die Waage brachten, als die einschlägigen Hochglanzmagazine erlaubten? Das konnte sich Verena nicht vorstellen und sah auch noch nicht ganz den Zusammenhang, wie eine Reinemachfrau es schaffte, sich den Zugang zum offensichtlich elitären Kreis um Esther zu verschaffen.

Die Gastgeberin allerdings lieferte die Erklärung, kaum dass sie festgestellt hatte, dass Verena und Frau Seifried sich schon einmal begegnet waren: »Die Frau Seifried war mal meine Putzfrau.« Das klang so, als hätte sie gesagt »Ich habe Hämorrhoiden«.

Gerlinde Seifried fügte ein »Ist schon lange her« hinzu und Verena registrierte amüsiert den schnippischen Unterton. Und auch, dass die Ex-Perle sich in den ledernen Sessel plumpsen ließ, als sei sie bei sich selbst zu Hause. »Und jetzt arbeiten wir beide für dieselbe Gebäudeverwaltung. Wie klein doch die Welt ist.«

»Ich ja nur Teilzeit«, schob Esther sofort hinterher.

»Apropos …«, begann Verena, doch ihre ehemalige Klassenkameradin hatte sich längst abgewandt und ging auf die anderen Gäste zu.

Diese standen noch schnatternd am großen Panoramafenster mit grandiosem Blick auf das Balinger Umland. Den verstellten sie auch Verena nicht, denn keine der anderen Frauen hatte mehr als 50 Kilo auf den Rippen. Beim Anblick der wandelnden Size Zero fühlte sie sich aufgebläht und zog automatisch den Bauch ein. Obwohl sie wusste, dass es Blödsinn war. Dass sie eigentlich längst aus diesem Alter raus sein müsste. Und dass sie im Gegensatz zu den Püppchen ganz andere Qualitäten hatte. Muskeln nämlich, mit denen sie schon mal einen Kerl aus den Latschen hauen konnte.

»Verena ist bei der Polizei«, lenkte Gastgeberin Esther die Aufmerksamkeit auf die Neue in der Runde. Das klang nun nicht nach einer ekligen Hautkrankheit, sondern wie »Ich habe mir ein neues Täschchen von Gucci gekauft«. Und ähnlich wie bei einem begehrten Teil aus der Modebranche sagten die Frauen unisono: »Oh.« Mehr oder minder verzückt, gemischt mit einer guten Portion Staunen.

»Kripo!«, setzte Esther noch eins drauf.

»Ah!« Susanneulrikesabine rissen die Botox-gepflegten Augen auf. Verena sah ihnen an, dass sie gleich mit Sachen wie »Ich schaue auch immer den *Tatort*« oder »Ich lese gerne Krimis« kommen würden. Oder mit dem letzten Strafzettel. Was man halt so sagt, wenn man einem Polizisten begegnet. Und was keiner hören will, wenn er privat unterwegs ist.

Verena überlegte sich, plötzlich aufs Klo zu müssen, da klingelte es wieder und eine etwas verschwitzt aussehende Frau im bunten Designer-Kleid und mit langen Haaren gesellte sich zu ihnen.

»Sorry für die Verspätung«, sagte sie. »Ich hatte die Zeit aus den Augen verloren. Hab ich was verpasst?«

Esther winkte ab und drückte ihr ein Sektglas in die Hand. »Wir wollten gerade erst anfangen.«

»Super. Ich habe nämlich richtig Bock darauf, heute Abend viel Geld auszugeben.«

Verena verdrehte innerlich die Augen und musste sich zusammenreißen, um nicht davonzulaufen, als sie von einer nach der anderen rechts und links auf die Wangen gebusserlt wurde. Was vermutlich das Zeichen der Meute war, dass sie in den erlauchten Kreis des Abends aufgenommen wurde. Eine Marotte, die sie noch nie hatte leiden können und die dank der teuren, schweren Parfums der Damen auch nicht besser wurde. Sie kam sich beinahe vor wie in einer Parfümerie und stürzte ihr Trendgesöff in einem Zug herunter.

Das Weibchen im Designerkleid, das sich neben sie hatte sinken lassen, riss die Augen auf. Langte dann nach der Flasche im silbernen Sektkühler, schenkte Verena nach und ihr eigenes Glas randvoll und zwitscherte: »Stößchen! Ich bin die Olga Rüsselsbacher.«

Jetzt musste Verena an sich halten, um nicht noch ein Glas auf Ex zu kippen. Rüsselsbacher. Rotzelsbach. Hotzenplotz. Sie zwang sich dazu, nicht »Ach, Ihren Mann hatte ich heute auf dem Schirm« zu sagen und setzte ein falsches Lächeln auf. Zum Glück war ihre Nebensitzerin schon wieder abgelenkt, als die pompöse Schiebetür zum Nebenraum wie ein Theatervorhang von unsichtbarer Hand aufgeschoben wurde. Das Hühnergegacker der Damen verstummte. Esther dimmte per Fernbedienung das Deckenlicht. Nur ein paar Strahler ließ sie an, was die Bühnenatmosphäre perfekt machte.

Und dann kam Rosi.

Das heißt: Sie kam nicht, sie erschien. Zwischen zwei voll beladenen Kleiderständern auf Rollen stand eine zierliche rothaarige Frau, die von Verenas Warte aus gesehen ebenso gut eine Barbie hätte sein können. Zumindest wirkten Lippen und Brüste wie aus Plastik. Den anderen Damen schien das egal zu sein, denn sie verharrten in beinahe andächtigem Schweigen. Rosi schwieg auch erst einmal.

Dann breitete sie die Arme aus wie der Moderator einer großen Samstagabendshow im ZDF. Und machte eine ähnliche Ansage: »Herzlich willkommen zur Sommerpräsentation! Ich freue mich, dass ihr alle da seid und habe wieder die schicksten Schickis und schnäppigsten Schnäppchen mitgebracht.«

Alle lachten. Außer Verena. Und scharrten mit den Pumps wie Windhunde mit den Pfoten beim Anblick des Hasen auf der Rennbahn. Dann fiel mit einem Händeklatschen von Rosi so etwas wie ein Startschuss. Alle Frauen – bis auf Verena – sprangen auf und stöckelten im Eiltempo ins Esszimmer.

»Komm schon, Verena!«, rief ihr Esther zu und war als eine der Ersten beim Kleiderständer angekommen. Sofort wühlte sie los und machte »Ah!« und »Oh!«. Die Szene hatte etwas von Schlussverkauf auf sehr hohem Niveau.

Verena drückte sich tiefer ins watteweiche Sofa und hoffte, irgendwie unsichtbar zu werden. Derlei Schnick und Schnack war nicht ihr Ding.

Leider klappte das mit dem Unsichtbarwerden nicht. Rosi sah, dass sie noch im Wohnzimmer war und stakste auf sie zu.

»Sie sind zum ersten Mal dabei?«, wollte sie wissen. Verena nickte schuldbewusst, als würde sie eine Bildungslücke zugeben. Rosi ließ sich nicht beirren und sank in den Sessel. Dann beugte sie sich zu Verena und flüsterte: »Nicht schlimm.« Dabei taxierte sie ihr Gegenüber. »40?«

»Äh …« Verena schluckte. Sah sie wirklich so alt aus? Na gut, nach einem langen Tag und einer kurzen Nacht … aber 40? Diese Zahl lag noch ein gutes halbes Jahrzehnt vor ihr. Sie schüttelte vehement den Kopf.

»Ach, Sie machen gerade Diät? Na, aber eine M ist das schon.« Rosi nickte bestätigend.

Und Verena atmete auf. 40 war nicht das geschätzte Alter, sondern ihre Kleidergröße. Angesichts der Hungerhaken im Raum fühlte sie sich zwar wie ein Walross, war aber ansonsten mit sich und ihrer Figur zufrieden. Verena trank lieber ein, zwei Spöttinger zum panierten Schnitzel mit Pommes, als sich auf Salat und Leitungswasser zu verlegen. »Keine Diät!«, sagte sie etwas zu laut.

Rosi zuckte zurück und dann mit den Schultern. »Na, ein paar Teile in M habe ich dabei, auch was in L. Und ansonsten kann man alles bis XXL bestellen.«

»Rosi, gibt's das auch in Blau?« Susanne hielt ein Fähnchen in die Höhe, das eigentlich nur aus roten Bändern bestand.

»Moment, ich schau im Katalog.« Die Verkäuferin sprang auf und eilte zu den anderen. »Kommen Sie mit«, sagte sie zu Verena.

Die erhob sich seufzend, leerte im Stehen ihr zweites Glas Hugo auf Ex und schlenderte zu den Damen. Die kicherten und gackerten und schoben Kleiderbügel auf den Stangen hin und her, als wäre das eine neue Fitnessübung. Shopping extrem, sozusagen. Das riesige Esszimmer mit dem blank polierten Tisch, an dem gut und gerne 18 Personen Platz fanden, war in eine Art Boutique verwandelt worden. Auf dem Tisch lagen Gürtel und Schuhe, dazwischen Handtaschen, Sonnenbrillen und allerlei Ketten. Jede der Damen hatte sich einen der wuchtigen Lederstühle geschnappt und stapelte darauf die Pullover, Hosen und Kleider ihrer vorläufigen Wahl. Verena grinste, als sie sah, wie die Mädels sich gegenseitig aus den Augenwinkeln taxierten. Wehe, eine würde sich für dasselbe Stöffchen entscheiden wie die andere!

Mehr oder weniger lustlos begann Verena, sich ein paar Shirts anzusehen. Sie musste zugeben, dass die Stoffe außerordentlich anschmiegsam waren. Mit den Strass-Steinchen und Bildchen konnte sie allerdings nichts anfangen. Und mit den Preisschildern schon mal gar nicht. Hier kostete ein Shirt so viel wie sonst fünf von jenen, die sie zu Hause im Schrank hatte.

»Wir haben ganz tolle Hosen«, schnurrte Rosi und hakte sich bei Verena unter. Und ehe sie sich versah, hatte die Verkäuferin ihr ein Outfit zusammengestellt. Verena stand etwas unschlüssig mit einer hellgrünen Jeans, einer knallroten Bluse, hochhackigen Schuhen und einer babyweichen Lederjacke auf den Armen herum.

»Du kannst das im Gästezimmer anprobieren, da hängt ein großer Spiegel«, flötete Esther ihr zu. »Einfach den Gang lang und dann links.« Verena schielte zur Hugoflasche, die im Moment allerdings unerreichbar schien, weil Gerlinde Seifried sich an Ort und Stelle in eine sonnengelbe Tunika zu manövrieren versuchte. Verena sah von Weitem, dass da viel zu wenig Stoff für viel zu viel Busen war und hätte am liebsten laut gelacht, als Esther quer durch den Raum rief: »Das ist geeenauuuu deine Farbe, Gerlinde!« Pokerface. Lächeln. So tun, als ob alles fein ist. Verena seufzte innerlich und machte sich auf den Weg ins Gästezimmer. Wo noch mal? Den Gang lang und dann?

Der Gang war mächtig lang. Hinter ihr wurde das Geplapper der Dämlichkeiten leiser. Vor ihr das sonore Labern eines Nachrichtensprechers lauter. Verena holte tief Luft. In diesen Räumen fühlte sie sich irgendwie klein. Alles war Weiß in Weiß gehalten. Weiße Wände, weißer Teppichboden, weiße Deckenleuchten. Weiße Türen. Das einzig Farbige waren drei Dutzend in weiß gerahmte Fotos zwischen zwei Türen an der Wand. Sie blieb stehen. Esther am Strand. Esther neben einem weißen Pferd auf grüner Wiese. Esther im knappen Bikini im Liegestuhl. Ein schwarz-weißes Foto eines alten Bauernhauses. Ein Foto mit Esther im Kreis ihrer Freundinnen, jede einen Drink mit Schirmchen in der Hand. Verena trat näher und erkannte neben Gerlinde Seifried auch Olga Rüsselsbacher (mit übergroßer Sonnenbrille), Sabine und Ulrike sowie am Rand des Fotos eine schwarzhaarige Frau, die deutlich jünger wirkte als die anderen. Dann wieder Fotos von Esther im Sonnenuntergang, vor einer Palme und offensichtlich in der Stuttgarter Wilhelma vor dem Flamingogehege. Verena riss sich von den Bildern los, schielte durch eine nur angelehnte Tür und erblickte einen jener übergroßen Fernseher, die für drei Monatsgehälter angeboten wurden. Vor dem Gerät stand ein Crosstrainer, auf dem ein Mann mit sehr knackigem Hintern wie in Zeitlupe trainierte.

»'tschuldigung!«, rief Verena. Der Mann drehte sich um und präsentierte ein Lächeln wie aus der Werbung. Perfektes Gebiss. Glänzend weiß. Zahnarzt eben.

»Macht nichts!« Er stieg ab. »Bin sowieso fertig.« Geschwitzt hatte er offensichtlich nicht.

»Sind Sie Esthers Mann?«, schoss es aus Verena heraus. Berufskrankheit vermutlich.

»Schablonski. Kai Schablonski.« Er streckte Verena die Rechte zum Gruß hin.

Die zuckte entschuldigend mit den Schultern, hatte sie doch beide Hände voll mit Klamotten. »Verena Hälble«, stellte sie sich vor. »Und eigentlich auf der Suche nach einer Umkleidekabine.«

Schablonski lachte. Ein strahlend weißes Werbelachen. Sympathisch, wie Verena fand.

»Ich wette, das alles steht Ihnen und passt wie angegossen«, sagte Esthers Gatte. Verena wurde wider Willen ein bisschen rot.

»Trinken Sie ein Bier mit mir?« Er ging zum Wandschrank, schob eine Tür auf und brachte damit Verena zum Staunen: Dort verbarg sich eine Bar samt Kühlschrank, die jedem Großstadthotel Ehre gemacht hätte.

»Supergerne!« Verena parkte die Klamotten auf dem Crosstrainer und freute sich wie ein kleines Kind, als Schablonski zwei Flaschen Spöttinger aus dem Kühlfach holte. Plopp. Prost. Herrlich!

»Sind Sie nicht bei der Polizei? Esther erwähnte so was vorhin.« Schablonski nickte anerkennend. Vermutlich war er derlei Damen im Freundeskreis seiner Gattin nicht gewohnt, dachte Verena. Berufstätig und so.

»Ja«, antwortete sie knapp und unterdrückte ein Rülpsen.

»Spannend.« Der Zahnarzt musterte sein Gegenüber. Verena zog automatisch den Bauch ein und schalt sich im selben Moment dafür. Sie hatte doch Thorben! Was er wohl gerade machte? Doch ehe sie weiter nachdenken konnte, setzte Schablonski nach: »Darf ich Sie was fragen?«

Verena nahm noch einen Schluck Spöttinger aus der Flasche. Und hoffte, dass es sich nicht um einen Strafzettel für den Sportwagen handelte.

»Kennen Sie sich mit Gesichtsrekonstruktionen aus?«

»Wie bitte?« Um ein Haar hätte sie sich verschluckt.

»Nicht was Sie denken. Also keine Schönheitschirurgie.«

Na immerhin. »Sondern?«

»Forensisch.«

»Wieso das denn?« Das Spöttinger lief gleich noch besser die Kehle hinab.

»Ich bilde mich da sozusagen im Augenblick fort.« Schablonski leerte seine Flasche und stellte sie weg. »Kommen Sie mal mit.« Er nickte Verena zu und ging in den Nebenraum.

»Holla!« Verena konnte sich einen erstaunten Ausruf nicht verkneifen. Sie hätte ja mit vielem gerechnet. Einer Carrera-Rennbahn zum Beispiel. Einem Heimkino mit echten Kinosesseln. Einem Billardzimmer oder womit ein Zahnarzt sich sonst so den Feierabend versüßt. Aber ganz bestimmt nicht mit einer Werkstatt, in der es tatsächlich aussah wie in einem forensischen Labor. In der Mitte des Raums, von dem aus man einen sensationellen Blick über die Umgebung hatte, stand unter einer hellen Neonleuchte ein Metalltisch. Darauf thronte ein Schädel, der mit Nadeln gespickt war. Stellenweise waren die Stirn und die Wangen bereits mit Modelliermasse bedeckt.

»Der ist nicht echt«, beeilte Schablonski sich zu sagen. »Hinten ist ›Made in China‹ aufgedruckt. Plastik!«

»Keine Sorge, ich bin ja nicht dienstlich hier.« Verena stellte die mittlerweile leere Flasche neben den Schädel. Umrundete den Tisch und war ziemlich beeindruckt von dem, was sie sah. Sie selbst hatte bereits zwei Fortbildungen zum Thema gehabt und kannte sich ein wenig aus. Soweit sie das beurteilen konnte, machte der Zahnarzt seinen Job gar nicht schlecht.

»Das kann natürlich nichts werden«, räumte Schablonski ein. »Ein Plastikkopf hatte eben nie ein echtes Gesicht.«

»Aber es sieht doch ganz so aus, als ob Sie alles richtig machen würden«, murmelte Verena und registrierte ein Kribbeln in der Bauchgegend. Und zwar genau da, wo sie selbst ihren inneren Kommissar verortet hatte.

»Also, Sie als Fachfrau …«

«… kann dazu nicht viel sagen, ehrlich gestanden. Aber wie sind Sie denn auf dieses … Hobby gekommen?«

»Da war ein Bericht im Ärzteblatt. Na ja, und der Schädel stand seit Jahren im Schrank in der Praxis, um den Patienten den Kiefer mit den Gelenken zu zeigen. Dann fiel mir ein, dass Esther mal eine Phase hatte, in der sie getöpfert hat. Der Brennofen steht noch im Keller.«

»Esther hat getöpfert?« Verena kicherte. Das passte so gar nicht zu der schicken Arztgattin mit dem Klamottenfimmel.

»Ist lange her.« In Schablonkis Antwort schwang ein bisschen Wehmut mit. Wahrscheinlich, vermutete Verena, war die Ehe der beiden auch schon intensiver gewesen.

»Und da war noch ein wenig Ton übrig?«

»Genau, Frau Hälble. Mit Ton ging das nicht, aber Fimo aus dem Bastelladen tut's ja auch.«

»Hm.« Verenas Hirn ratterte. »Hätten Sie vielleicht noch ein Bier?«

»Na, aber gerne doch!« Schablonski verschwand kurz im anderen Zimmer. Verena hörte zweimal Plopp, dann war der Zahnarzt wieder da.

»Die Kollegen benutzen natürlich keine Stecknadeln aus dem Nähkästchen«, sagte sie, während sich im Hintergrund ihres eigenen Schädels eine Idee formte. »Und als erstes würde ein Forensiker eine Augenplastik einsetzen.«

»Ah so!« Der Zahnarzt nickte und zuckelte an seiner Spöttingerflasche. »Na ja, Augen hatte ich gerade keine zur Hand.«

»Bei den meisten Skelettfunden ist übrigens nur ein Teil verwest«, überlegte Verena laut. »Es sei denn …«

»… ja?« Jetzt war der Mediziner, wenn auch »nur« Dentist, in seinem Element. Ärzte erschreckte ja kaum etwas und so ließ sich Verena über Wasserleichen und Ähnliches aus. Bis zur Hälfte ihres Bieres hatte sie Schablonski da, wo sie ihn haben wollte: als begeisterten Zuhörer, der sich als scheinbarer Mitwisser polizeilicher Interna sah. Sie hütete sich zu sagen, dass der Fall der Wasserleiche aus Berlin gut und gerne 20 Jahre her war.

»Das wär mal was«, sagte Schablonski schwärmerisch.

»Damit kann ich leider nicht dienen.« Verena leerte das zweite Bier in einem Zug und schwankte leicht. Ob das am Alkohol lag oder an der Aufregung? Und gegessen hatte sie auch noch nichts. Ehrlich gesagt war sie davon ausgegangen, dass es bei Esther irgendetwas zu knabbern gab. Aber die Hungerhaken waren wohl allesamt auf Nulldiät.

»Könntischnocheins?« Sie hielt Schablonksi die leere Flasche hin.

Der rülpste, dieses Mal lauter, und grinste. »Tut mir leid, das waren die letzten beiden Flaschen. Ich kann aber auf Rotwein ausweichen.«

»Auch gut!« Sie gingen zurück ins Barzimmer. Vom Wohnzimmer her hörte sie gedämpft das Kichern der Frauen. Offensichtlich hatte die Clique bereits vergessen, dass Verena ebenfalls irgendwo sein musste. Der Shoppingrausch hatte wohl bei ihnen dafür gesorgt, dass einige Gehirnzellen aussetzten. Ein Phänomen, das sich jedes Kaufhaus zugutekommen lässt: Sobald es etwas zum scheinbaren Schnäppchenpreis gibt, ticken die meisten Menschen völlig aus und kaufen alles, ob sie es nun brauchen oder nicht. Hauptsache billig (was die Klamotten zwar nicht waren) und Hauptsache den anderen vor der Nase weggeschnappt (das schon eher bei Rosis Angebot).

»Oh! Scotch!« Verena schielte auf die bernsteinfarbene Flasche, die sündhaft teuer aussah. Ein ehrlicher Whiskey war ihr lieber als ein handwarmer Rotwein, von dem sie sowieso keine Ahnung hatte.

»Noch besser als ein Bordeaux«, stimmte Schablonski ihr zu und füllte mit geübten Händen zwei Gläser mit je zwei Eiswürfeln und zwei Finger breit Scotch. »Cheers!« Die Eiswürfel klirrten leise, als die beiden miteinander anstießen. Der Whiskey brannte angenehm in Verenas Kehle.

»Wollen Sie mal einen echten Kopf rekonstruieren?«, platzte sie raus. Der Zahnarzt sah sie aus großen Augen an.

»Schon«, antwortete er. »Aber die kann man nicht gerade bei Edeka kaufen.«

»Isch habda 'ne Idee«, nuschelte Verena. Die jetzt eindeutig wusste, dass sie auf dem besten Weg war, sich zu betrinken. Und die ebenfalls wusste, dass ihr das im Moment egal war. Und die darüber hinaus wusste, dass sie keine Ahnung hatte, wie sie den Schädel aus dem Landratsamt von der Tübinger Pathologie in Schablonskis Privatwerkstatt schaffen sollte. Trotzdem sagte sie: »Kriegen Sie. Is aber geheimes Geheimnis.«

»Dann will ich gar nicht wissen, wo der Kopf herkommt, Frau Kommissarin.« Schablonski ließ die Eiswürfel in seinem Glas kreisen.

»Sag ich auch nicht«, kicherte Verena. »Aber ich brauch dann ganz schnell ein fertiges Fimogesicht.« Sie kicherte und zuckte zusammen, als die Tür aufflog und Esther im

Abendkleid hereinrauschte, aus dem hinten das vierstellige Preisetikett herauslugte.

»Schau mal, Schatz!«

»Sehr schön, Hasi.« Schablonskis Begeisterung war angesichts seiner Gattin im teuren Fummel weit weniger ausgeprägt als eben noch für den in Aussicht gestellten echten Schädel.

»Soll ich das nehmen?«

»Aber ja, Hasi.« Er leerte sein Glas auf einen Zug. Esther jubelte, hauchte dem Gatten einen Kuss auf die Wange und hakte sich bei Verena unter.

»Und jetzt gib meine Freundin wieder her«, scherzte Esther. Verena fragte sich, seit wann sie und Esther Freundinnen sein sollten, hatte aber keine Zeit, zu widersprechen. Denn die angesichts des neuen Abendkleides sichtlich glückliche Esther schnappte sich Verenas Kleiderstapel vom Crosstrainer und drückte ihn ihr in die Arme.

»Und? Passt alles?«

»Wie angegossen«, log Verena. Sie konnte ja schlecht zugeben, dass sie gar nichts probiert hatte, außer zwei Bier und einem Scotch. Von der Überlegung eines dienstlich ganz und gar nicht gestatteten Entführungsplans eines Schädels ganz zu schweigen.

»Rosi, Verena kauft alles«, rief Esther, als die beiden zurück im Esszimmer waren.

Verena meinte, einen bissigen und etwas hämischen Ton herauszuhören. Was aber auch daran liegen konnte, dass der mächtige Tisch schwankte. Und das Zahlformular, das sie wenig später vor der Nase hatte, etwas verschwommen wirkte. Noch ein Hugo half da auch nichts. Verena registrierte noch, dass Gerlinde Seifried und Olga Rüsselsbacher offensichtlich darum wetteiferten, die längere Bestellung hinzubekommen und hier noch ein Kettchen und da noch ein Schühchen und ein Tüchlein und ein Gürtelchen auf die ohnehin schon beachtlich großen Kleiderstapel packten. Verena kniff die Augen zusammen. Für die gerade mal vier Teile musste sie selbst fast 800 Euro berappen (das war ihr bei geschätzten einskommawas Promille egal). Wie hoch mochte da erst die Rechnung der Damen Seifried und Rüsselsbacher ausfallen?

ZWÖLFDE SCHDAPFL (ZWÖLFTE STUFE)

Na, ihr Nachtschwärmer, alles rosa bei euch? Ihr hört Radio Donauwelle und am Mikro ist eure Nachteule Regina! So kurz nach der Geisterstunde wird es Zeit für ein paar Wachmacher aus dem Radio. Gleich gibt's The Clash mit Should I stay or should I go. *Genau das ist die Frage – aufbleiben oder ins Bettchen gehen? Ich schlage euch ein heftiges Drehen am Lautstärkeregler vor. Denn wenn dann euer Nachbar wegen Ruhestörung die Polizei ruft, dann wenigstens mit guter Musik. Und die gibt's jetzt von Jasper Forks mit* Another sleepless night. *Die dürften nämlich heute einige in Albstadt haben – dort fackelt gerade ein leer stehender Baumarkt ab. Keine Bange, es sieht wohl schlimmer aus, als es ist, die Feuerwehren aus Ebingen und Balingen sind vor Ort. Verletzt wurde bislang niemand. Hoffen wir, dass das so bleibt.*

Pius hatte es aufgegeben. An Schlaf, erholsamen gar, war nicht zu denken. Bruder Johannes hatte sich nach dem abendlichen Spöttinger Bier früh ins Bett gelegt. Die beiden hatten noch gemeinsam gebetet, dann allerdings war der Cellerar ins Reich der Träume geglitten und hatte sich dem hemmungslosen Schnarchen der gut Schlafenden hingegeben. Alles Rütteln und Pfeifen hatte nichts geholfen: Johannes sägte einen kompletten Wald ab. Und brachte seinen Prior um dessen Nachtruhe. Da halfen nicht einmal die Ohrstöpsel, die vom Hotel neben das winzige Nähset und das Gutenacht-Bonbon gelegt worden waren. Also hatte er sich wieder angezogen und beschlossen, einen Spaziergang zu machen. Die Nacht war lau und zwischen einzelnen Wolkenfetzen zeigten sich schimmernde Sterne am Balinger Himmel. Er umrundete Thorbens Wagen, der ein wenig schief auf dem Hotelparkplatz stand. Nach der spontanen »Sitzung« in einer Kneipe im so genannten Bermudadreieck, wo sich Gaststätte an Gaststätte reihte und so mancher Nachtschwärmer versank (daher der Name), hatte der Kommissar sich nicht mehr getraut, nach Hause zu fahren. Zum Glück war im Hotel noch ein Zimmer frei gewesen und Thorben Fischer konnte mit Hilfe von Johannes und Pius in ein sicherlich schwankendes Bett gebracht werden.

Mit steigendem Alkoholpegel schienen die Schmerzen in Thorbens Kinn nachzulassen – allerdings nicht sein kriminalistischer Verstand, der nach dem dritten Bier regelrechte Kapriolen schlug. Während Johannes und Pius mehr oder weniger schwiegen, stellte Thorben eine Theorie nach der anderen auf. Die Ansätze reichten dabei von ehelicher Gewalt der Frau gegen den Gatten (gab es scheinbar immer häufiger) über sexuelle Neigungen (es gab ja nichts, was es nicht gab, das wusste auch Pius, und wer wusste schon, ob manche Geschöpfe Gottes nicht auch von fliegenden Vasen erregt wurden?) bis hin zu übelster Wirtschaftskriminalität, Blutbädern und … einem Skelett im alten Landratsamt. Diesen Zusammenhang hielt Pius für mehr als weit hergeholt, hielt sich aber mit einer Aussage dazu zurück. Nach dem fünften Spöttinger wäre Thorben ohnehin nicht mehr in der Lage gewesen, den Ausführungen des Paters zu folgen.

Pius lenkte seine Schritte ohne nachzudenken zur Stadtkirche. Ganz so, als habe das gotische Gotteshaus ihn magisch angezogen. Der Brunnen mit der Statue des Ritters

Ulrich plätscherte leise auf dem Platz vor sich hin. Pius ging zur Rückseite der Kirche und stieg die Stufen hinauf. Er rüttelte an der Klinke. Abgeschlossen. Was hatte er erwartet? Selbst in Spaichingen, wo das Kloster abgeschieden auf dem Dreifaltigkeitsberg lag, wurde die Pforte der Kirche nachts abgesperrt. Pius persönlich fand das nicht gut, schließlich sollte der Herr jederzeit und immer erreichbar sein. Aber der ein oder andere Griff nicht ganz so heiliger Zeitgenossen in den Opferstock hatte die Patres gezwungen, zwischen 21 Uhr, nach der letzten Andacht, und 5 Uhr morgens, vor dem ersten Gebet, die Pforte zu schließen. Warum also sollte es in der großen Kreisstadt anders sein?

»Ach, Herr«, flüsterte Pius und blickte zum Himmel. Ihm war, als leuchte ein Stern kurz auf, ein Blinzeln aus dem Weltall. Sofort fühlte der Pater sich besser. Er setzte sich auf die oberste Stufe und faltete die Hände zum Gebet. Die Steine unter seinem Hintern waren von der Frühlingssonne noch ein bisschen warm, wie er erfreut feststellte. Erfrieren musste also heute niemand, der wie er des Nachts draußen war, ob nun freiwillig oder nicht.

Dann dachte er nach.

Das heißt: Er führte einen stummen Dialog mit seinem Herrn. Rollte die Ereignisse der vergangenen Tage und Stunden noch einmal auf. Spürte nach, wo er etwas übersehen haben könnte. Beleuchtete den Keller, das Skelett. Die Menschen, die er getroffen hatte. Und kam nach einer guten halben Stunde zu einer Erkenntnis, die ihn wie ein heißes Kribbeln im Magen traf.

»Natürlich!«, rief er und sprang auf. »Das muss ich Verena sagen! Danke, Herr. Amen.« Er bekreuzigte sich und wollte eben den Rückweg ins Hotel antreten, als vom Parkhaus hinter der Bücherei her eine Gestalt heranschwankte. An der nachts abgeschalteten Fußgängerampel blieb sie stehen und hielt sich am Stahlpfosten fest. Dann schwankte die Gestalt, setzte einen Fuß über den Bordstein und segelte der Länge nach auf die Fahrbahn. Dabei schleuderte sie eine übergroße Einkaufstasche von sich. Pius eilte über den kleinen Kirchplatz und war froh, dass kein Auto unterwegs war. Er ging neben der Gestürzten in die Knie.

»Hoppala!«, kicherte sie. Es war eine Frau und sie versuchte gerade sich aufzurappeln.

»Verena!« Pius staunte. Da hatte der Herr ihm aber schnell die gewünschte Person geschickt. Allerdings – manchmal hatte auch der Himmel Haken – in einem ziemlich beschickerten Zustand. Die Kommissarin war sternhagelvoll.

»Pahpiusch!« Verena kam auf die Knie. Pius zog sie ganz in die Senkrechte und musste sie stützen, sonst hätte sie gleich wieder Bekanntschaft mit dem Teerbelag gemacht.

»Wo kommsn du her um die Zeit?« Sie lehnte sich gegen seine Schulter und unterdrückte einen Rülpser.

Pius schüttelte angesichts der immensen Alkoholfahne innerlich den Kopf. So schlimm war vorhin nicht mal Thorben dran gewesen! Gottes Kinder, dachte Pius. »Ich gehe nur ein wenig spazieren.« Pius angelte nach der Tasche, die er sich über die freie Schulter schwang.

»Gugg mal rein, ich hab tooootal schöne Sachn gekaufd, hab ich«, lallte Verena. »Aber nach dem Fußmarsch is mir … boah … mir is … schlecht.«

Pius ahnte, was kommen würde, gab Verena einen Schubs und torkelte mit ihr am Arm zurück auf den Kirchplatz. Verena riss die Augen auf, dann den Mund und düngte ungewollt in einem heftigen Schwall einen der bis dahin ganz hübsch bepflanzten Blumenkübel. Die Primeln sahen danach nicht mehr so schön aus. Dafür bekam die Kommissarin wieder einen Hauch Farbe ins Gesicht.

»Schulligung.« Verena rülpste. Pius reichte ihr ein Taschentuch, womit sie sich über den Mund wischte. »Un nu?«

»Gehen wir ins Hotel.« Pius hakte Verena unter. Die kicherte.

»Sie sin ja einer, sin Sie ja!«

»Tststs.« Pius schüttelte den Kopf. Immerhin wurde es mit jedem Meter ein wenig einfacher, die Kommissarin halbwegs geradeaus zu bugsieren. Die frische Balinger Nachtluft tat dem Blutalkohol offensichtlich gut.

»Ich muss mit dir reden«, sagte Pius. »Aber erst morgen.« Was er nicht sagte: Wenn du nüchtern bist und das Aspirin wirkt.

»Och, komm schon, sag's doch gleich«, kicherte Verena. »Sonst kann ich nich schlafn.«

»Also gut. Das Skelett. Das muss mal ein Gesicht gehabt haben. Kann man das nicht wiederherstellen?«

»Du bis suuuuuuper!« Verena wollte die Arme in die Luft reißen, wobei sie allerdings gefährlich schwankte. »Das denk ich nämlich auch, denk ich das. Und weissu was? Du klaus den Kopp in Tübingn, klaus du, jawoll.«

»Ich soll was?« Pius verstand nicht. Doch die Kommissarin sagte jetzt nichts mehr, sondern konzentrierte sich darauf, einen Fuß vor den anderen zu setzen.

»Also, ich habe mir überlegt«, sprach Pius weiter, »dass mit Sicherheit jemand dieses Skelett kannte. Also, dass es doch Menschen geben muss, die die Tote vorher kannten, bevor sie tot war. Die müssten doch dafür gesorgt haben, dass die da in den Keller kam. Was natürlich klar ist, soweit. Aber dann habe ich weiter gedacht. Und da ist mir eingefallen, dass ich den Horst Seifried hab streiten hören. Am Telefon. Also eher am Handy. Im Landratsamt, in einem leeren Zimmer stand er. Da ging es um eine gewisse Lenka.

Und es müsste doch mit dem Teufel zu tun haben, wenn das Skelett nicht zufällig Lenka heißt. Na ja, das ist vielleicht weit hergeholt, aber Bauchgefühl.«

»Lenka heiß das nich. Die is schon ganz lang ganz tot«, nuschelte Verena. »Aber die Idee is nich schlecht, is die nicht.«

Pius überlegte. Und kam zu dem Schluss, dass für heute Schluss war. Mit Verena auf alle Fälle und er selbst hatte mittlerweile die nötige Bettschwere, um vielleicht trotz Sägewerk-Johannes noch ein paar Stunden zu schlafen.

»Mein Bauch!« Verena blieb abrupt vor einer Apotheke stehen. Verdrehte die Augen und übergab sich ein zweites Mal. Immerhin nicht in einen Blumenkübel, sondern auf eine Fußmatte. Schöne Bescherung. »Teufel noch eins«, sagte sie schließlich und hustete. »Is mir übel …«

Gut, dass sie kurz darauf das Hotel erreichten. Schlecht, dass Pius nicht wusste, welche Zimmernummer Thorben hatte. Schlecht auch, dass es keinen Nachtportier gab. Und ganz schlecht, dass Verena immer noch übel war. Er sah nur eine Möglichkeit: Sie musste bei ihm und Johannes nächtigen. Der Herr hätte für diesen Notfall sicher Verständnis.

DREIZEHNDE SCHDAPFL (DREIZEHNTE STUFE)

Guten Morgen, Freunde. Ich bin Steven und ihr hört Radio Donauwelle, euer Sender für die Region zwischen Alb und Donau. Ich glaube, heute wird ein besonders schöner Tag werden. Die Sonne strahlt und die Temperatur soll bis auf 18°C steigen. Nicht schlecht für Ende April.

Eben haben wir die Boygroup Superior mit ihrem größten Hit Every day *gehört. Als nächstes folgen die Alternative-Rocker von Excelsior. Habt ihr gewusst, dass deren Gitarrist Paul früher in genau dieser Boygroup gespielt hat? So klein ist manchmal die Welt. Aber das ist zum Glück lange her und soweit ich weiß, mag es Paul auch gar nicht, wenn man ihn auf seine Vergangenheit bei Superior anspricht. Es war sozusagen eine Jugendsünde. Auf jeden Fall hören wir jetzt Excelsior und ihren Song* Cluster Zero. *Mit schönen Grüßen an Paul.*

Anfangs nahm er die Umrisse nur verschwommen wahr. Alles um ihn herum war in grelles Licht getaucht, das es zusätzlich schwierig machte, etwas Genaueres zu erkennen.

Schwerfällig versuchte Thorben sich aufzusetzen, aber selbst die kürzeste Strecke wurde zur Tortur. Sein Schädel dröhnte, als hätte ihn jemand als Didgeridoo verwendet. Und irgendwie fühlte sich Thorben auch genauso.

Endlich lüftete sich der Schleier und er erkannte, dass er sich in einem fremden Bett und in einem fremden Zimmer befand.

Oh Scheiße!

Am liebsten wäre er aufgesprungen, doch seine Kondition befand sich noch nicht ganz auf dem Tageshöchstniveau. So war er froh, dass er vorsichtig den Kopf drehen und sich so vergewissern konnte, dass auf dem Boden nicht irgendwelche fremde Damenunterwäsche lag. Und er zudem vollständig bekleidet war.

Wenigstens etwas.

Trotzdem blieb die Frage, wo er sich überhaupt befand und wie er hierhergekommen war. Abgesehen vom Bett gab es im Zimmer noch einen schmalen Kleiderschrank, eine Art Schreibtisch, einen Fernseher und einen länglichen Spiegel.

Alles hier wirkte wie in einem Hotelzimmer.

Hotelzimmer!

War er nicht gestern Abend mit Pius und Johannes noch einen trinken gewesen und hatte sich dann überreden lassen, in deren Hotel zu übernachten? Die Erinnerungen daran waren ein verworrenes Puzzle, das sich nur mühsam zusammensetzen ließ.

Während er im angrenzenden Badezimmer seinen Kopf unter eiskaltes Wasser tauchte, fiel ihm wieder ein, wie er gestern Abend Verena nachgefahren war und von Dirk Rüsselsbacher niedergeschlagen wurde. Von Letzterem konnte sein Kinn noch eine ganz eigene Geschichte erzählen. Und es war keine mit Happy End.

Das kalte Wasser führte seine Lebensgeister zurück. Und eine eiskalte Dusche später fühlte er sich wie neugeboren. Nun ja, fast. Sein Schädel dröhnte noch immer und dass er die gleichen Sachen wie gestern anziehen musste, würde ebenfalls nicht das Highlight seines Tages werden.

Er vergewisserte sich noch einmal, all seine Sachen eingesteckt zu haben und verließ das Hotelzimmer. Unten an der Rezeption beglich er seine Rechnung. Auf die Frage, ob er im Speisesaal nebenan frühstücken wollte, schüttelte er bloß den Kopf. Sicher würden noch etliche Stunden vergehen, bevor sich ihm beim Gedanken an Essen nicht gleich der Magen zusammenziehen würde.

Vor dem Hotel ließ ihn die Erinnerung kurz im Stich. Er hatte nicht die geringste Ahnung, wo er gestern geparkt hatte. Auf gut Glück suchte er den Hotelparkplatz ab und fand seinen Wagen halb verdeckt von einem BMW X6.

Bevor er losfuhr, versuchte er, Verena auf dem Handy anzurufen, bekam aber bloß ihre Mailbox an den Apparat. Vermutlich hatte sie mal wieder vergessen, den Telefonakku aufzuladen.

Aber vermutlich würde er sie ohnehin gleich bei der Polizeidirektion in der Hirschbergstraße treffen. Er hoffte bloß, dass sie ihm keine allzu große Standpauke halten würde, weil er letzte Nacht nicht nach Hause gekommen war. Doch daran, dass er mit den Patres noch etwas getrunken hatte, war sie technisch gesehen nicht ganz unschuldig. So argumentieren wollte er trotzdem lieber nicht. Derlei Sachen bekamen Frauen irgendwie stets in den falschen Hals.

Merkwürdig war allerdings, dass ihr Golf gar nicht auf dem Platz hinter dem Revier parkte. Ihr Schreibtisch im Büro war ebenso verwaist.

Kein gutes Zeichen.

Erneut wählte er ihre Handynummer. Mit dem gleichen Ergebnis wie vorhin. Wo steckte sie nur? Ein ungutes Gefühl schlich sich in seine Magengegend. Sollte er sich Sorgen machen? Aber noch war es relativ früh am Morgen und vermutlich würde sie gleich durch die Tür kommen. Und selbst wenn sie sich noch eine Stunde Zeit ließ, wäre es nicht unbedingt ein Beinbruch. Andere Möglichkeiten vermied er bewusst, in Betracht zu ziehen.

Bei der Überlegung, was er sich als nächstes vornehmen würde, wollte er sich nachdenklich übers Kinn streichen. Es genügte eine kurze Berührung und er verzog schmerzerfüllt das Gesicht. Diese Körperpartie ließ er für die nächste Zeit besser in Ruhe.

Für den Verursacher der Schmerzen galt das nicht. Thorben sah sich nicht als besonders nachtragenden Menschen. Aber wenn ihn jemand ausknockte, qualifizierte den das durchaus dafür, dass sein Hintergrund mal etwas genauer beleuchtet wurde.

Und siehe da, kaum hatte er den Namen Dirk Rüsselsbacher eingegeben, spuckte der Computer die ersten Ergebnisse aus. Drei Vorstrafen waren in der Polizeiakte gelistet. Alle drei hatten mit gewalttätigen Übergriffen zu tun. Was für eine Überraschung. Die ersten beiden Male handelte es sich um Kneipenschlägereien und er war mit einer Geldbuße davongekommen. Das dritte Vergehen stand im Zusammenhang mit einem Verkehrsdelikt. Das interessierte Thorben genauer.

Kaum hatte er die Akte angeklickt, begann er zu schmunzeln.

Vor anderthalb Jahren hatte sich Rüsselsbacher auf dem Weg zu einem Kundentermin befunden, war ohnehin zu spät dran gewesen, als vor ihm ein Fiat Panda-Fahrer mit nur knapp 40 km/h durch eine Ortschaft schlich. Trotz Drängeln und Lichthupe hatte er einfach nicht beschleunigen wollen, sodass Rüsselsbacher sich genötigt sah, ihn nach einem waghalsigen Überholmanöver auszubremsen und zur Rede zu stellen. Ein Wort ergab das nächste und Rüsselsbachers Faust landete auf dessen Auge.

Was Thorben beinahe verstehen konnte. Wie oft hatte er den Schleichern vor ihm auf der Straße schon die Pest an den Hals gewünscht? Allerdings beließ er es bei lautstarkem Gefluche. Rüsselsbacher hingegen …

Auf jeden Fall hatte diesem die Entgleisung Sozialstunden und eine Therapie zur Aggressionsbewältigung beschert. Was offenbar nicht sonderlich gefruchtet hatte.

Noch interessanter als diese Vergehen war allerdings, dass der Zorngiebel im Zusammenhang mit den Ermittlungen zu Lenka Saizews Tod erwähnt wurde. Die Kollegen hatten seinerzeit vermutetet, dass er jener Sonterris-Mitarbeiter war, mit dem sie eine Affäre gehabt hatte. Er selbst hatte das allerdings vehement abgestritten.

Trotzdem war es ein erstaunlicher Zufall. Einer, über den Thorben gern mehr erfahren wollte. Als er den Akten und dem Internet keine weiteren Details mehr entlocken konnte, schnappte er sich seine Jacke und trabte aus dem Büro. Nach Verena schaute er sich vergeblich um. Also versuchte er sie vom Wagen aus nochmals anzurufen. Auch diesmal hätte er sich bloß mit der Mailbox unterhalten können.

Verdammt!

Wo steckte sie? Lag sie vielleicht noch daheim in den Federn? Einen Atemzug lang war er drauf und dran, nach Spaichingen zu düsen. Ein anderer schrecklicher Gedanke hielt ihn jedoch davon ab: Was, wenn sie heute Nacht gar nicht nach Hause gekommen war?

Sofort hatte er wieder vor Augen, wie sie zu der blauen Villa gefahren war. Die ihm gestern schon spanisch vorgekommen war. Die nur wenige Kilometer entfernt lag.

Sein Puls hämmerte. Sein Magen rumorte.

Zufälligerweise lag Schablonskis Villa auf dem Weg zu Rüsselsbacher. Was sprach dagegen, dorthin einen kleinen Abstecher zu unternehmen?

Nichts.

Also legte er den Gang ein und trat das Gaspedal durch. Von Radio Donauwelle brüllten ihm die Foo Fighters ihr

Something from nothing entgegen. Je lauter das Lied wurde, desto geborgener fühlte Thorben sich. Als vor ihm eine junge Corsa-Fahrerin die Frechheit besaß, sich in der 30er-Zone an die Geschwindigkeitsbegrenzung zu halten, kam er sich beinahe wie Rüsselsbacher vor. Nur schwer widerstand er dem Drang, das Mädchen im Wagen vor ihm zur Rede zu stellen.

Als das Auto schließlich zu einem der Einfamilienhäuser abbog, rief er lautstark »Halleluja!« und beschleunigte auf das Doppelte der zulässigen Höchstgeschwindigkeit. Zum Glück waren die Kollegen momentan nicht mit der Laserpistole unterwegs.

Aber Thorben merkte selbst, dass ihn seine Wut nicht weiterbrachte. Mehrmals atmete er tief durch, drehte das Radio leiser und hielt sich letztendlich sogar wieder an die Verkehrsregeln. Im besten Fall hatte er sich wegen Verena ohnehin bloß falsche Sorgen gemacht.

Oder eben berechtigte.

Er erkannte das blaue Haus auf dem Hügel von Weitem. Verenas Golf parkte direkt davor. Am selben Platz, an dem sie ihn gestern Abend abgestellt hatte.

Sofort schnellte sein Puls wieder in die Höhe. Er malte sich das Gleiche aus wie bei seinem letzten Besuch hier: Wie er das Schloss im gusseisernen Tor mit seiner Dienstwaffe aufschoss und in die verfluchte Villa stürmte. Um, ja was eigentlich zu finden?

Thorben wusste es nicht. War nicht mal sicher, ob er es überhaupt wissen wollte.

Sicher gab es für alles eine gute Erklärung, obwohl ihm spontan keine einfiel.

Zum gefühlt 100-sten Mal wählte er Verenas Handynummer. Erneut bloß der verdammte Anrufbeantworter.

Mit rasendem Herzen umrundete er das Grundstück. Genau wie gestern Abend war von außerhalb nichts zu erkennen. Das hatte er vorher gewusst. Trotzdem wurmte es ihn.

Wut kochte in ihm hoch und er konnte nicht anders, als die Klingel am gusseisernen Tor zu betätigen.

Eine Sekunde verstrich. Dann noch eine. Nichts geschah.

Erneutes Klingeln. Erneutes Warten.

Niemand zu Hause.

Ein dritter Versuch. Danach kehrte Thorben mürrisch zu seinem Wagen zurück und rief erneut ihr Mobiltelefon an. Auf der Mailbox bat ihn eine fröhlich klingende Verena darum, ihr eine Nachricht zu hinterlassen. Die gute Laune in ihrer Stimme klang wie blanker Hohn. Er schluckte hart, bevor er sprach: »Hallo, ich bin's. Wo steckst du? Ruf mich bitte zurück. Wir müssen uns dringend unterhalten.«

Geschlagene zehn Minuten harrte er vor der Villa noch aus, aber nichts geschah und niemand erschien. Schließlich hatte er genug davon und machte sich auf den Weg zum Engelestäle.

Im Autoradio ging es mit Bobby Darins *Don't rain on my parade* deutlich ruhiger und beschwingter zu. Was ihn etwas besänftigte und ihm sogar ein wenig Trost spendete.

Auf jeden Fall half es ihm, sich wieder auf seine Arbeit zu konzentrieren, und er legte sich etliche Fragen zurecht, die er Rüsselsbacher unbedingt stellen wollte.

Das hieß, sofern er überhaupt daheim sein würde. Die Chancen dafür standen schlecht. Sein Wagen parkte nicht in der Einfahrt. Aber dafür zumindest das moosgrüne Cabrio seiner Frau.

Die nach dem dritten energischen Klingeln auch prompt an der Tür erschien. Ihre Augen waren gerötet und schienen sich nur mühsam öffnen zu lassen.

»Ja bitte?«, fragte Olga Rüsselsbacher und blies ihm

dabei eine Wolke schlechten Atems entgegen. Es roch, als wäre zwischen ihren Zähnen ein besoffener Vogel verendet und irgendwie steckengeblieben.

Erst nachdem er sich vorgestellt und seinen Ausweis vorgezeigt hatte, schien sich die Ehefrau an ihn zu erinnern. »Was wollen Sie? Mein Mann ist nicht da.«

»Haben Sie eine Ahnung, wo ich ihn finden kann?«

Sie lachte zuerst auf und schüttelte dann den Kopf. »Ich bin erst vor wenigen Stunden nach Hause gekommen und bin für den Moment froh, dass ich weiß, wo oben und unten ist.« Ihre Stimme klang rau. Offenbar hatte auch sie eine anstrengende Nacht hinter sich. Gern hätte er sie dazu befragt, ahnte aber, dass sie ihm darüber eh nichts verraten würde.

Enttäuscht kehrte er zum Wagen zurück und fuhr zur Niederlassung der Sonterris AG in der Innenstadt. Aber auch dort hatte man Rüsselsbacher heute bisher nicht gesehen. Na klasse.

Besorgt wirkte die Frau an der Rezeption deswegen nicht. »Wahrscheinlich hat er einen Kundentermin. An manchen Tagen kommt er gar nicht ins Büro.«

Auch diesmal verzichtete er darauf, eine Nachricht zu hinterlassen. Der Rüsselsbacher hätte ihn vermutlich eh nicht zurückgerufen. Und wer wusste schon, ob er überhaupt je zu seiner Arbeitsstätte zurückkehren würde?

Eventuell war er ja tatsächlich in den Skelett-Todesfall verwickelt und das gestern Abend war keine spontane Kurzschlussreaktion, sondern eine erfolgreiche Flucht. Am liebsten hätte Thorben ihn direkt zur Fahndung ausgeschrieben. Aber da dessen Frau nicht mal ansatzweise daran interessiert zu sein schien, ihn wegen des gestrigen Ausrasters anzuzeigen, gab es auch dafür keine rechtliche Handhabe.

So gesehen stand er mal wieder mit völlig leeren Händen da und fühlte sich mehr denn je wie ein Versager. Konnte es noch deprimierender kommen? In diesem Moment klingelte sein Telefon.

Verena fühlte sich mies. Nicht nur wegen Thorben, den sie unbedingt anrufen musste, sondern auch – oder vor allem – wegen Pius und dem, was letzte Nacht passiert war.

Trotz ihres Brummschädels waren die Erinnerungen daran höchst lebendig. Beinahe erdrückend lebendig. Was schon immer ihr Problem gewesen war. Selbst in ihrer Jugend, als manche Party höchst süffig ausgegangen war, hatte sie danach nie einen Filmriss gehabt. Dafür war die Reue höchst intensiv und effektiv gewesen. Und hielt in der Regel für längere Zeit an.

Als sie vorhin in Pius' Bett erwacht war und den alten Pater auf dem sicherlich unbequemen Sessel sitzen gesehen hatte, wäre sie vor Scham am liebsten im Boden versunken. Inzwischen war zwar mehr als eine Stunde vergangen und sie befanden sich zusammen im Speisesaal, doch noch immer wagte sie kaum, ihm in die Augen zu schauen.

Auch Pius schien mit der Situation unzufrieden zu sein. Ihren Blicken wich er aus und wann immer er etwas sagte, waren es nur knappe Sätze, auf die ein weiteres längeres Schweigen folgte.

Johannes hingegen schaufelte munter ein Brötchen nach dem anderen in sich hinein, begleitet von Rührei, gebratenem Speck und Lachsaufschnitt. Kaum war sein Teller leer, flitzte er los, um ihn erneut bis zum Bersten zu füllen.

Während einer seiner Nachschubausflüge hielt es Verena nicht mehr aus. »Das von letzter Nacht tut mir leid. Normalerweise bin ich nicht so. Da war diese Party, auf der ich ermitteln wollte und …«

Pius hob unterbrechend die Hand. »Du musst dich nicht entschuldigen und mir auch nichts erklären. Jeder hat das Recht, hin und wieder über die Stränge zu schlagen. Das ist bloß menschlich.«

Das mochte stimmen, dennoch hätte sie viel dafür gegeben, wenn der Pater sie nicht so gesehen hätte. Sie wollte sich gar nicht ausmalen, mit welchen Augen er sie von nun an betrachten würde. »Trotzdem ist das sonst nicht meine Art.«

»Das weiß ich doch. Mach dir deswegen keine Sorgen. Ich habe schon deutlich Schlimmeres zu Gesicht bekommen.«

Auch diese Worte machten es nicht wirklich besser. Verena wollte noch etwas erwidern, aber Johannes kehrte zurück, in der einen Hand eine übervolle Schüssel mit Obstsalat, Cornflakes und Joghurt, in der anderen den Teller voll mit Bratwürstchen, Croissants und Tomate-Mozzarella-Kreationen. Darüber, wie das zusammenpasste, wollte sie nicht einmal nachdenken. Zumal es der Glaubensbruder schaffte, beim Hinsetzen die Hälfte des Joghurts über die Bratwürste schwappen zu lassen. Ein Grund, das betroffene Essen deswegen zu säubern oder gar nicht erst anzurühren, war es allerdings nicht. Als Johannes sich eine große Portion davon in den Mund schob und dazu noch einen Schluck Orangensaft trank, wandte sie sich angewidert ab.

»Du hast gestern Nacht einen Kopf erwähnt, den du von irgendwo *holen* möchtest«, griff Pius ihr vorheriges Gespräch wieder auf.

»Es geht um den Totenschädel, den Sie beide im alten Landratsamt gefunden haben. Leider wissen wir noch immer nicht, von wem der stammt. Und so überlastet, wie das Labor in Tübingen ist, wird sich daran in der nächsten Zeit sicherlich auch nichts ändern.«

»Und deshalb willst du ihn wieder abholen?«

»Ich kenne da jemanden, der sich mit Gesichtsrekonstruktionen auskennt.« Dass es ein Zahnarzt war, der dieses Fachwissen bloß während einer Weiterbildung zu Hobbyzwecken erlangt hatte, behielt sie lieber für sich. »Eventuell kann er uns weiterhelfen. Es ist auf jeden Fall eine Möglichkeit.«

»Ich war seit Jahren nicht mehr in Tübingen«, sagte Johannes mit vollem Mund. »Wohin müssen wir denn da genau?«

Wer sagte denn was von *wir*, lag es Verena auf der Zunge. Aber schnell sah sie ein, dass sie den einen Pater nicht ohne den anderen bekommen würde. Davon abgesehen war es vermutlich nicht verkehrt, so viel Unterstützung wie möglich bei sich zu haben. Was vielleicht auch ein bisschen Hilfe von weiter oben mit einschloss. »Die allgemeine Pathologie und der Lehrbereich befinden sich auf dem Gelände der Tübinger Uni.«

»Lehrbereich?«, hakte Johannes mit skeptischer Miene nach.

»Dort werden die Kenntnisse für die Rechtspflege vermittelt. Außerdem werden Untersuchungen von Tatwaffen und die Rekonstruktion von Gewalteinwirkungen vorgenommen.«

»Tatwaffen? Gewalteinwirkungen?« Johannes hielt beim Kauen inne.

»Es gibt da sogar Seminare darüber. Wenn Sie sich genauer informieren möchten.«

»Nein danke. Das ist nichts für meinen nervösen Magen«, sagte er und biss ein weiteres Mal von seinen

Joghurt-Würstchen ab, an denen mittlerweile auch einige Cornflakes klebten.

»Und du meinst wirklich, dass es eine so gute Idee ist?«, fragte Pius, den das Essverhalten seines Glaubensbruders zu einigen höchst zweifelnden Gesichtsausdrücken verleitete. »Werden die Leute dort dir beziehungsweise uns den Schädel überhaupt so einfach überlassen? Dagegen gibt es doch bestimmt einige Vorschriften.«

»Dafür brauche ich ja euch. Ich hab mir da schon was überlegt.«

Nach dem Frühstück wäre Verena am liebsten sofort ins Auto gestiegen. Einziges Problem dabei: Ihr Auto parkte nicht hier, sondern noch vor Esthers Haus.

Was einen längeren Fußmarsch nach sich zog. Aber der kam ihr gerade recht, um sich noch einmal zu verinnerlichen, dass die gestern Abend gehegte Schnapsidee, im wahrsten Sinne des Wortes, tatsächlich funktionieren könnte. Zugegeben, es klang ein wenig verrückt und unter normalen Umständen hätte sie diese Möglichkeit sicherlich nie in Betracht gezogen. Aber wenn sie das Rätsel um das Skelett in absehbarer Zeit lösen wollte, blieb ihr keine andere Wahl.

Deshalb ließ sie sich auch nicht davon abschrecken, dass ihre ehemalige Klassenkameradin nach den ersten Klingelversuchen noch immer nicht das gusseiserne Tor geöffnet hatte, sondern probierte es energisch weiter, bis sich im Inneren der Schablonksi-Villa endlich etwas rührte.

»Hallo?«, krächzte schließlich eine uralt klingende Frauenstimme über die Gegensprechanlage. Für all die Sachen und vor allem die Mengen, die Esther während der Party gebechert hatte, klang sie allerdings erstaunlich fit.

»Hallo, Esther, hier ist Verena«, rief sie übertrieben fröhlich. Ein bisschen Schadenfreude schadete nie. »Ich würde gern mein Auto holen. Das steht noch bei euch auf dem Hof.«

»O…okay.«

Es knackte kurz im Lautsprecher, dann schwang das schwere Eisentor zur Seite. Auf dem kleinen Hügel angekommen, ging Verena nicht davon aus, die Hausbesitzerin so bald wiederzusehen, und war umso überraschter, als Esther plötzlich mit zerzausten Haaren, einem blassen Knautschgesicht und einer Fransendecke um den Körper an der Tür erschien.

»Hast du vorhin schon mal geklingelt?«

»Nein, wieso?«

»Vor 'ner Stunde hat schon mal einer ziemlich hartnäckig geläutet. Aber da war ich viel zu fertig, um aufzustehen.«

Du siehst jetzt auch nicht deutlich fitter aus, lag es Verena auf der Zunge. »War bestimmt bloß ein Klingelstreich.« Sie gab den irritiert dreinblickenden Patres das Zeichen, einzusteigen und ließ den Motor an.

»Scheint echt eine höllische Party gewesen zu sein«, fand Pius, als der Golf den Hügel hinabtuckerte. Alle drei konnten sie sich ein freches Grinsen nicht verkneifen.

Kaum befanden sie sich auf der Bundesstraße 27 gen Norden, kramte Verena in der Handtasche nach ihrem Handy. Drei gefährliche Schlenker und ebenso viel panisches Keuchen ihrer Mitfahrer später hatte sie das Telefon auch schon gefunden. Nur um festzustellen, dass der Akku leer war.

Wie typisch. Bei den früheren Handys hatte er immer mehrere Tage ausgehalten. Den energieverschlingenden Smartphones mit ihren unzähligen Apps und dem stets hell erleuchteten Farbdisplay hingegen ging meist innerhalb eines Tages die Luft aus. Manchmal noch früher. Zum

Glück war Verena das bereits gewohnt und trug ihr Ladegerät in der Handtasche stets bei sich.

Bevor sie allerdings danach suchen konnte, griff Pius vom Beifahrersitz aus nach der Tasche neben seinen Beinen und zog den gewünschten Gegenstand heraus. »Am besten konzentrierst du dich komplett aufs Fahren. Ich krieg das schon hin.«

Das bezweifelte sie zwar, nickte aber trotzdem. Aus den Augenwinkeln heraus beobachtete sie, wie der Mönch beide Enden des Kabels eingehend studierte und anschließend das Telefon nach einer entsprechenden Öffnung absuchte.

Als sie Hechingen hinter sich ließen, hatte er diese auch schon gefunden und es geschafft, den Stecker vom anderen Kabelende in den Zigarettenanzünder zu stecken. Danach lächelte er stolz, als hätte er eine komplizierte Physikgleichung gelöst.

Verena hob anerkennend den rechten Daumen und überlegte kurz, ob sie es wagen konnte, das Handy anzuschalten und Thorben über die Freisprecheinrichtung anzurufen. Aber da Letzteres bedeutet hätte, dass die Patres ihr Gespräch mithören könnten, verschob sie das doch lieber auf später.

Bis zur Universitätsstadt Tübingen war es sowieso nicht mehr weit und dank früherer Besuche wusste sie auch ohne Navi genau, wie sie fahren musste.

Am Alten Botanischen Garten bog sie links in die Gmelinstraße ein und erreichte wenig später das Uni-Gelände mit der Liebermeisterstraße. Sie parkten unweit des Kupferbaus und legten die letzten Meter zu Fuß zurück. Die Geistlichen schauten sich aufmerksam um, so als befänden sie sich mitten in den Arbeiten zur neusten *Tatort*-Folge. Vermutlich würde sich ziemlich bald Enttäuschung breitmachen, da die Wirklichkeit nicht halb so spektakulär wie im Fernsehkrimi war. Auch in puncto Action und Zahl der Leichen gab es gravierende Unterschiede.

Um die Situation ein wenig aufzulockern, berichtete Verena ihnen auf dem Weg nach drinnen von ihren früheren Besuchen im Pathologie-Institut und ließ einige allgemeine Details über frühere Fälle miteinfließen. Beide Patres lauschten gespannt, wurden aber dennoch nicht müde, sich jeden Zentimeter des Departments genauestens anzuschauen.

Als sie ihr über den langen Fenstergang zum Untergeschoss folgten, lagen Pius und Johannes sichtlich etliche Fragen auf den Lippen. Doch ein grobschlächtiger Endvierziger im weißen Kittel lief direkt auf sie zu und winkte bereits aus etlichen Metern Entfernung. Wittke.

Natürlich. Von allen Menschen dieser Welt mussten sie ausgerechnet demjenigen in die Arme laufen, der als einziger eine Ahnung davon haben dürfte, was genau sie hierherführte. Sofort hatte sie auch wieder die grobe Leberwurst im roten Plastikdarm vor Augen, die sie bei ihrer Oma immer essen musste. Angewidert verzog sie das Gesicht. Er hingegen zeigte fast so was wie ein Lächeln.

»Frau Hälble? Das nenne ich mal eine Überraschung. Nur weil Sie meine Telefonnummer im Display gesehen haben, brauchen Sie doch nicht gleich persönlich vorbeischauen. Ein Rückruf hätte es auch getan.«

Verena blinzelte irritiert, was auch dem dicken Rechtsmediziner nicht verborgen blieb. »Ich habe heute Morgen zweimal versucht, Sie zu erreichen. Ihr Handy scheint defekt zu sein. Aber keine Sorge, ich habe die Infos schon an Ihren Partner weitergegeben. Deswegen sind Sie doch gekommen, oder?«

»Was für Infos?«

Nun wirkte auch Wittke verunsichert. »Na, wegen der chemischen Zusammensetzung des Lösungsmittels. Die Kollegen vom Labor haben extra eine Nachtschicht eingelegt und mir heute Morgen die Untersuchungsergebnisse vorgelegt.« Er zog ein aufgerolltes A4-Blatt aus der Kitteltasche und öffnete es wie eine päpstliche Bulle. »Dank der gestern gefundenen Kanister wussten wir bei der Analyse der Knochen sofort, wonach wir suchen mussten. Zum Ablösen des Fleischs wurde eine Mischung aus konzentrierter Gerbsäure und Wasserstoffperoxid verwendet. Deshalb ist das Skelett auch blinkblank.«

»Bekommt man die Mixtur in dieser Zusammensetzung im normalen Geschäft zu kaufen?«

»Die einzelnen Komponenten durchaus, die Mischung selbst in der Form nicht. Das ist eine Spezialanfertigung.«

»Benötigt man einen Fachmann, um die richtige Dosierung zu treffen?«

»Nicht unbedingt. Wenn man vom einen etwas mehr und vom anderen etwas weniger verwendet, ändert das trotzdem nicht viel am Ergebnis. Meine Finger würde ich so oder so nicht in diese Tunke halten.«

»Also könnte es praktisch noch immer jeder gewesen sein?«

»Im Prinzip schon. Das ist wie beim Kuchenbacken. Viel Ahnung braucht man nicht, um die richtigen Zutaten zu finden. Und die Rezepte gibt's alle im Internet.«

»Ein sehr treffender Vergleich, Wittke. Vielen Dank. Ich wollte nachher eigentlich noch zum Bäcker.«

»Immer wieder gern. Aber ich hätte da noch was, wie Sie die Zahl der Verdächtigen eingrenzen können: Anhand der chemischen Bestandteile konnten wir nämlich auch den ungefähren Todeszeitpunkt beziehungsweise das Datum ableiten, wann unser Mäuschen das Säurebad genommen hat: ungefähr sechs bis acht Wochen liegt es zurück.«

Eine Sekunde lang war Verena hin- und hergerissen zwischen Abscheu und Anerkennung. Dieser Mann war wirklich erstaunlich. »Danke sehr, Wittke. Das hilft uns in der Tat weiter.«

Das Lob quittierte er mit einem dünnen Lächeln, das schneller wieder verschwand, als es gekommen war. »Aber wenn Sie nicht deswegen gekommen sind, was kann ich stattdessen für Sie tun, Frau Kollegin?«

»Gut aufgepasst, Herr Kollege. Es ist eine etwas ungewöhnliche Angelegenheit. Sie wissen ja, dass das Gebäude, in dem das Skelett gefunden wurde, dem Kloster auf dem Spaichinger Dreifaltigkeitsberg vererbt wurde und diese zwei Herren hier …«, Verena zeigte auf ihre beiden Begleiter, die bisher kein einziges Wort gesagt hatten, »… Mönche des Konvents sind. Aus diesem Grunde ist es ihnen unheimlich wichtig, den in ihrem Haus gefundenen sterblichen Überresten die letzte Ölung zu erteilen.«

»Aber die Tote ist doch längst tot!« Wittke schien diese Ausrede nicht eine Sekunde lang zu schlucken. Allein sein skeptischer Blick sprach mehr als 1.000 Worte. Verena rutschte das Herz in die Hose. Hastig kramte sie in ihrer Erinnerung, was für religiöse Details sie noch vom Konfirmandenunterricht gespeichert hatte. Viel war das nicht.

Hilfesuchend blickte sie zu Pius, der Wittkes Stichwort zum Glück sofort richtig deutete: »Dennoch sind die Sterbesakramente unabdingbar. Jedes Kind Gottes soll vom Erbarmen des Herren und der Kraft des Heiligen Geistes profitieren. Der Herr soll es von allen Sünden befreien, damit es ins Himmelsreich hinauffahren kann.«

Die kurze Ansprache klang gleichermaßen gut wie überzeugend, fand Verena. Dazu Pius' ernster Blick und Johannes, der zustimmend nickte.

Einzig der Gerichtsmediziner schaute noch immer ziemlich argwöhnisch drein. »Aber Sie wissen doch gar nicht, ob die Tote eine Christin war.«

»Und das ist Ihrer Meinung nach ein Grund, ihr die Sakramente vorzuenthalten?«

»Äh … nein.«

»Ist nicht vor den Augen Gottes jeder Mensch gleich?«

»Ja schon …«

»Dann verstehe ich Ihre Argumentation nicht. Es geht darum, jemandem buchstäblich die letzte Ehre zu erweisen. Wann sind Sie denn das letzte Mal in der Kirche gewesen, Herr Wittke?«

»Das ist … hmmh … schon ein Weilchen her.«

Daraufhin schaffte Pius es, gleichzeitig erschrocken und erzürnt auszuschauen. Allein dafür hätte er einen Oscar verdient. »Das sollten Sie dringend ändern. Sie wissen ja, das Haus des Herrn steht jedermann offen. Und jetzt lassen Sie uns bitte unsere Arbeit tun.«

»Selbstverständlich. Sie finden das Skelett ein Stockwerk tiefer. Am Ende des Flurs gleich die erste Tür links ist das Treppenhaus. Unten ist es dann die dritte Tür rechts. Fürs Erste sind wir mit den Untersuchungen ohnehin fertig.«

Mit gesenktem Haupt trat Wittke beiseite und die Patres stapften entschlossen den Gang hinab. Verena nickte ihrem Kollegen kurz zu und folgte den beiden. Sie hatte Mühe, nach außen weiterhin ernst zu wirken.

Das Kellergeschoss entpuppte sich als weißgetünchter Gang mit kalten Neonlichtern an der Decke, bei dem sich der Chemiegeruch längst in allen Wandporen eingenistet zu haben schien. Pius hatte das Gefühl, dass der stechende

Gestank von Formaldehyd und anderen Desinfektionsmitteln auf jedem Meter zunahm.

Mehrere ebenfalls komplett in Weiß gekleidete Mediziner kamen ihnen entgegen und bei allen hielt er vor Nervosität die Luft an. Sicher würde einer von ihnen gleich wissen wollen, was sie hier zu suchen hatten.

Verena hielt die Hand in der Jackentasche verborgen, vermutlich bereit, im Bedarfsfall schnell ihre Polizeimarke zu zücken. Doch überraschenderweise sprach sie niemand an.

Im weißgekachelten Obduktionssaal waren sie alleine. Zumindest was lebende Personen betraf. Pius zählte ein halbes Dutzend metallener Liegen, unter deren weißen Stofftüchern zweifellos menschliche Körper lagen. Dazu am Rand eine Vielzahl medizinischer Gerätschaften und Gefäße, die auf ihren nächsten Einsatz warteten. Unweigerlich suchte sein Blick den Boden ab, darauf gefasst, dort ein übersehenes Körperteil oder eine Blutlache zu entdecken. Doch weit gefehlt. Der Boden wirkte so rein, dass man davon hätte essen können. Aber nichts erschien ihm surrealer als diese Vorstellung. Dafür sorgten allein der chemische Geruch in der Luft und die recht kühle Temperatur. Gemütlich war anders.

Auch Johannes schaute sich aufmerksam um, allerdings streng darauf bedacht, nichts und niemanden zu berühren. Um gar nicht erst Gefahr zu laufen, etwas unabsichtlich anzufassen, hielt er die Hände auf Schulterhöhe angewinkelt.

Das Umherschweifen seines Blicks sorgte allerdings dafür, dass er einen vor ihm stehenden Metallkübel erst sah, als er ihn scheppernd über den Boden gestoßen hatte. Der prallte gegen eine Liege und blieb dort unbeeindruckt stehen.

Pius warf Johannes einen mahnenden Blick zu und bekam einen entschuldigenden Blick zurück. Währenddessen schaute Verena vorsichtig unter die Planen, achtete aber darauf, dass sie mit ihrem Oberkörper alles Heikle verdeckte. Wofür ihr Pius sehr dankbar war.

In diesem Moment nahm er vor ihnen eine Bewegung wahr. Auf der Liege, gegen die Johannes den Metallkübel gestoßen hatte, schnellte unter der Plane ein blassgelber Arm hinab.

Nur diese eine Bewegung.

Johannes begann zu kreischen, griff sich ans Herz und machte einen erschrockenen Satz nach hinten. Wo dummerweise Pius lief. Schmerzen durchfuhren seine Füße und seine Rippen, dann stolperte der Prior unbeholfen rückwärts und hielt sich an einer schalenförmigen Waage fest, um nicht das Gleichgewicht zu verlieren.

Eine Sekunde lang war er überzeugt, dass sie scheppernd zu Boden gehen und wahrscheinlich noch eine Vielzahl weiterer Instrumente mit sich reißen würde. Doch die Waage war fest verankert und rührte sich keinen Millimeter.

»Pass doch auf!«, keuchte Pius und rieb sich die schmerzende Seite.

»'tschuldigung. Aber der Arm … da drüben … ich dachte …«

»Keine Sorge, Johannes«, rief Verena mit amüsierter Stimme. »Jede Person auf den Pritschen ist definitiv tot. Und Zombies gibt es nur in Filmen, Serien und Büchern.«

»Ja schon. Aber …« Er schüttelte den Kopf und ging im großen Bogen an der Pritsche vorbei. Einen Moment lang tat Pius sein rundlicher Bruder beinahe leid. Allerdings schmerzten ihn die Füße und Rippen noch immer sehr.

Verena führte sie zu einer Liege im hinteren Teil des Raums, die ebenfalls mit einem weißen Tuch abgedeckt war. Allerdings war der Stoff hier deutlich mehr eingesunken als bei den vorherigen.

Ohne zu zögern, zog sie das Tuch beiseite und legte so die komplette obere Hälfte des Skeletts frei. Die Arme lagen ausgestreckt direkt neben dem Oberkörper, so als hätte die Tote es sich bequem gemacht.

Obwohl Pius die Knochen im alten Landratsamt bereits gesehen hatte, erschütterte ihn ihr Anblick auf ungeahnte Weise. Sie hier zu sehen zu bekommen, richtig zusammengesetzt quasi, nicht als bloßen Knochenhaufen, war nicht richtig. Die Knochen gehörten in einen Sarg und beerdigt. Jeder besaß das Recht auf seine letzte Ruhe. Doch wenn er schon das für den Moment nicht bewerkstelligen konnte, konnte er wenigstens etwas anderes tun.

Aus seiner Hosentasche zog er ein Fläschchen mit geweihtem Olivenöl, das er sich in seiner Ursprungsform vor dem Aufbruch noch schnell aus der Hotelküche besorgt und gesegnet hatte. Er verteilte einige Tropfen davon auf seinen Händen und strich damit über die Finger und Stirnknochen des Skeletts.

Irritiert hob Verena die Brauen. »Was tun Sie da?«

Pius verstand die Frage nicht. »Na das, weswegen wir hierhergekommen sind. Was du vorhin auch deinem Kollegen gesagt hast: der Toten die Sterbesakramente erteilen.«

Verena öffnete den Mund, um etwas zu erwidern, schloss ihn dann aber wieder, ohne etwas zu sagen, und trat stattdessen beiseite.

Pius nickte dankbar und setzte das bereits begonnene Ritual fort. »Durch diese heilige Salbung und mildreichste Barmherzigkeit lasse dir der Herr nach, was immer du gesündigt hast. Möge Gott dich von allem befreien und in seiner Gnade erretten.«

Zusammen mit Johannes sprach er ein letztes Gebet und trat dann beiseite, damit Verena ihrer Arbeit nachgehen konnte. Als sie eine Plastiktüte hervorzauberte, den Schädel darin verstaute und beides dann in ihre Handtasche wandern ließ, schaute er bewusst zur Seite. Nach wie vor war er unschlüssig, ob sie hier tatsächlich das Richtige taten. Aber er vertraute Verena und darauf, dass ihre Tat im Sinne der Verstorbenen war.

Nachdem sie die restlichen Knochen wieder ordnungsgemäß bedeckt hatten, verließen sie den Obduktionssaal und folgten der Treppe ins Erdgeschoss hinauf. Die ganze Zeit über wummerte sein Herz nervös. Er war überzeugt davon, dass sie gleich auffliegen würden. Bei jeder ihnen entgegenkommenden Person hatte er das Gefühl, dass sie sie anstarrte. Und jeder einzelne schien haargenau zu wissen, was sie da unten in der Leichenhalle getan hatten. Schweiß trat auf Pius' Stirn. Auf einmal war ihm unglaublich warm.

Sie hatten schon fast den Ausgang erreicht, als plötzlich jemand laut zu rufen begann: »Hey, Sie! Warten Sie bitte!«

Augenblicklich blieb er stehen, obwohl alles in ihm danach schrie, die Beine in die Hand zu nehmen.

Der Rufer kam näher und rief noch einmal. Allerdings nicht, um sie aufzuhalten, sondern damit sie für ihn die Tür aufhielten. Es war ein hagerer Mann in den Fünfzigern, der mit zwei schwer aussehenden Aktenkästen beladen war. Entsprechend langsam war er auch unterwegs.

Als er an ihnen vorbeihuschte, zog Johannes vorsichtshalber den mächtigen Bauch ein.

Danach traten sie ebenfalls nach draußen und sogen erleichtert die laue Mittagsluft ein. Pius wagte sich erst zu entspannen, als sie wieder im Golf saßen und sich auf dem Rückweg nach Balingen befanden.

VIERZEHNDE SCHDAPFL (VIERZEHNTE STUFE)

Gerade gehört habt ihr Lissie mit ihrem Lied Bully. *Ist das nicht ein Hammer-Song? Ich hab noch immer Gänsehaut von den Zehen bis zu den Haarspitzen.*

Ihr lauscht natürlich Radio Donauwelle, dem besten Sender weit und breit. Am Mikro ist Julian, der euch sicher durch den Vormittag bringen wird. Am nächsten Freitag wagt sich übrigens der Fantastik-Autor Robert Krauss nach Balingen, um aus seinem aktuellen Roman Scherbentanz *zu lesen. Darauf bin ich schon sehr gespannt. Aktuell lese ich ja noch den lokalen Krimi-Klassiker* Wer mordet schon zwischen Alb und Donau?, *aber danach ist Robert Krauss an der Reihe. Versprochen. In den kommenden zwei Tagen verlosen wir fünf signierte Exemplare seines Romans. Und passend zu dem düsteren Buch machen wir jetzt weiter mit Muse und ihrem Rockkracher* Psycho. *Dreht das Radio auf und genießt ihn.*

Seit geschlagenen fünf Minuten starrte Thorben auf den Computer-Monitor. Frust grollte in seinem Inneren.

Er konnte es drehen und wenden, wie er wollte, aber die Polizeiakte von Kai Schablonski blieb einfach makellos sauber. Nicht mal ein Knöllchen hatte der Besitzer der blauen Villa auf dem Hügel in den letzten Jahren kassiert. Der Mann schien ein dermaßen langweiliger Zeitgenosse zu sein, dass Thorben es überhaupt nicht verstehen konnte, was Verena an so einem fand.

Einem Zahnarzt!

Selbst die meisten Mediziner lachten über diesen Berufszweig. So jemand passte auch überhaupt nicht zu Verena. Aber passte Thorben denn gut zu ihr? Nur weil sie denselben Humor teilten, die gleichen Sachen mochten und zusammen hervorragend als Team funktionierten? Diese Eigenschaften trafen auch auf viele andere Ermittlerpaare zu. Und die waren nicht liiert.

Verdammt, warum hatte er vergangenes Jahr bloß darauf bestanden, seine Junggesellenbude zu behalten? Er könnte sich jetzt prima zusammen mit seiner Liebsten eine Wohnung teilen, ihr jeden Wunsch von den Lippen ablesen und sie auf Händen tragen. Alles würde er für sie tun, wenn es dabei half, dass es wieder so wie früher wurde.

Traurig stand er auf und ging vor seinem Schreibtisch einige Male auf und ab. Die Notizen, die er sich vorhin während des Telefonats mit Gerichtsmediziner Wittke gemacht hatte, warteten noch immer darauf, bearbeitet zu werden. Was er eigentlich auch vorgehabt hatte. Aber das war, bevor er an Verena und den Zahnklempner gedacht hatte. Nun schaffte er es kaum, sich auf was anderes zu konzentrieren.

Warum hatte sie ihn noch nicht zurückgerufen? Wo steckte sie? Es ging ja nicht nur um sie beide, sondern ebenso um ihre Arbeit. Sie hatten schließlich einen Mord aufzuklären!

Er wollte gerade nach seinem Handy greifen und erneut versuchen, sie anzurufen, als sich die Bürotür öffnete.

Verena.

Er war noch nie so froh gewesen, sie zu sehen.

Noch dazu lächelte sie.

Allerdings war sie nicht allein.

Nach ihr traten Pius und Johannes ein. Unwichtig. Schnell schloss er seine Liebste in die Arme und küsste sie förmlich zu Boden. Dass sie den Kuss ebenso energisch erwiderte, war schon mal ein gutes Zeichen.

Erst das Kichern von Bruder Johannes brachte die Knutschenden wieder zurück in die dröge Wirklichkeit des Büros. Thorben ließ ein wenig widerwillig von Verena ab. Sie sah ihm tief in die Augen.

»Was ist denn da passiert?«, wollte sie dann wissen und tippte ihm gegen das geschwollene Kinn.

Die Hormone hatten während des Kusses dafür gesorgt, dass er keinen Schmerz verspürt hatte. Dafür tat es jetzt umso mehr weh. »Autsch!«

»Och, mein armer … Schatz.« Ironie schwang in ihrer Stimme mit. Das klang nun wieder ganz nach der Verena, nach der Thorben sich so sehr gesehnt hatte.

»Rüsselsbacher«, antwortete Pius. Die Kommissarin fuhr herum.

»Woher wissen Sie denn das?«

»Ja, das, also …wir waren zufällig …«

»Schon gut, Pater.« Nach dem Kuss fühlte Thorben sich wieder wie ein ganzer Mann und erlöste den Pater davon, die unrühmliche Geschichte zu erzählen. Stattdessen lieferte er selbst die Erklärung. Verena schüttelte den Kopf, grinste und kramte in ihrer Handtasche. Vielleicht, dachte Thorben, würde er jetzt erfahren, wo sie gestern Abend gesteckt hatte. Die Klamotten, die sie trug, waren auf jeden Fall sehr neu und sahen sehr teuer aus. Und sexy. Zum Anbeißen. Wobei ihm jegliches An- oder Zubeißen verging, als seine Holde einen fast schneeweißen Schädel auf den Schreibtisch stellte. Die Patres bekreuzigten sich unisono.

»Was … wer …?«

»Unser Kellermäuschen«, sagte Verena. »Ich hatte da gestern eine interessante Begegnung.« In Thorbens Bauch machte sich Galle breit. Verschwand aber gleich wieder, als Verena ihm in knappen Worten erklärte, wie sie gestern bei ihrer Klassenkameradin gewesen war. Von wegen Liebhaber in der Villa! Er war dermaßen erleichtert, dass er laut seufzte.

»Schmerzt dein Kinn?« Verena klang tatsächlich ein wenig besorgt. Thorben schüttelte vehement den Kopf. Nickte dann.

»Jedenfalls wüsste ich gerne, wie sie aussah. Schablonksi muss das machen, und zwar schnell.« Verena wies Thorben an, die Adresse der Praxis herauszusuchen. An die Patres gewandt sagte sie: »Danke. Vielen, vielen Dank.« Damit waren die beiden Ordensmänner entlassen, was ihnen, den Gesichtsausdrücken nach, gar nicht unrecht zu sein schien. Immerhin hatten die beiden noch einen Auftrag des Mutterhauses zu erledigen, wie Pius mitteilte. Und so langsam näherte sich ja auch die Mittagspause, wie Johannes anfügte. Und da die Sonne so schön scheine, könne man ja auf einer Bank irgendwo picknicken. Und überhaupt.

Thorben hatte jedoch das Gefühl, als würden die Patres lieber weiter in der Nähe der Polizeigewalt und somit der für sie spannenden Dinge bleiben, verabschiedete sich aber demonstrativ und grinste, als die Mönche ein wenig enttäuscht davonschlappten. Kaum war die Tür ins Schloss gefallen, riss er Verena an sich.

»Ich … also … hab dich vermisst. Sehr!«, flüsterte er ihr ins Ohr. Für mehr blieb leider kaum Zeit.

Einen langen, intensiven Kuss später gingen beide mit wackeligen Knien, Schmetterlingen im Bauch und dem Schädel in der blauen Plastiktüte zum Parkplatz. Dass Verena den Totenkopf so ganz ohne Berührungsängste auf ihrem Schoß hielt, während er den Wagen durch Balingen lenkte, fand Thorben geradezu charmant. Und dass sie ihn mit einem ziemlich heftigen Schlag auf den Oberarm auf die seit längerer Zeit grüne Ampel aufmerksam machte, war für seine liebestrunkene Seele geradezu süß. Er bemerkte kaum, wie er fuhr. Es schien, als schwebe der Wagen auf einer kitschigen rosa Wolke nur so dahin. Mühelos parkte er das Auto schließlich rückwärts vor der Zahnarztpraxis in der Zollernstraße ein. Das Gebäude, in dem Schablonski praktizierte, war von außen ziemlich unscheinbar. Im Erdgeschoss befand sich die Praxis, darüber lagen zwei Wohnungen. Thorben flog förmlich an Verenas Seite in die Praxis. Und wäre sicher noch weiter geschwebt, wenn ihm nicht der unverwechselbare Zahnarztgeruch nach Desinfektionsmitteln und blanker Angst entgegengeschwappt wäre. Er landete. Auf dem Boden der Tatsachen. Was, wie er meinte, seiner immerhin dienstlichen Mission ja nur zugutekommen konnte. Schon glaubte er, ein Pochen im linken oberen Backenzahn zu spüren. Ein Ziehen im Schneidezahn. Automatisch wollte er nach Verenas Hand greifen, als sei diese ein Rettungsanker für sein sinkendes Schiff namens »MS Hypochonder«. Aber seine Partnerin war schon an den Empfangstresen getreten, hinter dem ein Mädel mit fest installierter Zahnspange saß. Die zeigte sie nun auch mit einem einstudierten Lächeln.

»Händ Sie an Dermin?«

»Nein, brauchen wir auch nicht«, setzte Verena an. Die Sprechstundenhilfe erblickte Thorben. Das Lächeln wurde zu einem stummen »Oh«.

»I säh scho. Nodfall.« Sie sprang auf. »Kommed Se glei mit, Behandlung Zwoi.« Sie sauste den Gang entlang. Thorben war einerseits froh, nicht im Wartezimmer ausharren zu müssen, galten Wartezimmer egal bei welchem Arzt doch als Brutstätte sämtlicher Keime. Andererseits war er doch ein wenig erstaunt. Hatte Verena vorab angerufen? Aber das hätte er ja mitbekommen.

Kaum hatte er das Behandlungszimmer Nummer zwei betreten, bugsierte ihn die Zahnspangenträgerin auch schon auf den mit allen technischen Finessen ausgestatteten Stuhl.

»Aber ich …«, setzte er an.

»No koi Angschd«, flötete die Helferin.

»Nur keine Angst«, setzte Verena nach und musste ein Lachen unterdrücken. »Der Doktor kommt bestimmt sofort.«

»Da händ Sie aber an arge Bolla am Zahn«, stellte die Helferin fest und legte Thorben den Papierlatz um. Bollen? Ach ja! Die Schwellung am Kinn! Die Schweißtropfen, die schon startbereit an den Ausgängen der Angstporen gestanden hatten, traten sofort den Rückzug an. Denn sein Kinn hatte ja nun mal keinerlei dentale Ursache. Machte eine Behandlung also unnötig. Eine Beschleunigung des Auftretens des Arztes aber umso wahrscheinlicher. Thorben setzte zu einem leisen Stöhnen an. Wenn's der Sache diente, warum nicht?

»I hol glei da Dokter.« Die Zahnfee eilte davon.

»Na so was, da liegt er nun«, kicherte Verena und stellte Thorben die Plastiktüte auf den Schoß. Erstaunt stellte er fest, dass so ein menschlicher Schädel auch ohne Haut und Hirn einiges wog. »Ich tippe auf Notschlachten. Das sieht tödlich aus«, scherzte Verena. Dieses Mal aber konnte sie ihn nicht drankriegen. Thorben wusste, dass mit seinen Zähnen alles in Ordnung war. Dass keine Gefahr drohte. Und als der Halbgott im hellblauen Kittel schließlich kam, fühlte er sich komplett entspannt. Und registrierte fast schon amüsiert die rot geränderten Augen des Zahnklempners und dessen nicht ganz knitterfreies Gesicht. Vermutlich hatte er einen feuchten Abend hinter sich.

»Ja, da schau her, Frau Hälble!« Schablonksi schüttelte Verenas Hand. »So schnell sieht man sich wieder.« Sein Blick streifte Thorben.

»Haben Sie Schmerzen?«

»Nein. *Nein*!«

Fehlte noch, dass er tatsächlich den Mund aufmachen musste. Wer wusste schon, ob nicht doch irgendwo ein kleines, fieses Kariesmonster am Zahnschmelz klebte?

»Ich hab Ihnen was mitgebracht«, mischte sich Verena ein. Thorben hielt die Tüte hoch.

»Zum Basteln. Quasi.«

Schablonski wirkte einen Moment irritiert. Dann verschwanden die Knitter in seinem Gesicht und machten einem kindlichen Grinsen Platz. »Ist das der ... der echte Schädel?«, flüsterte er.

»So echt, wie echt nur geht.« Thorben schwang sich aus dem Stuhl und riss sich den Latz ab. Dann hielt er Schablonski die geöffnete Tüte vors Gesicht.

Der verschwand quasi mit seinen Blicken darin und sah so aus, als wolle er sofort die Praxis schließen und an die Rekonstruktion gehen. »Toll. Einfach toll«, flüsterte der Dentist beinahe andächtig.

»Wie lange werden Sie brauchen?«, meldete sich nun Verena zu Wort. »Ich meine ... also, der Schädel muss ja schnellstmöglich zurück, weil ... also ...«

»Ich den gar nicht haben darf, schon klar.« Der Zahnarzt ließ ein tiefes Lachen hören. »Normalerweise könnte man einen Gipsabdruck machen und mit dem arbeiten. Schneller geht's dadurch aber auch nicht. Ein paar Wochen ...«

»Wochen?«, fiel Verena ihm ins Wort. Das klang gehetzt. Sie hatten keine Wochen, dachte auch Thorben. Ein, zwei Tage. Höchstens.

»Vielleicht ginge das ein bisschen schneller?« Verena

klang wie ein kleines Mädchen. Und Thorben wusste: Wenn Schablonski ein paar Wochen brauchen würde, könnte der Schädel genauso gut nach Berlin geschickt werden, um dort eine Rekonstruktion zu machen. Legal zwar, aber auf dem langen, langen Dienstweg.

»Wissen Sie was …« Schablonski griff nach der Tüte. Warf noch einen Blick hinein und riss dann die Tür auf. »Gina, kommst du mal?«, brüllte er. Was zur Folge hatte, dass die Zahnfee fast augenblicklich auftauchte.

»Brauched Sie Hilfe, Schef?«

»Nein. Ich muss … Notfall. Sagen Sie alle Termine ab. Morgen auch. Und gehen Sie bitte ebenfalls nach Hause. Praxis geschlossen.«

Gina riss die Augen auf. Schüttelte den Kopf. Nickte dann. Thorben sah ihr deutlich an, dass sie nichts kapierte. Sich aber trotzdem über einen unverhofften freien Tag freute.

»Und ich geh dann mal mit dieser Schönheit hier nach Hause. Ich gebe Gas, versprochen. Und melde mich so schnell wie möglich.« Schablonski wurde ganz hibbelig.

Und Thorben ganz entspannt, als er und Verena wieder auf die Straße traten. Draußen war ihm danach, seine Liebste in den Arm zu nehmen. Ganz fest. Und ganz lang. So viel Zeit musste auch im Dienst manchmal sein.

»Jessas Maria!« Pater Pius stolperte über einen der Wackersteine, mit denen der Platz vor dem ehemaligen Landratsamt gepflastert war. Johannes konnte seinen Prior eben noch am Arm fassen, sonst wäre Pius womöglich der Länge nach hingesegelt und die ohnehin geflickte Hose hätte noch mehr Schaden genommen. Und einen weiteren Aufnäher, Micky Maus oder Garfield, würde den Ordensmann ganz bestimmt der Lächerlichkeit preisgeben.

»Was machst du denn hier?« Pius starrte den Mann an, der auf eben jenen Stufen saß, auf die er selbst vor zwei Tagen geknallt war.

»Dich besuchen. Euch besuchen.«

»Ja, jetzt guck na! Ortwin!« Johannes ließ Pius los und eilte zu Bruder Ortwin. Der Organist des Konvents breitete die Arme aus. Die Brüder umarmten sich. Pius eilte ebenfalls zu seinem Bruder und begrüßte ihn mit einem herzlichen Händedruck und Kuss auf die Wange.

»Gott zum Gruße, gelobt sei der Herr!«, rief Pius.

»In Ewigkeit. Amen.« Alle drei fuhren herum: Hinter ihnen stand Bruder Sunil. Das bisschen Frühlingssonne auf dem Spaichinger Dreifaltigkeitsberg hatte bereits genügt, um aus dem olivfarbenen Teint des Tamilen ein gesundgebräuntes Gesicht werden zu lassen. Sunils Zähne wirkten jetzt viel weißer als im Winter, wie Pius amüsiert bemerkte.

»Für uns?« Johannes machte große Augen und schmatzte.

»Alleine ich nicht schaffe, sonst schlecht.« Sunil balancierte einen übergroßen Becher aus der Eisdiele, in dem sich braune, rosa und weiße Kugeln türmten. Obenauf waren feine Waffeln hineingesteckt sowie vier bunte Plastiklöffel.

»Die beste Idee des Tages, herzlichen Dank.« Die vier Mönche vom Brüderlichen Orden gingen zu einer der Bänke im Innenhof der benachbarten Jugendherberge, setzten sich und strahlten sich an.

»Essen, sonst schmelzen!«, lachte Sunil.

»Gedankt sei dem Herrn«, sagte Pius. Das musste angesichts der sich verflüssigenden Eisleckerei als Tischgebet reichen. Jeder nahm sich einen Löffel und tunkte ihn abwechselnd in Schoko, Vanille oder Erdbeere, Mango, Joghurt und Sorten, die sie noch nie probiert hatten. Es dauerte nicht lange, bis der Boden des Pappbechers zum

Vorschein kam. Pius angelte seufzend nach der letzten Rosine aus dem Malaga-Eis.

»Perfekt.« Johannes strahlte. »Aber sicher sehr teuer?« Als Koch des Konvents kannte er sich mit Lebensmittelpreisen aus. Und er hatte gesehen, dass eine einzige Kugel Eis satte 90 Cent kostete. Obgleich die Bollen, wie der Balinger sagte, groß waren – das war schon eine Hausnummer. Erst recht für Mönche, deren Taschengeld 30 Euro im Monat betrug.

»Keinen Cent, ich nichts zahlen.« Sunil leckte sich über die Lippen. »Ich sagen kommen aus Sri Lanka und Chef von Eismaschine sagen, er spenden, weil armes Land mit viel Problem und wenn ich nichts sagen seine Frau.«

Pius kicherte. Und dankte dem Herrn für solch nette Zeitgenossen.

»Also ich nichts sagen die Frau. Kennen sowieso nicht Frau.«

Wie auf ein Stichwort hin erschien in diesem Moment Gerlinde Seifried. Das heißt: Erst erschien ein Schwall brackiges Putzwasser in der Tür des geerbten Gebäudes. Dann die korpulente Hausmeisterin mit dem gelben Eimer in der Hand. Und einer furchtbar grimmigen Miene, die so gar nicht zu ihrer leuchtend roten Seidenbluse und der Jeans mit den Glitzersteinen passen wollte.

»Du kannsch mich mal kreuzweise, du Halbdaggl, du saubleeder!«, brüllte Frau Seifried ins Innere des Gebäudes.

»Du bisch ja ed ganz dichd, du daube Schell!«, hallte es bassig zurück. Dann rannte ein sichtlich stinkiger Horst Seifried im Blaumann die Treppen hinunter und bog nach links Richtung Hauptstraße ab.

»Hau bloß ab!«, knurrte seine Gattin ihm hinterher und stapfte zurück ins Haus.

»Oh«, machte Sunil. »Das Frau kein gut Frau.«

»Kann man so nicht sagen«, wandte Johannes ein. »Bisher war sie ganz nett. Nur etwas patzig manchmal.« Pius pflichtete ihm bei.

»Das ist doch die Hausmeisterin, oder?«, sagte Ortwin.

»Ganz recht. Gerlinde Seifried«, antwortete Pius. »Die haben wir schon bei unserem ersten Besuch hier getroffen. Weißt du noch?«

»Durchaus. Es scheint, als haben wir die quasi mitgeerbt.« Schmunzelnd streckte der Organist seine langen schlanken Finger nach der letzten halben Waffel aus. »Schön hier übrigens.«

»Wollt ihr mal alles anschauen?«, schlug Johannes seinen Brüdern vor und machte dabei ein Gesicht wie ein Großgrundbesitzer. Pius lächelte innerlich.

»Deswegen wir hier sind«, sagte Sunil und stand auf. Den Eisbecher und die Löffel entsorgte er ordnungsgemäß im städtischen Mülleimer. Dann machten die vier sich auf und betraten das gelb getünchte, ehemalige Behördenhaus.

»Ihr entschuldigt mich?« Pius nickte Johannes zu. »Du kennst dich ja bestens aus. Du, ich würde … müsste …«

»Jaja, mach, was immer du machen willst.« Johannes wies den Brüdern den Weg in den Keller. Klar, dass er dort mit der Führung beginnen wollte, wo das Skelett gefunden worden war. Das war ja auch mit Abstand der spannendste Teil im ganzen Komplex. Pius räusperte sich und lauschte. Aus dem ersten Stock hörte er Klappern und leises Poltern. Er stieg die Wendeltreppe hinauf und richtig: Gerlinde Seifried war eben dabei, in einem der verlassenen Büros zu lüften. Den leeren Putzeimer hatte sie neben den Feudel an die Wand gestellt. Sie riss die Flügelfenster auf und holte tief Luft. Selbst von der Tür aus konnte er sehen, dass die Schultern der dicklichen Mitvierzigerin bebten. Und das konnte nicht von der Kälte kommen, denn draußen war es schon beinahe sommerlich warm.

»Frau Seifried?«, fragte er leise, während er mit den Fingerknöcheln gegen den Türrahmen pochte. Die Angesprochene fuhr herum und wischte sich hastig über die Augen. Allerdings nicht hastig genug, Pius konnte die Tränen sehen und außerdem war der schwarze Kajal verschmiert, was Gerlinde Seifried ein bisschen das Aussehen eines gut genährten Pandabären gab.

»Alles in Ordnung?« Pius trat ins Büro. Dieses hier schien einst einem Beamten im höheren Verwaltungsdienst gehört zu haben, denn neben einem protzigen (wenn auch abgeschabten) Schreibtisch und den üblichen Regalen stand ein hellbraunes Cordsofa (ebenfalls abgeschabt, vielleicht, dachte Pius, von unzähligen berühmt-berüchtigten Beamtennickerchen). Er steuerte die Couch an und setzte sich. Die Polster waren für ihr Alter erstaunlich bequem. Dann klopfte er mit der flachen Hand auf den leeren Platz neben sich.

»Setzen Sie sich doch«, forderte er Gerlinde Seifried mit einem Kopfnicken auf. Die schniefte wenig damenhaft, nestelte ein immerhin unbenutztes Tempotaschentuch aus der Jeans und nahm tatsächlich neben Pius Platz.

»Ach«, sagte sie und schnäuzte sich.

Pius nickte.

»Ach.«

Der Pater nickte erneut. Manchmal brauchte es gar nicht viele Worte. Da sein. Das genügte oft.

»Ach herrje.« Die Hausmeisterin unterdrückte ein Schluchzen. Pius legte ihr die Hand auf den runden Arm und hoffte, dass diese Geste vorerst weitere Tränen aufhalten würde. Manchmal führte eine solche Berührung auch zu kompletten Zusammenbrüchen, aber danach sah es ihm hier nicht aus. Und richtig: Gerlinde machte noch zweimal »Ach«. Und dann quoll es förmlich aus ihr heraus, der ganze bittere Brei, der sich in ihrem Inneren aufgestaut und mit dem Ausleeren des Putzeimers vorhin nur mehr wie ein kleines Vorbeben vor der endgültigen Eruption entladen hatte. Jetzt krachte es, und zwar gewaltig. Pius ließ das verbale Gewitter über sich hinwegziehen, wusste er doch, dass solch ein Redeschwall meist reinigende Wirkung besaß. Und – das musste er zugeben und gleichzeitig ein kleines Stoßgebet gen Himmel schicken – er war nun mal auch nur ein Mensch und als solcher neugierig. Gerlinde enttäuschte ihn nicht mit all dem, was sie in der folgenden Viertelstunde beinahe ohne Punkt und Komma von sich gab. Nämlich: Ehefrust. Vom Feinsten. Und das aktuell wegen eben jener Seidenbluse, die sich über Gerlindes Brust spannte.

Dabei, meinte die Hausmeisterin, habe sie das Teil ja nur gekauft, um ihrem Mann zu gefallen. Nun gut, es habe etwas mehr gekostet. Aber schließlich arbeite sie ja auch. Pius kannte derlei Argumente. Er hatte genügend Beichtgespräche geführt, um einen fast schon psychologischen Einblick in die menschliche Seele zu haben. Und so reimte er sich denn aus den hervorgepressten Worten die ganze Geschichte zusammen. Nach Hollywood und Happy End klang die nicht.

Dabei hatte die Geschichte von Horst und Gerlinde vor etwas mehr als 20 Jahren so schön angefangen, wie sie dem Pater erzählte. Wobei sie fast aufhörte zu weinen. Kennengelernt hatte sich das Paar im 5-Uhr-Bus nach Sindelfingen zum Daimler. Horst stand kurz vor dem Ende seiner Ausbildung zu dem, was heutzutage Mechatroniker heißt, und verdiente im Vergleich zu seinen schreinernden und malernden Kollegen ein Schweinegeld. Gerlinde hatte den ersten Tag beim Daimler noch vor sich. Sekretärin wollte sie werden – und die Freundin von Horst, wie sie schon beim Einsteigen in den funzelig beleuchteten Werkbus wusste. Denn der Kerl in Reihe zwei hatte die schönsten blonden Locken der Welt. Die schönsten blauen Augen der Welt. War der schönste überhaupt und schien geradezu auf sie, Gerlinde, gewartet zu haben. Jedenfalls war der Platz neben ihm leer und das Mädchen setzte sich neben ihn. Dort blieb sie, übertragen gesehen, all die Jahre. Es folgten der erste Kuss, der erste gemeinsame Campingurlaub, ganz klassisch in Rimini, und die erste gemeinsame Wohnung. Das erste gemeinsame Auto. Der erste gemeinsame Fernseher. Die Hochzeit. Spießig, aber genau das, was Gerlinde sich gewünscht hatte.

Es folgten leider aber auch etliche Kilos auf ihren Hüften. Wofür sie die Gene mütterlicherseits auf der einen und ihre eigene gute Küche auf der anderen Seite verantwortlich machte. Leider keine Schwangerschaft, aber das sollte wohl nicht sein. Fand Gerlinde nicht so schlimm, sie hatte ja ihren Horst. Dem allerdings wurde irgendwann das morgendliche Busfahren zu blöd. Kündigung beim Daimler. Neuer Job in einem Balinger Autohaus. Ford. Pleite. Neue Werkstatt. Fiat. Umzug des Inhabers. Wieder ein neuer Job. Freie Werkstatt. Bandscheibenvorfall. Doppelter. Selbstverständlich stand Gerlinde all das mit Horst durch. Bereitete während seiner Reha in Bad Buchau den Pachtvertrag für die Tankstelle nahe der B27 vor. Stellte fest, dass Horst nicht nur gekurt, sondern auch geschattet hatte. Mit einer drallen Trulla aus Köln. Trotzdem führten die beiden fünf Jahre lang die Tanke. Bis zum nächsten Bandscheibenvorfall. Dieses Mal der von Gerlinde. OP, Kur. Kein Schatten bei ihr. Dafür eine neue Flamme bei Horst.

Ein, zwei Monate lebte das Paar in der Gewissheit, sich scheiden zu lassen. Dann erlosch die Flamme und Horst kehrte reumütig zu seiner Frau zurück, die ihm mittlerweile wieder einige Kilos mehr zu bieten hatte. Und um dem Stress mit dem eigenen Betrieb zu entgehen, lösten die Seifrieds den Pachtvertrag auf. Seitdem waren sie als Hausmeister tätig, zunächst im Gymnasium, wo ihnen sogar eine Wohnung gestellt wurde. Später dann für die Gebäudeverwaltung, mal im Rathaus, mal in der Filserschule, mal eben im alten Landratsamt.

Schicke Sekretärin im Kostümchen Größe 36, womöglich bei Piech oder sonst einem Topmanager? Pustekuchen. Stattdessen Kuchen satt. Frust. Nicht das Leben, das so hoffnungsvoll an jenem Morgen im Bus begonnen hatte. Irgendwie war das Leben für Gerlinde falsch abgebogen. Also gönnte sie sich eben hin und wieder was. Sachen, die mit dem Gehalt einer Assistentin der Führungsetage bei Daimler locker drin gewesen wären. Mit Hausmeistersalär eher nicht. Zwar hielt die Ehe und die Bandscheiben waren auch bei beiden soweit intakt – aber bei Horst hatte es vor knapp drei Monaten erneut geflammt.

»Ach.« Gerlinde zerknüllte das mittlerweile klatschnasse Taschentuch, als wolle sie es komplett zerstören. Oder, symbolisch gesehen, dem Horst den Hals umdrehen, wie Pius dachte. Verständlich, einerseits. Andererseits schlecht für die Ehe.

»Ach«, machte nun auch der Pater und tätschelte Gerlindes Hand.

»Wieso machen Männer so was?« Gerlinde wandte ihm das rotgeheulte Gesicht zu. »Oh, Entschuldigung, dass ich Sie das frage.« Sie schien peinlich berührt.

Pius unterdrückte ein Grinsen. »Ich bin auch ein Mann, stimmt«, sagte er und wusste, dass die meisten Menschen hinter dem Habit der Mönche alles Mögliche erwarteten, aber keine Menschen. Zumindest keine mit den üblichen Gefühlen, mit denen der Herr alle seine Kinder ausgestattet hatte.

»Ich weiß nicht«, sagte Pius, obwohl er es genau wusste. Hormone. Jagdtrieb. Frust. Abenteuerlust. Das brachte die Herren der Schöpfung meistens aus der Bahn.

»Können Sie Ihrem Mann verzeihen?«, fragte Pius nun ganz im Duktus des Ordensmannes. Gerlinde zögerte keinen Moment mit ihrer Antwort: »Ihm schon. Der Schlampe nicht.«

»Ach?«

»Oh. Verzeihung, also … dieser … dieser … Frau nicht.« Gerlinde sagte »Frau«, wie man »Brechdurchfall« sagt. »Wissen Sie, Pater, was sich mein Horst da geleistet hat, hat mich echt verletzt. Das Mädel war bestimmt grademal volljährig. Dazu ein Körper wie die Schicksen bei Germany's Next Top Model. Schlank, kein Gramm Fett auf den Rippen und trotzdem richtig volle Brüste. Klar, dass er auf so was abfährt. Bei so was kann ich einfach nicht mithalten. Und will es auch gar nicht. Ich verstehe nicht, warum manche Männer einfach nicht in Würde altern können. Nicht, dass Horst schon ein alter Sack wäre, allerdings ist er auch keine 20 mehr. Der Altersunterschied zu der Kleinen war enorm. Was er zum Glück irgendwann selbst eingesehen hat, wonach er mir reumütig alles gestand. Als wenn ich nicht eh schon selbst dahintergekommen wäre! Ich hab ihm danach zwar vergeben, trotzdem kocht das Thema ständig wieder hoch. So als würde er es bewusst darauf anlegen, mich damit zu beschämen. Doch so kompliziert gestrickt ist mein Horsti nicht. Das meint er nicht böse. Er weiß es einfach nicht besser. Das macht es für mich aber nicht besser!«

»Haben Sie mal versucht, sich mit einer der Frauen zu unterhalten?«

»Wieso sollte ich? Ich will mit diesen Schlamp… äh … Tussen … äh … Weibern nichts zu tun haben! Außerdem würde das eh nichts bringen, weil …« Sie brach ab.

»Weil was?«, insistierte der Pater vorsichtig.

»Weil … ach!« Gerlinde sprang auf, wobei das Cordsofa ein Seufzen von sich gab. Dann strich sie sich die Bluse glatt, wischte sich über die Augen und schnappte sich den Eimer.

»Danke fürs Zuhören«, sagte sie und ließ tatsächlich so etwas wie ein Lächeln sehen.

»Gern geschehen«, sagte Pius. Und blieb, nachdem die Hausmeisterin in ihrem Designerfummel verschwunden war, noch einen Moment sitzen. In seinem Bauch rumorte es. Und das war kein Hungergefühl. Das war das, was er insgeheim »Tatort-Knurren« nannte. Irgendetwas lag hier in der Luft. In der kriminalistischen.

FÜMFZEHNDE SCHDAPFL (FÜNFZEHNTE STUFE)

Na, ihr Donauwellensurfer da draußen, habt ihr Hunger? Dann macht mal Pause, unter freiem Himmel am besten, das Wetter ist ja genial! Hier ist eure Mittagsfrau Katja. Pünktlich zum Mittagsläuten serviere ich euch gleich nach den Nachrichten High noon *von Feed Me. Krasser Aufwecker für alle Schläfrigen! Aber zum Eingrooven in den Mittag erst mal die Söhne Mannheims. Mit meinem Favoriten der Jungs:* Deine Waffe ist die Liebe. *Habt euch lieb, ihr da draußen!*

»Schön. Sehr schön.« Ortwin lehnte sich im Teakklappstuhl zurück und schloss die Augen.

»Herrlich!«, pflichtete Sunil ihm bei. Johannes grinste Pius an. Hatten die beiden also richtig gelegen mit der Wahl des Restaurants für die Mittagspause. Quasi um die Ecke, einmal die Treppen hinunter und ein kurzer Fußmarsch durchs »Klein Venedig« an der alten Stadtmauer und dem nicht mehr gebrauchten, aber gut erhaltenen kleinen Gerberkanal entlang, lag in einem Neubau das kleine Café mit Terrasse fast genau an der Eyach. Vom Stadtfluss trennte die Hungrigen und Durstigen nur ein schmaler Weg. Das Wehr am kleinen Wasserfall rauschte, Enten schnatterten.

»Fühlt sich an wie Urlaub«, stimmte Pius seinen Brüdern zu. »Ich danke dem Herrn, dass ich diesen Augenblick mit euch genießen darf.« Johannes musterte seinen

Prior von der Seite. Auch Ortwin und Sunil wirkten ein wenig irritiert. So erlebten sie Pius selten. Da lag was im Busch. Oder eher im Bauch, denn über den strich der Pater sich jetzt.

»Hast du großen Hunger?«, erkundigte sich Johannes. Auch in der Freizeit konnte er den Cellerar nicht einfach abstreifen wie eine Kutte. Die es beim Brüderlichen Orden sowieso nicht gab. Höchstens ein Habit, das die Patres an hohen Feiertagen zu den Messen trugen.

Wer die vier jetzt beobachtete, sah ein Herrenquartett in fast identischen schwarzen Jeans und weißen Hemden. Sie hätten genauso gut eine Skatrunde oder ein Kegelclub sein können. Waren sie aber nicht, wie die Gäste um sie herum bemerkten, als die Kellnerin viermal das Tagesgericht serviert hatte. Ehe die Patres sich den Tagliatelle in Lachs-Sahne-Sauce widmeten, beteten sie. Und kamen gerade beim vierstimmigen Amen an, als am hintersten Tisch an der Mauer eine Frau »Du Affenarsch!« kreischte. Ortwin und Sunil schienen wenig beeindruck zu sein und stießen quasi synchron ihre Gabeln in die Nudeln. Johannes und Pius allerdings sahen sich vielsagend an. Denn die »Dame«, die jetzt noch eine Schippe russischer Schimpfwörter über ihren Mann ausgoss wie einen Eimer brackiges Putzwasser, war keine andere als Olga Rüsselsbacher. Deren Gatte nun ein Gesicht wie drei Tage Zahnschmerzen machte. Die anderen Gäste versuchten auffällig unauffällig nicht zuzuhören. Aber der Verbalattacke entkam niemand. Von Geizkragen war die Rede, von Schlappschwanz, Betrüger und Flittchen. Es klang wie das Drehbuch zu einem schlechten Film auf einem Privatsender. Pius konnte sich die Bilder dazu lebhaft ausmalen, wobei ihm auch sein kriminalistisches Magengrummeln half. Zumal Dirk Rüsselsbacher keine Anschuldigungen auf sich sitzen ließ und ihr etwas von Seitensprüngen und Ehebruch vorzuwerfen begann. Man konnte förmlich zuhören, wie er sich immer weiter in Rage redete und mit jedem Wort lauter wurde.

Pius schüttelte den Kopf, drehte ein paar Nudeln auf die Gabel und versuchte, den ehelichen Sumpf der Rüsselsbachers mental hinter sich zu lassen. Doch egal, wie emsig er es versuchte – wann immer der Mann etwas sagte, hatte Pius wieder vor Augen, wie er gestern Abend Kommissar Fischer niedergestreckt hatte.

Drei Gabeln später wurden die beiden endlich leiser. Sehr zur Erleichterung der anderen Gäste. Pius spitzte die Ohren, konnte aber nichts mehr verstehen außer Zischen und Brummen.

»Er zahlt. Lokalrunde!«, brüllte Olga Rüsselsbacher plötzlich. Alle Köpfe fuhren herum und bekamen einen filmreifen Abgang zu sehen: Olga sprang auf, schnappte sich das Wasserglas, kippte es ihrem Gatten über den Kopf und stakste auf sehr hohen, sehr teuer aussehenden Schuhen gekonnt davon.

»Du blöde Nuss!«, brüllte Rüsselsbacher seiner Gattin hinterher und versuchte, sich mit der grünen Papierserviette abzutrocknen. Was dazu führte, dass diese sich auflöste. Und abfärbte. Ruckzuck nahm sein Gesicht ein ungesundes Grün passend zu seiner Stimmung an, wie Pius leicht amüsiert bemerkte. Rüsselsbacher nestelte seine Geldbörse aus der Hosentasche, knallte zwei Scheine auf den Tisch, bellte »Stimmt so!« und rannte seiner Frau hinterher. Sofort setzte Tuscheln an allen Tischen ein. Sunil verschluckte sich an seinem Lachs. Ortwin klopfte dem Tamilen auf den Rücken.

»Das … hust … ist ja … hust … spannend hier!«

Von der Zahnarztpraxis aus ging es weiter zur Gebäudeverwaltung. Die befand sich nur wenige Straßen entfernt und stand sowieso auf ihrer To-do-Liste ganz weit oben. Also, nicht die Verwaltung selbst, sondern deren Chef Barnabas Geroldstein.

Ein kurzer Blick auf die Armbanduhr ließ Verena allerdings sorgenvoll die Brauen heben. Zwar war es früher Nachmittag, dennoch gab dies keine Garantie dafür, dass Geroldstein sich nicht mehr für eine verlängerte Mittagspause außer Haus befand. Zur Not würden Thorben und sie sich eben zuerst um Günther Ludwig von der Instandhaltung kümmern, der als nächster auf ihrer Liste stand.

Doch das Glück schien auf ihrer Seite zu sein. In jeder Hinsicht. Direkt vor dem gelben Gebäude gab es einen freien Parkplatz und drinnen herrschte ein emsiges Treiben. Ein junger Bursche im Blaumann und mit tiefschwarzen Haaren flitzte mit einem ebenso schwer wie schmutzig aussehenden Werkzeugkoffer umher, während ein älterer Kollege einen klobigen Handwagen über den Flur schob. Nach Chef sah zwar keiner aus, nach Instandhaltungs-Handwerker aber schon.

Bevor Verena allerdings den Mund aufmachen konnte, trat am Ende des Flurs eine winzige Frau aus einem der Zimmer heraus und rief mit piepsiger Stimme: »Einen Augenblick noch! Ihr habt was vergessen.«

Bestimmt war sie nicht größer als 1,50 Meter. »Standgebläse« sagte man gern dazu, doch nichts schien beim Anblick dieser schmächtigen Frau ferner zu liegen. Allerdings erkannte Verena die Stimme sofort wieder. Das war Frau Herbert, mit der sie bereits am Telefon zu tun gehabt und die ihr die Liste der Mitarbeiter per E-Mail geschickt hatte.

Demzufolge musste die zweite Dame, die ihr jetzt auf den Flur folgte und einige Computerausdrucke hochhielt, ihre

Vorzimmer-Kollegin Frau Rudolf sein. Diese war Mitte 40, deutlich stämmiger (sprich: Sie besaß normale Größe und Körperumfang) und rief mit einer dermaßen tiefen Stimme, das Katy Karrenbauer neidisch geworden wäre: »Nicht ganz so schnell, meine Herren!«

Die Worte verfehlten ihre Wirkung nicht. Der jüngere Handwerker machte auf dem Absatz kehrt und ließ sich die Ausdrucke unter die Schulter klemmen.

Geduldig warteten Verena und Thorben ab, bis der Mann sie abermals passiert hatte und traten dann auf die zwei Damen zu. Kaum hatten sie ihre Dienstausweise gezückt, stellte sich auch die größere der beiden Frauen kerzengerade auf und bat sie ins Vorzimmer.

»Da drüben ist der Schlüsselschrank, falls Sie deswegen hier sind.« Die Frau mit der tiefen Stimme wies auf einen abschließbaren Metallkasten an der hinteren Wand, der zur Hälfte von einer halb toten Stechpalme verdeckt wurde. Auf den ersten Blick wirkte er wie ein falsch angebrachter Briefkasten. Im Schloss steckte ein kleiner Schlüssel, den Frau Herbert sogleich herumdrehte, um ihnen im Schrank mehrere Reihen Haken mit Schlüssel daran zu zeigen. Unter jedem davon hing ein schmales Schild mit der dazugehörigen Straße und Hausnummer darauf. Nach kurzem Suchen hatte Verena das ehemalige Landratsamt ausgemacht. Der Haken hierzu war allerdings leer.

»Herr und Frau Seifried sind gerade vor Ort«, erklärte Frau Herbert mit ihrer piepsigen Stimme.

Verena nahm es mit einem kurzen Nicken zur Kenntnis. »Ist denn Herr Geroldstein zurzeit da?«

»Der Chef? Ich glaube schon.«

Mit Minischritten lief sie an ihrem Doppelschreibtisch vorbei und klopfte zaghaft an der dahinter befindlichen Tür. Nach einem energischen »Ja?« öffnete sie die Tür wie in Zeitlupe ein Stück weit und steckte den Kopf hinein. Was sie danach sprach, verstand Verena nicht. Die Worte waren leise und hoch wie bei einer Maus. Thorben drehte automatisch das Ohr in Frau Herberts Richtung, wirkte aber nicht so, als verstünde er dadurch mehr.

Dafür ertönte von drinnen ein »Sollen reinkommen«.

Das genügte, damit Frau Herbert die Tür vollends öffnete und sie passieren ließ.

Drinnen erwartete sie ein mit Regalen und Aktenordnern völlig überfülltes Zimmer. Auf einem schwarzen Ecktisch türmten sich weitere Unterlagen und einige bunte Gebäude-Broschüren.

»Ja bitte?«, fragte ein Mann mit blondem Mittelscheitel und von Natur aus gerötetem Gesicht hinter einem vor Arbeit überquellenden Schreibtisch.

Verena hörte, wie hinter ihnen die Tür wieder geschlossen wurde und stellte sich und Thorben vor. »Ich hoffe, wir halten Sie nicht von Ihrer Mittagspause ab.«

Geroldstein schüttelte den Kopf. »Mittags weggehen kann ich mir nicht leisten. Also, nicht vom Geld her. Sondern wegen der Zeit, die dabei draufgehen würde. Momentan ist so viel zu tun, dass wir kaum hinterherkommen. Da bin ich schon froh, wenn ich mir eine Fünf-Minuten-Terrine reinpfeifen kann.«

»Wir werden uns bemühen, Sie nicht zu lang aufzuhalten.«

»Das wollte ich damit nicht sagen …«

Verena winkte ab. »Kein Thema. Wir ermitteln bezüglich des Mordfalls im ehemaligen Landratsamt. Wenn man sich das hier so ansieht, sollte man meinen, dass die Geschäfte bestens laufen. Ihre Bilanzen sagen allerdings was anderes.«

Seine Nasenflügel begannen zu flattern. »Ja, da sieht's nicht so rosig aus. Doch noch ist bei uns nicht Land unter.

Ich habe sogar extra einen hiesigen Finanzoptimierer eingeschaltet, damit die prüfen können, wo wir noch Kosten sparen können. Wenn wir uns alle am Riemen reißen, überstehen wir die Durststrecke.«

»Der hiesige Finanzoptimierer heißt nicht zufällig Sonterris AG?«

»Doch, woher wissen Sie das?«

»Wer ist Ihr dortiger Ansprechpartner?«

»Ein Herr … Augenblick, hier habe ich seine Karte … Dirk Rüsselsbacher.«

»Kennen Sie ihn persönlich?«

»Wir haben uns ein-, zweimal hier im Büro gesehen. Das ist aber schon alles. Mit seinem Chef, Gerd Ilgenfritz, gehe ich sonntags Golf spielen. Ist das irgendwie wichtig?«

»Wir versuchen nur, uns ein ungefähres Bild von allem zu machen. Momentan scheint ihre Gebäudeverwaltung nicht ganz so passabel dazustehen. Zusätzliche negative Presse dürfte da so gut wie tödlich sein.«

»Sie meinen wegen des Gerippes, das im alten Landratsamt gefunden wurde? Das ist natürlich übel, das will ich nicht bestreiten. Deshalb hoffe ich, dass Sie das Ganze bald aufklären. Damit die Leute sehen, dass wir nichts damit zu tun haben.«

»Haben Sie eine Ahnung, wer die Tote gewesen sein könnte?«

»Nicht die geringste.«

Auf diesem Wege kamen sie nicht weiter. Verena beschloss, etwas mutiger an die Sache heranzugehen. »Jemand meinte, Sie vor etwa sechs bis acht Wochen mit einer gewissen jungen Frau gesehen zu haben. Anfang 20. Etwa 1,70 groß. Klingelt da was bei Ihnen?«

In Geroldsteins Gesicht zeigte sich nicht die kleinste Regung. Und genau so fiel seine Antwort aus. »Vielleicht eine Mandantin oder jemand von den Angehörigen? So spontan sagt mir das überhaupt nichts. Wann genau soll denn das gewesen sein?«

Hier kam Thorben ins Spiel: »Da sind wir uns noch nicht ganz sicher«, sagte er. »Was für Gebäudeanfragen hatten Sie denn im Februar und März dieses Jahres?«

»Nicht viele, so viel kann ich Ihnen schon mal sagen. Kaum jemand hat im Winter Interesse an irgendwelchen Immobilien. Aber wenn Sie's genau wissen wollen ...« Er zog die Tastatur seines Computers näher zu sich heran und tippte im Zwei-Finger-Suchsystem einige Worte ein. »Ah, da habe ich meinen Terminplaner. Es hat drei ... vier ... insgesamt sechs Anfragen in dem Zeitraum gegeben. Ich sag ja, Saure-Gurken-Zeit. Wir nutzen diese Monate immer für Reparaturen und Sanierungen.«

»Gab es da irgendwelche Zwischenfälle mit weiblicher Kundschaft?«

»Nicht dass ich wüsste. Ich sitze allerdings auch die meiste Zeit hier am Schreibtisch. Wenn Sie es konkret wissen wollen, müssen Sie meine Sekretärinnen und die Handwerker fragen.« Einen Moment Pause. Dann: »Moment mal. Wieso fragen Sie mich solche Dinge? Verdächtigen Sie mich etwa allen Ernstes, jemanden umgebracht und dann die Leiche in einem meiner Gebäude versteckt zu haben? Genauso gut könnte ich uns gleich zur Insolvenz anmelden. Ich kann jetzt schon nachts kaum mehr ruhig schlafen. Und das ganz sicher nicht, weil ich ein schlechtes Gewissen wegen eines Mordes habe.«

»Sie hätten wegen eines Mordes kein schlechtes Gewissen?«

»Arrgghhh! So habe ich das nicht gemeint. Und das wissen Sie!«

»Bleiben Sie ruhig, Herr Geroldstein«, ging Verena

dazwischen. Die letzte Bemerkung ihres Partners war wirklich etwas unglücklich gewählt. Die des Verwalters aber auch. »Wir stellen lediglich Routinefragen, weil wir alles überprüfen müssen.«

»Das verstehe ich natürlich. Aber lassen Sie sich vergewissern, dass ich nichts mit irgendwelchen Morden zu tun habe. Wenn Sie wollen, schließen sie mich an einen Lügendetektor an. Ich habe nichts zu verbergen.«

»Das wird nicht nötig sein. Fürs Erste sind wir mit der Befragung fertig. Es könnte jedoch sein, dass wir zu einem späteren Zeitpunkt weitere Fragen an Sie haben.«

»Von mir aus gern. Solang es hilft, diesen Schlamassel schnell aufzuklären, bin ich zu allem bereit.«

Sie bedankten sich und kehrten ins Vorzimmer zurück, wo sie zwei Augenpaare neugierig anstarrten. Wahrscheinlich hatten sie erwartet, dass Verena den Chef nach dem langen Gespräch gleich in Handschellen abführen würde. Den beiden Sekretärinnen standen die vielen offenen Fragen deutlich ins Gesicht geschrieben. Dennoch tat sie ihnen nicht den Gefallen, eine davon zu beantworten. Im Gegenteil, sie stellte ihnen eine weitere: »Haben Sie eine Ahnung, wo wir Herrn Ludwig von der Instandhaltung finden?«

»Günther?« Frau Herbert verschluckte sich fast an dem Kaffee, an dem sie gerade genippt hatte. Das wirkte äußerst gefährlich. »Wenn Sie Glück haben, steht er noch auf dem Hof und belädt seinen Wagen. Sie haben ihn vorhin bei Ihrer Ankunft gesehen.«

Also doch. »Vielen Dank.«

Verena gab Thorben ein Zeichen, ihr hinaus zu folgen, achtete aber tunlichst darauf, nicht allzu schnell zu laufen. Nicht, dass die Sekretärinnen noch annahmen, es gäbe einen triftigen Grund für große Eile. Fluchtgefahr zum Beispiel.

Das Glück blieb weiterhin auf ihrer Seite. Beide Handwerker kramten in einem alten Renault, Modell Hundefänger, herum und waren in ihren Blaumännern nicht zu übersehen.

»Herr Ludwig, hätten Sie mal eine Minute?«

Skeptischer Blick. »Wenn es sein muss.« Und an seinen Kollegen gewandt: »Bora, räum du schon mal den Rest ins Auto. Damit wir danach gleich losfahren können.« Dieser nickte kurz und trabte davon.

»Also, was wollen Sie wissen?«

Sie zückten ihre Dienstmarken und erzählten auch ihm von den Ermittlungen im Skelettfall. Augenblicklich wurde Ludwig unruhig. Was Verena aber bewusst nicht überinterpretierte. Viele Leute wurden nervös, wenn die Polizei plötzlich Fragen an sie hatte.

»Sie haben doch Zugang zum Schlüsselkasten im Sekretariat. Dabei haben Sie nicht zufällig mal nach dem Schlüssel für das alte Landratsamt gegriffen?«

»Nein, wer behauptet denn so was?«

»Unwichtig. Die gleiche Person will auch gesehen haben, wie Sie sich vor etwa sechs bis acht Wochen mit einer jungen Frau um die 20 getroffen haben. Etwa 1,70 groß. Gut aussehend.«

Ludwig riss die Augen auf. »Das kann bloß meine Nichte gewesen sein. Sie plante eine Überraschungsparty für ihren Freund und wollte, dass wir dafür die passende Musikanlage aussuchen. Ich hab davon ein bisschen Ahnung. Aber was hat das denn mit Ihren Ermittlungen zu tun? Ist meiner Nichte was zugestoßen?« Hektisch tastete er nach seinem Handy.

»Keine Sorge, Ihrer Nichte geht es bestimmt gut. Um sie ging es uns auch gar nicht. Hatten Sie noch weiteren Frauenkontakt im Februar und März?«

»Nicht so direkt. Meine Frau ist ziemlich eifersüchtig. Da gibt's schon Ärger, wenn im Fernsehen mal eine hübsche Schnecke blankzieht. Sie denkt da jedes Mal, dass diese mir mehr gefallen könnte als sie. Deshalb traue ich mich auch kaum mehr mit ihr ins Kino zu gehen. Außer wenn ich von vornherein weiß, dass sich da niemand nackig macht.«

»Äh … ja.« Verena räusperte sich. »Danke für diese, äh … wertvolle Information. Laut Ihrer Polizeiakte gab es einige Zwischenfälle im Zusammenhang mit illegalem Glücksspiel. Vor einem Dreivierteljahr zum Beispiel gab es eine Anklage, weil Sie in einem nicht genehmigten Hinterhofcasino festgenommen wurden. Auch sonst scheinen Sie sich gern in Spielhallen und dergleichen herumzutreiben. Für mich klingt das sehr nach einem kleinen Suchtproblem.«

»Ach, hören Sie doch auf damit. Ich habe kein Problem mit Glücksspiel. Vielleicht fahr ich gelegentlich ins Industriegebiet Gehrn oder nehm an ein paar privaten Poker-Partien teil. Aber das tue ich bloß zur Entspannung. Außerdem sind die Beträge, um die es da geht, Peanuts, wie man so schön sagt.«

Gehilfe Bora kehrte mit einer weiteren Werkzeugkiste zum Wagen zurück, verdrückte sich aber schnell wieder, als er merkte, dass die anderen in seiner Anwesenheit nicht weitersprachen.

»Laut Ihrer Bank steht Ihr Konto mit 20.000 Euro in den roten Zahlen«, fuhr Verena gleich darauf fort. »Für mich klingt das nicht nach Peanuts.«

Ludwig stöhnte verächtlich. »Das hat rein gar nichts damit zu tun. Meine Frau und ich brauchten 'ne neue Küche. Außerdem hatte unser Auto nen Unfall und die Versicherung kam nicht dafür auf. Das können Sie alles gern nachprüfen.«

»Keine Sorge, das werden wir. Wann waren Sie das letzte Mal im alten Landratsamt?«

»Puh … das muss Jahre her sein. Vermutlich noch in der Zeit, als es als Landratsamt genutzt wurde. War es das dann? Wir müssen los zu unserem nächsten Job und sind ohnehin spät dran.«

»Worum geht es denn?«

»Brauchen Sie das auch für Ihre Ermittlungen? Wir fahren zur Sonterris AG, gegenüber vom Bahnhof. Dort gibt's ein Wasserleck. Außerdem hat eine der Bürotussis die Halterung ihrer Jalousien kaputt gemacht.« Er verdrehte entnervt die Augen. »Als wenn wir nicht sonst schon genug zu tun hätten.«

In dem Moment kehrte der zweite Instandhalter zum Renault zurück. Sein Kollege nickte ihm auffordernd zu und beide stiegen ins Auto. Als sie losfuhren, kehrten Verena und Thorben ebenfalls zu ihrem Wagen zurück.

Auch dieses Mittagessen war so reichhaltig ausgefallen, dass Pius nichts gegen einen längeren Fußmarsch einzuwenden hatte. Und so wissbegierig, wie sich Ortwin und Sunil umschauten, würden sie sich über einen kleinen Spaziergang durch Balingen ebenfalls nicht beschweren.

Trotzdem runzelte Ortwin sofort die Stirn, als sie die Straße zum alten Landratsamt passierten und *nicht* zu dem geerbten Gebäude abbogen. »Müssten wir nicht eigentlich da langgehen?«, fragte er schließlich auch.

»Wir machen einen kleinen Umweg. Ich möchte noch kurz was überprüfen.«

Was nicht dazu beitrug, dass Ortwin seine Zweifel verlor. Im Gegenteil. »Es hat aber nichts mit dem gefundenen Skelett zu tun, oder?«

»Nicht direkt.«

»Besonders überzeugend klingt das nicht.«

»Machen Polizeiarbeit wir?«, mischte sich nun auch Sunil ein – und schaffte es dabei allein durch seine hastigen Augenbewegungen, gleichermaßen erwartungsvoll wie ängstlich auszusehen. »Wie in Sherlock Holmes-Geschichten. Immer sehr spannend. Aber auch gefährlich.« Den letzten Satz flüsterte er verschwörerisch.

»Es ist keine Polizeiarbeit. Johannes und ich sind da bloß auf diese kleine Musikabspielbox gestoßen, von jemandem aus einer bestimmten Firma. Und jetzt versuchen wir, ein bisschen was über dieses Unternehmen herauszufinden.«

»Um demjenigen das Gerät zurückzugeben?«, schlussfolgerte Ortwin.

»Ja und nein. Diese Firma erscheint mir irgendwie merkwürdig. Außerdem haben wir eh noch ein bisschen Zeit. Das Hausmeisterehepaar ist noch in unserem Gebäude zugange. Und nach dem letzten Gespräch mit der Frau glaube ich, dürfte es nicht schaden, wenn die beiden ein bisschen Zeit für sich haben. Die könnten sie gebrauchen.«

»Ja, sie wirkten vorhin recht angespannt. Ganz anders als bei unserem ersten Treffen vor ein paar Wochen. Da hat mir die Frau noch frohen Mutes erzählt, dass sie sich in dem Gebäude wie in ihrer Westentasche auskennt. Und dass es so lang leer gestanden hat und sie deshalb froh ist, dass es endlich einen neuen Eigentümer bekommt. Vorhin jedoch habe ich nicht mal gewagt, sie anzusprechen.«

»Sie macht gerade eine schwere Zeit durch«, erklärte Pius und verlor sich für einige Minuten in seinen Gedanken. Den anderen Patres schien das sehr gelegen zu kommen, weil sie sich so die Gebäude und engen Gassen der Balinger Innenstadt noch genauer anschauen konnten. Mehrmals ließ sich Sunil von Johannes das Hightech-Smartphone geben und knipste Fotos damit. Pius bezweifelte zwar, dass mit dieser neumodischen Technik auch nur die Hälfte dieser Bilder etwas geworden war, behielt seine Gedanken aber für sich.

Mit jedem Schritt, den sie sich dem Gebäude gegenüber des Bahnhofs näherten, erhöhte sich sein Herzschlag. Und das lag gewiss nicht an dem Elektroniktempel und dem Supermarkt, dessen Schriftzüge ihm aus etlichen Metern Entfernung entgegenstrahlten.

Kurz kam ihm die Idee, noch einmal die Sonterris-Niederlassung zu betreten und sich bei den Sekretärinnen einen Termin für eine Finanzberatung geben zu lassen. Selbstverständlich einen bei Dirk Rüsselsbacher, um ihm bei der Gelegenheit ein wenig auf den Zahn zu fühlen und sich ganz nebenbei in dessen Büro umschauen zu können. Sofort hatte er vor Augen, wie Johannes ihn mit komplizierten Fragen ablenkte, damit Pius ungestört nachforschen konnte. Aber abgesehen davon, dass der viel beschäftigte Choleriker in den kommenden Tagen bestimmt keinen Termin frei haben würde, bestand die nicht geringe Gefahr, dass der Krawallbussard ihn aus der Stadthalle oder von daheim wiedererkannte. Theoretisch gesehen könnte er auch Ortwin vorschicken, aber dafür müsste Pius den Religionslehrer erst einmal in alles einweihen. Auch das barg etliche Risiken. Nein, diese Überlegung verwarf er am besten schnell wieder.

Was blieb, war die ursprüngliche Idee, die Anwohner in der Straße nach ihrer Meinung zu Sonterris zu befragen. Und wenn selbst das nichts brachte, konnten sie immer noch die hiesigen Journalisten fragen, ob ihnen das Unternehmen bereits zu einem früheren Zeitpunkt irgendwie aufgefallen war.

Die Wahrscheinlichkeit, ein vierblättriges Kleeblatt zu finden, dürfte höher sein. Dennoch blieb ihm keine andere Wahl. Es konnte einfach kein Zufall sein, dass sie bei ihren

Ermittlungen ständig auf diese eine Firma stießen. Gott selbst hatte ihn schließlich darauf hingewiesen. Zumindest hatte Pius die Zeichen des Herrn so verstanden.

»Dort drüben im Supermarkt gibt es leckere Fruchtgummis«, erklärte Johannes seinen Brüdern. »Mit Heidelbeer-, Pampelmuse- und Wildkirsch-Geschmack.«

Sofort hörte Sunil auf, Fotos zu knipsen, und gab das Handy an Johannes zurück. »Das wir uns nicht entgehen lassen sollten.«

»Dufte Idee«, bestätigte Ortwin sofort und marschierte mit dem Tamilen im Schlepptau auf den Eingang zu. Auch Johannes selbst schien einige Momente lang hart mit sich zu ringen, blieb aber bei Pius zurück.

»Hast du sie aus einem besonderen Grund auf ihre Lieblingssüßigkeiten hingewiesen?«, fragte dieser, sobald die Brüder außer Hörweite waren.

»Ich glaube, wenn wir zu viert Fragen stellen, wirkt das höchst auffällig. Als wären wir von der Mafia oder so.«

Der Prior begann zu schmunzeln. »Eine wirklich pfiffige Idee. Ich bin beeindruckt, Johannes. Dann lass uns jetzt die gewonnene Zeit gebührend nutzen.«

Entschlossen schaute er sich auf der Straße nach den ersten Anwohnern um, als ihm aus den Augenwinkeln heraus auffiel, wie ein hochgewachsener Mann mit fliehender Stirn und teuer aussehendem Anzug den Hauseingang zur Sonterris AG verließ. Der goldene Ring an seiner rechten Hand funkelte einen Moment lang verräterisch in der Sonne.

Vielleicht ebenfalls ein Zeichen des Herrn.

»Komm mit«, rief Pius deshalb und heftete sich heimlich an die Fersen des Anzugträgers. Selbst dessen Rückseite strahlte eine Art abgeklärte Überlegenheit aus, die Pius nur zu einem Schluss kommen ließ: Dies war entweder ein vermögender Kunde oder einer der Chefs der Sonterris

AG. Neben ihm wirkte selbst Rüsselsbacher mit seinem ganzen Auftreten und seiner Armani-Kleidung klein und billig. Das Ziel des Anzugträgers schien ein weißer BMW auf dem Hinterhof zu sein. Pius und Johannes folgten ihm auch dahin ohne Zögern.

Nach halber Strecke blieb der Mann vor ihnen plötzlich wie angewurzelt stehen.

Sofort gingen die Patres hinter einem älteren Renault Lieferwagen in Deckung. Hatte ihr Vordermann Lunte gerochen? Pius hielt vor Aufregung die Luft an.

Auf einmal begann der Anzugträger sein Jackett, insbesondere seine Hüften abzuklopfen. Ein verrückter Tanz? Pius glaubte sogar, irgendwo eine leise Melodie zu hören.

In dem Moment zog der Mann einen schmalen weißen Kasten aus der Jackentasche. Ebenfalls eines dieser Musikabspielgeräte?

»Das ist ein Eifohn«, sagte Johannes. Was das war, wusste sogar Pius. Im selben Atemzug nahm sein Bruder ihr Handy und kauerte sich hin, sodass er vom Heck des Daimlers aus unbemerkt Fotos schießen konnte. Idealerweise wandte ihm der Anzugmann sein vollständiges Seitenprofil zu, während er sich den schmalen Kasten ans Ohr hielt und zu sprechen begann.

Als er ihnen gleich darauf wieder den Rücken zukehrte, flitzten sie in gebückter Haltung weiter nach vorn, bis sie nur noch wenige Meter von dem Anzugträger trennten.

»Hallo, René, hier spricht Gerd. Ja, alles gut. Deine Broschüren bin ich durchgegangen. Da sehe ich auch viel Potenzial, genau wie du gesagt hast. Vor allem die Prognosen auf der dritten Seite lesen sich gut.« Einige Sekunden Schweigen, dann: »Das wäre eine Möglichkeit. Ja, ein bisschen Luft nach oben ist sicher noch. Man muss die Leute nur auf die richtige Weise motivieren, dann schließen sie mehr Verträge ab. Ich sage nur Zuckerbrot und Peitsche. Klar kriege ich das hin. Ich weiß, wie ich meinen Jungs am besten Feuer unterm Hintern mache. Den Kurs kenne ich. Warum fragst du? Nein, eine Hausse sehe ich da ebenfalls nicht …« Weitere Fachbegriffe wie »Baisse« und »Kaufoption« folgten.

Pius sank uninteressiert auf den Boden zurück. Offenbar war dies doch bloß ein Geschäftsgespräch. Von diesen Wirtschaftsdingen hatte er wenig Ahnung. Und war ganz froh darüber. Er wollte Johannes schon ein Zeichen geben, sich zurückzuziehen, als im Telefonat plötzlich von einer gewissen Gebäudeverwaltung die Rede war. Augenblicklich richtete sich Pius wieder auf. Der Anzugträger stand immer noch mit dem Rücken zu ihnen, inzwischen allerdings so lässig, als würde er sich nach Feierabend in der Bar einen Cocktail bestellen.

»… Potenzial für Expansion sehe ich durchaus. Und da wir unser Geschäft ohnehin erweitern wollen, ist diese Möglichkeit schier ideal. Vielleicht können wir so gleich ganz ins Immobiliengeschäft einsteigen. Im Prinzip ist der Deal mit der Gebäudeverwaltung völlig ohne Risiko für uns. Wir haben Geroldstein die besten Versicherungs- und Finanzoptimierungen aufgezeigt. Was er daraus macht, liegt ganz bei ihm. Wenn er schwarze Zahlen schreibt: fein. Dann kriegen wir fette Provisionen. Falls er den Karren in den Dreck zieht –, und davon gehe ich aus –, kaufen wir den Laden einfach billig und haben die ganzen Mieter in der Hand. Dann rollt der Rubel richtig. Wer nicht mitzieht, der fliegt. Das ist eine klassische Win-win-Situation. Was wollen wir mehr?« Er lachte auf, allerdings klang es mehr wie das Meckern einer Ziege.

Mit dem Gefühl, einen schlechten Geschmack auf seiner Zunge zu haben, wandte sich Pius ab und war froh, als der Anzugträger wenig später ein überschwängliches »Ade!« von sich gab und das Telefonat beendete. Nur pro forma verfolgte er, wie der Mann in seinen BMW stieg und den Parkplatz verließ. Gleichzeitig war er froh über jeden Meter, den der Sonterris-Chef sich entfernte.

»Was für ein unsympathischer Zeitgenosse«, sagte Pius leise. »Suhlt sich im Elend anderer und macht auch noch Geld damit.«

»Solchen Typen gehört das Handwerk gelegt«, stimmte Johannes zu.

»Ich wüsste nicht, wie. Soweit ich das sehe, hat er nichts Unrechtes getan. Nur moralisch ist es höchst verwerflich. Aber ich glaube nicht, dass der Typ deswegen auch nur ein schlechtes Gewissen hat.«

»Der Herr wird ihm schon seine gerechte Strafe zukommen lassen. Eventuell mit ein klein wenig Hilfe unsererseits.« Triumphierend schwenkte Johannes das Mobiltelefon vor Pius' Gesicht hin und her.

Dieser verstand nur Bahnhof – und das war gewiss nicht jener auf der anderen Straßenseite. »Ich wüsste nicht, wie uns ein paar Fotos dabei nützlich sein sollten. Wir bräuchten echte Beweise, um irgendwas auszurichten.«

»Meinst du so was hier?« Johannes' Zeigefinger flitzte über verschiedene Stellen des Telefons, dann war auf einmal die Stimme von Anzugträger Gerd in nahezu perfekter Tonqualität zu hören. Lediglich durch einige vorbeifahrende Autos rauschte es gelegentlich leicht im Hintergrund.

»Wie hast du das denn geschafft?«

Johannes grinste breit. »Ein Wunder der modernen Technik. Das Zauberwort dafür lautet ›Äbb‹.«

Pius war in jeder Hinsicht verblüfft. Bis gerade eben war ihm nicht mal bewusst gewesen, dass mit Handys überhaupt Gesprächsmitschnitte möglich waren. Zähneknirschend musste er sich eingestehen, dass die Dinger offenbar doch den einen oder anderen Vorteil mit sich brachten. Ein Freund der Mini-Computer würde er aber trotzdem nie werden.

Eine ganz andere Frage war, was sie mit der Aufzeichnung anstellen könnten. Sie Verena oder Herrn Geroldstein vorspielen? Möglicherweise wäre es auch keine schlechte Idee, den Mittschnitt der Balinger Presse zuzuspielen. Er wusste zwar nicht, ob die Journalisten hier genauso heiß auf Schlagzeilen waren wie der rasende Reporter Mike Ritter in Spaichingen, konnte sich das aber durchaus vorstellen.

Sofort schien die Aprilsonne wieder ein bisschen heller zu strahlen.

SECHZEHNDE SCHDAPFL (SECHZEHNTE STUFE)

Das war die Band Kansas mit ihrem 70er-Jahre-Klassiker Carry on wayward son. *Ich weiß nicht, wie es euch geht, Freunde, aber ich habe bei diesem Lied immer die Winchester-Brüder aus der Mystery TV-Serie* Supernatural *vor Augen. Dort läuft dieser Song nämlich in jedem Staffelfinale. Und davon gibt's so einige.*

Doch wir sind ja nicht beim Fernsehen, sondern beim Radio. Genauer gesagt: bei der Donauwelle. Ich bin Katja, eure Moderatorin für den Mittag und Nachmittag. Allerdings ist meine Sendezeit fast vorüber. Kollegin Svenja trinkt draußen nur noch gemütlich einen Kaffee und wird in Kürze übernehmen. Ich wünsche euch einen schönen Restnachmittag und Abend und würde mich freuen, wenn ihr bei meiner nächsten Sendung wieder einschaltet. Jetzt hören wir Placebo mit dem Song Slave to the wage *und da wir einmal die Gitarren ausgepackt haben, folgen im Anschluss gleich die Beatles mit ihrem rockigen* Hey Bulldog. *Zwei Bands aus Großbritannien und beide auf ihre Weise richtig spitze.*

Thorben war erleichtert, dass sich so viele seiner Befürchtungen als Irrtum herausgestellt hatten. Mit einem dünnen Lächeln starrte er aus dem Fenster und war völlig in Gedanken versunken.

In seiner Sorge um Verena hatte er die Puzzleteile allesamt falsch zusammengefügt und sich durch das entstandene Bild selbst erschreckt. Warum er sofort das Schlimmste angenommen hatte, wusste er nicht. War dies eine typische Polizistenkrankheit, weil sie tagtäglich mit Lug und Betrug zu tun bekamen? Oder lag es daran, dass er tatsächlich Angst hatte, das mit Verena und ihm könnte irgendwie zu Ende gehen? Er war unschlüssig, wusste aber, dass es so, wie es derzeit lief, nicht weitergehen konnte. Eine Situation wie die in den vergangenen Tagen wollte er nicht noch einmal durchleben. Nein, sobald dieser Fall endlich abgeschlossen war, würde er den nächsten Schritt wagen. Er musste das einfach tun.

Vorsichtig drehte er den Kopf zur Seite und beobachte seine Liebste aus den Augenwinkeln heraus. Verena war allerdings dermaßen aufs Autofahren und das Mitsummen des Placebo-Lieds im Radio konzentriert, dass sie seinen schmachtenden Blick nicht bemerkte.

Gut so.

So genoss er es, sie einige Sekunden lang stumm zu beobachten, wandte den Kopf aber sofort wieder ab, als sie auf den Innenhof des alten Landratsamts einbogen. Neben seinem orangefarbenen Fiat Panda Cross stand Horst Seifried und klopfte unmotiviert auf einem schmalen Metallrohr herum. Was genau er damit bezweckte, erschloss sich Thorben zwar nicht, aber er dachte auch nicht daran, den äußerst grimmig aussehenden Hausmeister zu solchen Nichtigkeiten zu befragen.

»Wenn Sie zu meiner Frau wollen, die ist oben im zweiten Stock«, knurrte er, bevor einer von ihnen auch nur einen Ton sagen konnte.

Irritiert schauten Verena und Thorben sich an. Dann schlängelte sie sich am Hausmeister vorbei ins Treppenhaus und gab Thorben ein Zeichen, sich mit dem Griesgram zu beschäftigen. Warum auch nicht? Einer musste ja schließlich den Zonk ziehen. Andererseits: Wenn Gerlinde Seifried ähnlich gut gelaunt wie ihr Gatte war, zog Thorben das Gespräch unter Männern eindeutig vor.

»Welche Laus ist Ihnen denn über die Leber gelaufen?«, fragte er geradeheraus.

Der Hausmeister winkte ab. »Ach, es ist nur wegen meiner Alten. In den letzten Wochen und Monaten ist sie nur noch am Keifen. Ab und zu gibt's dazwischen mal 'nen guten Tag, doch kaum passt ihr mal wieder was nicht in den Kram, krieg ich es ab.«

»Was passt ihr denn alles nicht in den Kram?«

»Ach, sie macht aus jeder Mücke 'nen Elefanten. Neulich habe ich eine Freundin von ihr getroffen und mich ein bisschen verquatscht. Als ich danach heim kam, hat sie völlig am Zeiger gedreht. Zugegeben, diese Olga sieht nicht schlecht aus. Aber erstens bin ich verheiratet und zweitens ist sie ebenfalls verheiratet. Vor allem mit so nem Stinkstiefel, der jede Menge Wut im Jackett hat. Mit dem legt man sich besser nicht an. Doch Sie sind sicher nicht gekommen, um sich mit mir über meine Eheprobleme zu unterhalten. Wie kann ich Ihnen denn weiterhelfen?«

»Bei der Durchsuchung des Gebäudes haben wir oben auf dem Dachboden mehrere Kanister mit Gerbsäure gefunden. Haben Sie eine Ahnung, wie die dorthin gekommen sind?«

»Vielleicht hat sie jemand dort vergessen?«

»Ach was! Soweit ich weiß, zählt Gerbsäure nicht unbedingt zum typischen Inventar eines Landratsamtes. Nicht mal zu dem eines stillgelegten. Haben Sie oder Ihre Frau diese Chemikalie mal zum Reinigen oder Beizen verwendet?«

»Ich ganz sicher nicht. Ich kann Ihnen nahezu alles reparieren und erneuern, aber mit Putzsachen kenne ich mich nicht aus. Mir ist auch nicht aufgefallen, dass Lindchen so ein Zeug mal verwendet hätte. Sie nimmt zwar einige starke Mittelchen zum Saubermachen, aber dass darunter irgend 'ne Säure gewesen wäre, glaube ich nicht. So was frisst sich bestimmt auch in die Fußböden.«

»Schon möglich. Aber wenn die Kanister weder von Ihnen oder Ihrer Frau stammen, von wem sind sie dann? Und wie kommen sie auf den Dachboden, wenn die Türen des Gebäudes sonst immer verschlossen sind?«

»Ich will nicht ausschließen, dass sich mal jemand reingeschlichen hat, während ich unten im Keller hantiert habe. Da würden Sie auch nicht mitkriegen, wenn einer hoch auf den Dachboden steigt. Haben die Kanister was mit dem Skelett zu tun?«

»Genau das versuchen wir herauszufinden, Herr Seifried. Es ist auf jeden Fall ein merkwürdiger Zufall, dass sowohl die Knochen als auch die Chemikalien in einem Haus gefunden wurden, das von Ihnen und Ihrer Frau betreut wird und Sie von beidem nichts bemerkt haben wollen. Da frage ich mich schon, was für eine Art Arbeit Sie hier eigentlich tun.«

Die Augen des Hausmeisters verengten sich zu Schlitzen. »Was genau wollen Sie damit andeuten? Halten Sie uns für unfähig? Glauben Sie, dass wir hier die ganze Zeit auf der faulen Haut liegen? Sagen Sie es doch frei heraus!«

»Ich halte Sie nicht für unfähig oder faul. Es ist bloß seltsam. Wer außer Ihnen ist in den vergangenen Tagen und Wochen noch in dem Gebäude gewesen? Von der Polizei und den Geistlichen einmal abgesehen.«

»Niemand.«

»Was ist mit Kollegen von der Hausverwaltung?«

»Niemand! Wenn ich es Ihnen doch sage! Hatten wir diese Fragen nicht schon vor zwei Tagen?«

»Manchmal fällt den Leuten nach einiger Zeit noch was ein. Wann waren Sie vor der ganzen Erbschaftsgeschichte das letzte Mal hier?«

»Das ist schon ’ne Weile her. Ich glaube, irgendwann Ende Februar oder Anfang März. Auf jeden Fall war’s draußen noch schweinekalt. Ich hab nämlich kurz nach der Heizung gesehen, obwohl das nicht so mein Spezialgebiet ist. Zu der Zeit gab’s hier irgend so eine Tupperparty für Klamotten, bei der Gerlinde auch mit von der Partie war. Bei Kleidern können die Weiber eben einfach nicht Nein sagen. Aber wann genau das war – keine Ahnung! Zu der Zeit lief es zwischen uns beiden gerade nicht besonders gut.«

»Dann werden wir Ihre Frau dazu befragen. Was schätzen Sie, wie lang Sie noch im Haus zu tun haben werden?«

Er zuckte mit den Schultern. »Vielleicht bis morgen. Hängt auch davon ab, wie lang unser Gespräch noch dauert. Und ob Sie oder die Pfaffen eventuell noch was finden. Bitte, nur zu, schauen Sie ruhig. Irgendwo liegt bestimmt noch ’ne Leiche rum.«

Verena folgte der Spur der bereits geputzten Fenster und hatte so keine Probleme, Gerlinde Seifried im zweiten Stockwerk ausfindig zu machen. Sie traf sie in einem Raum mit breitem Flügelfenster, der bestimmt mal als Büro gedient hatte, jetzt aber nur noch Staub beherbergte. Der Geruch von Glasreiniger übertünchte den früheren Aktenmief ziemlich penetrant.

»Ha, do gugg na, dia Kommissarin wieda«, empfing sie die Putzfrau und stemmte die Hände in die mächtigen Hüften. »Sie ham mir jetzt gerade noch gefehlt.«

»Ich freue mich auch, Sie zu sehen.«

Gerlinde winkte ab. »Ach, gleich ist Feierabend und ich bin deutlich im Verzug. Die Party gestern Abend ging eindeutig zu lang und war viiieeel zu süffig. Heute Morgen bin ich kaum aus den Federn gekommen. Und dann vorhin die ellenlange Unterhaltung mit dem Priester. Dem mit dem netten Gesicht. Nicht dem Dicken, der so schreckhaft ist.«

Unfreiwillig schmunzelte Verena in sich hinein. »Was ist eigentlich mit Ihrem Mann? Der wirkte noch griesgrämiger als beim letzten Mal.«

»Nichts ist mit ihm. Wir hatten uns vorhin nur wieder in den Haaren. Eigentlich wegen nix. Aber manchmal genügt eine Bemerkung von ihm und ich sehe rot.«

»Geht das schon länger so?«

»Na ja, es hat in den vergangenen Wochen und Monaten zugenommen. Neulich zum Beispiel hat er sich mit einer Frau getroffen, die ich auf den Tod nicht ausstehen kann. Sie kennen Sie auch. Diese geldgeile Zicke Olga, die gestern zu spät zur Party kam. Er weiß genau, dass mir bei deren Anblick das Messer in der Hosentasche aufgeht. Und trotzdem geht er mit ihr gemütlich einen Kaffee trinken und was weiß ich sonst noch. Angeblich lief ja nix. Aber das sagt er ja immer. Ach, mir geht das alles dermaßen auf den Keks, das kann ich kaum in Worte fassen.«

»Was ist denn zwischen dieser Olga und Ihnen?«

»Ich mag sie nicht.« Gerlinde spuckte die Worte förmlich aus. »Sie hat mal behauptet, bei einer Party was mit Horst am Laufen gehabt zu haben. Einer Party, bei der ich ebenfalls dabei war. Mein Mann hat alles abgestritten und in der Hinsicht glaube ich ihm sogar. Ich denke, Olga behauptet solche Sachen nur, um mir eins reinzuwürgen. Bloß weil ich sie irgendwann mal selbst bei 'nem Seitensprung ertappt hab und sie daraufhin als Hure bezeichnet habe. Aber genau das ist sie doch. Eine dreckige, geldgeile Hure. Und nicht mal besonders hübsch.« Sie schüttelte den Kopf und schnaufte verächtlich. »Ich wundere mich selbst, wie ruhig ich gestern Abend in ihrer Gegenwart geblieben bin. Doch nichts ist unmöglich, wenn nur der Alkoholpegel stimmt, wie man so schön sagt. Aber genug davon. Macht es Ihnen was aus, wenn ich neben unserem Gespräch noch das Fenster hier zu Ende putze? Dann wäre ich wenigstens mit dem Raum fertig. Immerhin etwas.«

»Nur zu, machen Sie nur. Ich bin ja auch dienstlich hier.«

Vergeblich suchte sie in Gerlindes Gesicht nach einem Zeichen von Nervosität. Aber die Putzfrau schien wieder ganz in ihrer Arbeit aufzugehen. Kurz glaubte Verena sogar, die Andeutung eines kleinen Lächelns gesehen zu haben. Was nach ihrer vorherigen verbalen Entladung umso bizarrer wirkte.

»Sie haben sicherlich mitbekommen, dass wir gestern auf dem Dachboden mehrere leere Gerbsäure-Kanister gefunden haben. Haben Sie eine Ahnung, wie die dorthin gelangt sein könnten?«

»Sicherlich nicht durch meine Hand. Ich bin dafür zuständig, den Unrat zu entsorgen. Sie würden sich wundern, wie viel Sperrmüll wir hier vergangene Woche schon rausgeschafft haben. Verbogene Aktenordner, Registermappen, mehrere Kisten voll mit Kugelschreibern. Kein einziger davon hat noch geschrieben. Dass die Beamten aber auch immer alles zig Jahre im Voraus planen und bestellen müssen!«

»Sie haben diese Kanister also noch nie zuvor gesehen?«

»Niemals. Ich kann mich auch gar nicht entsinnen, wann ich mal auf dem Dachboden gewesen sein soll. All meine Putzmittel habe ich sauber und ordentlich in zwei Plastikkörben unten in einem Zimmer im Erdgeschoss. Dort, wo auch mein Wischmopp und das andere Zubehör stehen. Bei Bedarf hole ich mir immer genau das, was ich brauche.«

»Halten Sie es für möglich, dass jemand die Kanister ins Gebäude geschmuggelt hat, während Sie in einem anderen Stockwerk zu tun hatten?«

»Na ja, groß genug ist das Haus allemal. Aber warum sollte sich jemand die Mühe machen und hier seinen Unrat entsorgen? Noch dazu auf dem Dachboden. Ist doch viel zu mühsam, alles dort hinaufzubuckeln.«

»Vielleicht wollte er ja nicht, dass es gefunden wird.«

»Pah! Da ist derjenige aber an der falschen Adresse. Ich nehme mir ein Stockwerk nach dem anderen vor. Mir bleibt nichts verborgen. Ich hab meine Augen überall!«

Das glaubte Verena ihr aufs Wort. »Sind Sie eigentlich als einzige von der Gebäudeverwaltung für das alte Landratsamt zuständig?«

»Fürs Putzen auf jeden Fall. Und was die Hausmeistersachen betrifft, je nach Bedarf. Horst sagt zwar immer, er kann alles, aber wenn es um Heizungen und Elektro-Sachen geht, schaut er ziemlich schnell in die Röhre.« Sie feixte auf eine gehässige Art, die Verena nicht recht zu deuten wusste.

»Wann waren Sie denn vor Ihrem jetzigen Putzeinsatz das letzte Mal im Gebäude?«

»Puh … da fragen Sie mich was.« Sie hielt kurz inne, um den Scheiben-Abzieher an einem trockenen Tuch abzuwischen, und fuhr fort, als sie sich wieder den Fenstern zuwandte. »Ich glaube, das liegt etwa anderthalb bis zwei Monate zurück. Esther hatte die Räume zusammen mit Rosi für eine größere Designerparty gemietet. Zu der ich selbstverständlich ebenfalls eingeladen war. Halb Balingen ist da gekommen. Was für ein Event! Und was für Kleider! Danach habe ich dann zwei Tage lang alles saubermachen dürfen. Das war weniger schön. Echt unglaublich, was für Schweine manche Frauen sein können.«

»Könnte es sein, dass die Kanister schon damals jemand im Gebäude versteckt hat?«

»Keine Ahnung. Darüber habe ich mir noch nie Gedanken gemacht. Meinen Sie während der Party oder danach?«

»Sowohl als auch.«

»Es hätte sich bestimmt bei beiden Gelegenheiten jemand reinschleichen können. Gesehen habe ich aber niemanden, falls Sie darauf hinauswollen.«

»Sind während Ihrer Reinemacharbeit damals irgendwelche ungewöhnlichen Sachen passiert? Oder kam jemand vorbei, der sonst für gewöhnlich nicht hier ist?«

»Nein, niemand. Ich war den ganzen Tag über alleine hier. Horst hatte zum Glück anderswo zu tun. Zu der Zeit konnte ich ihn nämlich echt nicht leiden.« Einen kurzen Moment lang fletschte sie die Zähne, ohne dass es ihr selbst bewusst wurde. Danach lächelte sie, als wäre nichts gewesen. »Ich hab mir das Radio laut aufgedreht, damit ich nicht so einsam bin. Selbstverständlich die Donauwelle. Die hatten damals ein Special mit allen Hits von Chris de Burgh. War das toll!«

Ein weiteres Mal beugte sie sich hinab, um den Abzieher zu reinigen. Sie tat das mit der Behändigkeit einer Frau, die derartige Handbewegungen schon 1.000-fach zuvor gemacht hatte. Mehr noch: Verena hatte das Gefühl, dass sich Gerlinde jedes Mal entspannte, wenn sie sich vollends auf ihre Arbeit konzentrierte. Doch allein die Erwähnung ihres Gatten genügte und sofort verwandelte sie sich wieder in Mrs Hyde. Um das zu testen, ließ Verena den Namen ihres Mannes bewusst in die nächste Frage einfließen: »Was glauben Sie, wie lang Horst und Sie hier noch zu tun haben werden?«

Tatsächlich: Augenblicklich verhärteten sich Gerlindes Gesichtsmuskeln. »Keine Ahnung, was er noch alles zu erledigen hat. Ich bin jedenfalls bald fertig. Danach geht's weiter zu zwei Häusern in der Nähe vom Hochwasserdenkmal, wo der Frühjahrsputz ansteht.« Sie entspannte sich wieder.

»Na dann, viel Spaß. Ich schau mal, ob mein Partner sein Gespräch mit Horst schon beendet hat.«

Die letzte Bemerkung hatte sie sich einfach nicht verkneifen können. Wie erwartet, schnaufte Gerlinde sofort wieder wütend. Als wäre sie ein Stier und ihr Mann ein rotes Tuch, dachte Verena auf dem Weg durchs Treppenhaus und hatte sogleich das passende Bild dazu vor Augen.

Im Erdgeschoss kam ihr zuerst der Hausmeister entgegen, der ihr aber nur kurz zunickte und dann, ohne ein Wort zu sagen, in Richtung Keller verschwand. Seine Laune unterschied sich kaum von der seiner Frau.

Dafür erspähte Verena Thorben, der winkend neben der Eingangstür stand. »Erfolgreich?«, fragte er, als sie ihn erreicht hatte.

»Auf jeden Fall sehr aufschlussreich. Und bei dir?«

»Ebenso. Hast du gewusst, dass …«

Weiter kam er nicht, denn in diesem Moment hörten sie von draußen jemanden ihre Namen rufen. Irritiert lugten sie beide in den Innenhof und sahen vier vollkommen in Schwarz gekleidete Männer an dem orangenen Hausfrauenjeep vorbeilaufen. Drei davon im gesetzteren Alter, der vierte zwar deutlich jünger, dafür aber nicht ganz so europäisch aussehend. Die Patres hatten offenbar Zuwachs bekommen.

»Ortwin! Sunil! Sie auch hier?«, rief Verena ihnen entgegen.

»Wir nicht ausgehalten ohne Brüder«, erklärte der Tamile. Einen Moment lang schien er Thorben und sie in die Arme schließen zu wollen, entschied sich dann aber doch für ein überschwängliches Händeschütteln. »Ohne die anderen viel zu ruhig in Konvent.«

»Wo Pius und Johannes sind, ist eben immer was los«, sagte Thorben. Den ironischen Unterton in seiner Stimme schien allerdings nur Verena zu bemerken.

»Eine wirklich interessante Stadt ist das hier jedenfalls«, sagte Ortwin und schob sich einige Fruchtgummis in den Mund. »Vor allem die Leute. Im Café haben wir heute Mittag einen handfesten Streit miterleben dürfen. Und vorhin, als wir nach einem kleinen Ausflug zurückgehen wollten, sind wir an einem Computergeschäft vorbeigekommen. Vor der Tür stand so ein langhaariger junger Mann. Als er uns sah, hat er auf einmal das Weite gesucht. Und das, obwohl Pius und Johannes ihm sogar zugewinkt haben.«

»In Balingen ist eben immer was los«, stimmte Verena zu und schaute fragend zu Pius. Dieser setzte schon zu einer Erklärung an, doch Ortwin kam ihm zuvor.

»Solange keine weiteren Toten gefunden werden, ist mir alles recht. Apropos: Ich hoffe, eure Ermittlungen gehen voran.«

»Durchaus.« Verena nickte. »Gebt uns noch einen Tag, dann dürften wir alles aufgeklärt haben.«

Pius und Thorben schauten beide überrascht, aber auch diesmal kam niemand dazu, den in einen Redeschwall verfallenen Ortwin zu unterbrechen.

»Das freut mich zu hören. Waren denn die Zeitangaben hilfreich, die ich Pius gestern per Telefon durchgegeben habe? Ich habe die Unterlagen im Konvent extra noch mal überprüft und alles genau aufgeschrieben.«

Er reichte ihr ein zusammengefaltetes Papier, auf dem in fein säuberlicher Schrift sämtliche Daten aufgelistet waren. Angefangen beim Erhalt des ersten Anwaltsschreibens bis hin zu Pius' und Johannes' Fahrt hierher vor zwei Tagen. Verena dankte ihm und ließ den Zettel in ihre Tasche gleiten.

»Verena, ich …«, setzte Pius ein zweites Mal an. Diesmal war es Sunil, der ihn unterbrach.

»Leider ist Tag schon fast wieder zu Ende. Wir zurückfahren nach Spaichingen müssen bald. Aber wir hoffen, euch bald wiederzusehen. Außerdem Pius hat versprochen, uns vor Abfahrt noch das Schloss zeigen. Alles sehr interessant hier.«

»Dann möchten wir Sie natürlich nicht aufhalten«, sagte Verena. »Wir sehen uns bestimmt bald wieder.«

»Bestimmt«, versicherte auch Ortwin und tätschelte zuerst ihre und anschließend Thorbens Hand zum Abschied.

Pius trat ebenfalls vor und bedachte sie mit gütiger Miene. »Äh … und wir sollten uns morgen mal unterhalten. Es gibt einige wichtige Sachen zu besprechen.«

»Das glaube ich auch«, stimmte Verena zu. »Und heute noch weiterhin viel Spaß.«

»Was steht bei uns jetzt auf dem Plan?«, fragte Thorben, nachdem die Patres sich entfernt hatten.

»Ich würde sagen, wir unternehmen noch einen kleinen Hausbesuch. Das wird dir bestimmt gefallen.«

Während der Autofahrt zum Nordende Balingens war Verena bester Laune. Sie summte zu der Melodie des Queen-Liedes im Radio und tippte den Takt auf dem Lenkrad mit. Mit dem bisherigen Verlauf des heutigen Tages schien sie sehr zufrieden zu sein. Was wiederum Thorben freute.

Nachdem das Lied zu Ende war, erzählte sie ihm eine Kurzfassung von dem, was Gerlinde Seifried erzählt hatte. Die deckte sich größtenteils mit dem, was Horst ihm in der Zwischenzeit erzählt hatte. An manchen Stellen konnte

Thorben mit seinen Anmerkungen sogar einige Lücken ausfüllen. Auch das schien Verena sehr zuzusagen.

Als sie das Engelestäle erreichten, bekam ihre gute Laune jedoch einen kleinen Dämpfer. Das komplette opulente Haus lag im Dunkeln. Ein bisschen erinnerte es Thorben an die blaue Zahnarztvilla, die sich nicht weit von hier befand. Im Glanz der untergehenden Sonne wirkte das Gebäude hier aber komplett verlassen.

»Was um alles in der Welt wollen wir denn hier?«, fragte Thorben. Sein noch immer geschwollenes Kinn begann wieder zu pulsieren.

»Ein paar Puzzleteile abholen. Außerdem dachte ich, dass du vielleicht eine kleine Revanche für euren Kampf gestern Abend haben möchtest.«

Haha, was für ein Witz. »Nein danke. Ich verzichte. Bin doch kein Preisboxer.«

»Oder hast du Angst, dass du wieder verlierst?«

Lachend betrat sie das Grundstück und klingelte an der Vordertür. Wenig überraschend meldete sich niemand. Auch der zweite Versuch änderte nichts daran.

»Das wird nix. Beide Autos sind weg. Wer weiß, ob der Wutkopf überhaupt schon wieder zurück in Balingen ist. Vielleicht braucht er noch immer Zeit, um sein erhitztes Gemüt abzukühlen. Oder er ist vollkommen abgetaucht.«

»Weil er einen Polizisten niedergeschlagen hat?«

Sie kehrten zum Golf zurück und stiegen ein.

»Wer weiß, was er noch alles für Dreck am Stecken hat. Ich erinnere da nur an die komischen Tabellenkalkulationen auf dem Player.«

»Für einen Haftbefehl reicht es trotzdem nicht.«

»Das sagt ja keiner. Was machen wir jetzt? Feierabend?« Am besten fahren wir heim und machen es uns dort, äh … gemütlich, fügte er in Gedanken hinzu.

Doch Verenas nächste Antwort durchkreuzte all seine freudigen Erwartungen: »Schön wär's. Aber auf dem Revier wartet noch das Verfassen ein paar schöner Berichte über die heutigen Ermittlungen auf uns.«

Er hasste es, wenn sie recht hatte. Vor allem in Momenten wie diesen. Deshalb ersparte er sich auch eine Erwiderung und schwieg die wenigen Minuten, bis sie die Hirschbergstraße erreichten. Dort traute er seinen Augen kaum.

»Was sucht der denn hier?«

Im ersten Moment schien Verena weder zu wissen, wen er meinte, noch, wohin sie schauen sollte. Als sie nicht gleich reagierte, zeigte er auf einen dunklen Audi A6 direkt vor der Polizeidirektion, in dem ein kahlköpfiger Mann mit riesiger Nase saß. Dirk Rüsselsbacher.

Mit ihm hätte Thorben an diesem Ort am allerwenigsten gerechnet.

»Das ist ja eine Überraschung«, begrüßte er ihn und ballte die Hand zur Faust. Bei einem weiteren Angriff würde er vorbereitet sein.

Doch Rüsselsbacher wirkte ebenfalls irritiert. »Sie? Hier? Ich dachte, Sie sind drinnen.«

Das klang, als hätte er auf sie gewartet. Und seinem verstörten Gesicht nach zu urteilen hatte er bisher nicht den Mut gefunden, die Wache zu betreten.

Das roch ganz nach einem Geständnis. Oder einer Entschuldigung. Eventuell nach beidem.

Thorben schaute kurz zu Verena. Auf die nächsten Minuten war er sehr gespannt.

Erwartungsvoll führten Verena und Thorben den Versicherungsmakler zu ihrem Büro. Kollege Heinze von der Nachtschicht kam ihnen mit einer Kaffeetasse und einer halben Butterbrezel entgegen, hatte aber den Mund zu voll, um etwas zu sagen.

Was Verena durchaus recht war.

Sie schloss die Bürotür leise hinter sich und bat ihren Gast, auf dem schwarzen Stuhl neben dem Doppelschreibtisch Platz zu nehmen. »Also, dann lassen Sie mal hören.«

Wie auf Stichwort war auch was zu hören, aber nicht aus Rüsselsbachers Mund, sondern aus Verenas Handtasche. Ihr Handy, das sie vorhin im Auto aufgeladen hatte.

»Hallo, hier spricht Wittke aus Tübingen.«

Sofort hatte Verena wieder eine knorpelige Leberwurst vor Augen. Bei dem, was der Gerichtsmediziner als nächstes sagte, verkrampfte sich ihr Magen gleich noch mehr: »Mich hat eben ein Kollege aus dem Institut angerufen und behauptet, dass der Skelettschädel verschwunden ist.«

Sie schluckte hart.

»Ich hab natürlich gesagt, dass das nicht sein kann und er noch mal genau nachschauen soll. Heute Vormittag habe ich ihn in der Leichenhalle selbst noch gesehen. Und als Sie dort waren, war er ebenfalls noch da, oder?«

»Ja, selbstverständlich.«

»Nichts anderes habe ich erwartet. Wahrscheinlich wollen sich die Kollegen bloß einen Scherz mit irgendwem erlauben. Ich schaue mir das morgen noch mal in Ruhe an. Jetzt bin ich eh schon auf dem Weg nach Hause zu meiner wöchentlichen Schafskopfrunde.«

»Na dann, viel Spaß.« Als sie auflegte, spürte sie, wie ihr Puls hämmerte. Thorben schaute fragend zu ihr, aber sie schüttelte bloß leicht den Kopf. »Ist jetzt nicht so wichtig. Viel mehr interessiert mich, was Herrn Rüsselsbacher zu uns geführt hat.«

Nebenbei beugte sie sich über ihren Stuhl und schaltete ihren Uralt-Computer an, der daraufhin schnaufend und ratternd zum Leben erwachte.

»Ich …« Rüsselsbacher räusperte sich kurz und drehte seinen Oberkörper zu Thorben. »… wollte Sie um Verzeihung bitten.«

»Ha!« Thorben klatschte vor Freude in die Hände. »Wusste ich's doch. Woher die Einsicht, wenn man fragen darf?«

»Gestern Abend ist so einiges aus dem Ruder gelaufen. Olga und ich hatten einen kleinen Streit.«

»So klein sah der aber gar nicht aus.«

»Ja, zugegeben, es ging schon etwas stürmischer und lauter zu. Dann standen Sie auf einmal im Wohnzimmer, haben gesagt, dass Sie von der Kripo sind und Fragen an mich haben. Das war in dem Augenblick einfach zu viel auf einmal. Als ich aus dem Zimmer rauswollte, warf Olga Sachen nach mir. Ich bin ausgewichen und irgendwie mit Ihnen zusammengestoßen. Was keine Absicht war. Doch dann sind Sie wie ein nasser Sack zu Boden gegangen. Da habe ich es mit der Angst zu tun bekommen. Also bin ich abgedampft, um wieder zu Sinnen zu kommen. Mir wurde ziemlich bald klar, dass ich einen gewaltigen Bock geschossen hatte. Doch als ich wieder nach Hause kam, waren weder Sie noch meine Frau da. Was mir zumindest sagte, dass Ihnen nichts Schlimmeres zugestoßen sein konnte. Von Olga nahm ich an, dass sie mal wieder zu ihrer Cousine Irina gefahren ist, um sich bei ihr über mich auszulassen. Hätte ja gepasst. Um des Friedens willen habe ich im Haus alles aufgeräumt und überlegt, was ich tun soll. Schließlich kam Olga heim. Sie war doch bloß auf einer dieser obskuren Klamottenpartys gewesen. Auf so was steht sie ja. Ich hab mich gleich noch in der Nacht mit ihr ausgesprochen. Danach war wieder alles im Reinen. Zumindest für den Moment. Vorhin haben wir uns aber schon wieder gestritten. Wie auch immer, heute habe ich den ganzen Tag über gegrübelt, was ich Ihretwegen tun sollte. Ich meine, Sie sind ein Bulle und könnten das als tätlichen Angriff auslegen. Kennt man ja aus dem Fernsehen.«

»Sie sollten nicht alles glauben, was da gezeigt wird«, erwiderte Thorben barsch.

»Tue ich auch nicht. Trotzdem hatte ich ein schlechtes Gewissen. Ihr Kinn sieht ziemlich ramponiert aus.«

»Alles halb so schlimm. Ist quasi schon Schnee von gestern.«

»Da bin ich beruhigt.« Rüsselsbacher machte Anstalten, sich zu erheben. Aber so schnell wollte Verena ihn nicht gehen lassen.

»Wenn Sie schon einmal hier sind, können wir gleich noch einige andere Dinge klären.« Widerwillig sank er auf seinen Stuhl zurück. »Wegen des Streits? Das war nichts weiter, glauben Sie mir.«

»Um den geht es uns gar nicht. Eher um gewisse Dokumente, die uns zugespielt wurden.« Sie reichte ihm einige der Ausdrucke von ihrem Schreibtisch.

Sämtliche Farbe wich aus Rüsselsbachers Gesicht. »Das ist doch … wo haben Sie das her? Das ist streng vertraulich!«

Thorben griff nach einigen weiteren Ausdrucken auf dem Tisch und stand auf. »Wir fragen uns eher, wo Sie das herhaben. Kommt jeder Versicherungsvertreter an Übersichten darüber, wie viele Vertragsabschlüsse die Kollegen haben? Und an die Beiträge und Einkommen der einzelnen Kunden?«

»Ich sollte da was ausarbeiten«, sagte Rüsselsbacher kleinlaut. Wenig überzeugend.

»Für Ihren Chef? Wir können ihn gern deswegen anrufen. Dann klären wir bei der Gelegenheit auch gleich, wie diese Daten auf einen MP3-Player gelangen. Ist ja auch der passende Ort für angeblich streng vertrauliche Daten.«

Um seine Worte zu unterstreichen, griff Thorben nach dem Telefonhörer. Sein bestimmtes Auftreten imponierte Verena. In Momenten wie diesem wurde ihr jedes Mal ganz warm ums Herz.

Rüsselsbacher hingegen schien das komplette Gegenteil zu spüren. »Vielleicht lassen Sie meinen Chef doch lieber aus dem Spiel. Es ist sozusagen eine etwas delikate Angelegenheit.«

»Wir sind ganz Ohr.« Thorben zog die Hand vom Telefon zurück.

»Also gut. Ich habe die Daten ohne sein Wissen kopiert. Wir kriegen so viel Druck von ihm und den anderen Vorgesetzten. Außerdem sitzt mir Olga im Nacken, dass ich mehr Abschlüsse hinbekomme und mehr Provision erhalte. Da habe ich einfach versucht, einen kleinen Vorteil für mich rauszuholen. Sonterris schadet das nicht. Im Gegenteil.«

»Ihre Kollegen dürften das anders sehen. Wann und wie sind Sie überhaupt an die Daten rangekommen?«

Rüsselsbacher wusch sich pantomimisch die Hände. »Irgendwann um Februar/März herum fand im alten Landratsamt auch so eine Klamotten-Party statt. Zu der Olga natürlich unbedingt hingehen wollte. Als ich das im Büro beiläufig erwähnte, meinte Gerd – also Herr Ilgenfritz –, dass seine Frau ebenfalls dorthin geht, und schlug vor, dass wir die Chance bei ihm daheim für einen kleinen Umtrunk nutzen. Er hat jede Menge irischen und schottischen Whisky zu Hause. Nur die edelsten Sachen. Im Laufe des Abends bin ich irgendwann aufs Klo verschwunden und hab gesehen, dass die Tür zu seinem Büro offen stand und sein Notebook noch an war. Da konnte ich einfach nicht anders, als meinen MP3-Player anzuschließen.«

»War es nicht eher so, dass Sie den Player extra deswegen mitgenommen hatten? Das ist ein besonderes Modell mit extra großer Festplatte. Wie geschaffen für diesen Zweck.«

»Ja, zugegeben, ich habe gehofft, dass sich eine Gelegenheit ergibt. Davon ausgegangen bin ich trotzdem nicht. Was in den Dokumenten drinsteht, hat mich selbst überrascht. Manches sind wirklich heikle Geschäftsabschlüsse. Aber damit habe ich nichts zu tun. Ehrlich!«

Verena nickte. »Das glauben wir Ihnen sogar. Dennoch haben Sie sich unrechtmäßig vertrauliche Daten angeeignet. Das können wir nicht einfach so auf sich beruhen lassen. Sie werden diesbezüglich von der Staatsanwaltschaft hören.«

Er nickte niedergeschlagen, sagte aber nichts. Verenas Mitleid hielt sich in Grenzen. Sie war nur überrascht, wie leise der sonst so jähzornige Mann auf einmal war. Und ihr fiel noch eine andere Sache ein, die sie unbedingt mit ihm besprechen wollte. »Ihr Name taucht auch im Zuge anderer Ermittlungen auf. Sagt Ihnen der Name Lenka Saizew etwas?«

»Lenka?« Rüsselsbacher richtete sich auf und wirkte sichtlich irritiert. »Das war eine Kollegin von mir. Sie hat sich vor ein paar Jahren umgebracht. Aber damit hatte ich ebenfalls nichts zu schaffen!«

»Es heißt, Sie hatten zu der Zeit eine geheime Liaison mit ihr.«

»Woher haben Sie das?«

»Stimmt es?«

»Ja, wir hatten mal was miteinander. Das war allerdings, bevor ich mit Olga zusammenkam. Wir haben das damals auch bloß geheim gehalten, weil Romanzen im Büro nicht gern gesehen sind. Das stört das Betriebsklima, heißt es.

Deshalb hatte ich damals der Polizei nichts gesagt. Als ich hörte, dass sich Lenka umgebracht hat, war ich ziemlich fertig, aber nicht überrascht. Wir hatten schon damals viel Leistungsdruck von Seiten der Geschäftsführung. Viele kündigen deswegen einfach. Andere …« Er seufzte tief. »… fressen es einfach in sich hinein, bis sie es nicht mehr aushalten.« Rüsselsbacher brach ab. Dicke Krokodilstränen quollen aus seinen Augen. Verena fand, dass sie echt waren. Dennoch wirkten sie bei dem grobschlächtigen Mann äußerst unpassend.

Thorben stand auf, um ihm einen Becher mit Wasser zu holen. Verena reichte Rüsselsbacher währenddessen ein Taschentuch. Das dieser dankend annahm. Er schnäuzte sich lang und geräuschvoll wie ein Elefant.

»Was möchten Sie noch wissen?«, fragte er anschließend mit gefasster Stimme.

Inzwischen hatte es der Computer geschafft, sein Betriebssystem und die Polizei-Software vollständig zu laden. »Lassen Sie uns nochmals zu Ihrem MP3-Player zurückkommen. Erzählen Sie uns die ganze Geschichte bitte noch einmal von Anfang an. Wir müssen Ihre Aussage zu Protokoll nehmen.«

Verena unterdrückte ein Gähnen und machte sich bereit, loszutippen. Es würde sicherlich ein recht langer Abend werden. Kurz dachte sie an ihr Handy und den vorhin gesehenen Hinweis im Display, dass ihr Thorben eine Nachricht auf der Mailbox hinterlassen hatte. Gern hätte sie die gleich abgehört. Aber das musste leider warten. Fürs Erste gehörte ihre gesamte Aufmerksamkeit Dirk Rüsselsbacher.

SIEBZEHNDE SCHDAPFL (SIEBZEHNTE STUFE)

Hallo, Freunde der Nacht. Das waren I am Kloot mit ihrem beeindruckenden Akustik-Song Deep blue sea. *Ihr hört Radio Donauwelle und ich bin Regina, eure Begleiterin durch die Nacht. Der April neigt sich langsam dem Ende zu, gibt sich aber, wenn ich den Worten unseres Wettermanns Jörg glauben darf, nicht kampflos geschlagen. Einige stürmische Tage stehen uns laut seinen Prognosen bevor. Deshalb zieht euch warm an und gebt acht auf euch.*

Bei uns geht es jetzt weiter mit Bruce Springsteen und seinem Lied Frankie. *Eine Wahnsinnsnummer! Das Lied dauert knapp siebeneinhalb Minuten und passt von vorne bis hinten. Achtet mal darauf, wenn es nach gut fünf Minuten auf einmal so klingt, als wäre der Song gleich vorüber. Doch dann packt die E-Street-Band noch mal sämtliche Instrumente aus und rockt abermals los. Was für ein Lied!*

Mitternacht lag bereits weit zurück, aber trotz seiner Müdigkeit fiel es Pius auch diesmal schwer, zur Ruhe zu kommen. Irgendwo in der Dunkelheit des Zimmers versuchte Johannes mal wieder, den halben Schwarzwald abzuholzen. Doch das war es nicht, was ihn vom Schlafen abhielt.

Er dachte zurück an all die Sachen, die sie heute erlebt und herausgefunden hatten. Den nicht ganz risikofreien Ausflug nach Tübingen, den überraschenden Besuch von Sunil und Ortwin, über den er sich wirklich sehr gefreut hatte. Die Zeit mit ihnen war viel zu schnell verflogen und er bedauerte es, dass die Brüder schon wieder nach Spaichingen zurückgekehrt waren. Doch nicht mehr lang und sie würden ihnen folgen können. Zuvor musste er nur noch die eine oder andere Angelegenheit zu Ende bringen. Die Überprüfung und Vermessung des alten Landratsamts nahmen dabei aber noch den geringsten Anteil ein.

Nachdenklich kratzte er sich am Kinn und ließ noch einmal all die geführten und belauschten Gespräche der vergangenen Tage Revue passieren. Schon bald stellte sich in seinem Bauch wieder ein gewisses Rumoren ein. Sein »Tatort-Knurren«, wie er es gern nannte. Und das schien lauter zu sein, als das Schnurcheln und Schnarcheln von der anderen Seite der Bettstatt. Pius schlug die Bettdecke zurück, tastete mit den Füßen nach den Hotelpantoffeln und schlüpfte in die weißen Frotteelatschen. Die, so hatte er sich vorgenommen, würde er bei seiner Heimkehr Bruder Ortwin vermachen, als Mitbringsel sozusagen. Doch bis dahin war es noch ein langer Weg. Der ihn aber nun erst einmal ins Badezimmer führte, wo er auf der Keramik tat, was auch Päpste dort zu tun pflegen. Dann schlüpfte er in seine geflickte Jeans und das Hemd, stülpte sich die schwarzen Socken über und schlich auf Zehenspitzen aus dem Zimmer. Erst im Hotelflur zog er seine Schuhe an.

Wenig später sog er die laue, milde Balinger Nachtluft in seine Lungen. Für April war es ein wenig zu warm. Für kurz nach Mitternacht war Pius ein wenig zu wach. Er seufzte, schluckte gegen das Krimiknurren aus der Magengegend an und ging mit langsamen Schritten los. Auf der Friedrichstraße war kein Mensch zu sehen. Dennoch waren die Schaufenster der Läden so hell erleuchtet, als müsse die Menschheit auch des Nachts in die Konsumtempel gelockt werden. Pius hingegen zog es zum Tempel seines Gottes. Aber natürlich war die Stadtkirche auch diesmal abgeschlossen. Also setzte er sich auf eine der Holzbänke an der Längsseite, genau gegenüber der Eisdiele. Im Schaufenster sah er seine eigene Silhouette und schloss die Augen.

»Im Namen des Vaters, des Sohnes und des Heiligen Geistes.« Pius bekreuzigte sich und lauschte. Selbstverständlich vernahm er nichts, schon gar keine deutliche Antwort. Dennoch spürte der Pater, dass sein Herr bereit war für ein Gespräch.

»Ach, Herr, was ist denn nur wieder los?«, fragte Pius stumm und stellte sich den hölzernen Heiland in der Spaichinger Kirche vor. Diese geschnitzte Jesusfigur war für ihn in all den Jahren auf dem Dreifaltigkeitsberg weit mehr geworden als ein Kunstgegenstand von beträchtlichem Wert. Für ihn stellte dieser Heiland am Kreuz das Bildnis seiner direkten Verbindung nach oben dar. Und genau das brauchte er jetzt.

»Verzeih mir, dass ich gesündigt habe.« Pius senkte den Kopf. »Ich hätte den Schädel nicht stehlen sollen.« Er meinte, ein himmlisches Kopfnicken zu spüren und fuhr fort. »Es ist doch aber so, dass dieser Mensch ein christliches Begräbnis braucht. Und dazu muss man doch dem Skelett einen Namen geben. Nicht wahr?«

Die Antwort blieb aus. Dafür wirbelten die Bilder und Gedanken im Kopf des Mönches umher wie ein Schwarm Mücken an der Eyach.

»Kannst du mir nicht ein Zeichen geben?«, bat Pius. Und schreckte auf: Just in diesem Augenblick kamen drei junge Frauen, eher noch Mädchen, um die Ecke gestakst. Ihre Röcke waren so kurz, dass sie gut und gerne als Gürtel hätten durchgehen können. Die eine wurde von den beiden andern flankiert. Und war dem Gang nach zu urteilen ziemlich angeschickert. Man könnte fast meinen, dass so etwas hier nachts zum guten Ton gehörte. Aber Pius wusste es besser.

Er bekreuzigte sich, verabschiedete sich fürs Erste von seinem Herrn und wollte aufstehen, als die drei Grazien neben einem der riesigen Blumenkübel vor dem Blumenladen direkt gegenüber stehenblieben. Die Betrunkene lehnte sich gegen den Kübel. Pius drückte sich in den Schatten und war froh, über dem weißen Hemd die schwarze Jacke zu tragen. Er hoffte, nicht gesehen zu werden. Nicht, weil er etwas zu verbergen gehabt hätte, aber Pius konnte sich vorstellen, dass die drei, die irgendwas zwischen 15 und 17 Jahren alt zu sein schienen, lieber nicht mitten in der Nacht von einem mittelalten Mann belästigt werden wollten (man sah ihm ja nicht an, dass er ein Mönch war und ihm nichts ferner lag als das).

»Der Arsch!«, brachte die Betrunkene hervor. Und dann presste sie die Hand auf den Mund. Half aber nichts, der Mageninhalt drang an die frische Luft. Scheinbar aber war das Mädchen geübt, denn sie traf haargenau den Gulli. Ihre Freundinnen quittierten das umgekehrte Trinken mit viel »Iiih« und »Bääääh«. Dann rülpste die Angeschickerte so laut, dass so mancher Kerl neidisch geworden wäre, wischte sich mit der Hand über den Mund und verkündete: »Besser!« Pius rutschte noch weiter in den Schatten.

»Der kann nichts dafür, Pia.« Die größere der Freundinnen nestelte ein Taschentuch aus der winzigen Tasche des winzigen Rockes. Pius war erstaunt, dass sie dort ebenfalls noch ein Feuerzeug und eine Schachtel Zigaretten untergebracht hatte, welche sie nun hervorholte. Pia lehnte ab, aber die Dritte im Bunde, welche offenbar Svenja hieß, pustete gemeinsam mit der Großen Rauchwolken aus dem Mund.

»Was heißt, der kann nichts dafür? Der hat sie flachgelegt!« Wieder rülpste sie, behielt dieses Mal aber alles dort, wo es intern hingehörte.

»Die hat den verführt. Ey Mann, Alter, haste den Rock gesehen? Voll nuttig!« Die Große schnaubte und spuckte ganz und gar nicht damenhaft auf den Boden.

»Boah echt ey, und wie die ihre Titten raushängt.« Svenja schüttelte den Kopf so heftig, dass ihr eigener Vorbau aus dem sehr knappen Top zu hüpfen drohte. Pius fragte sich, wie wenig die als Prostituierte verunglimpfte Person angehabt haben musste, wenn die Kleidung dieser drei als regelkonform galt. Nichts vermutlich.

»Die hat sich dem voll an den Schwanz geworfen, ey. Ich bring die um!« Pia ballte die Fäuste, schwankte dabei aber derart, dass es ein wenig gefährlich aussah.

»Cool ey, ich mach mit!« Svenja schnippte ihre Kippe Richtung Gulli, traf aber nicht. Dann hakten die drei sich unter und schwankten davon. Pius atmete auf. Und dann so hastig ein, dass er Schluckauf bekam. War das eben … konnte das sein?

»Herr, war das das Zeichen?«, flüsterte der Pater. Das Tatort-Knurren wurde zu einem innerlichen Brüllen.

»Also doch. Die klassische Eifersucht!« Pius war sich nicht sicher, ob er die letzten Worte laut ausgesprochen hatte. Das war ihm aber auch egal, als er beinahe im Laufschritt zum Hotel zurückkehrte. Vor dem Zimmer schlüpfte er schnell aus den Schuhen, stellte dann erleichtert fest, dass Johannes noch immer ein Sägewerk imitierte und schnappte sich das Mobiltelefon. Im Bad starrte er einen Moment lang auf den Bildschirm. Versuchte, sich alles, was er bei seinen Brüdern beobachtet hatte, zu vergegenwärtigen. Schaffte es tatsächlich, den Sperrbildschirm zu aktivieren. Und den Code einzugeben. Den er niemals vergessen könnte, wie auch, es war ja der Geburtstag des Herrn. 2–4–1–2. Nicht sehr originell, aber in diesem Fall: richtig! Und genau deswegen bekam Verena Hälble um 00:42 Uhr in dieser Nacht eine SMS mit dem Inhalt: »Gar linde Seife wars. Ein Unbemannter«.

Dass ihm die Autokorrektur einen orthographischen Streich spielte, störte ihn dabei nicht. Die Kommissarin würde die Nummer und die Nachricht hoffentlich leicht als die der Patres identifizieren können. Zufrieden schlich er zurück ins Bett und glitt trotz seiner inneren Unruhe sofort in einen traumlosen Schlaf.

Es geschah selten, dass Verena Hälble wegen eines Anrufs aus dem Häuschen geriet. Schon gar nicht, wenn der Anrufer ein Mann war. Jetzt aber war sie nicht nur aus dem Häuschen, sie war quasi aus einem ganzen Schloss. Burg Hohenzollern wenigstens. Oder gleich Versailles. Mindestens. Denn bei dem Anrufer eben handelte es sich um keinen geringeren als Dr. dent. Schablonksi. Er rief an, um ihr mitzuteilen, dass er seine Hausaufgaben erledigt habe. Das hatte die Kommissarin zwar nicht, also ihre Hausaufgaben erledigt. Sie hätte noch das Protokoll der Rüsselsbacher-Vernehmung abtippen müssen, auch wenn es a) nach Mitternacht und b) sowieso ohne Ergebnis geblieben war.

War aber egal, ihr jedenfalls. Jetzt jedenfalls. Die Müdigkeit war auf einen Schlag verflogen, als hätte sie eben einen dreifachen Espresso gekippt. Also ließ sie alles stehen und liegen und raste zur Villa Schablonski. Kurz überlegte sie, Thorben zu informieren, aber nachdem der sich vorhin mit der Ausrede, hundemüde zu sein und schon mal nach Spaichingen zurückzufahren, verabschiedet hatte, machte es vermutlich eh wenig Sinn, ihn jetzt anzurufen.

Das Tor am Fuß des Hügels stand bereits offen und dank ihrer vorherigen Besuche wusste Verena genau, wo in der Einfahrt sie den Wagen abstellen konnte. Kaum war sie ausgestiegen, ging die Haustür auf und ein sichtlich glücklicher Hausherr strahlte sie an.

»Das ging aber schnell!«, wunderte sich der Zahnarzt.

»Ebenfalls«, sagte Verena. »Da haben Sie sich aber ordentlich ins Zeug gelegt. Selbst in meinen kühnsten Träumen hätte ich frühestens morgen mit Ihrem Anruf gerechnet.« Passend dazu wirkte der Zahnarzt trotz der gesunden Bräune ziemlich fahl. Müde. Mit Augenringen, die so gar nicht zu seinem gebleichten Lächeln passen wollten.

»Ach. Hat ja Spaß gemacht«, wiegelte Schablonski ab und bat sie ins Haus. »Meine Frau schläft schon. Aber na ja …« Der Zahnarzt blieb kryptisch, aber auch das war Verena in diesem Moment egal. Sollte hier doch schlafen, wer wollte – sie spürte, dass es in wenigen Augenblicken in Sachen Skelett einen großen Schritt vorangehen würde.

Den Weg in die Werkstatt hätte sie ohne Führung wohl kaum wiedergefunden. Erstens lud die Villa geradezu dazu ein, sich zu verfransen. Und zweitens hatte sie beim letzten Mal ja reichlich Alkohol im Blut gehabt. Den Gedanken daran verbat Verena sich selbst – und im Übrigen überwog die berufliche Neugier der privaten Scham. Letztere galt ohnehin eher den Patres, in deren Zimmer sie eine alkoholselige Nacht verbracht hatte. Verena nahm an, dass Schablonski ihren totalen Suff gar nicht mitbekommen hatte. Trotzdem lehnte sie nicht ab, als der Zahnarzt ihr ein Spöttinger Bräu aus der Minibar anbot. Plopp. Plopp. Und zweimal »Ah«. Schablonski prostete ihr zu. Dann bat er sie, ihm in den Nebenraum zu folgen. Dort musste sie unweigerlich lachen: Der Zahnarzt hatte dem rekonstruierten Kopf, welcher auf einem hohen Beistelltischchen mit ziselierten Goldfüßen mitten im Zimmer stand, eine feuerrote Clownsperücke aufgesetzt.

»Ich muss mich entschuldigen.« Schablonski lehnte sich grinsend gegen ein Regal, auf welchem sich medizinische Fachbücher wie Soldaten in der Reihe drängten. »Ich hatte keine andere Frisur zur Hand.«

»Steht ihr gar nicht schlecht. Nur die Farbe ist ein bisschen schrill. Und zur Fasnet kann sie so allemal.«

Schablonski kicherte. Nervös. Die Anspannung war ihm anzusehen, während er sie beobachtete. Verena trat näher an den Tisch. Umrundete den Schädel zweimal. Blieb dann stehen, beugte sich ein wenig herab und stand nun quasi Auge in Glasauge mit dem toten Gesicht da. Sie fixierte die Nase, die einen kleinen Höcker aufwies, ansonsten aber sehr stupsig war. Das runde Kinn. Die prallen Wangen. Die vollen Lippen, wobei die Unterlippe deutlich fleischiger war als die Oberlippe.

»So jung!«, sagte sie leise und betrachtete den Tonkopf. Irgendwie erinnerte sie dieser an eine Skulptur von Rodin, gepaart mit einer Prise Giacometti. Ohne die lächerliche Perücke hätte der Kopf auch in einer der Ausstellungen in der Balinger Stadthalle stehen und Kunstfreunde aus aller Welt begeistern können. Verena trat einen Schritt zurück. Legte den Kopf schief und kniff die Augen zusammen. Die groben Strukturen verschwammen und schienen sich zu glätten. Sie blinzelte.

»Könnte ich das mal ohne Perücke sehen?«, fragte sie.

»Sicher doch, bloß ist der Hinterkopf nicht fertig und die Ohren auch nicht.« Schablonski blickte entschuldigend.

»Macht nichts«, versicherte ihm Verena. Also nahm der Zahnarzt die Clownshaare weg. Wieder kniff Verena die Augen zusammen. Beugte sich vor. Schwieg. Schaute. Kniff. Und stieß dann einen Pfiff aus.

»Die kenne ich«, murmelte sie. Schablonski war klug genug, nichts zu sagen. Vielleicht war er auch nur zu nervös, schließlich dürfte dies das erste Mal gewesen sein, dass seine Hobby-Arbeiten eine echte Polizistin überzeugen mussten. Aber das Befinden des Zahnarztes war Verena Hälble in diesem Moment völlig egal. Sie hatte die Frau – also deren Ebenbild mit echter Haut und echtem Haar – schon einmal gesehen. Verena vergaß nie ein Gesicht. Hatte aber Probleme, ein Antlitz zuzuordnen, wenn es nicht genau da war, wo es hingehörte. Was dazu führte, dass sie sich wunderte, wer sie da eben wie eine alte Bekannte begrüßt hatte, bis es ihr schließlich viel später dämmerte, dass die vermeintlich Fremde ja eigentlich in die Metzgerei am Marktplatz gehörte. Oder in die Bäckerei gegenüber der Sparkasse. Das zumindest konnte sie hier ausschließen: Der Tonkopf gehörte mit Sicherheit niemandem aus dem Spaichinger Dienstleistungssektor. Dieses Gesicht hatte sie neulich erst gesehen. Nur wo? Lebendig konnte ja kaum sein, sonst hätte der Schädel schlecht im Landratsamt gelegen.

»Puh.« Verena ging zum Regal und schloss die Augen. Nach wenigen Sekunden wusste sie es: »Die hängt im Flur!«

»Wie bitte?« Schablonski machte ein Gesicht, als habe die Kommissarin ihm eben erzählt, dass er künftig Elefanten in seiner Praxis behandeln sollte.

Egal.

Mit raschen Schritten verließ sie die Werkstatt. Es dauerte einen Moment, bis sie den Lichtschalter gefunden hatte, doch schließlich erhellten Halogenstrahler, die in die lackglänzende Decke eingelassen waren, den langen Flur. Verena hastete an den Fotos vorbei. Esther hier, Esther da. Schließlich blieb sie vor einem Gruppenbild stehen. Tatsächlich: Neben Esther, Olga Rüsselsbacher und der ganzen Bagage lachte ihr die Tote entgegen. Statt mit der

Clownsfrisur mit pechschwarzem, schulterlangem Haar und üppigen roten Lippen.

»Da!« Schablonski war hinter sie getreten und starrte nun seinerseits auf das Foto. »Kennen Sie die?«

»Das gibt's doch nicht.« Unter die Freude, ein Gesicht tatsächlich lebensecht rekonstruiert zu haben, mischte sich hörbar Verwunderung.

Jetzt war es am Hausherrn, ein »Puh!« zu machen.

»Ja und? Kennen Sie die Frau?«, hakte Verena nach.

»Ja. Das ist Natalja.«

»Und weiter?«

»Keine Ahnung. Was Russisches. Die war ein paar Mal hier, bei Esther.«

»Also eine Freundin Ihrer Frau?«, hakte Verena nach und nahm das Bild von der Wand. Die musste recht frisch gestrichen worden sein, denn darunter war kein Farbunterschied zu sehen.

»Esther hat so viele Bekannte, da komme ich auch nicht mit. Aber wie … weshalb …«

»Gute Frage. Genau das muss ich rauskriegen. Ich nehme das Foto mit.« Esther für eine Befragung zu wecken, würde wohl keinen Sinn machen und außerdem drohte ja keine Fluchtgefahr oder Ähnliches. Und sie war sich ziemlich sicher, sowieso keine wirklich brauchbaren Dinge zu hören. Zum Beispiel, ob die Frau vom Foto irgendwie mit der Selbstmörderin Lenka bekannt gewesen war. Es war eindeutig zu spät für hochkriminalistische Finessen.

Verena bat den Zahnarzt, ihr noch ein paar Aufnahmen vom Schädel zu schicken, ehe er den Ton wieder abklopfte. Irgendwie musste der Kopf wieder zurück in die Pathologie. Aber nicht heute. Nicht jetzt. Verena beschloss, es wie Scarlett O'Hara zu machen. »Morgen. Das verschiebe ich auf morgen.«

ACHTZEHNDE SCHDAPFL (ACHTZEHNTE STUFE)

Guten Morgen, Donauwellenland! Ich bin's, der Martin Mössner, euer Morgenmann für heute! Draußen im Vogelnest in der Kastanie vor der Redaktion piept es, bei mir piept's auch, aber erst mal gibt's durch den Äther Vogel der Nacht *von Stephan Remmler. Und wenn ihr euch wundert, wo Morgenmann Steven abgeblieben ist – den hat sich für heute mein Heimatsender ausgeliehen. Und ich darf schauen und hören, wie es bei der Donauwelle zugeht. Ist nett hier bei euch im Ländle und weil ich ein Schwabenfan bin, dürfen nach den acht Uhr Nachrichten Wolle Kriwanek & Schulz Bros den* Reggea di uff *rocken!*

»Reg di doch ned so uff!« Pius hatte noch immer den Song von eben im Ohr, als er sich gemeinsam mit Johannes vom Frühstückstisch erhob. Der Wetterbericht aus dem Radio hatte viel Sonne auch für diesen Tag in Aussicht gestellt. Doch die Miene seines Glaubensbruders war alles andere als heiter. »Isch doch bloß an kloiner Flegg«, tröstete er, während Johannes mit einem Taschentuch wie wild am roten Abdruck herumrieb, den das Himbeermarmeladebrötchen auf seinem weißen Hemd hinterlassen hatte.

»Ich hab aber kein frisches Hemd mehr dabei«, jammerte Johannes. »Ich dachte doch nicht, dass wir so lange in Balingen bleiben. Und einen Pulli mag ich nicht drüberziehen, da schwitze ich doch heute bloß.«

Pius lächelte. »Ich würde dir ja eins von meinen anbieten. Aber ich fürchte …«

»… dass ich es sprenge.« Trotz Fleck grinste Johannes. »Mist. Dann muss es halt so gehen. Geht jetzt sowieso nicht raus.« Er stopfte das zerfledderte Papiertuch in seine Hosentasche und zog aus der anderen das klösterliche Smartphone, welches er, kaum hatten die Patres das Hotel verlassen, seinem Prior reichte. »Du sollst Verena zurückrufen.«

»Aber ich … wie denn?« Pius nahm das Telefon mit spitzen Fingern entgegen. Er freute sich darauf, ihr von seinen neusten Erkenntnissen zu berichten.

»So, wie du gestern die SMS getippt hast«, grinste Johannes und verschränkte die Arme so vor dem breiten Bauch, dass der knallrote Gsälzfleck einigermaßen verdeckt wurde. Dass er dabei seinen rechten Unterärmel einsaute, würde er später merken.

»Ja, also, ich … du hast geschlafen, deswegen.« Pius seufzte. Tippte den Code ein und starrte auf das bunt beleuchtete Display. Er entschied sich für die Kachel mit dem Telefonhörersymbol und tippte sie an. Sofort erschien eine lange Liste mit Namen. Verenas stand zum Glück ganz oben und tatsächlich wählte das Handy quasi von allein, kaum dass Pius mit dem Zeigefinger ihren Namen berührt hatte. Ab da war alles wie bei einem ganz normalen Telefon: ans Ohr halten, warten und sprechen.

»Gott zum Gruße, Verena«, rief Pius überlaut.

»Die hört dich auch so«, zischte Johannes und zog Pius über die Straße. Gegenüber vom Hotel war ein kleiner Platz mit Brunnen.

»Guten Morgen, Pater Pius«, kam es aus dem Hörer.

»Was kann ich für dich tun?«, erkundigte sich Pius und rechnete mit ein paar Anweisungen, die das alte Landratsamt betrafen. Als die Kommissarin ihn aber fragte, was denn eine »Gar linde Seife« war, wofür er diese bräuchte und warum er mit »ein Unbemannter« unterzeichnet habe, wurde der Pater sehr, sehr still.

»Sind Sie noch dran?«, rief die Kommissarin nun ihrerseits so laut, dass selbst Johannes sie hören konnte.

»Ich … aber … also …«, stammelte Pius. Atmete ganz tief ein. Und schloss die Augen wie ein Kind, das sich versteckt und denkt, es sei unsichtbar, weil es selbst ja schließlich die anderen auch nicht sehen kann. Verena konnte ihn zwar nicht sehen, aber hören.

»Also, ich habe nachgedacht«, begann er schließlich. »Und bin zu dem Schluss gekommen …« Weiter kam er nicht.

»Stopp! Das müssen wir verschieben. Ich habe gerade wirklich, wirklich viel zu tun«, unterbrach ihn die Kommissarin. »Vielleicht können wir heute in der Mittagspause reden, falls ich überhaupt eine machen kann.«

»In … in Ordnung.« Pius nickte. Was Verena nicht sehen konnte.

»Gut, dann melde ich mich später.« Klack. Die Verbindung war unterbrochen.

»Was ist denn los?«, erkundigte sich Johannes.

»Also … ich … das erzähle ich später, ja?« Pius reichte Johannes das Handy. »Du hast übrigens auch Flecken am Ärmel.«

»Ach Menschenskindersackzement.« Johannes sprang auf und verschwand Richtung Hotel. Vielleicht könnte er mit etwas Seife einen akzeptablen Bekleidungszustand herstellen.

»Ich warte hier!«, rief Pius ihm nach. Was Johannes nicht mehr hörte. Denn im selben Moment, in dem der Bruder rechts um die Ecke bog, wollte aus der anderen Richtung ein baumlanger Kerl dasselbe nach links machen. Die beiden prallten in vollem Laufschritt aufeinander, wobei Johannes' Stirn exakt dort auf Widerstand traf, wo sich das Kinn des anderen Fußgängers befand. Der schwankte nicht einmal, aber Johannes machte »Oh«. Dann kippte er wie ein Brett nach hinten.

»Jessasmaria!« Pius sprang auf und rannte zu Johannes, der alle Viere von sich gestreckt hatte. Der Unfallgegner war in die Knie gegangen, rieb sich sein Kinn mit der einen Hand und tätschelte gleichzeitig mit der anderen Johannes' Wangen.

»Herr Seifried!« Pius hätte nicht gedacht, den Hausmeister so schnell wiederzusehen. Und schon gar nicht auf diese Weise.

»Also, ich kann nichts dafür«, haspelte der. »Der kam so schnell angerannt!«

»Schon gut.« Pius fuhr ihm dazwischen und kniete nun seinerseits neben Johannes nieder.

»Aah. Autsch!«, machte der und schlug die Augen auf.

»Ganz ruhig, nicht bewegen«, befahl Pius und tastete vorsichtig Johannes' Hinterkopf ab. Außer einer kleinen Beule spürte er nichts.

»Oh mein Gott, der blutet ja!« Horst Seifrieds Stimme zitterte, als er den roten Fleck auf Johannes Hemd sah.

»Das ist Himbeere«, stellte Pius klar und an Johannes gewandt: »Du blutest nicht.«

»Natürlich nicht«, entgegnete Johannes und wollte sich aufrappeln.

»Sollen wir einen Krankenwagen rufen?«, fragte der Hausmeister, dessen Kinn ein wenig an jenes von Thorben erinnerte: rot und dick. Pius schätzte, dass Seifrieds Gesicht in den nächsten Stunden etwas an Form zunehmen würde.

»Nein, wieso denn? Wegen dem Marmeladefleck?« Johannes hob den Kopf.

»Sie könnten eine Schädelfraktur haben.« Seifried sah alles andere als glücklich aus bei der Vorstellung, einen womöglich tödlichen Unfall verursacht zu haben, ganz ohne Auto und so.

»Blödsinn. Mein Hintern tut weh. Aber sonst nichts. Und jetzt lasst mich aufstehen!« Mit vereinten Kräften bugsierten sie ihn in die Senkrechte. Wo er ohne Mühe auch blieb.

»War dir schwarz vor Augen? Ist dir übel? Siehst du doppelt?«, stellte Pius einige Fragen, die ihm aus Fernsehsendungen mit medizinischem Hintergrund in den Sinn kamen.

»Nein, nein und nein.« Johannes tastete nach der Beule an seinem Hinterkopf. »Und das ist auch nicht schlimm.«

Seifried sah erleichtert aus, wirkte aber trotzdem ein wenig blass um die Nase.

»Ich geh mich besser doch umziehen, dann eben ein altes Hemd.« Johannes machte sich Richtung Hotel davon, schielte aber dieses Mal vorsichtshalber um die Hausecke. Kein Gegenverkehr.

»Wollen Sie sich einen Moment setzen?« Pius deutete auf die Bank am kleinen Brunnen.

»Ja. Nein. Ach.« Seifried folgte dem Pater und ließ sich zu dessen Rechter nieder. Abermals rieb er sich über das Kinn und machte dazu ein Gesicht wie drei Tage Regenwetter. Pius nahm an, dass die kleine Schwellung längst nicht das größte Problem war, das ihn wie ein zu klein geratener Schuh drückte. Und richtig: Nach ein paar Momenten des Schweigens sackte der Riese förmlich in sich zusammen, vergrub das Gesicht zwischen den Händen und begann zu sprechen. Nicht jedes Wort drang zwischen seinen Fingern hervor, aber Pius verstand trotzdem, was los war. Gerlinde nämlich. Als wutschnaubende Furie, die vorhin mit viel Tamtam, Gebrüll und Gezeter die eheliche Wohnung verlassen hatte. Nicht für immer, das nahm Horst nicht an. Aber für eine längere Zeit. Warum sonst hätte sie zwei Koffer mitnehmen sollen?

»Wo will sie denn hin?«, fragte Pius.

»Weiß ich nicht.« Seifried wischte sich mit dem Handrücken unter der Nase lang. Dann tastete er nach seinem Kinn.

»Das macht sie manchmal. Also Abhauen. Zu einer Freundin oder was weiß ich.«

»Gab es einen Auslöser?«, fragte Pius und meinte die Frage eher pro forma. Er konnte sich gut vorstellen, dass Gerlinde auf der Flucht war. Vor der Polizei. Schließlich hatte sein Tatort-Knurren sie als Hauptverdächtige im Skelettfall identifiziert. Gut möglich, dass Verena sie ebenfalls als solche identifiziert hatte. Das aber sagte er Seifried nicht.

»Na ja. Wie man's nimmt.« Horst wand sich innerlich und sagte schließlich etwas kryptisch: »Zwischenmenschliches. Aber nicht zwischen ihr und mir.«

»Ehebruch«, stellte Pius trocken fest. Seifried nickte erstaunt und Pius konnte ein innerliches Kichern nicht unterdrücken. Wieder einmal bewies sich, dass die Leute zwar dachten, er und seine Brüder lebten auf dem klösterlichen Mond, dass dem aber ganz und gar nicht so war. Schließlich waren Mönche eben auch bloß Menschen, wenn auch welche mit einem ganz besonderen Beruf. Nun gut, in seinem Fall war noch so eine Art Beichtgespräch dazugekommen. Aber das musste er dem Ehemann ja ebenfalls nicht erzählen. Durfte er auch nicht.

»Das war aber nicht ganz so. Dieses Mal«, sagte Horst und guckte den Pater zerknirscht an. »Also nichts Ernstes. Wirklich nicht.«

»Mir müssen Sie das nicht erklären«, beruhigte ihn der Mönch. »Aber haben Sie eine Idee, wo Ihre Frau hingegangen sein könnte?«

»Nein. Aber sie ist mit dem Auto unterwegs. Sonst hätte ich ja nicht laufen müssen.«

»Auch logisch«, musste Pius zugeben und sah vor seinem geistigen Auge, wie Gerlinde Seifried den Stuttgarter Flughafen ansteuerte. Vielleicht mit einem Ticket nach Acapulco im Gepäck. Zum Glück kam just in dem Moment Johannes um die Ecke. Tatsächlich trug er ein fleckenfreies Hemd – in taubenblau.

»Hat mir die Frau von der Rezeption gegeben. Nagelneu und meine Größe! Hat mal ein Gast vergessen und nie abgeholt!« Der Bruder strahlte wie ein Kind unterm Weihnachtsbaum. »Ist nicht unsere Farbe, ich weiß«, meinte er entschuldigend, als er Pius' nachdenkliches Gesicht sah. Er konnte ja nicht wissen, dass es nicht ihm galt.

»Ich spende das der Kleiderkammer«, fügte Johannes hinzu.

»Ich muss dann mal wieder. Entschuldigung nochmals.« Seifried erhob sich und schüttelte erst Pius, dann Johannes die Hand.

»Ist doch nichts passiert», beruhigte ihn der Bruder, der den Unfall tatsächlich wie von Zauberhand unbeschadet überstanden hatte.

Hier nicht, dachte Pius. Aber vielleicht in Acapulco.

»Wir müssen zu Verena«, sagte er, nachdem Horst Seifried verschwunden war. »Und zwar sofort. Gefahr im Verzug.«

»Bitte?« Johannes verstand nur Bahnhof. Respektive Flughafen, als Pius ihm in Kurzform und im Laufschritt mitteilte, was sein Tatort-Knurren ihm orakelt hatte. Bis die beiden Patres allerdings bei der Polizei in der Hirschbergstraße angekommen waren, war es zu spät: Die Frau am Empfang verriet ihnen, dass Verena und Thorben die Wache eine Viertelstunde zuvor verlassen hatten.

Beide Kommissare waren an diesem Morgen ziemlich zerknittert zum Dienst erschienen. Aus unterschiedlichen Gründen allerdings. Verena, weil sie eine mehr als kurze Nacht, und Thorben, weil er mehr als einen Kurzen gehabt hatte. Er war in Spaichingen bei den Stammtischbrüdern Schorsch und Emil versackt und die hatten ihm sehr glaubhaft versichert, dass gegen das geschwollene Kinn am besten ein Kräuterschnaps helfe. Tatsächlich hatte sich Thorben von Glas zu Glas wohlergefühlt. Was aber am erstaunlichsten war: Der von Bären-Wirtin Bärbel selbst gebraute Sud schien von derart hoher Qualität, dass die Kopfschmerzen schon nach zwei Aspirin verschwunden waren. Nicht allerdings Verenas angespannte Stimmung, die seit dem Betreten des Büros wie ein dicker Pudding in der Luft gelegen hatte.

»Ich hab es satt. So satt!« Verena trat mit dem Fuß gegen den Tisch. Half aber nichts, wie auch: Der altersschwache PC ließ sich mehr Zeit zum Hochfahren als ein 100-Jähriger beim Überqueren der Hindenburgstraße. Schlimmer noch: An diesem Morgen schien die Technik Schlaftabletten intus zu haben. Mehr als ein minutenlanges Röcheln und Rattern war der Rechenmaschine nicht zu entlocken. Verena hatte eigentlich eine Tabelle mit allen bisherigen Erkenntnissen erstellen und dann kriminalistische Schlüsse ziehen wollen, außerdem das Vermisstenregister mit den Fotos abgleichen, die Schablonski ihr noch aufs Handy gemailt hatte … wie man das eben so macht bei der Kripo. Aber denkste: Der PC hatte auch nach 19 Minuten noch nichts geschafft.

»Soll ich mal?«, erkundigte sich Thorben. Verena nickte.

Vielleicht konnte ja ihr Liebster für ein wenig Beschleunigung sorgen. Aber noch ehe Thorben den Schreibtisch umrundet hatte, gab es ein kurzes Aufheulen des Lüfters, dann verstummte das Röcheln aus dem Plastikgehäuse augenblicklich. Exitus. Nichts mehr mit Daten.

»Verdammte Hacke!« Verena schlug mit der flachen Hand auf den Tisch. »Ich hoffe bloß, die Daten sind auf dem Server gesichert.«

»Ganz bestimmt«, sagte Thorben lahm.

»Dein Wort im Ohr des Administrators.« Verena stützte den Kopf in die Hände. Atmete tief ein.

»Na gut, dann eben old fashioned.« Seufzend begann sie damit, auf dem nun sowieso nutzlosen Papier aus dem Drucker Namen und Daten zu notieren. Während sie ein Diagramm zeichnete, das sehr an Grundschule erinnerte (wozu auch ihre von Thorben liebevoll »Sauklaue« genannte Handschrift beitrug), brachte sie den Kollegen auf den neuesten Stand. Nämlich, dass der Schädel nun ein Gesicht hatte, welches auf dem Foto zu sehen war, das sie Thorben unter die Nase hielt.

»Hübsch«, rutschte dem raus. Verena verzog das Gesicht, konzentrierte sich dann aber wieder auf ihre kriminalistische Malerei. Kringel. Verbindungen. Streichungen. Noch mehr Kringel. Und dann unter dem Namen Esther Schablonski zwei fette Striche.

»Die besuchen wir jetzt«, beschloss Verena, schnappte sich das Foto und die Autoschlüssel, hauchte Thorben einen Kuss auf die Wange und teilte Heinze im Vorbeigehen mit, dass er »verdammichnocheinsaberhoppundplötzlich« dafür sorgen solle, dass jemand von der Technik käme. »Aber zackig!«

So gar nicht zackig unterwegs war Esther. Es dauerte geschlagene sieben Minuten, ehe die Zahnarztgattin den

Summer betätigte und die Kommissare das Haus betreten konnten.

»Ach. Guten Morgen.« Die Hausherrin klang, als sei sie eben aufgestanden. Sah auch so aus, wie Verena mit einer guten Portion weiblicher Schadenfreude bemerkte. Offensichtlich hatte Esther sich am Vorabend nicht abgeschminkt. Die Wimperntusche war verschmiert, sodass die frühere Klassenkameradin jetzt an einen Panda erinnerte. Die Haare hingen strähnig um das Gesicht, das in etwa so zerknittert aussah wie das kurze hellblaue Nachthemdchen.

»Haben wir dich geweckt? Das tut uns leid.«

Esther brummte etwas Unverständliches, das Verena als »Geht mal ins Wohnzimmer, ich komme gleich« interpretierte. Sollte Madame Schablonski etwas mit dem Skelett zu tun haben, bestünde theoretisch Fluchtgefahr. Aber nur in der Theorie. Verena kannte Esther gut genug, um zu wissen, dass diese im momentanen Zustand ganz sicher nicht das Haus verlassen würde. Geschweige denn eine Flucht antreten. Trotzdem sagte sie: »Du, das geht ganz schnell, ich hab nur eine Frage.«

»Wenn es wegen Rosi ist, die tauscht ungern Sachen um. Aber im Internet kannst du das ganz gut verkaufen.« Esther wischte sich durch das Gesicht, was die Panda-Augen aber nicht verbesserte.

»Nein, es geht nicht um Klamotten.« Verena verdrehte die Augen. »Wir sind dienstlich hier.«

»Was?« Esther zuckte zusammen. Oder hatte Verena sich das nur eingebildet? Jedenfalls ging die Hausherrin den beiden Polizisten voran ins Wohnzimmer.

»Kaffee?«, fragte sie nicht gerade höflich.

»Nein danke.« Verena wollte nicht, dass Esther in der Küche verschwand und die Zeit nutzte, um einen klaren Kopf zu bekommen. Sie wollte ihre verschlafene Verwirrung ausnutzen und hielt ihr ohne großes Tamtam das Foto vom Weiberabend unter die Nase.

»Wer ist das?«

»Was? Wo hast du das her?« Esther kniff die Augen zusammen.

»Von dir. Deiner Wand.« Verena verzichtete darauf zu erklären, was gestern geschehen war. Entweder wusste Frau Schablonski, welches Hobby ihr Gatte hatte – oder nicht, und dann gab es dafür sicher einen triftigen Grund von dessen Seite. Verena fühlte sich dem Zahnarzt irgendwie verpflichtet und schwieg auch deswegen.

»Das weiß ich nicht«, sagte Esther.

»Blödsinn. Du bist doch mit drauf.«

»Ich kann es aber nicht sehen«, flüsterte Esther. »Ich … ich habe meine Kontaktlinsen nicht drin.«

»Du trägst eine Brille?«, rutschte es Verena raus. Esther verzog das Gesicht und Verena erinnerte sich, wenn auch schwach, an ein dickliches Mädchen mit roter 80er-Jahre-Brille, die ein bisschen gewirkt hatte, als ob Esther durch ein Aquarium guckte.

»Lasern hat nichts gebracht.«

»Na, dann mach doch die Linsen rein«, schlug Verena mit zuckersüßer Stimme vor.

»Geht auch so.« Esther kramte in der Schublade einer Kommode, die so aussah, als hätte sie den Wert eines Kleinwagens. Dann setzte sie ein Eineurogestell auf die Nase und sah erneut das Foto an. »Ach herrje, da hab ich ja eine unmögliche Frisur«, kokettierte sie.

»Wer. Ist. Das?« Verena wurde langsam ungeduldig.

»Na ja, die Gerlinde Seifried kennst du ja. Und die anderen, also Olga, Verena und Susanne, waren bei der Party mit Rosi. Das da ist Irina, die hatte an dem Abend keine Zeit.« Esther reichte Verena das Foto zurück.

»Du hast eine vergessen.«

»Ach. Also …«

»Wer ist die Frau mit den schwarzen Haaren?«

Esther schluckte trocken und zögerte einen winzigen Moment. »Natalja.«

»Und weiter?«

»Weiß ich nicht.«

»Ich denke schon, dass Sie das wissen«, schaltete sich Thorben ein.

»Eine Russin. Oder Estin. Was weiß ich!« Esther klang genervt, aber Verena bemerkte die feinen Schweißtropfen auf deren Stirn.

»Ich glaube, das weißt du sehr gut«, trällerte Verena. »Aber wenn es dir im Moment nicht einfällt, kannst du gerne im Revier bei uns nachdenken.«

»Was? Du willst mich verhaften?« Esthers Stimme kippte.

»Sollte ich?« Verena klang zuckersüß. Esther riss ihr das Foto aus der Hand.

»Na gut, also. Russin. Natalja Schaparowa.«

»Und was macht die mit dir auf einem Foto?«

»Wir haben gefeiert. Das war am Bodensee, Konstanz. Letzten Sommer. Mein Geburtstag. Kasino. Dann Tanzschiff.«

Edel geht die Welt zugrunde, dachte Verena. Laut sagte sie: »Und was macht diese Natalja so?« Wieder zögerte Esther, ganz so, als ob sie wüsste, dass die Frau gar nichts mehr machte, außer in Einzelteilen in der Gerichtsmedizin zu liegen. Bei dem Gedanken daran fiel Verena wieder ein, dass sie ja den Schädel zu Wittke bringen müsste. Und beim Gedanken an den Gerichtsmediziner musste sie unweigerlich an Leberwurst denken.

»Sie war Single und hatte eine mickrige Einzimmerwohnung in Trossingen. Irgend so ein Loch in einem Haus, in dem sich keiner groß um den anderen schert. Sehr viel mehr weiß ich echt nicht.« Das glaubte Verena ihr insofern, als Esther vielleicht wirklich nicht gewusst hatte, womit die Tote sich im Leben so beschäftigte.

»Wobei, warte mal. Die war auch so eine Art Praktikantin«, schob die Zahnarztgattin nun nach. »Beim Rüsselsbacher. Also dem Mann von Olga. Ist deswegen sogar jeden Tag aus Trossingen gefahren gekommen. Wollte auch unbedingt in die Finanzbranche.«

Thorben konnte sich ein »Ach« nicht verkneifen.

»War sie vielleicht eine, sagen wir mal … sehr engagierte Praktikantin?«, insistierte Verena.

»Also, da fragst du mich was. Ob die was mit dem hatte? Keine Ahnung. Echt nicht.«

Auch das glaubte Verena. In Teilen.

Es war zum Aus-der-Haut-Fahren! Wo steckte bloß die Polizei, wenn man sie mal brauchte? Zehn Minuten lang ging Pius vor dem Revier auf und ab und überlegte, was er tun sollte. Darauf hoffen, dass Verena und Thorben bald zurückkehrten? Nochmals versuchen, sie auf dem Handy anzurufen?

Einige Male hatte er schon überlegt, ihren Kollegen von seinem Verdacht zu erzählen. Aber für die war er bestimmt bloß ein alter Mann, der zu viele Krimis gelesen hatte. Einen hieb- und stichfesten Beweis für seine Theorie besaß er nicht.

Insgeheim klammerte er sich an die Hoffnung, dass die Kommissare gleich zurückkehren würden. Bei jedem vorbeifahrenden Auto schaute er auf, doch keiner der Wagen wurde langsamer oder ähnelte Verenas Golf. Wäre ja auch zu schön gewesen.

Er wollte gerade seinen ratlos dastehenden Bruder um das Handy bitten, als ihm auf der Straße ein orangefarbener Wagen auffiel. Automatisch krallte sich sein Blick an dem Fahrzeug mit der markanten Farbe fest. Es war ein Fiat Panda Cross, aber nicht irgendeiner, sondern exakt jener, der in den vergangenen Tagen regelmäßig vor dem alten Landratsamt geparkt hatte.

Pius traute seinen Augen nicht.

Hinter dem Steuer saß niemand Geringerer als Gerlinde Seifried. Und als wäre sein Glück damit nicht fast perfekt, bremste sie ihren Hausfrauenjeep an der Kreuzung kurz ab und bog dann nicht nach rechts ab, um die Stadt zu verlassen, sondern tuckerte gemütlich weiter in Richtung Alter Markt und Innenstadt.

Pius schaute gen Himmel, dankte seinem Herrn und ergriff Johannes an der Schulter. »Los, komm mit.«

Im ersten Moment verstand der dicke Bruder nicht, aber ihm blieb keine andere Wahl, als seinem Prior zu folgen, über die Straße und ebenfalls in Richtung Alter Markt.

War es Wahnsinn, zu Fuß ein fahrendes Auto zu verfolgen? Auf jeden Fall. Noch dazu in ihrem Alter und mit ihrer nicht vorhandenen Kondition. Im Konvent gab es zwar einiges an körperlichen Betätigungen für sie. Sprints und Ausdauerläufe zählten allerdings nicht dazu.

Doch auch Gerlinde Seifried würde im Innenstadtverkehr nicht übermäßig schnell vorankommen. Darauf baute er. Wenn Gott ihnen schon einen derartig großen Gefallen tat, würde er ihnen sicherlich auch weiterhin zur Seite stehen.

Hinter dem Drogeriemarkt bog der orangene Gelände-Fiat nach links in die Friedrichstraße ab. Pius kam allmählich außer Puste. In seiner Seite stach es, außerdem begann es in seinen Lungen zu brennen. Neben ihm schnaufte Johannes wie ein altersschwacher Dampfkessel. »Das schaffen wir nie!«

Entgegen seiner Worte blieb er aber nicht stehen, sondern hielt weiterhin Schritt.

So viel Anstrengung musste natürlich belohnt werden. An der Stadtapotheke bog Gerlinde rechts in die Schmidtstraße ein, bremste den Wagen aber nach wenigen Sekunden wieder ab. Ihr Ziel schien die schmale Kameralamtstraße zu sein. Oder wollte sie gar zu dem Hotel, in dem Pius und Johannes übernachteten? Das lag ebenfalls nur noch einen Steinwurf entfernt. Die Überlegung an sich war absurd, aber was sonst sollte sie hier suchen?

Pius war dankbar für jede kleine Verschnaufpause. Während Gerlinde ihren Geländewagen etwas ungeschickt in eine enge Parklücke zwängte, hielt er sich mit dem Rücken zu ihr an einer Hauswand fest. Johannes stützte die Hände auf seinen Oberschenkeln ab und rang nach Luft. Sein Kopf war puterrot und klatschnass. »Oh Gott. Oh Gott«, keuchte er immer wieder.

Mittels eines vorsichtigen Schulterblicks verfolgte Pius, wie Gerlinde ihren Wagen verließ und auf einen kleinen Laden zusteuerte. Rosentraum, stand in geschwungenen Buchstaben auf dem braunen Schild darüber.

Entgegen seiner ersten Vermutung handelte es sich aber um kein Blumengeschäft, sondern eine Boutique mit ziemlich teuer aussehenden Kleidungsstücken an den Puppen im Schaufenster. Was hatte sie vor? Sich noch schnell einige Designer-Fetzen besorgen, bevor sie sich mit dem Flieger ins Ausland absetzte? Wirklich Sinn ergab auch das nicht.

Doch als Gerlinde die Ladentür öffnete, wurde das ohnehin zur Nebensache. Vor dem Kassentisch erspähte Pius zwei weitere Frauen. Bei der einen handelte es sich um eine zierliche Rothaarige mit übertrieben geschminktem Gesicht, die er nicht kannte. Vermutlich die Inhaberin. Die andere Frau war Olga Rüsselsbacher.

Sofort sog Pius scharf die Luft ein und hielt Johannes mit dem Arm davon ab, weiter auf das Geschäft zuzugehen. Auf keinen Fall wollte er jetzt entdeckt werden.

»Ach, schau an, was führt dich denn hierher?«, hörte er Olga durch die halb offenstehende Tür fragen.

Was genau Gerlinde darauf erwiderte, verstand Pius nicht, aber allein ihr Tonfall ließ keinen Zweifel daran, dass es keine besonders freundlichen Worte gewesen sein dürften.

Im Sichtschatten eines weinroten Toyotas schlich er näher an das Geschäft heran. Als ihm die drei Frauen für einen Moment den Rücken zukehrten, presste er sich an die Wand direkt neben dem Schaufenster. Johannes tat es ihm gleich, schnaufte aber noch immer so laut, dass Pius befürchtete, sie könnten deswegen auffliegen. Doch die Unterhaltung in der Boutique spitzte sich weiter zu und schien, gar nicht damenhaft, mit jedem Satz lauter zu werden.

»Was suchst du denn hier?«, fragte Olga geradeheraus. Ihr russischer Akzent betonte die abschätzenden Worte zusätzlich. »Müsstest du nicht irgendwo den Wischmopp schwingen?«

»Reiz mich nicht, Olga, ich bin heute eh nicht so gut drauf.«

»Komm schon, hab dich nicht so. Ist doch 'ne ernstgemeinte Frage. Normalerweise hast du um diese Zeit doch immer zu tun.«

»Es kann sich eben nicht jeder einen Klinkenputzer, Verzeihung: Versicherungsverkäufer, angeln.«

»Immer noch besser als einen Hausmeister. Da brauchen wir wohl nicht überlegen, wer das bessere Los gezogen hat.«

»Ach, mit dir rede ich doch gar nicht mehr.« Ein kurzes Schnauben, gepaart mit einem dumpfen Knurren. Dann in deutlich freundlicherem Tonfall: »Rosi, ich bin eigentlich nur wegen der Bluse hier, über die wir uns vorgestern unterhalten haben. Ist die noch da? Die würde ich gern mitnehmen.«

So leicht ließ sich Olga allerdings nicht abspeisen: »Hast du's irgendwie eilig? Hattest wohl wieder Streit mit Horsti, dem alten Schwerenöter. Was hat er getan? Dich wieder mit 'ner anderen betrogen? Du lernst es aber auch einfach nicht.«

Pius hatte keine Ahnung, woher Olga davon wusste. Aber der Tiefschlag hatte gesessen. Selbst ihm taten die Worte weh. Auf gewisse Weise erinnerte ihn der Streit an die Szene in der Stadthalle vor einigen Tagen, nur dass es diesmal nicht Herr, sondern Frau Rüsselsbacher war, die immer weiter die Fassung verlor.

»Du blöde Hupfdohle«, fauchte Gerlinde. »Hältst dich wohl für was Besseres?«

Verzweifelt schaute sich Pius um. Kein anderer Fußgänger in Sicht. Selbst Autos fuhren momentan keine vorbei. Was nun? In den Laden gehen und auf die Frauen beruhigend einreden? Aber selbst wenn ihm das wider Erwarten gelang und sich Gerlinde nicht gleich auf Olga stürzte – wie stellte er sicher, dass seine Mordverdächtige nicht mit ihrem Fiat das Weite suchte?

Die Situation gefiel ihm von Sekunde zu Sekunde weniger. Schließlich wusste er sich keinen anderen Rat mehr, als Johannes um das Handy zu bitten. Seine Finger flitzten über das virtuelle Display. Es schien eine Ewigkeit zu dauern, bis der kleine Kasten endlich zu wählen begann. Und bis jemand abnahm.

Endlich hörte er die erhoffte Stimme, ließ sie aber gar nicht erst zu Wort kommen: »Verena, wo stecken Thorben und du gerade? Wir brauchen euch hier in der Innenstadt, bevor ein Unglück passiert! In der Kameralstraße, um genau zu sein.«

»Wir sind auf dem Weg zu den Rüsselsbachers. Was ist denn los?«

»Könnt ihr euch sparen. Die Frau ist hier. Und Gerlinde Seifried ebenfalls. Sie ist die Täterin und ich glaube, sie wird gleich flüchten.« Vielleicht bringt sie vorher noch jemanden um, fügte er in Gedanken hinzu.

Verena stöhnte ins Telefon. Murmelte etwas Unverständliches zu Thorben und sprach dann wieder zu Pius: »Okay, wir sind unterwegs.«

Nachdem sie aufgelegt hatte, betrachtete er nachdenklich das Telefon. Verena hatte genau das gesagt, was er hören wollte. Trotzdem fühlte er sich nicht zufrieden.

Aus dem Inneren der Boutique wurden Schreie laut. Angst krallte sich um Pius' Herz. Einen Atemzug lang war er überzeugt davon, dass es Schmerzensschreie waren. Vor seinem geistigen Auge sah er Gerlinde mit einem Brieföffner vor Olgas am Boden zusammengekrümmten Körper stehen, während Blut von der Klinge tropfte. Dann dämmerte ihm, dass es bloß das Gekeife dreier völlig aufgelöster Frauen war. Verletzt klang bisher niemand, aber es gab keine Garantie, dass das so blieb.

Rat suchend schaute er zu Johannes. Die Ratlosigkeit stand aber auch dem deutlich ins Gesicht geschrieben. Das half ihm nicht weiter. Es gab nur einen Weg. Entschlossen betrat Pius das Geschäft.

NOINZEHNDE SCHDAPFL (NEUNZEHNTE STUFE)

Hallo, meine Lieben, ihr hört Radio Donauwelle, das war die irische Band Ash mit ihrem knackigen 2014er Ohrwurm Cocoon *und ich bin eure Mittagsfrau Katja.*

Noch scheint draußen die Sonne. Genießt es, solang es geht. Für den Nachmittag sind kräftige Gewitter vorausgesagt. Vorhin war mir schon so, als hätte ich ein leichtes Donnergrollen gehört. Von daher: Seht euch vor und nehmt vorsichtshalber einen Schirm mit.

Musikalisch bleiben wir noch ein wenig auf den britischen Inseln und gehen nach Wales, der Heimat der Manic Street Preachers, die uns dankenswerterweise ihre Postcards from a young man *geschickt haben. Viel Spaß damit. Und denkt an den Schirm!*

Verena trat das Gaspedal durch und bremste nur, wenn es unbedingt notwendig war. Von einem Unglück hatte Pius gesprochen. Sie war unschlüssig, ob der Prior damit nicht etwas übertrieben hatte, bezweifelte aber nicht, dass die Lage in der Innenstadt brenzlig geworden war.

Woher wusste er überhaupt, wo sich Gerlinde und Olga befanden? Warum hielten sich die beiden am gleichen Ort auf, wenn sie sich doch angeblich gegenseitig nicht mal das Schmutzige unter dem Fingernagel gönnten? Und dann zufällig noch eine der beiden Frauen, zu der sie ohnehin gerade unterwegs waren. Verena zermarterte sich das Hirn, wie das zusammengehören könnte, hatte aber das Gefühl, dass ihr gerade ein, zwei entscheidende Puzzleteile fehlten.

Sie bogen in die Robert-Wahl-Straße ein und näherten sich der Polizeidirektion. Bis zur Innenstadt waren es von da aus bloß noch wenige Hundert Meter. Automatisch schalteten sich Verenas Polizeiinstinkte auf Maximum. Jeder Fußgänger und jedes entgegenkommende Auto unterzog sie einem kritischen Blick. Als sie die Schmidtstraße erreichte und sich der Golf der Kameralamtstraße näherte, war sie auf alles gefasst. Doch da war nichts. Alles wirkte wie immer. Von wegen Unglück oder Katastrophe.

Thorben reckte den Hals und lugte in jeden Winkel. Aber auch er entdeckte nichts. Hatte Pius sie an der Nase herumgeführt? Das konnte er nicht glauben.

In dem Moment entdeckte Verena die Boutique Rosentraum. Obwohl sie das Geschäft nie zuvor bewusst wahrgenommen hatte, erkannte sie es sofort wieder. Von einem Miniaturfoto auf den Flyern, die Rosi während der Klamottenparty ausgelegt hatte. Plötzlich ergab alles wieder einen – wenn auch verdrehten – Sinn.

Im gleichen Augenblick erkannte sie auch Gerlinde Seifrieds Hausfrauenjeep, in dem so augenschmeichelnden Orangeton. Hier war sie richtig. Definitiv.

In Ermangelung eines freien Parkplatzes stellte sie den Golf einfach auf den Fußweg. Kaum hatte sie die Wagentür geöffnet, hörte sie das Gezeter.

Verena lief los. Ihr erster Reflex war, nach ihrer Dienstpistole zu greifen, doch sie ließ die Hand wieder sinken. Sie hoffte, dass sie keine Waffe brauchen würde. Neben ihr schien Thorben ähnlich zu denken, hielt aber zumindest das Funkgerät griffbereit. Sicher war sicher.

Die Tür zur Boutique stand halb offen. Aus dem Ladeninneren klang es, als befände sich dort ein Kindergarten.

Schreien. Aufheulen. Geräusche, als würden schwere Möbelstücke unfreiwillig beiseitegeschoben werden. Dazwischen Männerstimmen, die »Aufhören!« und »Auseinander!« brüllten.

Das sich ihr bietende Bild war Chaos pur: Ein kleiner Verkaufsraum mit drei ineinander verknäulten Frauen, die sich an den Haaren zogen, schubsten und zerrten. Dazu zwei Geistliche im gesetzten Alter, die mit der Situation sichtlich überfordert waren, aber dennoch tatkräftig versuchten, die Kampfhennen auseinanderzutreiben.

In amerikanischen Filmen wäre das der Moment, in dem der Cop einen Warnschuss in die Luft abgab und so für Ruhe sorgte. Aber das hier war Balingen, nicht Amerika.

»Was ist denn hier los?«, rief Verena deshalb so laut sie konnte. Was ziemlich laut war. Es verfehlte seine Wirkung nicht.

Die Patres zuckten zusammen und die zänkischen Weiber hielten inne. Nun erst sah Verena, dass es sich tatsächlich um Gerlinde, Olga und Rosi handelte. Alle drei hatten zerzauste Haare, Kratzer im Gesicht, Olga sogar eine blutende Unterlippe. Selbst ihre Kleidung hatte einiges abgekriegt.

»Was um alles in der Welt tun Sie da?«, fragte Verena.

Einen Moment lang trat Stille ein, nur unterbrochen vom Knacken in Thorbens Funkgerät.

Nur widerwillig ließen die Frauen voneinander ab, richteten ihre Sachen und strichen sich zerzauste Strähnen aus den Gesichtern. Gerlinde war die Erste, die etwas sagte. »Es ist nichts. Nur eine kleine Meinungsverschiedenheit.«

»Sieht auch sehr danach aus«, sagte Thorben, blieb aber unbeachtet.

»Dass Sie sich nicht schämen, so aufeinander loszugehen! Sie sind alle drei erwachsen und sollten es besser wissen.« Als die Frauen einen Moment lang schuldbewusst die Köpfe senkten, kam sich Verena einmal mehr wie im Kindergarten vor. »Könnte mir jemand vielleicht sagen, was überhaupt los ist?«

Gerlinde räusperte sich: »Ich wollte nur eine Bluse abholen, aber dieses Miststück weiß einfach nicht, wann es besser ist, seine vorlaute Klappe zu halten.«

»Wen nennst du hier ein Miststück?«, rief Olga.

Sofort gingen die beiden wieder aufeinander los. Während Rosi absichtlich zurückwich, scheute sich Pius nicht, dazwischenzugehen. »Bleiben Sie ruhig, Gerlinde, und tun Sie nichts Unüberlegtes. Nicht noch einmal.«

Irritiert hielt die Genannte inne. Verena hingegen kombinierte schnell. Nun endlich verstand sie, was der Pater ihr mit seiner kryptischen SMS und am Telefon zu sagen versucht hatte. Mit einem Mal passten sämtliche Puzzleteile zusammen. Zwar anders als vorhin noch gedacht, aber trotzdem ergab plötzlich alles einen Sinn. »Wir wissen von Natalja und der Nacht vor sechs Wochen«, platzte es nur so aus ihr heraus. Gerlinde hingegen stellte sich dumm. »Kenn ich nicht. Wer soll das sein?«

»Natalja ist die junge Frau, mit der Horst ein Verhältnis hatte. Sie kamen dahinter und beendeten den Seitensprung auf Ihre Weise.«

Gerlinde kniff die Augen zusammen, als würde sie schlecht sehen, und schüttelte den Kopf. Als sie nichts erwiderte, fuhr Verena fort. Sie kam gerade erst in Fahrt: »Geben Sie es doch zu, Sie haben die arme Frau irgendwo hinabgestoßen. Oder Sie zwei haben gekämpft. Auf jeden Fall ging es für eine von Ihnen beiden tödlich aus. Tun Sie nicht so, als wüssten Sie von nichts, Gerlinde. Sie haben uns doch das Datum der Tat selbst verraten: am Abend der Kleiderparty im alten Landratsamt. Der Zeitpunkt war ja perfekt und sie haben jede Menge Zeugen, die Sie dort gesehen haben.«

Pius nickte. »Mit großer Wahrscheinlichkeit war die ganze Sache nicht mal vorsätzlich geplant. Sie waren auf der Feier und die junge Frau auch. Da ist Ihnen einfach eine Sicherung durchgebrannt.«

»Ihr alle tickt ja nicht richtig!«

Einen Atemzug lang schien Gerlinde auf den Prior losgehen zu wollen, besann sich aber rasch eines Besseren, als sie Verenas Hand zum Pistolenhalfter gleiten sah.

»Danach hätte es für Sie nicht besser laufen können«, fuhr Verena fort. »Endlich war die unerträgliche Nebenbuhlerin ausgeschaltet. Sie hatten bloß noch ein Problem: Sie mussten die Leiche beseitigen. Doch selbst das war nicht schwierig. Dank Ihrer Arbeit kennen Sie sich genug mit Chemikalien aus, um zu wissen, dass sich eine Gerbsäure-Mixtur ideal dafür eignet, einen menschlichen Körper aufzulösen beziehungsweise eine Identifikation nahezu unmöglich zu machen. Die Kanister haben Sie im Anschluss auf dem Dachboden versteckt, das Skelett im Keller. Sie wussten ja, dass das Landratsamt für die nächsten Wochen niemand betreten würde.«

Pius hob wissend den Zeigefinger. »Als Sie das mit der Erbschaft erfuhren, haben Sie Ihre Rückkehr ins Landratsamt vermutlich absichtlich herausgezögert. Es wundert mich, dass Sie uns überhaupt mit Ihrem Mann haben in den Keller gehen lassen. Oder alleine auf den Dachboden.«

Gerlinde glotzte ihn fassungslos an. Die Vene an ihrem Hals pulsierte bedrohlich. Noch immer sah die Frau so aus, als würde sie sich am liebsten auf jemanden stürzen wollen.

»Sind Sie jetzt fertig mit diesem Dünnschiss? Ich habe niemanden getötet! Ich kenne diese Natalja nicht einmal.«

Davon ließ sich Verena nicht beeindrucken. Wenn sie jedes Mal einen Euro bekäme, wenn ein Verdächtiger seine Unschuld beteuerte, wäre sie längst Millionärin. »Sie hatten das Motiv, die Mittel und die Gelegenheit. Das überzeugt jeden Richter.«

Gerlinde schnaubte verächtlich. »Tut das nicht weh im Kopf, wenn Sie so etwas ausbrüten?«

Während Olga neben ihr diebisch grinste, trat Verkäuferin Rosi vor und betrachtete die Polizisten und Mönche skeptisch. »So ganz kann das aber nicht stimmen. Während der Feier war Gerli die ganze Zeit über bei mir. Sie hatte mich einige Tage zuvor gefragt, ob ich ihr nicht ein paar Prozente Rabatt geben könnte, weil sie es finanziell nicht so dicke hat und ihr Mann immer am Zeiger dreht, wenn sie zu viel Geld ausgibt. Deshalb habe ich ihr vorgeschlagen, mir bei der Party zur Hand zu gehen, für einen Nachlass auf meine Sachen im Gegenzug.«

»Dann hat sie es eben danach getan«, schlug Olga vor. »Das sind doch alles bloß Kinkerlitzchen. Gib es doch endlich zu, Gerlinde. Aus der Nummer kommst du eh nicht mehr raus.«

»Ach, halt du doch deine Klappe!«, sagte Gerlinde sofort.

»Auch danach kann es nicht gewesen sein«, fuhr Rosi fort. »Sie und ich haben nach dem Ende der Veranstaltung noch ein paar Sektchen getrunken. Ich mag es, mit ihr zu plaudern. Sie kann so herrlich ordinär sein.«

»Irgendeine zeitliche Lücke gibt es bestimmt trotzdem«, sagte Thorben, der schon länger nichts mehr von sich gegeben hatte. »Und selbst wenn nicht, dann war es eben einen Tag davor oder danach? Was für einen Unterschied macht das?«

»Ich! Habe! Niemanden! Getötet!« Gerlinde stampfte mit dem Fuß auf. »Verflucht noch eins!«

»Und wohin wollten Sie dann heute verschwinden?«, fragte Pius. »Sie hatten es doch eben noch ziemlich eilig.«

»Ich wollte nicht verschwinden. Hat Ihnen Horst diesen Scheiß erzählt? Ich wollte nur für ein paar Tage zu meiner Schwester nach Bad Cannstatt fahren. Im Augenblick ertrage ich den Anblick seiner Visage einfach nicht. Doch kaum saß ich im Auto, fiel mir ein, dass ich meiner Schwester versprochen hatte, ihr dieses eine tolle Sommer-Oberteil zu besorgen. Also wollte ich noch kurz bei Rosi vorbeischauen, bevor ich über die B27 nach Norden düse. Um Stuttgart herum staut sich's ja immer schnell. Hätte ich geahnt, dass diese falsche Natter da ist, wäre ich direkt durchgefahren.«

»Natter?«, rief Olga. »Du nennst mich eine falsche Natter? Wer versucht denn auf Teufel komm raus zur High Society zu gehören? Aber ich werd dir was verraten, Mädel: Egal was für teure Klamotten du dir kaufst, du bist und bleibst die Frau eines Hausmeisters. Und nicht einmal der ist dir treu!«

»Das reicht, Frau Rüsselsbacher!«, ging Verena dazwischen.

Doch Olga achtete nicht auf sie und versuchte weiter nachzutreten. Was ihr sichtlich Freude bereitete. »Schau dir an, wohin dich das gebracht hat: Gleich verhaften sie dich wegen Mordes und du wanderst in den Bau. Davon kannst du dann in Stammheim den Weibern erzählen. Bei denen kommst du bestimmt gut an, so als Frau von Welt.«

Vermutlich war es der letzte Satz, der das Fass zum Überlaufen brachte. Mit einem lauten Aufschrei stürzte sich Gerlinde auf ihre Lieblingsfeindin und riss sie zu Boden. Es setzte einige Ohrfeigen und Verena registrierte mit Genugtuung, dass sich auch Thorben beim Eingreifen Zeit ließ. Erst als Gerlinde Olga zu würgen versuchte, war Eile geboten.

Erstaunlicherweise war diese selbst mit Händen um ihre Kehle nicht ruhigzustellen. Während Thorben und Johannes an Gerlinde zu zerren begannen, setzte Olga ihre Hasstirade einfach am Boden liegend fort: »Nur weiter so. Drück zu. Auf einen Mord mehr oder weniger kommt es bei dir jetzt eh nicht mehr an. Frag doch Rosi, ob sie dir ein Messer bringt. Oder willst du mir auch einfach das Genick brechen, wie deiner Nebenbuhlerin?«

»Ich. Habe. Niemanden. Umgebracht«, schrie Gerlinde. Sie hörte zwar auf, Olga zu würgen, unterstrich jetzt aber jedes ihrer Worte mit einer weiteren Ohrfeige.

Kaum war sie damit fertig, stand sie freiwillig mit auf, um das zu unterstützen, was die beiden an ihr ziehenden und drückenden Männer allein nicht schafften.

Pius half derweil Olga, auf die Beine zu kommen. Obwohl ihre Wangen puterrot waren und sie inzwischen aus mehreren Platzwunden an den Lippen blutete, lächelte sie.

»Das reicht«, sagte Verena. »Den Rest klären wir auf dem Revier.« Sie gab Thorben ein Zeichen, die Verdächtige zum Wagen zu bringen, doch Pius hob in bester Columbo-Manier den Finger.

»Einen Moment bitte. Ich habe noch eine letzte Frage.«

»Was wollen Sie denn noch wissen?« Gerlinde stöhnte auf. »Wie oft soll ich es Ihnen denn noch sagen?«

»Es geht mir gar nicht um Sie, Gerlinde. Meine Frage betrifft Olga.«

»Mich?« Die Genannte hob überrascht die Brauen.

»Woher wussten Sie, dass die Tote an einem Genickbruch starb?«

»Das hat die Polizistin doch vorhin erwähnt!«

»Verena sagte bloß, dass Natalja wohl irgendwo hinabgestoßen wurde.«

»Sie müssen sich irren.«

»Ich bin mir ziemlich sicher. Was sagst du dazu, Verena?«

Alle Augen richteten sich auf sie. Selbst Gerlinde, die sie eben noch ziemlich verächtlich angeschaut hatte, wirkte auf einmal fast sehnsüchtig. »Ich bin mir ebenfalls sicher, nichts von einem Genickbruch erwähnt zu haben. Mir fällt dazu allerdings noch eine weitere Frage ein: Wir haben uns mit einigen Leuten unterhalten, die Natalja Schaparowa kannten, und haben erfahren, dass die Verstorbene als Praktikantin für Ihren Mann gearbeitet hat. Gut möglich, dass sie ihm da nicht nur bei der Arbeit zur Hand ging. Er scheint eh ein Faible für osteuropäische Frauen zu haben. Klingt das nicht auch nach einem einwandfreien Mordmotiv, Frau Rüsselsbacher?«

»Du hast sie umgebracht und wolltest es mir in die Schuhe schieben!« Gerlinde versuchte sich loszureißen, aber Thorben und Johannes ließen es nicht dazu kommen.

»Ich habe niemanden ermordet!«, kreischte Olga. Ihr Matroschka-Gesicht war auf einmal ziemlich bleich.

»Jetzt geht das wieder los«, stöhnte Thorben.

»Aber ich war es wirklich nicht. Ich war zwar auf Rosis Veranstaltung, bin danach aber sofort nach Hause gefahren. Mein Mann kann das sicher bestätigen.«

Verena schnalzte ungerührt mit der Zunge. »Das bezweifle ich. Der befand sich zu der Zeit nämlich auf einem kleinen Umtrunk bei seinem Chef. Sie müssen sich also was Besseres einfallen lassen.«

»Hast du nicht während der Feier diesen Telefonanruf bekommen und bist dann ziemlich schnell verschwunden?«, fragte Rosi. Sie stand hinter Pius und wirkte mit jedem Atemzug skeptischer.

»Nein, ich war nur kurz draußen und kam dann wieder rein.«

»Gesehen habe ich dich ab zehn aber nicht mehr. Du etwa, Gerli?«

»Nein, danach war sie wie vom Erdboden verschluckt. Den Rest deiner Clique schon, aber dich nicht. Jetzt fällt es mir wieder ein, ich hatte Esther sogar gefragt, wo du steckst, doch sie wusste es ebenfalls nicht. Du hast diese Natalja auf dem Gewissen. Gib es doch zu, Olga. Aus der Nummer kommst du eh nicht mehr raus.«

Verena erkannte die letzten zwei Sätze und schmunzelte. Erst vor wenigen Minuten hatte Olga Gerlinde genau das Gleiche gesagt. Wie schnell sich doch das Blatt wenden konnte. »Sie brauchen auch nicht abzustreiten, dass Sie die Tote kannten. Die Verbindung über Ihren Mann ist eindeutig.«

»Aber ich war es nicht.« Die Schminke um Olgas Augen herum begann zu verschwimmen.

»Dann verraten Sie uns, wo Sie stattdessen waren!«, rief Thorben und bewegte sich langsam in ihre Richtung.

»Ich kann nicht!«

»Können Sie nicht oder wollen Sie nicht? Ich bin mir sicher, wenn wir uns die Verbindungsnachweise Ihres Handybetreibers anschauen, finden wir recht schnell eine Antwort.«

»Also gut. Ich war bei Irina. Sie war es. Sie hat Natalja ermordet.«

»Moment mal. Welche Irina?«, fragte Verena.

»Irina Schrothmiller. Meine Cousine. Wohnt in Trossingen.«

»Aber das ist doch …«, begann Thorben und stockte sprachlos. »Andreas Schrothmiller! Der Präparator, den ich am Anfang unserer Ermittlungen überprüft habe! Also doch!«

»Nein, Sie verstehen das falsch«, schluchzte Olga. »Er hat nichts damit zu tun. Irina war es. Sie und Andreas waren kurz vor Weihnachten mit uns auf einer Sonterris-Jahresabschlussfeier. Natalja war ebenfalls dort und machte Andreas schöne Augen. Zumindest fasste Irina das so auf, ich hatte davon nichts mitbekommen. Im Januar und Februar liefen sich die beiden dann einige Male angeblich zufällig über den Weg. So groß ist Trossingen auch nicht. Sie kamen ins Gespräch und Irina meinte, da bändelte sich was an. So mit Einladungen für gemeinsame Abendessen, Kinobesuche und so. Andreas meinte, Natalja wäre bloß einsam, weil sie in Trossingen keinen kennen würde. Aber Irina traute ihr nicht und lockte sie unter einem Vorwand zum Schulberg, in der Nähe von diesem Lebenshaus, in dem psychisch Kranke wiedereingegliedert werden. Sie wollte sie zur Rede stellen und ihr ein für alle Mal klarmachen, dass sie die Finger von ihrem Mann lassen soll. Aber störrisch wie wir Russen nun mal so sind, lassen wir uns von keinem irgendwas verbieten. Es kam zu Handgreiflichkeiten und irgendwie stolperte sie dabei unglücklich und stürzte eine 20-stufige Treppe hinab. Auf der vorletzten Stufe blieb sie liegen. Ihr Kopf war merkwürdig verdreht. Genickbruch. Meine Cousine war natürlich total geschockt und wusste nicht weiter. In ihrer Panik hat sie mich angerufen. Ich bin sofort zu ihr gefahren und hab es ebenfalls mit der Angst zu tun bekommen. Wären wir zur Polizei gegangen, hätten sie Irina bestimmt wegen Mordes verhaftet. Das konnten wir nicht zulassen. Deshalb kamen wir auf die verrückte Idee, die Leiche verschwinden zu lassen. Ich meine, dank Andreas' Arbeit stand uns ja sämtliches dafür benötigte Zubehör zur Verfügung. Irina wusste auch genau, was für Sachen sie nachkaufen musste, damit ihm und auch niemand anderem auffällt, was wir getan haben.«

»Wie genau haben Sie es denn getan?«, fragte Verena.

»Na ja, Natalja war ja recht zierlich. Gemeinsam haben wir sie ausgezogen und in ein blaues Fass hinter Andreas' Schuppen gestopft. Irina hat diese ganzen Chemikalien reingegossen, bis das Fass randvoll war. Nataljas Sachen haben wir in einen Sack für die Kleiderspende gesteckt. Danach haben wir gewartet. Wochenlang. Wir saßen die ganze Zeit über auf glühenden Kohlen, hatten ständig Angst, dass uns Andreas oder wer anders auf die Schliche kommt. Aber in den Wintermonaten läuft sein Job als Präparator eh nicht so gut. Da kümmert er sich mehr um seine Kaninchenzucht. Außerdem hat er glücklicherweise zu der Zeit angefangen, sich politisch zu engagieren. Wegen dem geplanten Bau von irgendeinem großen Gefängnis, keine Ahnung, worum genau es da geht.«

»Was haben Sie dann mit Nataljas sterblichen Überresten gemacht?«

»Wir konnten sie ja nicht einfach irgendwo abladen. Mir kam die Idee mit dem alten Landratsamt. Von Rosis Veranstaltung kannte ich das Gebäude ja und wusste, dass es leer steht. Ich hatte mir schon einen Vorwand überlegt, unter dem ich Gerlinde kurzzeitig den Schlüssel abnehmen könnte. Aber das brauchte ich gar nicht. Wie es der Zufall so wollte, hatte sie genau zu der Zeit in dem Gebäude zu tun. Wer hätte denn ahnen können, dass das Haus inzwischen den Besitzer gewechselt hat und sie drinnen dafür alles reinemacht? Ich hatte gehofft, dass zig Monate – wenn nicht gar Jahre – vergehen würden, bevor jemand die leeren Säurekanister und das Skelett findet.«

Gerlindes Augen verengten sich zu Schlitzen. »Du wolltest es mir in die Schuhe schieben, du miese Kanaille!«

»Nein. Ja. Vielleicht. Ich weiß nicht. Dass du deswegen Ärger bekommst, wäre ein netter Nebeneffekt gewesen. Aber in erster Linie ging es uns darum, die Beweise loszuwerden.«

»Und das Fass, in dem die Leiche aufgelöst wurde, befindet sich noch immer hinter dem Schuppen in Trossingen?«, fragte Thorben mit ungläubiger Miene.

»Ja, darin entsorgt er nach dem Präparieren für gewöhnlich seine Tierabfälle. Irina hat gehofft, dass damit unsere Spuren gleich automatisch beseitigt werden.«

»In einem Fass hinter dem Schuppen. Oh Mann, ich war so nah dran.« Er machte mit dem Zeigefinger und dem Daumen die entsprechende Geste und schüttelte den Kopf. Verena fühlte mit ihm. An seiner Stelle hätte sie dieses eigentlich harmlose Detail ebenfalls gewurmt. Aber wer hätte vor einigen Tagen ahnen können, wie all diese Dinge zusammenhingen?

Entschlossen griff Verena nach ihren Handschellen und schritt auf Olga zu. Deren Augen weiteten sich mit jedem Schritt, den sie näherkam.

»Was tun Sie da? Ich habe doch niemanden ermordet.«

»Das vielleicht nicht, aber viele andere Sachen haben Sie schon auf dem Kerbholz. Haben Sie schon mal was von Strafvereitelung gehört?«

Die Handschellen klickten und Thorben übernahm, um Olga nach draußen zu führen. Per Funk bat er nebenbei die Kollegen in der Hirschbergstraße, einen Streifenwagen zu ihnen zu schicken.

»Was geschieht jetzt mit mir?«, fragte Gerlinde an Verena gewandt. Auf einmal wirkte sie ziemlich kleinlaut.

»Wir werden Sie mit Sicherheit für die eine oder andere Befragung auf dem Revier brauchen, aber für den Moment sehe ich keinen Grund, weshalb wir Sie ebenfalls mitnehmen sollten.«

»Sie meinen, ich kann gehen?«

»Ja, fahren Sie zu Horst oder zu Ihrer Schwester oder wohin auch immer. Aber verlassen Sie bitte für die nächste Zeit nicht das Land.«

»Keine Sorge, das hatte ich nicht vor. Kann ich mir eh nicht leisten.« Ihr Lächeln wirkte traurig und erleichtert zugleich. Mitfühlend strich ihr Verena über den Oberarm. In mancher Hinsicht tat ihr die Frau sehr leid.

»Oha, was für eine Kehrtwende in dem Fall«, sagte Pius hinter ihr. Er und Johannes kamen langsam auf sie zu.

»Ja, damit hatte wohl keiner gerechnet. Zum Glück haben Sie Luchsohren, denen nicht das kleinste Detail entgeht.«

»Na ja, trotzdem hatte ich anfangs aufs völlig falsche Pferd gesetzt.«

»Na und? Haben wir das nicht alle? Auf die wahre Täterin wäre ich ohne Ihre Hilfe – und Olgas Geständnis – vermutlich so schnell nicht gekommen.«

Der Prior nickte zögernd. »Es hätte übrigens noch einen anderen Weg gegeben, herauszufinden, ob Gerlinde die Wahrheit sagt: Wir hätten einfach ihren Mann fragen müssen, wie der Name seiner Geliebten lautete. Aber auf diesem Weg ging es natürlich auch. Möglicherweise sogar besser.«

Beim Rausgehen warf Verena einen kurzen Blick auf die Kleidungsstücke in der Auslage. Sofort stachen ihr mehrere Oberteile ins Auge. Schade, dass momentan absolut nicht der richtige Zeitpunkt war, sich die Sachen genauer anzuschauen.

Ein anderes Mal vielleicht.

Als sie auf den Gehsteig trat, bog gerade der Streifenwagen um die Ecke. Thorben winkte den Kollegen zu und wartete geduldig, bis das Auto in zweiter Reihe direkt vor

Rosis Rosentraum geparkt hatte. Mit großer Genugtuung verfrachtete er Olga auf den Rücksitz und schloss die Tür vielleicht eine Spur zu kraftvoll.

Während er die Details mit den uniformierten Polizisten besprach, blieb Verena neben den Patres stehen. Sie war froh, dass der Fall so gut wie abgeschlossen und eine der beiden Täterinnen bereits verhaftet war. Die andere würde zweifelsohne in Kürze folgen. Danach würde es noch einiges an Papierkram geben und für manchen ein Nachspiel haben, aber der Klosterkeller-Fall selbst war so gut wie abgeschlossen.

Ein sehr gutes Gefühl.

Ihr kam eine letzte Frage an Pius in den Sinn, als sie einen jungen Mann von vielleicht Anfang 20 mit langen Haaren und Dreitagebart die Straße herab auf sie zukommen sah. Er trug ein schwarzes T-Shirt mit der Aufschrift IRON MAIDEN und hielt ein ebenso schwarzes Notebook in den Händen.

Im Vorbeigehen hob er zustimmend den Daumen. »Zeit wird's, dass Sie die wegsperren. Diese Typen sind echt gemeingefährlich.«

Ohne weitere Erklärungen ging er an ihnen vorbei.

Verena verstand überhaupt nichts. Fragend schaute sie zu Pius, doch dieser winkte bloß ab. »Lassen wir das lieber.«

»Wie Sie meinen. Haben Sie und Johannes eventuell Lust auf einen kleinen Ausflug nach Trossingen? Wir müssen dort noch jemanden abholen.«

Sofort erschien ein Lächeln in den Gesichtern der Patres. »Liebend gern«, antworteten sie wie aus einem Mund.

Nachdem Thorben mit den Kollegen alle Formalitäten besprochen hatte, stiegen sie gemeinsam in den Golf. Als Verena den Motor anlassen wollte, begann ihr Handy zu klingeln. Der Name Wittke stand im Display. Automatisch dachte sie wieder an Leberwurst und schüttelte sich angewidert. »Darum kümmern wir uns später.«

Sie ließ den Motor aufheulen und mit dem Streifenwagen im Schlepptau düsten sie davon.

ZWANZIGSCHDE SCHDAPFL (ZWANZIGSTE STUFE)

Ein ereignisreicher Tag neigt sich allmählich dem Ende zu. Ich hoffe, ihr hattet eine schöne Zeit und habt trotz des aufziehenden Gewitters das Beste daraus gemacht. Eben genossen habt ihr die Waterboys mit ihrem Song I can hear Elvis. *Selbstverständlich auf Radio Donauwelle, dem besten Sender für alle Orte zwischen Alb und Donau. Ich bin Svenja, eure Begleiterin über den Nachmittag.*

Allerdings war das fürs Erste meine letzte Sendung. Ich mach jetzt erst mal Urlaub. Verabschieden möchte ich mich mit einem Lied, das passender nicht sein könnte: Wir werden uns wiedersehen *von Selig. Liebe Grüße und bis bald …*

Was danach geschah …

Gerichtsmediziner Wittke buchte erst einmal Urlaub. 14 Tage Südtirol. Wobei er sorgsam darauf achtete, nicht in die Ötzi-Ausstellung zu gehen. Schließlich wollte er in den Ferien nichts mit Toten – und sei es auch nur in Teilen – zu tun haben. Stattdessen erkundete er sämtliche Wanderwege rund um das malerische Schenna und deckte sich in der dortigen Metzgerei mit allerlei Konserven ein. Am besten schmeckte ihm die Hausmacher-Leberwurst.

Heinze von der Nachtschicht legte sich nach Beendigung des Falles mit Annett Scheible von der Spurensicherung an. Es ging um den neuen Computer, welchen das Land Baden-Württemberg nach zähem Papierkrieg endlich genehmigt hatte. Heinze wäre nämlich eine neue Kaffeemaschine viel lieber gewesen. Weswegen er auch tunlichst darauf achtete, die altgediente Jura in der Dienststelle nie zu entkalken. Was das Mahlwerk schließlich mit einem krachenden Suizid quittierte wodurch es Frau Scheible, die ganz ohne Koffein mit einem schwachen Nervenkostüm ausgestattet war, zu wüsten Beschimpfungen anregte. Die beiden haben sich aber nach der Anschaffung einer günstigen Filtermaschine wieder vertragen. Zumindest sagen sie wieder »Grüß Gott« zueinander. Mehr braucht's ja unter Kollegen manchmal auch nicht.

Gerlinde Seifried blieb zwei Wochen bei ihrer Schwester im 80 Kilometer entfernten Bad Cannstatt. Sie war ja nicht geflüchtet, sondern zu einem lang geplanten Hilfseinsatz unterwegs. Was Horst aber vergessen hatte. Wie er alles gerne vergaß, was mit seiner Schwägerin zu tun hatte. Denn von ihm aus konnte sie sich 100-mal an der Hüfte operieren lassen. Jedenfalls: Nach Gerlindes Rückkehr fanden Horst und sie augenblicklich zum alten Trott zurück. Das heißt, Horst näherte sich einem Alter, in dem Liebschaften, wenn überhaupt, allmählich nur noch platonisch funktionierten. Weshalb die Ehe der beiden weiterhin funktionierte, wie so eine Ehe nach über 20 Jahren bei manchen eben funktioniert. Getrennte Schlafzimmer und jeder einen eigenen Fernseher. Immerhin noch gemeinsame Mahlzeiten.

Ein bisschen anders lief das Eheleben bei Olga und Dirk Rüsselsbacher weiter. Zwar ebenfalls mit voneinander getrennten Schlafzimmern, allerdings in zwei verschiedenen Gebäudetrakten des Gefängnisses Stuttgart-Stammheim.

Andererseits: Jetzt, wo sie sich für längere Zeit nicht sahen, kamen sich die beiden wieder näher. Dirk nämlich nutzte die Zeit, seiner Frau glühende Liebesbriefe zu schreiben, unterstützt von einem Mitgefangenen, von dem er gegen Kippen als Bezahlung Russischunterricht bekam.

Dieser beschützte ihn auch bereitwillig vor seinem ehemaligen Chef Gerd Ilgenfritz, der ebenfalls einen längeren Aufenthalt im Café Gitterle genießen durfte. Grund dafür waren gewisse Unregelmäßigkeiten, die Verenas und Thorbens Kollegen von der Wirtschaftskriminalität in den von Dirk Rüsselsbacher entwendeten Dateien aufdeckten. Was übrigens auch das Ende der Firma Sonterris bedeutete. Kein großer Verlust.

Dass Rüsselsbacher und Konsorten nach ihrer Verurteilung in Stammheim bleiben mussten, hatten sie irgendwie auch Andreas Schrothmiller zu verdanken. Dessen Einsatz gegen das Großgefängnis in Trossingen war sehr erfolgreich. Die Musikstadt würde keinen Mega-Knast bekommen und der Gefängnisbauzirkus war weitergezogen auf die Schwäbische Alb, wo zahlreiche Bundeswehrkasernen ungenutzt vor sich hin verrotteten. Was Andreas im Nachhinein bedauerte, denn so würde er weite Wege in Kauf nehmen müssen, damit er und Söhnchen Kirill Irina besuchen konnten. Neun Jahre lang. Abzüglich guter Führung. Was natürlich ganz an ihr lag. Im Moment sah es jedoch nicht danach aus, denn sie weigerte sich konsequent, die Regeln zu befolgen, die im Frauengefängnis nun mal für Häftlinge gelten.

Esther und Kai Schablonski mussten ihr komplettes Leben auf den Kopf stellen. Der Dentist hatte zwar maßgeblich zur Aufklärung des Falles beigetragen, trotzdem blieben viele Patienten seiner Praxis fern. Denn, Tratschtanten sei Dank, stand doch die schöne Esther samt ihrer Clique im Mittelpunkt der Gerüchteküche. Und wer wollte sich schon von einem Doktor in den Mund schauen lassen, dessen Frau irgendwie mit dem Tod einer anderen zu tun hatte? Es dauerte etliche Monate, ehe die Praxis wieder gut lief. Bis dahin konnte Charlotte Elisabeth Diana noch nicht laufen. Sie wurde sechs Monate nach Irinas Verhaftung geboren und auf den Namen der englischen Prinzessin getauft. Kai nannte seine Tochter trotzdem nur Lotte.

Verena Hälble und Thorben Fischer haben es nach dem Balinger Intermezzo endlich geschafft, sich für eine gemeinsame Wohnung zu entscheiden. Zuvor verbrachten sie aber zwei Wochen auf Kreta, wo Verena endlich mal ein paar Krimis lesen konnte und Thorben feststellte, dass Quallenkontakt sehr schmerzhaft sein kann. Nach dem Urlaub staunten beide nicht schlecht, denn nicht nur die Balinger Kollegen hatten neue PCs bekommen. Auf Verenas Flachbildschirm erschien schon einen Tag nach Dienstantritt eine Tabelle, auf der sie für die Staatsanwaltschaft die personellen Strukturen im Skelettfall eintrug. Blitzschnell und ohne Systemabsturz. Den hatte die Kommissarin am Abend von Irinas Verhaftung gemeinsam mit Schorsch und Erich im Bären gehabt: Thorben hatte ihr dringend zur Verkostung des Kräuterschnapses geraten. Weswegen sie am übernächsten Tag noch immer mit Kopfweh den Last-Minute-Flieger nach Griechenland bestiegen hatte.

Und Pater Pius? Er düste mit Bruder Johannes zurück nach Spaichingen. Die beiden wurden im Konvent schon sehnsüchtig von den anderen erwartet, welche sich beim Abendessen alles haarklein erzählen ließen. Allerdings nur von Pius, denn Johannes verschwand direkt nach der Rückkehr in der Küche, um für den kommenden Tag einen gemischten Braten zu kochen. Er wusste, dass sein Prior mit allen kulinarischen Finessen getröstet werden musste, während dieser den lästigen schriftlichen Bericht über die baulichen Gegebenheiten im Balinger Landratsamt verfasste. Der Brüderliche Orden entschied sich wenige Wochen später dafür, das Gebäude an die Stadt Balingen zu vermieten. Nun sind dort das Jugendamt und eine Musikschule untergebracht. Was Gerlinde Seifried freut, denn beim Putzen hört sie ja gerne Musik.

Pius genoss ein paar friedliche Wochen auf dem Dreifaltigkeitsberg. Im Spätsommer beschloss er, seinen Jahresurlaub bei den Brüdern in Nürnberg zu verbringen und im dortigen Klostergarten Erholung zu suchen. Was ihm nicht so ganz gelang, denn zwischen Rhabarber und Kopfsalat lag ein Mann. Ein sehr toter. Aber diese Geschichte folgt im nächsten Buch.

ANMERKUNG

Sämtliche Figuren des Romans sind der Fantasie der Autoren entsprungen. Sollten Sie Ähnlichkeiten mit lebenden Menschen feststellen, freuen wir uns, dass wir so realistisch gedichtet haben.

Was die Balinger Schauplätze angeht – die sind im echten Leben ein bisschen anders. Manches werden Sie genau so vorfinden. Anderes wurde für die Geschichte von uns umgebaut.

*

Radio Donauwelle sendet tatsächlich. Und zwar bei Facebook. Wir freuen uns auf jeden neuen Hörer. Klicken Sie doch mal rein. Gerne dürfen Sie dort Ihre Lieblingslieder posten und mit den anderen Fans der Donauwelle teilen!

Und falls Sie Lust haben, die Songs aus dem Buch so richtig auf die Ohren zu kriegen, ist hier unsere Playlist:

James – Ring the bells (in der Alternative NRG Live-Fassung)
Jesse Malin – Don't let them take you down
The Rolling Stones – You can't always get what you want
Simon & Garfunkel – The sound of silence
Tom Petty & The Heartbreakers – American girl
The Walkabouts – My diviner
Ryan Adams – Anybody wanna take me home
R.E.M. – Every day is yours to win
Johnny Cash – Walk the line (live from Folsom Prison)

Andreas Bourani – Auf anderen Wegen
Coldplay – Green eyes
Die Ärzte – Deine Schuld
The Tokens – The lion sleeps tonight
Elton John – The circle of life
Suede – Europe is our playground
Ron Sexsmith feat. Chris Martin – Gold in them hills
Green Day – Basket case
U2 – Stuck in a moment you can't get out of
Gisbert zu Knyphausen – Ich bin Freund von Klischees und funkelnden Sternen
The Clash – Should I stay or should I go
Jasper Forks – Another sleepless night
Superior – Every day
Excelsior – Cluster zero
Foo Fighters – Something from nothing
Bobby Darin – Don't rain on my parade
Lissie – Bully
Muse – Psycho
Feed me – High noon
Die Söhne Mannheims – Deine Waffe ist die Liebe
Kansas – Carry on wayward son
Placebo – Slave to the wage
The Beatles – Hey Bulldog
I am Kloot – Deep blue sea
Bruce Springsteen – Frankie
Stefan Remmler – Vogel der Nacht
Wolle Kriwanek & Schulz Bros – Reggae di uff
Ash – Cocoon
Manic Street Preachers – Postcards from a young man
The Waterboys – I can hear Elvis
Selig – Wir werden uns wiedersehen

Weitere Krimis finden Sie auf den folgenden Seiten und im Internet:

WWW.GMEINER-SPANNUNG.DE

S. PRESCHER / S. PORATH
Wer mordet schon in der Oberlausitz?

978-3-8392-1779-5 (Paperback)
978-3-8392-4821-8 (pdf)
978-3-8392-4820-1 (epub)

»Gemeinsam mit Robert reist der Leser durch die Region zwischen Kamenz und Görlitz und erlebt kurzweilige Abenteuer.«

Fantasyautor Robert Krauss macht sich mit seinem neuen Roman im Gepäck auf den Weg in die Oberlausitz. Doch statt einer gemütlichen Woche voller entspannender Leseabende begegnen ihm in jeder Stadt Mord, Totschlag, Lug und Betrug.

Ganz nebenbei aber entdeckt er auch die schönen Seiten der Region: die einzigartige Landschaft, die Lausitzer Kultur und nicht zuletzt die Menschen; allen voran die Kommissarin Franzi Hartmann und ihren Partner Roland Krämer, die stets ein Auge darauf haben, dass in der Oberlausitz alles mit rechten Dingen zugeht.

GMEINER SPANNUNG

WWW.GMEINER-VERLAG.DE
Wir machen's spannend

S. PRESCHER / S. PORATH
Wer mordet schon zwischen Alb und Donau?

978-3-8392-1581-4 (Paperback)
978-3-8392-4451-7 (pdf)
978-3-8392-4450-0 (epub)

»Gemeinsam mit Kommissar Jochen Schädle entdeckt der Leser die Region zwischen Donau und Eyach.«

Ruhestand … wegen einem bisschen Bandscheibe! Kommissar Jochen Schädle ist stinkwütend. Aber statt sich ins Rentnerdasein zu fügen, fährt er los. Von Rottweil über Donaueschingen bis Fridingen und dann Richtung Balingen und Hechingen. Ruhe findet er unterwegs aber nicht: Egal, wo er anhält, überall erinnert er sich an Mord und Totschlag. Der Leser folgt dem ungewöhnlichen Ermittler bei dessen Reise in eine kriminelle Vergangenheit und entdeckt so nebenbei die schönsten Plätze der Region.

SILKE PORATH
Ein Lama zum Verlieben

978-3-8392-1645-3 (Paperback)
978-3-8392-4567-5 (pdf)
978-3-8392-4566-8 (epub)

»Nach dem tierischen Lesespaß der erfolgreichen Trilogie ›Nicht ohne meinen Mops‹ sattelt Silke Porath jetzt auf Lamas um.«

Endlich ist Stella an der Reihe: Sie darf für das Frauenmagazin ›Donatella‹ eine der begehrten Reisereportagen scheiben. Doch anstatt Wellness auf Tahiti zu genießen, landet die Berliner Journalistin mit einer chaotischen Reisegruppe beim Lama-Trekking auf der schwäbischen Alb. Von wohltuenden Massagen ist Stella also weit entfernt. Was sie aber nicht von dem einen oder anderen Flirt abhält. Und dann ist da noch Lamahengst Dalai mit seiner Herde. Und die hält die Urlauber ganz schön auf Trab!

GMEINER SPANNUNG

WWW.GMEINER-VERLAG.DE
Wir machen's spannend

Das Neueste aus der Gmeiner-Bibliothek

Unser Lesermagazin

Bestellen Sie das kostenlose Krimi-Journal in Ihrer Buchhandlung oder unter www.gmeiner-verlag.de

Informieren Sie sich ...

www ... auf unserer Homepage:
www.gmeiner-verlag.de

@ ... über unseren Newsletter:
Melden Sie sich für unseren Newsletter an unter www.gmeiner-verlag.de/newsletter

f ... werden Sie Fan auf Facebook:
www.facebook.com/gmeiner.verlag

Mitmachen und gewinnen!

Schicken Sie uns Ihre Meinung zu unseren Büchern per Mail an gewinnspiel@gmeiner-verlag.de und nehmen Sie automatisch an unserem Jahresgewinnspiel mit »mörderisch guten« Preisen teil!

GMEINER SPANNUNG

WWW.GMEINER-VERLAG.D
Wir machen's spannen